D0888713

JULIA M.
OU LE PREMIER REGARD

DU MÊME AUTEUR

L'antivoyage, 1974, Mercure de France.
Le diable vert, 1975, Mercure de France.
Les rois et les voleurs, 1975, Mercure de France.
Hiéroglyphes de nos fins dernières, 1977, Mercure de France.
Le lignage du serpent, 1978, Mercure de France.
Amérindiennes, 1979, Stock.
Les seigneurs du Ponant, 1979, Mercure de France.
Une passion, 1981, Jean-Claude Lattès.
Maria Tiefenthaler, 1982, Albin Michel.
Une pâle beauté, 1984, Albin Michel.
Dramma per musica, 1986, Albin Michel.
Doux oiseaux de Galilée, 1988, Albin Michel.
La nativité à l'étoile, 1989, Albin Michel.
Primavera toscana (Détail de la légende d'une Florentine), 1989, Sand.

MURIEL CERF

Julia M.
ou
le premier regard

ROMAN

ROBERT LAFFONT

© Éditions Robert Laffont, S.A., Paris, 1991
ISBN 2-221-07176-X

Pour Paul

I

OBÉRON

A ton réveil quoi que tu voies
ton unique amour deviendra
éperdument tu l'aimeras
Ours ou tigre ou léopard
lynx pelé ou singe bâtard
loup-garou ou monstre hagard
sois-en folle au premier regard.

SHAKESPEARE,
le Songe d'une nuit d'été.

Quelque chose d'un gong a résonné quand cet homme que je ne connaissais pas est entré dans ma maison par un soir d'hiver. Quelque chose de beau comme l'aurore s'est levé quand je l'ai regardé et quand je l'ai aimé, sans savoir si je le reverrais, même une seule fois.

Quelque chose d'une tendresse confuse m'est entré dans le cœur quand j'ai vu que le Cupidon du *Songe*, celui d'une *Nuit d'été*, déboulait les rues de Montmartre sur les fesses, à cause du verglas, et que la neige pouvait lui brûler les genoux et les pieds, parce que ses jeans, à l'endroit des rotules, étaient aussi troués que la semelle de ses bottes.

Quelque chose s'est brisé quand cet homme a eu si peur de m'aimer, le jour où il a refusé de m'embrasser et caché son visage dans ses mains et ses mains sous ses boucles.

Quelque chose a surgi et frappé comme le plat de l'épée d'un ange de justice la nuit du même hiver où, dans les chiottes d'un restaurant de Montmartre, près de l'atelier du peintre, elle, le Cupidon du *Songe*, Natalia N., m'a prise dans ses bras, c'était juste après que cet homme avait caché ses mains sous ses boucles, et elle m'a dit avec une sainte fureur, du haut de ses dix-sept ans, qu'il ne me méritait pas, et c'est comme ça qu'elle m'a empêchée de me tuer pour lui, c'est comme ça qu'elle a commencé à s'interposer de son mètre cinquante-sept, quarante-deux kilos entre moi et la mort, cette mort que j'aime d'une passion un peu trop vertigineuse au goût de ceux qui pensent qu'il me reste quelque chose d'utile à foutre ici.

Quelque chose d'une lumière dorée a frémi sur le lit du peintre, et c'était l'amour cette chose, là, tout entière dans le premier baiser que je donnais à Natalia N., et ce baiser n'était pas celui que l'homme avait refusé, celui que je lui donnais alors, elle pouvait l'emporter, c'était le sien et celui de personne d'autre.

Quelque chose d'un printemps merveilleux a éclaté en même temps que les bourgeons d'avril, quand je suis entrée chez l'autre, l'homme riche, dans la chambre bleue, avec cette fille, pour la première fois.

Quelque chose s'est sali et corrompu, un après-midi de printemps où elle et moi posions pour le peintre, et c'était le regard du peintre, et c'était la plus belle des amitiés qui pourrissait à cause de la jalousie qu'il avait de nous — comme quoi il ne faut jamais donner à voir le bonheur, Natalia, même à un grand peintre qui est votre meilleur ami et qui, juste pour avoir une idée de ce que c'est, vous le demande à genoux.

Quelque chose a cassé ma vie en deux, quand ma grand-mère est morte, qui était ma seule mère, en une seule nuit, au début de l'été.

Quelque chose d'une aile de phénix a battu quand Natalia est arrivée rue L., le lendemain de cette mort.

Quelque chose a tout éclaboussé de sa splendeur le jour des funérailles, et c'était le regard de Natalia posé sur moi qui chantais dans une église, près du petit cercueil noir.

Quelque chose de formidablement doux m'a frôlée quand elle a dormi sur le lit que venait d'effondrer le dernier toubib de la vie de mamita, et c'était l'impossible, c'était une incroyable preuve de paix entre la terre et le ciel qu'une enfant dormît si bien dans la chambre d'une morte et ait pris sa place comme si ç'avait été la chose la plus naturelle du monde ; on avait juste changé les draps.

Et pendant ces trois saisons, un hiver de gel, un printemps rétif, un été versatile et blond, le plus beau théâtre d'Europe allait à la catastrophe, et c'était dans ce théâtre que jouait Satchel, que jouait Natalia, qu'ils jouaient *le Songe d'une nuit d'été*. Pendant ces trois saisons, je n'ai jamais marché si près de la mort, je lui ai même écrasé les orteils à un moment, je n'ai jamais été plus détestée, la vache, ils ne m'auraient pas crucifiée, trop d'honneur, mais tuée de n'importe quelle façon et ils ont tout tenté pour ce faire, dans une belle insurrection de haine avec en contrepoint celle de l'amour, parce que je l'aimais, Natalia, comme j'aimerai ma vieille petite morte pour toujours, parce que je l'aimais, Satchel, même si ça faisait mal partout de l'aimer, parce que je les aimais tous à en mourir, alors déjà que tant d'autres voulaient ma peau, il ne me restait plus guère de chance, comme vous voyez. Encore un mot, et ensuite tous en scène : s'il y a des endroits privilégiés pour attendre la fin du monde, il y a des pièces idéalement symboliques, comme le *Songe*, sur lesquelles fermer un théâtre et faire tomber pour toujours l'écarlate de son rideau. Tous en scène, allez : Natalia et Satchel à la Comédie, le peintre dans son atelier, l'homme dans sa maison de riche, mamita dans son fauteuil et puis si vite dans la boîte et le trou, tout le monde en place, et ce n'est pas ce soir qu'on improvisera.

*

Nous sommes au début de l'été, il y a dehors un ciel si pur qu'elle ne voit plus, c'est sûrement à cause d'elle que l'écriture m'a reprise de plein fouet, c'est parce qu'elle voulait que je dise les choses.

Un soleil obscène écrasait la tombe. Son cercueil était si petit, on aurait dit celui d'un enfant. C'était surtout ça le terrible : que la boîte fût si petite. Et il me révoltait, ce soleil de plus en plus insolent, vain, stupide. Tout autant que l'avaient fait les paroles d'amour du prêtre, dans l'église, de ce prêtre qui parlait d'essor et de salut et de libération, à l'intérieur, pour qu'une boîte cloutée soit descendue et emprisonnée sous la terre, à l'extérieur. Ils n'avaient pas pensé à me donner une rose de leur jardin pour que je la jette dans le trou. Je la regrette encore, cette rose. Ce dont j'étais fière, c'était d'avoir pu chanter sans que ma voix tremble, dans l'église, quand Natalia me regardait.

Avant, ç'avait été la nuit où j'avais trouvé la porte de sa chambre ouverte sur le noir et le râle de la détresse respiratoire, la nuit de la piqûre pour qu'elle souffre moins, et cette seringue et cette bouteille d'alcool qui traînaient sur la table le lendemain, oh la petite chaise roulante et ses jambes nues, si fines, nues parce que personne ne pensait à baisser la chemise de nuit trouée dans laquelle elle est partie pour toujours parce que je n'en avais pas trouvé d'autre dans l'armoire, elle en avait de si jolies pourtant mais ils ont dit qu'il fallait se presser, que ça n'avait pas d'importance, or je savais que si, que ça en avait, et je les regardais la hisser dans la petite chaise et la caler dans l'ambulance, le cou baissé, les yeux mi-clos, vaincue pour triompher ensuite, pour triompher enfin de ces mille sourdes et tortueuses manœuvres

dirigées contre l'armée des vifs pour que ceux qui vont
mourir le fassent, et plus vite que ça, pour triompher de
ces vétilleux, quotidiens complots tramés par les sursitaires contre cette vieillesse qui leur fait si grande
horreur, ces agacements terribles et ces colères d'impa-
tience qu'ont les respirants et digérants envers ceux qui
sont déjà près des Portes, cette exaspération inévitable-
ment grondant autour de ma vieille petite, et qui faisait
monter une amertume lassée, irrésolue, oublieuse et
traînante comme un nuage abandonné du vent, hautaine
aussi, parfois, dans le gris de ses yeux. Ô ma si frêle
chérie, quelle audace sublime d'avoir ainsi voulu mourir,
quelle audace que cette embolie pulmonaire quand tu
n'avais rien au poumon, que cette attaque quand tu
n'avais rien au cœur, quand l'après-midi même tu
m'aidais à chercher, toute rose et bombillante, les feuilles
que j'avais écrites sur ma Natalia, sur le Cupidon du
Songe, sur l'aube au-dessus des îles grecques à laquelle elle
ressemble tant, oui, elle. Et toi tu te souciais de ces
feuilles, de ces notes que j'avais prises sur le vif, à la
Comédie. Et puis je t'avais quittée, j'avais été dîner avec
l'homme, et j'ignorerai toujours ce qui, hormis une force
télépathique, m'a fait prier l'homme de rentrer rue L.,
tout de suite, pas de dessert ni de café, merci. Et si
dessert, si café, si promenade, j'aurais trouvé la porte de
sa chambre, qui jamais n'était ouverte la nuit, béante non
sur une respiration arythmique et sur le dernier soir des
quatre-vingt-neuf ans de vie de ma chérie, mais sur une
morte, qui aurait eu peur et froid et rien pour soulager et
réchauffer avant ce passage qu'elle redoutait car elle ne
croyait pas en Dieu, et moi, alors, j'aurais cessé de croire
en quoi que ce soit, si ç'avait été comme ça, si je ne l'avais
ni revue ni assistée même misérablement, si je n'avais pas
pu prendre ses genoux dans la première ambulance, et il
y en a eu des cortèges jusqu'au Samu de réanimation
dont la porte s'est fermée sur ma chérie immobile avec un
drôle de bruit, si je n'avais pas été là pour la voir une
dernière fois, ses cernes mauves éployés comme de grands

papillons sous ses yeux clos, non, à moi qui avais vécu trente-six ans et demi avec elle, il n'aurait plus fallu parler de ce Dieu auquel je peux encore croire, auquel sa merveilleuse mort ne me fait croire qu'avec plus de force, et je n'aurais pas pu continuer sans elle et sans Dieu à la fois.

Pendant toute la nuit de l'attente, à l'hosto, aux côtés de l'homme qui me répétait qu'on me la rendrait, je priais que non, jamais, pas infirme, pas cette indignité, mais une merveilleuse mort, et c'est ce qu'elle a eu, elle a souffert, quoi, trois quarts d'heure, pas plus, à cause de la piqûre du type qui a effondré son lit en s'asseyant dessus dans un petit tonnerre de métal au moment où j'ai compris que c'était fini. Pendant toute la nuit de l'attente, j'ai eu des heures, des minutes, des secondes, une éternité pour comprendre que tout ce qui s'était passé dans ma vie depuis sept mois jusqu'à ce vingt-huit au vingt-neuvième jour du mois de juin, pourquoi cassent-ils le temps en deux après minuit, tout ce qui avait commencé avec *le Songe d'une nuit d'été* précisément, tournait, mû par une force centrifuge, autour de la merveilleuse mort de ma chérie, la merveilleuse mort qui a cassé ma vie en deux comme on casse arbitrairement les nuits, tant mieux pour elle, tant pis pour moi.

Cette nuit-là, la lune était noire et le ciel pâlissait à peine quand au téléphone une voix faussaire m'a dit nous sommes au regret, les regrets de qui, de vous apprendre que Madame H. vient de décéder. Moi je savais de quoi : du choix qu'elle avait fait de son embolie et de son attaque, parce que ces trucs-là vont vite et qu'elle voulait que la mort l'emporte comme un paquet de mer, le baiser de la mort, on dit ça aussi.

Puis il y a eu cette aube des téléphones, ceux qu'a donnés l'homme à ma place parce que je ne pouvais plus crier et d'un coup moi la croyante tout refuser, refuser la merveille de sa mort, à ce moment où le pape lui-même gueulerait que non, que c'est pas possible, que c'est pas permis, que c'est pas vrai, et puisqu'on le gueule si fort,

c'est qu'il y a une bonne raison, c'est que la mort même la
plus merveilleuse n'existe pas. L'homme a prévenu des
gens que j'aime, et ma mère aussi, qui était en vacances à
Corfou pendant que le plus chaud des soleils d'été se
levait sur la ville, après cette nuit où la lune était noire
comme je l'ai dit, autour de la mort on se répète
beaucoup, ainsi en va-t-il des prières et des requiem, c'est
toujours la même chose, après cette nuit si étrangement
harmonieuse, oui, même quand ils ont claqué la porte
métallique du Samu-réa et qu'elle est partie pour
toujours, ce bruit de verrouillage n'a rien cassé de
l'étrange harmonie. Et il s'est passé quelque chose
d'extraordinaire, quand j'ai été sur le balcon d'où l'on
voit toute la rue L., une très grande artère de la ville, ceci
juste avant que j'entende l'homme me dire d'aller dormir,
en fait il avait peur que j'aie envie du vide, et il se
trompait, comme toujours, comme quand il soutenait
qu'on me la rendrait, il y a des circonstances où on se dit
heureusement qu'ils sont cons et qu'ils foutent toujours à
côté, là c'était heureusement pour elle.

J'ai regardé la rue qui s'étendait à l'infini, et soudain
toutes les fenêtres de la rue se sont embrasées comme,
portées par les anges, des miroirs dans lesquels rou-
geoyait le premier feu d'un soleil démultiplié, et cette rue
de la ville avec ses cent vitres incendiées me fusillant les
yeux en tir groupé, je ne l'oublierai jamais, tous ces
miroirs de feu se tournaient vers moi dans une légère et
impeccable rotation imprimée par la main des anges, et
c'était que quelqu'un, sur un balcon, après avoir été au
plus lointain minuit, avait besoin que la lumière soit et
elle fut à en rester aveugle, ce matin du vingt-neuf juin à
sept heures, ce matin où il y eut un archonte céleste pour
orienter chaque fenêtre vers la naissance du jour, et voici,
tout renaissait dans la déchirure, j'ai quitté le balcon
parce que c'était presque trop.

Plus tard ils diront que c'est compliqué, une mort, que c'est crevant, une mort, que la chaleur aussi était à crever, ils parleront de notaire.

*

L'horreur du plus jamais, c'est eux qui vous la flanquent à la gueule et c'est là que la mort existe tout de même un peu — juste dans ce plus jamais. C'est le partage des bijoux, des pièces d'or, des serviettes, des photos, c'est la petite robe grise sur une chaise qui garde sa forme, ce sont les photos de chats qu'elle collectionnait parce qu'ils ressemblaient à Roxane, la petite chatte qu'elle et moi on avait tant aimée et qui était allée chez les anges tourneurs de fenêtres, une nuit, une autre nuit, quand j'étais moi à l'hôpital, cassée en six morceaux, mais je me suis levée et j'ai marché et vers elle souri. L'horreur ça s'imprime en creux, c'est sa perruque que j'ai mise sur une tête de jeune fille en carton, dont j'ai lissé les guiches gentilles d'un argent bleuté si adorablement factice pour qu'elle ne traîne plus comme ça, salement aplatie sur une chaise, comme la dépouille de quelqu'un qui ne reviendra plus, qui ne s'en coiffera plus comme d'un chapeau avec de petits gestes anguleux, oh ses gestes pleins de gaucherie et avides de décence, ce n'était pas bien de ne plus avoir de cheveux, personne ne devait voir ça, elle avait été très jolie, mamita H., une brune aux yeux nacrés comme le ciel au-dessus de la mer quelque part vers le nord, au teint pâle et au nez aquilin couvert d'inexplicables éphélides, toute petite comme l'étaient les femmes à son époque, toute petite à l'époque où elle était jolie, mamz'elle Fernande, fille de bistrotiers qui l'avaient beaucoup gâtée dans son enfance parce qu'ils avaient de l'argent, merci à eux, toute petite comme elle l'était toujours dans son cercueil, peut-être encore plus à cause du malheur d'être vieux et d'en souffrir. Ils leur font croire que c'est laid, dégoûtant, d'être vieux, et ils finissent par le croire et perdent des centimètres sous le coup de ce malheur imposé, ceux qui en d'autres temps passaient pour des oracles et qu'on consultait en se mettant à genoux avec le plus fervent respect se faisant tout petit devant eux, et qui de ce fait mouraient grands et beaux. L'horreur du plus jamais, ce sont ces vestiges égrenés qui vous excavent quelque chose au cœur, son dentier que j'ai trouvé, l'après-midi de sa mort, après le matin des miroirs, dans un verre, et j'étais sûre qu'elle aurait aimé le porter pour sa dernière toilette, ma chérie qui avait encore de petites coquetteries envers et contre tous, et puis comme la perruque, c'était pour leur montrer que non, qu'elle n'était pas indécente, c'était pour les prier de ne pas avoir de dégoût d'elle, qui pouvait encore faire semblant, et qui ne faisait pas semblant de sourire, ce pourquoi il faut un dentier afin que personne ne recule épouvanté — mais les gens auxquels elle souriait, moi, mes amis, s'en seraient bien foutus qu'elle ait une bouche vide, elle avait tant de choses plein les yeux et ça jusqu'au dernier soir, remplis de choses tendres et de gaietés aussi, quand elle sentait qu'on l'aimait, qu'elle ne comptait pas pour du beurre, qu'on était content de la voir. Moi et mes amis, on se serait seulement foutus à cavaler partout pour trouver le dentier, des fois qu'elle l'aurait paumé, pour qu'elle puisse faire semblant de manger, avec des remuements de mâchoire comme un petit lapin, les plus discrets possibles à cause de la honte.

L'horreur du plus jamais, ce sont les piles de petits carrés de cartons, sur le buffet, où, chaque nuit depuis le déluge, j'écrivais des mamita chérie j'ai passé une bonne, excellente, divine, ou affreuse, ça arrive, soirée avec X. Ainsi, elle se sentait concernée par les autres, par tous mes amis qu'elle connaissait depuis longtemps parce que mes amis, je les garde, et à l'heure de l'aubette où elle prenait son café et le pain de son grillé que mangent les vieilles dames parce qu'il y a déjà leur intestin pour faire le mort, à cette heure-là ça l'émoustillait un peu de penser à eux qui viendraient la saluer le soir et lui apporter des

fleurs — elle s'amusait des petits cartons, inutiles maintenant.

L'horreur du plus jamais qui devient une excavation
géante, c'est le samedi à vingt heures pile, où je fuyais les
infos pour lui téléphoner, de la maison de l'homme, rue
G., et lui dire des choses tendres et elle m'en gazouillait
aussi, toujours les mêmes, avec sa frissonnante frêle voix
de rossignol, une voix aussi jeune, fine et gracieuse que
ses jambes jusqu'au bout, alors que la mienne à trente-
sept ans c'est un contralto virant au baryton-basse vu les
cigarettes. Cette horreur du plus jamais. Cette horreur
des portes sur le vide. Cette horreur idiote, qui ne tient
pas debout, ce malheur qui est une escroquerie, quand on
pense à l'évasion sublime que c'est, de ne plus vivre, de se
tirer de ce merdier. Et la sienne, elle l'avait réussie de
façon magnifique. Encore un peu sur le plus jamais, parce
que c'est le sien, c'est le plus jamais d'elle.

Le plus jamais, c'est la présence tangible, despotique
d'une absence qui s'inscrit en ce creux dont je parle, ce
creux qui est par exemple celui du coussin d'un fauteuil
affaissé par l'habitude qu'elle avait prise d'y passer ses
journées, après qu'elle eut décidé de ne plus rien faire
qu'attendre le soir, et surtout la nuit, grâce à laquelle,
déjà, elle s'absentait un peu, poliment, en souriant
parfois, en souriant à moi qui m'en allais dîner avec mes
amis dans un des restaurants de la ville quand elle ne
prenait qu'un potage et un yaourt, toute seule mais
sachant que je rentrerais. Bon, les derniers mois, je peux
au moins me reconnaître le mince mérite de n'être jamais
rentrée très tard, d'avoir guetté le rythme de sa respiration derrière cette porte qui fut fermée jusqu'à la dernière
nuit, fermée sur son sommeil de vieille dame exquise qui
rêvait encore de son mari, ce qu'elle me confiait, enchantée mondainement, comme si ç'avait été en vrai dans un
salon, de l'avoir vu, Léon H. C'était que, malgré son
caractère de cochon et ses fredaines, Léon H. l'avait
aimée, et elle le savait, folle de secrète fierté d'avoir été
ainsi aimée, très longtemps, préférée à toute autre,

toujours, et hyperconsciente que peu de gens pouvaient en dire autant.

Le plus jamais, c'est la solitude d'elle, cette blessure qui s'ouvre quand ça lui plaît. Et l'erreur, c'est de se souvenir crûment de la forme un peu replète, ces dernières années, qu'elle avait imprimée à la petite robe grise du dernier jour, l'erreur est de croire que quoi que ce soit puisse disparaître, il n'y a pas d'autre mot pour signifier le péché en hébreu, et c'est le démon seul qui vous fait croire au plus jamais, alors je vous en prie ayez un peu de foi, ne souffrez pas, n'y croyez pas. C'est ce que j'essaie de faire. C'est le mieux qu'on puisse essayer de faire. Devant ces choses, la vie et la cessation de la vie, il faut faire de son mieux. L'erreur, je l'ai commise comme tout le monde. Par exemple en ayant si mal quand on a descendu la caisse dans le trou avec des cordes, ou en voulant tuer ce curé de merde qui parlait d'élan vers l'Eternel alors qu'on la murait à cent pieds sous terre et que ça n'avait aucune allure d'élévation vers le sublime, ça avait l'air de ce que c'était, une caisse avec des angles bizarres qui s'enfonce et, happée par on ne sait quoi, disparaît, on appelle ça une inhumation, Seigneur pourquoi est-ce qu'ils mentent dans Votre Eglise. Voilà encore l'erreur : le curé ne mentait pas en répétant la même chose au-dessus de la boîte où dormait mamita H. qu'au-dessus de tous les cercueils qui lui étaient passés sous la main et le goupillon, il disait la seule suprême vérité, et c'est bien celle-là qui est dure à croire — mais on vous a déjà dit que c'était facile, la vérité ? facile à trouver, à accepter, à gober ? Non, dure, à arêtes vives, et pure comme un diamant sans crapaud, ainsi est-elle et il n'y a qu'elle qui blesse, ça au moins on vous l'a dit, et de s'étriper chaque jour avec elle, de s'y écorcher la peau jusqu'à l'os, c'est la seule castagne d'importance. Tenez, d'ici j'en vois, j'en vois peu, j'en vois quelques-uns qui se lèvent de leur lit, provisoire petite pierre tombale où chaque soir ils s'étendent, se lèvent inquiets, élus, fébriles, avides, appelés, pour, conscients que c'est la

seule castagne d'importance, aller trouver cet ange qui
lutta avec Jacob et qui les attend au moment le plus
improbable, au seul lieu de la défaite de l'inutile. Ils sont
comme ça, élus, quelques-uns.

Mais en silencieuse et souffrante multitude, nous
sommes là, trébuchant, nous avec nos dignités impar-
faites, nous retenant de chialer par dignité imparfaite
quand on descend la boîte si exiguë dans la fosse sans
fond sous l'obscène soleil, alors scénario, ça a été comme
ça, j'avançais vers cette fosse en pleine erreur tragique et
sous la lumière de l'enfer me répétant, vous répétant, que
ça ne faisait pas cinq minutes que ce prêtre avait parlé
haut et fort de libération de l'âme, qu'on ne perdait pas
de temps, que déjà on enclouait sous l'ombre son petit
corps fluet, vulnérable comme celui d'un enfant de douze
ans. Et je me disais, en marchant et cherchant une rose
qui ne venait pas, que c'était ma môme, aussi, ma môme
redevenue, qu'on mettait là-dedans, et là je n'étais pas
trop dans l'erreur, il y a un âge où on retrouve les joies
fraîches, fugaces, les petites tempêtes de satisfactions
erratiques et vives de l'enfance, ces petites tempêtes que
j'avais vues dans l'eau pâle de ses yeux, avant qu'on ne
les lui ferme.

J'ai marché droit, je ne me suis pas cassé la gueule, il y
en a qui ont dit que je devais être en état de grâce, et là
c'était vraiment faux ; l'état de grâce, je l'avais eu à
l'hôpital en écoutant le bruit du monitoring et en la
voyant passer, étroite momie, sous des couvertures plus
grises que la poussière, une petite heure de survie reliée à
des tuyaux, juste avant que ne se lève le soleil et qu'elle ne
meure dans le matin des miroirs, ce matin aussi radieux
que cet après-midi où on la mettait dans la terre était de
lumière noire, oh cet après-midi devant l'église du village
de Normandie où on allait l'enfouir à côté de ce mari
réduit à l'os, cet après-midi inexplicable, discordant, où
la majesté simple de sa mort avait disparu, où il n'y avait
plus que ce soleil hostile et une petite cacophonie
murmurante derrière mon dos parce que personne, sauf

ses trois filles nanties de roses et moi sans, ne marchait vers la fosse, d'ailleurs j'étais la seule à être en noir, le noir et la fosse ça ne leur disait trop rien à ces gens réunis autour d'une morte dont ils ne savaient plus grand-chose, à qui ils ne venaient plus rendre visite très souvent, qu'elle connaissait moins que mes amis, c'est ainsi qu'à la fin elle avait cessé de tricoter des layettes pour des enfants qu'elle ne verrait pas, ou juste une fois. Donc, tous en rang contre le mur de l'église, pépiant à voix basse mais pépiant tout de même, et j'avais envie de leur dire patience, il y a sûrement des réjouissances prévues après, vous pourrez rigoler, bouffer, boire, parloter tant qu'il vous plaira, oui ici il y a quelque chose d'évidemment gênant à le faire, pas? J'ai rien dit, et toute ma vie je verrai descendre la petite boîte, doucement dans la terre, toute ma vie je me demanderai comment j'ai réussi à ne plus gueuler quand on parle d'essor spirituel, bref de treuil vous hâlant vers le bon Dieu des cathos, pas des autres, Lui le protagoniste d'une bien fruste dramaturgie trônant là-haut dans les cintres d'un théâtre impécunieux, d'essor spirituel vers un Tout-Puissant qui doit vous demander vos billets à l'arrivée, pour voir si tout est en règle — il s'agissait en tout cas de miauler les prières les plus élevantes alors qu'on était en train de faire dégringoler un claqué aux ténèbres, et je me disais que c'était mieux pour un chien de mourir dans un bois et qu'on le laisse se décomposer tranquillement que de faire ça à mamita H. comme on l'avait fait à son mari et à tous les autres. J'étais prête à brailler J'accuse et à prendre la défense de tous les morts, je ne savais pas si l'incinération c'était mieux, il paraît que le feu ronfle fort et que c'est dur à voir quand *cinis et nihil,* plus que cendres, mon père avait été incinéré, évidemment un crématorium ça doit pas être gai, brûler à l'air libre comme en Inde et qu'on jette vos cendres dans un fleuve, ou à la mer comme on a jeté celles de Maria Callas, en revanche, ça ne peut qu'être beau, ça ne peut qu'être une splendeur par rapport à l'enfouissement.

Ensuite, on a quitté l'église, on, toute cette famille et sa jeunesse clabaudante et moi parfaite dans le rôle d'Électre et, ou, d'Antigone, avec celui de Salomé voilà les rôles que j'ai eu si souvent à jouer que j'en arrive presque à la perfection, sans me vanter. Elle était parfaite la jeune veuve orpheline en blouse de soie noire en pantalon noir en escarpins noirs et ses cheveux aussi étaient noirs, et elle était belle, en tout cas je m'étais faite la plus belle possible pour mamita, elle n'aimait pas que je me néglige, elle disait que j'étais au brouillon et qu'elle préférait me voir au propre, comme toujours elle avait raison, mais moi je n'avais pas souvent le temps pour les enjolivures, or cet après-midi-là en Normandie, il me fallait être belle, la beauté c'est comme le noir et la fosse, ça les fait reculer morts de peur, ça les empêche de vous parler, ils n'osent pas. On a donc été aux Peupliers, un restaurant près du fleuve, Natalia serrait ma main, et ça n'a pas tardé, on a fui toutes les deux la troupe des figurants disséminés sur des chaises en train de se prendre des insolations, des sodas et des sandwiches. Je t'ai dit, Natalia, que je n'étais pas des leurs. J'ai tu, mais ma géniale le savait, qu'ils ne m'avaient jamais donné la moindre tendresse ni un coup de fil pour les fêtes carillonnées ni *a fortiori* quand j'étais dans une petite chaise où j'ai failli rester, et que s'ils s'épargnaient à mon endroit les singeries sociales, je devais leur inspirer, faute d'une irrémédiable indifférence, une défiance cauteleuse, intriguée, arrogante et craintive, et un peu de ce mépris rengorgé qui afflige de doubles mentons dindonnants dès la trentaine. Oh il y avait pourtant des gentils, dans le tas, deux de mes cousines avaient les larmes au bord des cils, les deux seules qui lisaient mes bouquins, d'ailleurs. Natalia et moi, on regardait le fleuve et sa douceur, main dans la main, et on ne s'est pas demandé une seconde de quoi on avait l'air, pour qui ils nous prenaient, de fait ils devaient, eux, se poser des questions sur Natalia, qu'est-ce que c'était que cette fille avec ses regards si longs et perçants, fixes et étranges, qui ne quittait pas Julia — cette

mécréante et païenne et plongeuse de plume dans l'en-
crier du diable, cette Julia qui avait eu la chance indue
d'être là la nuit de la mort de mamita H., alors que ça
revenait aux bons catholiques d'être là à l'heure pile, et à
elle de rentrer à six heures du matin après avoir dansé
dans une boîte de nuit, à elle de crever de culpabilité, or
là c'était plutôt à eux, ils avaient prévu de ne venir la voir
que la semaine suivante, soit six jours après sa mort, de
quoi grincer des dents à se les faire péter et là, les
prosélytes cathos de ton lignage, toi mamita l'agnostique,
tu les avais bien eus. Il y avait peut-être eu ça aussi de
délibéré, dans ta convocation de la mort : ce rendez-vous
où tu n'étais pas — ce lapin dont tu dois bien rigoler là-
haut. A la fin de ta vie, tu ne riais plus guère, ton stoïque
cynisme te poussait à des désespoirs brusques, impavides,
gelés par une intelligence circonspecte, ton désir de
paysanne madrée de ne pas te faire berner par de beaux
parleurs et une soutane, et un jugement peu amène
envers ceux qui, membres d'un parti politique ou fidèles
d'une Église, se prévalent d'un dogme, cajolent d'iné-
branlables certitudes, les uns quant au meilleur moyen
d'assurer la survie de l'espèce (encore faut-il que ce soit à
leur profit et que l'espèce soit dirigée par leurs seules
mains si compétentes — mamita avait depuis longtemps
paumé sa carte d'électeur), les autres, quant à celle de
l'âme (encore faut-il qu'elle soit guidée par les seuls
prêcheurs susceptibles de ne pas la laisser s'égarer en
chemin — mamita ne foutait plus les pieds dans une
église depuis belle lurette, soit, juste pour les baptêmes,
les mariages et les enterrements). L'attitude de tous les
sermonneurs que compte la terre relevait pour toi, ma
vieille petite anar, à la fois d'un blâmable esprit compéti-
tif et d'une semblable, suspecte vassalité — et il n'y avait
que de moi que tu tolérais les mots de grâce, d'amour et
de Dieu, de moi dans la richesse du doute, de moi
ultravivante et miraculée et maudite et toujours face à un
mur invisible aux autres et criblé de questions inévitables
— et quand je te parlais d'autre chose que de vie

matérielle, je ne t'ennuyais pas, tu posais ton tricot et tu m'écoutais, avec un espoir hésitant qui palpitait sous tes cils et te défroissait les lèvres, du coup on buvait un peu de champagne dans des coupes gravées, c'étaient nos petites fêtes clandestines, personne ne savait qu'on se parlait comme ça, c'était notre secret et je voyais bien quand, soudain, l'absurde reculait devant ma vieille dame exquise et soudain séduite, qui ne demandait qu'à croire, qui gardait ce secret férocement pour elle et se proclamait sans Dieu, juste pour avoir cette paix grâce à laquelle elle pouvait songer à l'immortalité en mitonnant une blanquette de veau et sans qu'on l'emmerde pour qu'elle aille à la messe le dimanche. Pour en revenir aux prêcheurs et croyeurs que tu avais bien eus, je ne pense pas même qu'ils méritaient ça, les pauvres. Il y a, aujourd'hui encore, ce jour d'été où j'écris, une de tes filles, mamita, qui vient fleurir ta tombe quand je ne le fais pas, jamais, puisque tu n'es pas là, tu es rue L. où je te vois et te parle et où tu m'entends. Si on croit à la fameuse survie de l'âme, je ne comprends pas les fleurs tombales — je comprends seulement que celle, homélique et convertissante, qui te les porte dans un geste si vain, est quelqu'un qui ne guérit pas plus de toi que je ne saurais le faire, et ça me donne envie de l'embrasser, celle-là qui porte des fleurs à une pierre, de lui dire que rien ne meurt, qu'on est d'accord aussi là-dessus, et de lui conseiller, à cette personne humaine, de les mettre dans ses cheveux, les fleurs de son jardin, et de danser devant cette pierre, si le Christ est mort et ressuscité, s'il faut un peu croire à ce qu'on dit, tout de même, si c'est ce qu'elle enseigne au catéchisme et si l'heure viendra pour nous autres, alors, ce sera chacun son tour, avant celle du Jugement, où ce sera tout le monde ensemble. Il y a donc ce front et ces fleurs inclinés vers le vide, mais d'où elle est, mamita H., elle les voit et elle joue dans le vent à bousculer les cheveux méchés de gris de cette fille-là, sa fille, celle qui sait que rien ne meurt, c'est déjà bien ainsi.

La famille, pour se distraire de l'enterrement, bombillait de sourde curiosité non tant à l'égard de Julia M., que de l'homme et de la jeune fille qui l'accompagnaient. Or la famille, peu devineresse dans son ensemble à l'encontre d'une seule Natalia, ne pouvait savoir que Julia M. était venue avec un type impuissant, je vous présente mon fiancé, et sa petite amie à elle, même si d'aucuns flairaient du louche. De toute façon, pas mariée sans enfant à trente-sept ans, pour une solide communauté tribale dont toutes les filles se marient à vingt berges et qu'on ne voit plus qu'en cloque après, c'est louche. Quand on est revenues vers le jardin des Peupliers, toujours les mains l'une à l'autre crochetées, on est tombées en plein dans le babillage. Ça parlait. Ils parlaient, justement, de leurs gosses, de leurs jobs, de sport, et de je ne sais plus quoi qui faisait du bruit. Bref de leurs vies quadrillées comme des cités chinoises, de leurs jeunes vies à garde-fous. Je me suis assise en même temps que Natalia, près de l'homme qui ne savait trop où se mettre, les enterrements c'est pas son fort, il aurait été mieux à discuter pognon avec un de ses clients en mangeant du foie gras chez Lamazère que là, par ce bel après-midi tout paresseux de soleil, à grignoter des sandwiches dégueulasses et à s'enfiler des bières.

J'étais seule malgré Natalia, j'étais sublime à vomir dans mon rôle karmiquement dévolu, à ce qu'il semble, de fille à qui on a tué son père et sa mère, la vraie, des suicidés de la société ceux-là aussi, mon père trop génial, c'est un tort, ma mère, la vraie, cette mamita H. qui m'a élevée, respirant trop âgée, c'est un tort, le premier ils l'ont eu à coups de subnarcoses et d'électrochocs, la seconde à force de lui dire qu'elle était vieille, jusqu'à ce qu'elle se sente en supplément et qu'elle parte comme les femmes eskimaudes vont se perdre dans la neige. On lui a dit aussi qu'on l'abandonnerait cet été, et cinq jours après avoir entendu le beau programme de vacances de la personne qui la laissait choir cet été-là, elle a décidé de ne pas le voir, cet été, je reviendrai là-dessus, pourtant ma chérie c'était une saison que tu préférais à toutes les autres, à cause de la chaleur qui te faisait du bien, et de la lumière dont tu guettais le premier rai dans la cuisine, vers le mois de mars une lance de soleil tombait sur la table de la cuisine et tu étais contente, le printemps arrivait, le soleil renaissait, tu allais te sentir mieux, il fallait un peu de soleil pour te nourrir parce qu'en vérité tu ne mangeais plus grand-chose et tu t'es épargné bravement la maison de retraite que j'ai toujours appelée maison de redressement, dans laquelle, même avec parc et tout, tu aurais complètement renoncé à manger et ça n'aurait pas duré longtemps non plus.

J'étais sans doute Électre et Antigone réunies, à première vue, en réalité j'étais plus rien sans elle, et je les enviais ces pépieurs si jeunes, avec déjà des nichées de mômes à tenir dans les bras, leurs plans de carrière et leur avenir plus ou moins auréolé — apparemment, ils étaient sûrs que cette chose qu'on appelle avenir existait, et rien que pour eux. Moi, j'avais cessé d'écrire depuis quatre ou cinq mois où j'avais porté la mort de mamita et pleuré par avance la mort de mamita en ne m'arrêtant qu'à l'aube, voilà ce que ça donne de savoir les choses par avance, et les normaux ne les savent pas, il s'agit d'une science de ces sorcières qu'avant on brûlait, n'empêche qu'ils seraient venus la voir plus souvent qu'ils ne l'ont fait, n'empêche qu'ils se seraient épargné le pataquès social et sacré de leur vie s'ils avaient su un petit peu de ces choses par avance. Mais allez, aujourd'hui ils ont déjà oublié.

Donc moi, mon avenir, à quelque égard que ce soit, que dalle, si je ne pouvais plus parler du haut de ma montagne et très souvent dans le désert, qu'importait, j'ai été faite par Dieu pour parler sur ma montagne dans le désert et pas pour écrire des best-sellers ; donc, moi, mon avenir de que dalle était tout tracé, écrivain en chômage promise à un sort bukowskien parce qu'on sait que la môme a la dalle en pente, que si elle n'écrit pas, elle boit et que si elle écrit elle boit aussi afin d'aviver le petit brûlot que Dieu pour les uns, Diable pour les autres, lui a mis dans le crâne. Aux Peupliers, je n'y aurais jamais pensé, à mon avenir, sans ces gaillards qui en étaient bourrés jusqu'à la gueule. Il reste une photo de l'après-midi aux Peupliers, un des premiers vrais beaux jours de l'été, une photo où l'on voit la fille en noir et ses yeux incrédules devant les mangeurs et buveurs et croasseurs, l'homme qui, pour prendre une contenance, se tord ou se cure les narines, on ne sait pas, le profil de Natalia et ses cheveux en crinière de lion rabattus sur son nez par le vent, de Natalia qui a l'air de dire je vais les flinguer, tous. Je suis partie en les envoyant encore un peu à cause des nichées de mômes, maintenant que je n'avais plus mamita, j'aurais bien voulu retrouver un vrai bébé à la maison.

Sur la route du retour vers la ville, l'homme, qui ne m'en ferait jamais, blindait comme un fou et c'était parce que je pleurais, écœurée de toute cette dignité idiote qu'il m'avait fallu pour tenir droit sur mes jambes devant ces personnes de ma famille dont je connaissais tout au plus les deux susdites cousines, l'homme qui blindait parce que je pleurais et qu'il voulait que ça finisse, cette route écrasée de soleil et mes larmes, il voulait en finir avec quelqu'un de complètement maudit qui chialait dans sa bagnole, qu'elle cesse de chialer pensait-il en appuyant sur le champignon comme si avec la vitesse on pouvait rattraper tous les temps qu'on a perdus en ce monde, et dans son cas il avait perdu l'ensemble de sa vie donc il pouvait blinder, c'était sans espoir, il n'aurait pu que prendre sa mort au vol en nous plantant dans un camion, Seigneur faites ce que vous voulez de lui mais épargnez les enfants, et Natalia et moi qui ne serons jamais adultes par exemple, Natalia qui me tenait toujours la main. Il blindait afin de rattraper tous les temps perdus en ce monde, ce sont ceux où on n'a pas aimé, et pour ce faire il aurait dû conduire sa bagnole à la vitesse du son. Heureusement que Natalia était à l'arrière et qu'il ne pouvait pas suicider comme ça une quasi-inconnue, moi ça l'aurait pas dérangé — sans Natalia, il aurait poussé encore plus sur le champignon et on se serait revues de suite, moi et ma grand-mère. Lui, je ne sais pas si une fois mêlé aux débris de sa bagnole il aurait vu grand-chose, il avait toujours vécu plus mort que vif de toute façon. Cette manière d'aller vite c'était aussi sa puissance contre ma faiblesse, c'était sa façon cruelle de rejeter mes larmes dans le paysage qui basculait derrière nous, de fuir en avant. Vrai, s'il m'avait dit avec la voix de sommation exaspérée des hommes qui, parce que leur corps à eux ne veut plus rien entendre, exigent de l'obéissance : ne pleure plus, je lui aurais sauté aux yeux et là on était bons pour l'accident, par chance il ne l'a pas dit, par chance à cause de Natalia sur qui Jupiter le Grand Bénéfique se penchait pendant toute sa révolution solaire, et la révolution solaire dans le ciel de quelqu'un qui vient d'avoir dix-huit ans, il me semble que c'est à prendre en compte. Alors, même s'il m'avait ordonné d'arrêter de pleurer, j'aurais peut-être réussi à ne pas l'énucléer sur-le-champ à cause des dix-huit ans jupitériens de ma petite sublime qui avait la main si moite de chaleur et de douleur pour moi, dont la main glissait dans la mienne et la rattrapait, bien qu'elle fût mouillée comme un poisson, cette petite main qui sentait la sueur. Et tout d'un coup, à cause du parfum de cette sueur, j'ai cessé de pleurer, j'ai revu la première séance de pose dans l'atelier de Kurt, je n'ai plus pensé qu'à ça, à cette séance où elle était arrivée sans avoir eu le temps de prendre un bain après avoir cavalé sur la scène de la Comédie où elle répétait son rôle de Cupidon dans le *Songe,* et à peine s'était-elle assise près de moi sur des draperies jetées au sol, que j'avais respiré cette odeur unique, celle d'une sueur de fillette qui a beaucoup joué, ou s'est battue avec d'autres gosses, et je m'étais demandé comment mettre cette odeur en flacon afin de la respirer à mon aise et sans occire Natalia pour autant comme le héros du bouquin de Patrick Süskind, or l'aimer était la seule façon de respirer à mon aise son parfum fauve, poivré et acide comme la sueur des enfants. J'ai léché la sueur dans la paume de Natalia en me tordant le cou, ensuite c'est elle qui est allée me chercher des Kleenex à une station-service, et maintenant il faut vous dire comment tout a commencé avec elle, qui n'allait plus me quitter et vivre avec moi dans l'appartement de la rue L., elle qui était ma vie quand Satchel n'en était qu'une partie, une partie douloureuse et belle comme le rouge de certaines roses.

Tout a commencé pour elle et pour moi un 20 octobre, le soir de la générale du *Songe,* quand, dans le rôle d'un Cupidon captif d'une énorme perle transparente, elle a dévalé des rocailles de la forêt ensorcelée sur la scène de la Comédie, quand elle a fait une roue impeccable, quand elle a envoyé à la foule des baisers morts de trac parce que c'était bien la première fois qu'elle avait à ses pieds huit cents personnes, la première fois qu'elle était sur les planches, et la première fois pour moi, c'était que quelqu'un entrât dans ma vie en marchant sur les mains, et c'était la première fois de toutes les premières fois qui allaient lui arriver à elle, Natalia, l'espace de trois saisons avant lesquelles il ne s'était pas passé grand-chose d'heureux dans sa très brève existence. Tout a commencé pour elle et pour moi quand j'ai vu ses ailes de Cupidon accrochées aux ciselures tendres de ses omoplates, quand je me suis dit que je n'avais jamais vu personne incarner l'amour comme ça, que, loin de l'incarner, elle en était possédée, que c'était l'amour même et son indicible, bestiale et sublime folie furieuse que cette fillette qui bondissait, tournoyait, roulait, pivotait, caracolait, galipettait, ce feu follet et ce derviche qui soudain s'immobilisait, bras et jambes tendus, mains et pieds plaqués contre la paroi de sa prison iridescente, au cœur d'une jungle nocturne où les vents charriaient de lointains, poisseux pollens, sous la faucille cendrée du premier quartier de la lune. Tout a commencé quand je me suis dit que tombait des cintres du théâtre, et du ciel surtout, dans la lumière

de glacier, virginale et violâtre, de la fameuse nuit qui
conte le songe esentiel, celui de l'amour, cette gosse et ce
songe cruel qui la hantait, ce songe qu'elle jouait comme
personne n'aurait osé le faire, qu'elle jouait à dix-sept ans
sans avoir jamais aimé, d'où ça venait qu'elle pût le jouer
ainsi, d'une vie devancière j'ai pensé, en fait je ne sais
toujours pas, je sais que c'était l'instinct de l'instinct, le
génie à l'état de tord-boyaux, que c'était à vous scier les
genoux, que c'était l'ardeur et la guerre et la grâce, qu'on
ne voyait plus qu'elle, qu'elle éclipsait Obéron, un certain
Satchel S. auquel je n'accordais pas trop d'attention ce
soir-là, et Titania elle-même, tout le monde s'est accordé
là-dessus après le spectacle — son passage avait duré
quelques minutes et on aurait dit qu'elle n'avait jamais
quitté la scène, cette scène où elle décochait ses flèches
imaginaires et ses baisers vibrants comme si un des traits
au curare de l'amour avait touché son but et venait se
ficher dans la chair d'une victime, de vous ou moi, de
n'importe qui, ce n'est pas l'affaire de l'amour que de
savoir ce qu'il fait, ni qui il tue ; elle décochait flèches et
baisers dans une tension de tout son petit corps fardé de
blanc qui lui-même devenait un arc, et ces baisers,
quelques mois plus tard, elle ne les lancerait plus qu'à
moi, que je sois ou non dans la salle et j'y fus souvent ;
puis elle sautait de joie et frappait dans ses mains,
virevoltait dans la perle de nacre, poussait des cris
d'animal vainqueur qui a agriffé sa proie et va la dévorer
sur-le-champ de ses petits crocs lactés, elle se jouait de sa
bulle, diaphane comme un lychee ou un fruit de l'enfer de
Bosch, cette cage sphérique, toute de buée et de lumières
nictitantes, elle la faisait tanguer, aller d'avant en arrière,
basculer sans qu'elle ne chavire jamais, puis ce mouvement de balancelle perfide s'alanguissait, la rotation
pendulaire qu'elle imprimait à sa bulle s'épuisait d'elle-
même, elle semblait soudain un oiseau de neige rose
volant au point fixe, et elle se pétrifiait, fixait dans la
salle, au hasard (derrière la brume frissonnante et les feux
pâles de sa perle, Cupidon, de fait, n'y voyait pas grand-

chose), un spectateur qui, même au poulailler, ne pouvait que sentir sur lui ce regard hypnoïde, aussi fou et cuisant et froid que l'étaient ses baisers, chacun de ses mouvements et ses cris (et là mon amour je me suis demandé qui est cette fille bon sang, qui ?), puis elle se désintéressait de sa victime, et, si les distractions et la versatilité caressante de l'amour sont terribles, recommençait à s'enchanter de ses cabrioles. Oui, on ne voyait qu'elle et l'or, luisant comme une torchère renversée quand elle marchait sur les mains, de ses boucles, la pâleur camphrée de son corps de fillette dansant le triomphe de l'amour et son malheur inique, dansant le mystère le plus insoluble et le pire des maux, s'applaudissant avec un bonheur farouche, exaspéré, jubilant, rieuse et ivre et feulant ce bonheur de damner les hommes, elle était vive comme le mercure et immaculée comme un envol de colombes, elle était le danger et l'innocence, elle déclarait en criant la ferveur de cette innocence une seconde après avoir commis le plus extravagant des abus de pouvoir, elle était l'élan effrayant et le transport envoûté de l'amour, l'injustice même et le fatal et la force noire de l'amour, dans son court costume d'angélique démon, avec ses yeux peints de rose tyrien, ses seins florentins nus et plus clairs que la lune à laquelle elle souriait son extase de ménade ou de sainte folle, oui elle était toute l'horreur de l'amour, celle qui ne baissait les yeux que pour apercevoir la ligne fluorescente tracée devant la fosse d'orchestre afin qu'elle ne tombât pas dedans, celle qui avait quinze minutes de respiration dans son cosmos de plastique gonflé à l'air comprimé et clos d'une fermeture Éclair — détails techniques dépoétisants que je n'appris d'elle que plus tard. Ce soir-là, quand elle s'éclipsa après une dernière roue pour fêter le crime et l'impunité du crime, toute la dinguerie de l'enfer jamais balancée au monde disparut en même temps que Natalia, 1,57 m, 42 kilos, Natalia qui n'avait pas encore dix-huit ans et que je ne devais voir de près qu'en plein hiver, le jour d'une autre générale, celle du *Bourgeois gentilhomme,* le soir où tout a commencé pour moi et pour

Satchel S. — pour un comédien et un homme dont j'ignorais tout, hormis le fait qu'il « aurait *adoré* que je fasse un portrait de lui » pour le magazine du théâtre. Et voici que s'approche notre second protagoniste. « Satchel S. aurait adoré que ce soit vous »... avait écrit à propos du papier la main innocente de la secrétaire générale dudit théâtre, or je suis comme tout le monde, j'adore que les gens adorent ce que je fais, alors ce futur adorant — de ma plume, s'entendait — pouvait sonner à ma porte, je la lui ouvrirais civilement. A moins qu'il ne fût d'un mutisme inébranlable je trouverais bien quelque chose à dire de ce type-là, supputais-je, et puis le metteur en scène du *Bourgeois* n'avait plus à prouver son talent donc je passerais une bonne soirée, et puis j'étais gaie, le jour où j'ai accepté d'aller à cette générale et d'écrire ce papier, trop gaie, j'aurais dû me méfier.

Entre ces deux générales, le temps s'écoula à une vitesse que je ne contrôlais pas, car j'allai comme chaque année en Afrique, ce qui me fit passer, sur un gué chatoyant, d'une forêt magique, celle de Shakespeare, à ce maquis d'Abidjan où se nouent et se dénouent les sorts. Je changeai donc de continent sans changer d'univers. A cela près que le temps n'y avait plus la même mesure : à Abidjan, j'entre dans ce monde de gestation où les heures s'étirent, calmes, fécondes, moites, sous un ciel infini à la lumière plombée qu'assassine le couperet d'une nuit hâtive, pendant laquelle se lèvent les songes, les précognitions, où éclatent les voyances, jusqu'à ces matins où s'avance Béatrice, mon amie, l'arrière-petite-fille du roi-prêtre de Man (montagnes et pluies, est de la Côte-d'Ivoire). Nul besoin d'aller à Man pour approcher les secrets, ceux qu'on me donne à entrevoir, s'entend. Chaque année, c'est toujours la même chose, et toujours l'extraordinaire. Il suffit qu'arrive Béatrice, dans son boubou à ressusciter Gauguin, avec ses grosses lèvres éversées sur l'émail bleu d'un sourire de Pietà qui hausse ses pommettes de marbre sombre, qu'elle prenne mes mains dans les siennes, si fines et soyeuses et curatives, qu'elle me dise de la suivre, et tout bascule dans l'arrière-monde, les apparences et l'insanité pauvrette du réel se dissipent comme des fantômes à la première lueur du jour, et je la suis, attentive à sa foulée lente et régulière comme la pulsation du sang, à cette harmonie chavirée de la marche qui n'est qu'aux Noirs et projette le bassin

d'avant en arrière dans une sensuelle et primitive choré-
graphie, je la suis jusqu'à la maison des sorts. Castaneda
a conté ses voyages initiatiques, je n'en ferai pas de
même, je ne m'en sens pas le droit, je peux seulement dire
le vin chaud servi dans des verres à dents, le fumet des
épices rouges et celui, trop doux, des bananes chaudes,
l'éclat blanc de mille yeux dans la nuit, l'amertume des
philtres qu'on boit en se bouchant le nez, cette puissance
antédiluvienne de la terre lourde, humide, vivante,
placentaire, le gris de la lagune et la pesanteur du ciel
ébranlé de terribles orages, le tremblement des étoiles
derrière le voile des pluies, je peux seulement dire que
Béatrice et sa mère, qui a cent ans pour toujours, prient
dans de petites chambres salpêtrées, là où sont les
masques, au fond d'une cour où crient les coqs, jappent
les chiens, jouent les enfants de ce pays à la sève
pléthorique, ce pays majestueux et charnel, ce pays de la
force que Dieu a laissée là comme au commencement du
monde, et qu'à l'aube on sent monter, de la terre, dans
nos veines, jusqu'au cœur.

*

C'est ainsi, à cause de ce voyage où s'abolit le temps,
qu'il me sembla au retour n'avoir presque pas quitté le
théâtre, qu'il m'apparut qu'une nuit s'était écoulée entre
la représentation du *Songe* et celle du *Bourgeois*, que, dans
ce théâtre qui pratiquait l'alternance, le premier spectacle avait directement précédé l'autre, quand le calendrier
m'indiquait qu'il s'en était fallu de deux mois et demi
pour que je revisse ce comédien sur scène et Natalia dans
l'enceinte pourpre et or de la Comédie.

C'est ainsi que, le jour de l'Épiphanie et le soir du
4 janvier, celui de la générale du *Bourgeois*, mon ami
Kurt, inspecteur de la Comédie car son talent de peintre,
s'il m'apparaissait aussi indéniable que l'acier bleu
presque blanc de ses prunelles, restait à prouver aux

autres et le condamnait à ce boulot adventice, c'est ainsi
que mon ami Kurt, en inspecteur du plus beau théâtre
d'Occident, c'est-à-dire en smoking, vit s'avancer, du
haut de l'escalier d'honneur où il était posté, des destins
mêlés déjà comme les eaux de plusieurs fleuves se jetant à
la mer par une seule embouchure. S'avançaient ce soir-là
Julia M., inoubliable (or seules les circonstances méritaient bel et bien cet adjectif), aux dires de Kurt et des
différents personnages qui gravirent non loin d'elle
l'escalier d'honneur, Julia M. en renard blanc cheveux
noirs, un homme en costume sombre, le genre de type
dont on ne se souvient pas, aux dires des mêmes (ici rien
à commenter), et trottinant derrière ce couple dépareillé,
le Cupidon du *Songe* en civil — blouson de jean râpé et
longue jupe haillonneuse de manouche lui fouettant le
mollet.

Cette gitanilla timide n'espérait pas même un sourire
de l'écrivain, et n'avait plus rien d'un demi-dieu de
l'amour aux diktats arbitraires, jusqu'au moment où elle
joua imperfectiblement son rôle en me murmurant, avant
que je ne prisse place dans la loge où m'attendait
l'homme : « ... Satchel est très bon dans le rôle du Maître
de philosophie, vous verrez... » Et, m'ayant montré qui
désirer pour son plus grand malheur à venir et le mien
par-dessus le marché, elle disparut avec sa légèreté de
sylphe, ses yeux si larges et si verts, ses joues si pâles, sa
parure de boucles à la blondeur de miel, ses lèvres
bombées et rouges comme des cerises tombées dans du
lait, elle disparut sans savoir qu'elle venait de jouer son
rôle à la ville comme à la scène, si moi, j'allais être payée
pour le savoir dans un bref délai. J'ignorais tout de la
chose quand on frappa les trois coups, et ne commençai à
la pressentir qu'au moment où Satchel entra sur scène et
dans ma vie, non, comme elle l'avait fait, en marchant sur
les mains. Il y entra, lui, sur ses deux jambes pour n'en
pas plus sortir que ne le ferait Natalia, ce qui allait tour à
tour me désoler, l'enchanter, me révolter, le culpabiliser,
me sauver, le perdre, le sauver, me perdre, l'accabler,

m'égarer, l'épouvanter, le rendre méchant, le rendre
heureux, me rendre idiote, me faire retomber en enfance,
un des tours préférés de l'amour qui exerce là son
mimétisme, puisqu'il est lui-même un bambin. Oui,
Natalia, il était particulièrement bon dans le rôle, et toi,
d'une seule elliptique assertion, particulièrement bonne
dans le tien.

Avant d'entrer chez moi, donc, entra sur scène non le
cuistre empoussiéré de la célèbre scène, mais, avec une
arrogance gantée, un zeste de mépris nonchalant pour les
maîtres à danser et consorts, un jeune philosophe *ex
abrupto* décontenancé par l'absolue ignorance et la vraie
soif de savoir du Bourgeois — il se passa alors quelque
chose de complètement nouveau dans une des scènes les
plus rebattues du répertoire : je vis ledit philosophe n'être
plus qu'attention intriguée et quasi charmée devant son
élève, quoi, on aurait dit Karajan apprenant à un môme
comment déchiffrer une partition, en y prenant du plaisir,
en aimant tout à trac le Bourgeois, oui, ils s'aimaient
vraiment, ces deux-là, et la scène des voyelles en devenait
une merveille d'absurdité et d'humanité. Satchel S.
donnait à voir un philosophe qui apprenait quelque chose
de ce Jourdain devant lequel il réprimait tout d'abord un
rire tremblé, prompt à s'éteindre, cédant la place à un
regard d'une bonté tout juste déconcertée, à des sourires
cisailleurs et exquis, humains, complices, enthousiasmés
de tendresse envers ce pauvre type que tous raillaient,
dont tous profitaient, bon, vous connaissez la pièce, mais
pas la mise en scène rigoureuse et onirique, sobre et folle,
mozartienne (oh, la turquerie !) qu'on venait d'en faire, et
sans laquelle Satchel S. n'aurait peut-être pas pu jouer
comme ça. C'était simplement bouleversant, et je m'en
vais vous livrer bientôt une partie de mon papier, je ne
ferais rien de mieux et j'aurais horreur de tortiller
quelque chose de moins vrai.

Plus tard dans la soirée, le personnage d'Obéron
m'apparut avec une précision d'autant plus singulière
que je croyais en avoir tout oublié. Je passai la nuit dans

un demi-sommeil que veilla ce doux démiurge du terrible
joli monde de Shakespeare, Obéron à la diabolique et
crépusculaire suavité, Obéron gominé, cruellement fardé,
en frac à paillettes et en cape gris brumeux, tournoyant
dans ses transparences comme Natalia le faisait dans sa
bulle, irréel, inhumain, lui, mais ignorant la méchanceté,
promenant dans une fausse obscurité sa royale indifférence de chat, traçant des arabesques de légèreté, jouant
de ses doigts silencieux pour frelater ce qu'il voulait,
maître d'un amour qu'il ne connaissait pas et du chaos
qu'il connaissait bien, maniant passions et saisons sans
avoir l'air d'y toucher, souriant avec une distraction
affable et charmée de prince qui s'est fait ermite, allant
avec une grâce cynique au cœur de la nuit scintillante,
comme scintillait doucement l'ironie distante de cet
homme que je devais voir hors de la forêt magique, cet
homme qui quittait la scène à reculons dans de grands
fracas de rire glacés, qui considérait la folie des hommes
avec les dignes, attentifs mouvements de tête et les vastes
regards d'un félin qu'elle stupéfie et amuse — mais qui ne
le montre pas trop, s'il n'en perd pas une. Ce que
j'ignorais, c'était que cet Obéron ressemblait à Satchel S.
à beaucoup d'égards, que j'avais donc là davantage de
raisons de me méfier que de la simple gaieté intempérante
avec laquelle j'avais accepté d'écrire ce papier.

On disait de cet homme qu'il ne se laissait pas connaître, qu'il avait des traits d'esprit imprévisibles et souvent méchants envers le monde, qu'il promenait dans le théâtre sa morgue légère et sa hauteur énigmatique, qu'il charmait qui il voulait tout à trac pour s'en détourner aussitôt, qu'il était lointain, sibyllin, qu'il ne parlait presque pas, et jamais de lui.

A moi il a parlé tout de suite, juste après l'ouverture d'une porte qui ne finira jamais de s'ouvrir pour lui, parce que je l'ai de suite reconnu pour être l'un des miens et quelque chose de moi-même, la partie la plus juive de moi-même peut-être, un coin de moi-même confusément, anciennement familier, ce qui m'a donné envie de sourire, de lui sourire, de sourire à ce moi-même familier qu'il venait de révéler et aussi parce que, d'un coup, j'étais heureuse, parce que près de lui, j'étais chez moi. Il s'est assis, on s'est regardés en bons bretteurs connaissant l'adversaire tout autant qu'en compagnons d'une lointaine franc-maçonnerie, on s'est regardés, intrigués, séduits, confiants, naïfs, rayonnants comme si on nous avait allumé des lampes à l'intérieur, soudain très beaux et très intelligents l'un par l'autre, une petite lueur de miracle a jailli entre lui et moi, ça faisait une pièce très éclairée, et cet irradiant prodige était celui de retrouver (tiens, c'est vous...) ce qu'on ne croyait devoir ni approcher, ni entendre, ni toucher à nouveau, jusqu'à nos heures dernières et qui manquait, manquait, manquait.

Et ce manque, ce vide, cette blessure creusée en chacun

de nous-mêmes et dont la solitude avive la douleur, se trouva comblé d'un coup, ce fut comme si deux pèlerins par une nuit d'hiver se racontaient à demi-mot les avatars du périple qui les avaient séparés pendant un temps incalculable, un duo pressé où ses yeux autant que les miens posaient plus de questions que n'en posaient nos lèvres, une scène de grâce bouleversée, qui ressemblait à un bal où l'on tombe les masques, à une fête charivarique, brillante, où nous fûmes tour à tour extralucides et aveuglés l'un de l'autre, en tout cas portés par cette singulière gaieté qui m'avait poussée à voir en vrai l'Obéron du *Songe,* tout en sachant que personne n'est jamais en vrai, et en découvrant de ce premier regard, en découvrant d'entrée de jeu — si c'est celui que la fatalité préfère, et si c'en était bien un, et ô combien grisant, plus grisant que le vin ou l'opium — qu'il le savait aussi. Je me souviens de ces heures comme d'un festin où nous aurions mangé les mêmes nourritures immatérielles et tout autant vitales, le genre de choses qu'on doit vous servir au paradis. Le soir d'hiver tomba, quand il lui fallut partir — à son plus grand étonnement et au mien, parce que le temps avait joué de toute sa relativité et qu'il était quasi inconcevable qu'un après-midi entier se fût écoulé, entre l'ouverture et la fermeture d'une porte.

— Je vous connais depuis cent mille ans, il a dit, en partant.

Satchel disparu, j'eus l'impression de remonter d'une immersion en apnée au fond de la mer, il me fallut retrouver des gestes quotidiens dans mon appartement, que je ne reconnaissais pas bien, lui, parce que la seule venue de cet homme et sa voix martelée, parfois cassée comme une draperie de velours noir, l'avait transfiguré. J'ignorerai toujours qui a écrit le papier à ma place. Peut-être lui, que je ne différenciais déjà plus de moi-même, avec une belle inconscience faustienne d'avoir joué avec le feu, soit d'avoir pratiqué un rituel étrange dont je ne mesurais pas la force, ou fait un songe dont je ne me réveillerai plus. La pièce s'enfonçait encore davantage dans la pièce, et je ne m'en étonnais pas, si je ne savais qu'en penser — mais penser m'était alors la dernière chose intéressante : cet après-midi-là, vite enténébré d'une nuit précoce et à nous protectrice, j'avais vu à travers cet homme la couleur et la matière de ses rêves et un peu de son âme, et j'allais, à travers l'appartement transfiguré, vacillante et folle d'une joie terrifiée, j'allais éblouie dans le plus pur ravissement, élue et épargnée du choix, j'allais ivre vacillante d'une pièce à une autre sans que j'eusse le moindre besoin d'en changer, j'allais au cœur de cette nuit d'hiver qui avait la coalescence et l'éclat corrosif du premier jour enchanté du printemps. Il restait de sa présence, dans la pièce à écrire où nous avions parlé, froissé nos voix l'une contre l'autre comme on crispe des tissus somptueux pour que leurs cassures en magnifient l'éclat — il restait dans cette pièce comme une lumière fossile, celle d'après l'explosion d'une étoile.

Quand on se met à aimer, on a toujours un caillot de temps entre les mains, qui est comme un caillot de sang, une substance vivante. Je suis restée avec ça dans les mains, son image dans les yeux, et je ne sais pas avec quoi il est parti, il m'a juste dit, et il devait me le répéter souvent, que c'était quelque chose d'essentiel, et l'histoire des cent mille ans.

Encore quelques mots à propos de ce bref basculement, abrupt comme une saccade, du jour dans la nuit, de ma vie sans Satchel et de ma vie au milieu de laquelle il serait, cette vie qui, avant de se casser en deux, a basculé le soir où je suis entrée dans la dépendance de cet homme, dans le royaume qu'il m'offrait pour mieux me le dérober ensuite, dans le *Songe* à jamais. Quelques mots à propos de ce que j'ai pensé après qu'il fut parti. J'ai pensé pour toujours, or je n'avais jamais rêvé ni vécu ce pour toujours, je moquais cette escroquerie éculée du pour toujours, celle des plus beaux mythes ou des chansons populaires, ce pour toujours qui ne tient que si on meurt ensemble le plus vite possible, j'ai pensé pour toujours,

j'ai senti ces mots venir du fond des âges, j'ai su que ce
pour toujours je l'avais dans les yeux quand son regard
frappait le mien, quand son regard et le mien, liés comme
les mains des prières, se cognaient à quelque chose
d'exaucé, quelque chose d'inévitable. Je me suis dit Julia
tu as eu cent amants dans cette vie présente et tu ne sais
plus qui ils étaient, tu les as oubliés, les cent, dès que tu es
venue vers lui quand il en faisait de même, l'un de l'autre
charmés, ou plutôt vivant la Résurrection de ce charme
qui n'avait besoin que d'un premier regard pour jeter à
nouveau, sur lui, sur moi, son filet diapré, brillant comme
les yeux qu'il a, Satchel, les yeux noirs.

*

Il paraît qu'après m'avoir quittée, à la Comédie, il a
pris des scotchs en enfilade au bar de la cafétéria avec
l'air de quelqu'un de sonné, qu'il a dit qu'il avait
rencontré la fée Morgane, que pour la première fois il a
parlé à mon ami Kurt, juste parce qu'il avait besoin de
parler à quelqu'un qui me connaissait, et moi, le pauvre
Kurt, pendant les nuits où l'hiver allait se caramboler
dans un printemps faux derche, je l'ai empêché de dormir
pour lui parler de Satchel, Satchel, Satchel, parce qu'il
venait de le voir au théâtre, parce qu'il me fallait
quelqu'un qui l'ait vu, frôlé, qui lui ait marché sur les
pieds, ce qui devait être rare, Satchel n'étant pas du genre
à se les laisser mortifier en disant pardon, parce que je
voulais savoir s'il allait bien même s'il me l'avait dit une
heure avant, qu'il allait bien, s'il faisait la gueule, s'il était
content de son travail, si la salle avait été bonne, si j'étais
toujours la fée Morgane, s'il pensait à moi même en mal,
s'il n'y voulait plus penser, s'il avait ri, parlé, ou n'avait
pas desserré les dents, s'il avait bu ou non, mangé ou non,
s'il m'aimait toujours.

De cette soirée aussi dépourvue de crépuscule qu'à Java Central, de cette soirée qui allait donner à ma vie une embardée plus forte que toutes les précédentes, de cette soirée noire et preste qui nous avait enveloppés lui et moi dans l'envol vertigineux de la cape d'Obéron, de cette soirée toute de fragiles splendeurs, emplie du calme des moments où vous vivez ce qui doit être, sans possibilité de reculade, naquit — surgit sans me demander mon avis — le portrait de cet homme, et c'était comme si je l'avais peint les yeux fermés, c'était tout sauf du travail, c'était un peu de la voyance, aussi. C'était ça.

« Il entre avec trois heures d'avance à cause des caprices de l'EDF qui ont plongé la salle dans l'obscurité, vingt-cinq ans de Comédie derrière lui — et on a l'impression que les choses sont devant lui, déferlantes. Visage comme calciné d'avoir brûlé trop de questions, sculpté par le burin âpre de l'intelligence, regard résolu, calme, intègre, regard de solitaire — on comprend que son rôle préféré soit Alceste. Il parle. A mots crus, violents, passionnels, touchants. Il dit qu'il aime, adore, que ça lui fait plaisir, le ravit, qu'il ne supporte pas. Il sait aussi dire qu'il ne sait pas, qu'il ne peut pas répondre. Il *aime* les chats, la montagne l'été, les sopranos de Schwarzkopf et de Kiri Te Kanawa, tout Mozart — sans musique il ne vit pas —, la parano *géniale* de Woody Allen, il *adore* le public — *génial* aussi —, jouer les salauds (l'Éraste du *Légataire universel*, quelle ordure celui-là, se délecte-t-il). Il dit : " Je n'ai pas d'image, pas d'emploi.

Je fais ce que je veux de mon physique. Je peux jouer la séduction ou la laideur. " A propos de son métier, il a la phrase essentielle : " Je n'aurais pas pu faire autre chose. " Moi je dis : je ne sais rien faire d'autre, et ça revient au même, au sens du fatal, de la nécessité. Il dit : " J'ai été tailleur, horloger, pour gagner ma vie. A dix-huit ans, j'ai aimé une jeune fille qui prenait des cours de comédie. Je suis resté six mois au fond de la salle à écouter les autres. Un jour, mort de trouille, j'ai dit les *Obsèques de la lionne* de La Fontaine et tout a commencé comme ça. Mon père, qui ne voulait pas entendre parler de théâtre, m'a acheté une machine à coudre pour travailler chez moi, et j'ai continué à prendre des cours de comédie. " Il dit une chose très belle : " Cette machine, je l'ai offerte aux ateliers de la Comédie, elle sert à faire des costumes. " Autre chose très belle : " Jouer, c'est une jambe, mettre en scène, l'autre ; j'ai besoin des deux. " Il dit sa seule peur : ne pas être à la hauteur dans des circonstances graves — la guerre, la mort. Il dit avec pudeur, avec sincérité, à voix un peu plus basse : " Je ferai de mon mieux. " Il dit ses origines juives, son goût de la réfutation, de la discussion. Avant d'entrer en scène, il dit en yiddish dans sa tête : " Maman j'ai peur. " Il dit encore quelque chose de beau : " La Comédie, c'est un lieu enfantômé, sursaturé d'énergie, c'est une congrégation de moines réunis autour d'un culte étrange. "

En mars, à l'Odéon, il va monter *l'Éternel Mari*, adapté par David H. De toute façon, il fait toujours quelque chose, Satchel S. Même quand il glande, il rêve ; et quand il rêve, il sort parfois de son corps pour aller faire un tour. Pas Obéron pour rien. Il m'a dit quelque chose d'étonnant sur le cimetière juif de Prague, mais je n'ai plus le temps de vous le raconter. Simplement c'était beau, comme ce qu'il fait, comme ce qu'il est profondément. »

*

Aujourd'hui, le dix août, il y a un crépuscule d'or passé au tamis et j'ai envie d'écrire « nous », parce qu'il est mon frère depuis cet autre soir, ce soir opaque de l'hiver où quelque chose s'est pris de lui et de moi, quelque chose d'un souffle que rien ne déliera, ça je le sais par avance.

Il y a des moments, pourtant, d'autres jours parmi les jours de cet hiver-là, où j'ai tant eu besoin de son amour que je l'ai exigé avec une fébrilité qui le faisait mourir de trouille, des jours où je croyais qu'il ne me le donnerait jamais vraiment, par lâcheté — et là et aujourd'hui, ce jour d'été, je sais que je me trompe, qu'il me l'a donné, avec courage, en tremblant, parce que le courage c'est de vaincre la peur et que le moment, les moments, où il me l'a donné, il a donné plus que personne ne pouvait le faire, il a surmonté des choses terribles, il m'a demandé cent fois qu'est-ce que tu me fais sorcière, et c'était sérieux, il ne savait pas ce que je lui faisais, il est bien plus enfant que Natalia, on ne lui a jamais rien fait de l'amour, peut-être jamais vraiment fait l'amour, c'est à se le demander, d'accord cette première fois, ce soir d'hiver, il a prétendu des maîtresses à la Comédie, il est ainsi qu'il ne peut guère échapper au désir des femmes, or c'est ce qu'il a passé son temps à essayer de faire, son temps moins les heures qu'on passerait ensemble un peu plus tard, et encore, pas toutes. Après ces heures où son regard fuyait, refluait, où il n'était plus qu'une débandade, où tout de lui s'escamotait, un vrai tour de prestidigitation, il partait à reculons comme sur scène dans le rôle d'Obé-ron, masqué d'une brume progressive, mais sans rire, cette fois, après ces heures où, acculé à ma jeunesse, à mon amour, à mon malheur et ma beauté qui dépend des jours et qui les jours où je le voyais, ceux-là spécialement, ne me lâchait pas, devait prendre une sorte d'éclat désespéré (que vous êtes belle : il me disait et, les jours de malheur, sous-entendez sauve qui peut), après ces heures et ces jours-là, j'ai tellement pleuré. Mais les heures où il m'a acceptée, où il m'a répondu, où il m'a serrée dans ses bras avec une force de faible, de vulnérable, de type complètement pur, ces heures-là étaient si belles, parce qu'il montrait toute sa fragilité d'homme, parce que son visage était parcouru d'une onde de ferveur qui lui montait aux yeux et soudain on ne voyait plus de visage, on n'en discernait plus les contours, on ne voyait plus qu'un lac frissonnant dans lequel on a jeté une pierre, et ça me foutait à genoux, moi.

Les plus sublimes de ces heures, où on a envie de dire par pitié, arrêt sur l'image, je les ai vécues après la mort de mamita, quand il suffisait qu'on me souffle dessus pour que je passe par la fenêtre, il le savait très bien, et que je pouvais même passer par la fenêtre sans que personne y soit pour rien, alors, afin que je ne passe pas par la fenêtre et parce qu'il en avait envie, besoin, parce qu'il le fallait, il me serrait contre lui plus fort que personne ne l'a fait, comme si on allait mourir ensemble, un jour, et qu'avant on ne se quitterait pas une seconde, or on allait se quitter mille fois et mourir chacun de notre côté, à l'évidence, mais qu'est-ce que ça pouvait faire, on vivait l'humain au plus profond, tout ce qui est humain est voué à la décomposition y compris sa beauté et la mienne, aléatoires l'une et l'autre, si son intelligence et la mienne l'étaient un peu moins — si je ne sais quelle lumière de spiritualité baignait ces moments-là, qui avaient la gravité heureuse de la musique de Mozart, et ce brillant des larmes aux yeux d'un enfant qu'on retrouve, un enfant longtemps perdu, ces moments-là où je respirais à peine, contre lui.

*

Il a lu l'article, il m'a envoyé des fleurs, il ne savait pas lesquelles j'aimais, il y en avait de toutes les couleurs pour que je sois contente.

Les fleurs se fanaient quand j'ai lu, à la fin d'une lettre de Kurt et juste avant un dîner dont nous avions fixé la date, moi, lui et Natalia : « ... ce Cupidon en blue-jean qui n'attend que vos caresses... », j'ai eu peur alors de la faire souffrir comme j'avais commencé de souffrir pour Satchel, j'ai eu une envie sans suite de me décommander, j'y suis allée.

Elle était en avance tout comme lui et c'était plus que jamais l'hiver, elle s'est levée de sa chaise, dans le restaurant de Montmartre où nous avions rendez-vous, et j'ai vu ses yeux si émerveillés, ses yeux et ce regard que je ne méritais pas s'il y avait dedans de l'adoration quand je n'ai, ni moi ni même Mozart ni Michel-Ange, rien qui soit à adorer — j'ai vu ses yeux si émerveillés, j'ai reçu de l'émerveillement plein la gueule, j'ai marché vers la table, je lui ai souri, je savais qu'à l'encontre de Satchel elle ne dirait pas un mot de la soirée, glacée sous l'émerveillement, l'adoration et la trouille, continue de m'aimer comme ça, je t'en prie, Natalia, même si rien ne le justifie, rien, je savais qu'elle ne dirait pas un mot, alors que Satchel avait parlé jusqu'à manquer de salive, mais que ça revenait au même, qu'on était captifs tous les trois de la forêt du *Songe* et que nul des trois n'en sortirait sauf guerre atomique, et encore, on était foutus de se retrouver dans le même abri, et au ciel après, là je m'avance un peu dans des hypothèses à la candeur évangélique, restons dans la forêt du *Songe* et dans ce restaurant où elle me regardait avec le même regard qu'elle aurait pour moi quand je chanterai à l'église, près du mur qui me séparait du trou où on allait descendre le corps d'enfant de mamita H.

*

Elle me regardait, un des soirs de cet hiver qui allait être si rude, si long, d'un blanc-bleu boréal virant parfois au turquoise limpide, cet hiver irrépétible, étincelant, coupant comme le fil d'une épée et ne faisant de quartier pour personne, un hiver aux vents froids dans lesquels on entendait comme les petits crissements d'un os frotté contre un autre ; ce fut un hiver ceint par le gel, de cette intensité âpre qui rudoie la mollesse et pénètre le cœur, une de ces saisons de cristal à la lumière rare et précieuse sous laquelle tout s'épure, une rigoureuse saison qui se prit à dépouiller les gens de leurs mensonges tièdes et de pas mal d'inutilités, qui les cuisit, les mordit jusqu'à ce qu'ils rendent gorge et crachent la vérité, une saison vierge, convulsivante comme une ligne de cocaïne, un extrême hiver comme ceux de jadis, comme il n'en reste, à ce qu'on dit, plus beaucoup à vivre, et il fallait que ce fût au cours des nuits de cet hiver à montrer en exemple, que de telles choses déferlent comme elles le firent, hiver ou non, devant moi et devant Satchel — il fallait que ce fût un des soirs de cet hiver médiéval que j'eusse en face de moi cette fille qui n'en finissait pas de me regarder.

Elle avait un visage de statue chryséléphantine, avec ses yeux de jade sur lesquels croulaient ses boucles de l'or profond et jaune des anciens bijoux grecs, sa peau à la clarté sourdement lumineuse de marbre ancien, elle était si près de moi que je ne résistai pas à frôler ses joues aussi doucement duvetées que la peau d'une pêche blanche, les joues lisses et encore bombées de l'enfance, et j'ignorais avec quelle lenteur tendre, patiente, attentive, joueuse, de ses lèvres semi-ouvertes elle allait, un 19 mars — semblable encore à un jour de cet hiver inexorable et tenace, si c'était, plus j'y pense, sans doute le dernier d'un Occident qui jadis connut quatre saisons —, m'embrasser.

La pauvre en attendant ne mangeait rien, ne parlait pas, et savait, elle, que l'écrivain était amoureux du comédien, qu'il n'y avait rien à faire à ça, que ces deux-là se voyaient — et ils se verraient pendant tout cet hiver de gel et encore un printemps qui fut sa traîne grise et souillée, on peut surseoir à ça pour l'instant —, qu'ils avaient mille choses d'adultes à se dire entre adultes, qu'elle n'était rien — on le lui avait assez répété depuis sa prime enfance —, qu'il était normal que je sois folle d'un type aussi brillant que Satchel et non d'une terne fillette réduite au mutisme, paralysée, gauche à en faire tomber une aile de poulet de son assiette sur les genoux de l'écrivain qui disait que ça ne faisait rien ; mais non, pensait Natalia avant de me l'écrire, c'est affreux, je ne fais que des conneries, le sourire que j'ai eu d'elle à la Comédie je ne le retrouverai jamais plus, elle est très polie, et moi une espèce de paysanne arriérée, une mongolienne, c'est ce qu'elle doit se dire, pour tout arranger je viens de renverser du vin sur la nappe, que puis-je être pour elle, un lot de consolation au cas où Satchel, où Obéron, où le Maître des ombres, où le Maître de philosophie lui fasse de la peine et l'abandonne, elle a peut-être assez pitié de moi pour me tolérer de temps en temps près d'elle, si elle a du chagrin, je n'espère pas, quoique oui, juste pour être à côté d'elle, je me ferai toute petite, ils sont en train de parler de Matisse et je ne sais pas qui c'est puisque je ne sais rien.

Après qu'elle eut catastrophé l'ensemble de la table dans un silence absolu — mais qu'est-ce qu'elle a ? se demandait Julia M., bon Dieu, est-ce qu'elle est toujours comme ça ? Et mézigue, Julia M., ne pouvait pas, quelle que soit l'excellence de sa médiumnité, comprendre qu'à l'instant où l'on servit le café, sous les yeux de jade se levait l'ombre d'un Obéron si grand qu'il recouvrait le monde, comme la Mort rouge de son empire dans le conte d'Edgar Poe, elle avait pensé ça, elle adorait Edgar Poe, il y avait de quoi être terrifié.

Mais elle ne devait jamais tenter de fuir, jamais avoir peur d'aimer, cette fillette qui, en sortant du restaurant et en marmottant entre ses dents que jamais elle n'avait été plus nulle, nulle, nulle, a dévalé toute la rue Lepic sur les fesses, avec ses Lee-Cooper et les semelles de ses bottes troués, quand moi, à son insu (c'est le moins qu'on puisse dire), je fondais comme aurait pu le faire la neige si on n'avait pas été en plein hiver et sous la lune, comme si bourgeonnait déjà ce printemps aigre de notre premier baiser, comme si un tropical soleil de minuit venait de se lever. Je fondais. Je me promettais de lui acheter des Lee-Cooper et des bottes. Je l'embrassais sur les deux joues en la quittant. J'étais liquéfiée de tendresse pour elle, mais voilà, le lendemain je voyais Satchel et je ne pouvais une seconde soupçonner que ce serait désormais elle, toute ma vie, et lui seulement cette partie douloureuse et brûlante et consumée, une partie d'orgueilleuse beauté, aussi — mais une partie seulement de cette vie. Aussi, ce soir-là, sous l'emprise du sortilège qu'était l'attente de l'heure où je verrais Satchel le lendemain, je la quittai, enchantée d'elle, inconsciente qu'elle partait dans la solitude vers Nanterre et chialerait dans le RER, inconsciente qu'il n'y aurait plus de RER et qu'elle n'avait peut-être pas assez d'argent pour le taxi, inconsciente des déprédations commises par cette gosse sur mes jeans et d'une traînée de vin qui n'avait pas épargné ma chemise, oublieuse de sa gaucherie éperdue, atroce d'égoïsme car j'aimais ailleurs, on est tous comme ça. Au sortir de ce restaurant, Natalia ne voulait plus me revoir, ne croyait plus me revoir, j'ignorais ça aussi, je l'avais trouvée d'une joliesse singulière, qui eût été florentine sans le bossage de la pommette slave, d'une maladresse émouvante à la ville, quand, à la scène, elle défiait les lois de la pesanteur ; en raison du rendez-vous du lendemain j'aurais trouvé que tout baignait dans une harmonie céleste, j'aurais trouvé tout absolument sublime, ô combien plus idiote que toi, Natalia. Et cet hiver-là, c'était d'abord avec Satchel, de rendez-vous en rendez-vous, entre lesquels je ne faisais qu'écrire et rêver, que je devais le passer, jusqu'au jour de février où il me refusa un baiser avec la violence épouvantée de quelqu'un qui croit que c'est celui de sa mort, laquelle peut attendre, cacha son visage dans ses mains et ses mains sous ses boucles et me donna rendez-vous dans quatre mois, un truc comme ça, c'est-à-dire rendez-vous après ma mort à moi, elle qui très aguichante, me regardait à travers la vitre du taxi, ou plutôt rendez-vous aux enfers parce que je pensai en un éclair que la mienne aussi pouvait attendre encore un petit peu malgré tout, ce jour où il me donna ces choses avec la précision d'un matador portant une estocade assez parfaite pour que le toro s'effondre d'un coup et ne se relève plus.

Entre le moment où je commençai d'aimer Satchel et celui où il partit pour la première fois sans se retourner après m'avoir donné rendez-vous aux enfers, se déroula ce ballet lent, tournoyant, irisé de larmes, éclairé de sourires, cette valse de grave et transparente ivresse que je dansais avec lui, du pollen magique plein les yeux. Mais à l'orée de la forêt du *Songe,* il y avait toujours quelqu'un qui nous regardait. C'était la femme de Satchel — « la femme avec qui je vis », disait-il, et je doutais longtemps qu'ils fussent mariés : cette alliance que je devais découvrir bien plus tard à son doigt et qu'il me jura n'avoir jamais pris l'odieuse précaution d'ôter avant nos rencontres, je crois franchement, moi, ne l'avoir jamais vue. Ce que je n'avais jamais vu non plus, et que je ne devais voir qu'après quelques saisons dont celle en enfer, c'était précisément la femme de Satchel.

A la femme de Satchel, je n'entendais rien dérober, j'aurais juste voulu qu'elle comprenne ce que je désirais de lui : sa présence de temps en temps. Que j'aie aimé cet homme au-delà de l'amour n'aurait pas dû la troubler une seconde, puisque, de Satchel, je ne demandais pas même la réciproque. Kurt, qui l'apercevait de temps à autre à la cafétéria du théâtre, me disait qu'elle marchait dans l'ombre de Satchel, repoussait tout intrus de son territoire, y compris de sa loge où je ne pouvais pas plus entrer qu'un néophyte dans le naos d'un temple grec, pour la bonne raison qu'elle ne la quittait pas, cette loge. Elle montait la garde comme ceux qui aiment méticuleu-

sement, avec un stoïcisme opiniâtre et une inusable
constance, sans doute par là même carcéralement et
abusivement — mais c'était de l'amour, dont on a jamais
assez, alors cet amour-là, je souhaitais, aussi vrai que je
suis vivante, qu'elle le prouvât chaque jour à Satchel, et
qu'elle soit ce que je devinais, son seuil de sécurité. Je
n'avais besoin ni de cartes ni d'autre moyen de mantique
pour savoir qui était la femme de Satchel. Je la savais
arrangeuse de vie, guérisseuse d'angoisses et de plaies,
entrée à jamais dans sa religion d'amour pour Satchel,
cloîtrée là-dedans, déployant autour de lui des protec-
tions plus hautes que les murailles de Sion et des saintetés
à vous foutre des remords au moindre manquement
commis envers elle, oh de très intelligentes et efficaces
saintetés. Satchel n'aurait pas perdu son temps avec une
idiote et il avait à disposition une force terrienne,
junonienne, consolatrice, fiable comme une boussole,
quand il ne savait plus trop où était le nord ; cette femme
lui préparait sûrement des soupers fins après être venue le
chercher à la sortie du théâtre, je la voyais, méritante,
s'empresser aux fourneaux sur le coup de minuit, je
l'entendais lui proclamer qu'il avait été superbe dans le
rôle de l'huissier de *Turcaret* qui est un petit peu moins
important que celui d'*Hamlet,* mais dans l'huissier qu'on
voit dix minutes à la fin de la pièce, superbe, tu as été
superbe. D'après la rumeur qui a rarement l'occasion de
gronder plus fort que dans l'enceinte d'un théâtre, ce
n'était pas forcément le bon Dieu que priait la femme de
Satchel, pour que s'écartent de lui les vents du malheur,
par exemple pour qu'il n'attrape pas de rhume avant de
jouer l'Ulysse de *la Guerre de Troie,* même si l'on pouvait
alléguer que, pas de bol, cet Ulysse à la voix nasonnante
avait pris froid sur son bateau juste avant sa décisive
entrevue avec Hector. Et si les prières à Dieu ou Diable
n'avaient pas marché, tisanes miellées et médicaments au
camphre, hoquetait la rumeur, morte de rire. Moi, je ne
riais pas tant que ça. La femme de Satchel était à
l'évidence tout ce qu'il faut à un artiste, et de ce qu'il faut

à un artiste, je sais quelque chose, pour précisément ne jamais l'avoir jamais obtenu d'un homme, mais, sans en rien demander, d'une vieille dame. Satchel n'avait pas épousé une vieille dame mais une personne mûre, figurant, cette personne, les contreforts, la charpente et le toit hérissé de paratonnerres de la maison réchauffante dont l'écorché sublime, le môme frileux, réfractaire, bordélique, chieur et fou d'angoisse, qui ne peut rester une heure dans le noir sans hurler, j'ai nommé l'Artiste, a un besoin injugeable car essentiel. Tout ce qu'elle faisait pour lui, tous les rôles protéiformes qu'elle remplissait, dont celui de gilet pare-balles, fonctionnait comme un sort, c'était déjà de la magie d'appropriation, de la noire, elle n'avait donc pas besoin d'user réellement de ces rustaudes et téméraires pratiques, tant pis pour elle si elle l'a fait.

Or donc, comment aurais-je pu porter de l'inimitié à la femme de Satchel, moi en qui Satchel avait éveillé, quelque part sous le cœur, une brusque sainteté oblative, à croire que son répertoire hors de scène comportait l'emploi d'Éveilleur de sainteté. Tant mieux pour sa compagne, souriait donc saintement Julia M., si elle pouvait être tout ce dont rêvent ces béquillards hallucinés qui, sans que personne s'en aperçoive, exercent, sur une scène, devant une feuille de papier, etc., le plus périlleux métier du monde. Tant mieux pour elle et pour lui, si elle était cette terrifiante puissance quotidiennement secourable — et par là même capable de vindicte tel le Dieu d'Israël —, quand moi, l'amour de Satchel m'avait rendue à la fragilité, suscité cette tendresse infinie qui pardonne tout, absolument tout. Si sa femme était de terre ferme, j'étais, moi, aussi rassurante que le sable d'une plage de Californie au début d'un séisme, et, sous les pieds de Satchel, il fallait cette terre-là, ce continent qui ne dérive jamais — en outre je conjecturais qu'à son exemple un jour, me détestant de le faire, je chercherais la même chose, que, ce jour, le grand chahut de l'écriture ne pourrait plus se faire avec un autre chahut à l'extérieur, qu'enfin, ce morne jour, il me faudrait bien quelqu'un qui

trie et range à ma place les choses matérielles — et tant
pis si ça me donne l'impression d'être à l'armée à cause
du trieur et rangeur, soupirais-je, avec un fatalisme
humilié, quand ça me prenait, le blues. Or, à voir vivre
Satchel devant qui, apparemment, le quotidien se pros-
ternait par les soins de sa rangeuse afin qu'il puisse
pratiquer au mieux les rites singuliers et astreignants du
théâtre, le blues me prenait de plus en plus souvent.

Quand Kurt m'a dit crédieu, elle est d'une fadeur
inquiétante, on ne voit pas ce qu'un type comme Satchel
fiche avec cette femme-là, j'ai dit ah c'est dommage,
Kurt, mais c'est qu'elle doit être encore plus formidable
qu'il ne le dit parfois, qu'elle doit savoir faire le lapin à la
moutarde, la dernière toilette des morts, et surtout,
attendre, c'est le seul don vraiment nécessaire à la femme
d'un comédien, avais-je conclu avec un sourire bénissant
que Kurt fut loin de comprendre.

A moi il a fallu attendre, pour la voir autrement qu'en
rêve, le soir de la générale d'*Esther* — et là j'ai éclaté d'un
rire navré, j'ai eu la preuve qu'elle était parfaite, qu'elle
savait jouer de tout, y compris d'être timide, empruntée,
de se confondre avec les murs, et que cette même
personne si oubliable tuerait si jamais quelque autre
passion que celle que Satchel avait du théâtre voulait le
lui prendre ; et puis j'ai eu de l'affection pour la pauvrette
qui aurait exécuté les douze travaux d'Hercule et résolu
des énigmes pires que celle de Thèbes pour ne pas le
perdre — et au cas où, ainsi que l'insinuait la rumeur
rigolarde, elle eût été demander au diable d'être appariée
jusqu'à sa mort à cet homme, on ne pouvait que lui
pardonner, voire la plaindre de risquer sa peau et son
âme à signer de tels pactes avec l'abîme. Mais foin de
goétie, l'affreuse religion d'amour suffisait et sa démence
incantatoire et chaque jour œuvrant, pour qu'il n'en
quittât pas la prêtresse, cette petite créature d'un aspect
si terne (j'étais une fois de plus d'accord avec Kurt) qu'il
semblait le fruit de préparatifs délibérés, visant à lui
conférer la quasi-invisibilité des anges gardiens ou des

génies protecteurs. Moi, ce soir-là, en revanche et un peu par hasard, j'avais l'éclat d'une géante rouge et, ne voulant pas qu'il blessât les yeux de l'invisible, je me rencognai derrière la rambarde veloutée de la corbeille, pour une seconde raison me rencognai encore davantage, qui était que Satchel aurait pu souffrir de me voir brillante comme une étoile rouge et elle rétrécie comme une naine blanche avant que le ciel ne l'avale.

Bon sang, pensai-je soudain avec un peu moins d'abnégation, si Satchel monte ma pièce de théâtre, qu'elle ne la maudisse pas, cette pièce, qu'elle soit magnanime, cette pièce ne lui veut aucun mal, qu'elle s'efforce donc de ne pas la maudire à cause des cheveux noirs de la jeune femme qui l'a écrite, par exemple — voilà qui serait à mon avis une façon suprême d'aimer Satchel, souris-je, me penchant au-dessus de la rambarde pendant que l'éclat de la naine blanche décroissait encore. Ici, du reste, elle va s'éclipser totalement, n'ayant plus à apparaître dans ce qui suit, et si elle a continué de le faire dans mon sommeil, j'ai trouvé ça bien suffisant.

*

Et parce qu'il me gardait au plus profond de lui et que, quand j'arrivais à en douter, ce n'était pas pour longtemps, parce qu'il me connaissait depuis cent mille ans et les premières pierres du temple, je ne vis pas passer le temps, je n'eus conscience que du froid, pendant tous ces mois de rendez-vous hâtifs et d'une importance capitale qu'il me donnait alors qu'à part le rôle d'Éveilleur de sainteté, il en jouait trois autres en alternance et mettait en scène *l'Éternel Mari*.

Tant de rendez-vous, Satchel, avant le soir, qui aurait pu être le dernier de ma vie, où tu me refusas ce baiser et moi, si on me refuse un baiser, je veux mourir tout de suite, je n'ai aucune patience dans le domaine du baiser, et puis avec ce baiser c'était tout de toi que tu me refusais, ce n'était rien moins qu'une apostasie pour laquelle moi

seule aurais pu être châtiée à ne plus tenir debout, sans la
môme qui dort rue L. dans la chambre à côté. Tant de
rendez-vous où tu me précédais d'une demi-heure pour
qu'on ait une table à l'écart, ce qui m'était déjà un petit
bonheur. C'est comme pour le vin, quand il est sublime,
on n'a pas besoin d'en boire beaucoup, quand on est dans
le sublime, on se contente de peu, le sublime, ça ne
s'engloutit pas, ça ne se bâfre pas, c'est comme une mince
hostie délicatement déposée sur la langue, le corps du
Seigneur n'a pas besoin de davantage pour être. Tu me
disais : « Pensez à moi quand j'entre en scène, je jouerai
pour vous, comme si vous étiez là, et peut-être serez-vous
là, en tout cas je ferai toujours comme si. » Tu me
vouvoyais et je te vouvoyais avec une déférence qui, au
début de l'hiver, n'était qu'exquise. Je t'écrivais beaucoup. Je t'écrivais que c'était comme un mystérieux et
indispensable banquet de fiançailles — celui d'une singulière alliance — que de se voir ; que si je ne te voyais pas,
je mourrais de faim devant de vrais plats roboratifs, que
pour vivre il me fallait te voir, que manger et dormir
n'avaient aucune importance, que d'ailleurs je ne le
faisais pas, c'était du temps perdu dans les limbes où
s'épuisait une énergie que je ne retrouvais qu'auprès de
toi — que cette énergie était (et elle l'est plus que jamais,
bien plus que cet hiver-là, Satchel, tu ne peux qu'en
convenir, maintenant, et ça te plaît d'en convenir,
maintenant) comme un trésor déposé entre nous, qu'il
fallait se le partager et qu'aucun de nous deux ne devait
s'en saisir sous peine de voir l'autre perdre graduellement
forme humaine ; que je ne serai plus triste, 1) comme
parfois quand je te sentais loin et près de cette femme qui
souvent m'effrayait en rêve ; que je ne voulais pas que tu
me voles ce que je te voulais donner : si j'avais tant besoin
de toi, de te voir, c'est que l'amour s'abrège à ça, se voir,
échoue avec superbe sur ce constat qu'il faut se voir, n'est
que voir l'autre et en être vu. Si tu m'avais regardée, tu
m'aurais aimée, c'est Salomé qui le chante. Je t'écrivais
que j'aimais par-dessus tout de toi l'intelligence, celle qui

ne saurait blesser, celle qui restaure un équilibre et une harmonie si douce sur les jours, que je ne serai plus triste, 2) parce que j'avais trop de choses à faire pour le rester longtemps — mais que ces choses il n'y avait que toi pour m'aider, inexplicablement ou presque, à les faire ; que je tenais, bien sûr, à ce que jamais ne se rompe ce lien d'une force et d'une fragilité extravagantes, qui était le nôtre ; ni que se brise ce charme, lequel, s'il se trouve jeté sur deux personnes tant soit peu douées pour ce qu'elles font, peut les amener à accomplir des merveilles. J'écrivais : entrez donc en scène comme vous me le dites, en pensant que je peux être dans la salle et pensez à moi quand j'entre dans mon texte, si c'est possible.

Si je ne pouvais me passer de Satchel, il en allait apparemment de même pour lui qui me fixait ces rendez-vous de parleries dans des bars, des salons de thé, et ce dès qu'il le pouvait, au cœur d'un emploi du temps où je me demandais franchement quand il allait pisser.

*

Et il y eut ce soir, Seigneur, où, à l'entracte du *Songe* (j'ignore combien de fois j'ai vu la pièce ; il me semble que je n'ai pas quitté la salle avant la dernière représentation — le *Songe* fut en tout cas l'unité de lieu, de temps et d'action de ma vie d'alors), une crise de tétanie me pétrifia corps et âme, et c'était le soir, Seigneur et vos anges, où je devais souper avec Satchel, ce qui était quelque chose de sans précédent et devait se révéler par la suite tout à fait impossible, nous étions sanglés d'impossibles, et ce fut le soir saturnien où Kurt eut le geste admirable, lui qui m'aimait depuis quatre ans, de me haler vers un recoin tapissé de velours sombre où m'attendait un Obéron plus pâle que la craie de ses fards, qui me regardait de ses grands yeux phosphorescents et peints et pleins d'effroi, qui m'embrassa les mains avant que je ne réussisse une disparition très scénique pour quelqu'un qui tourne de l'œil, une disparition ravissante,

chavirée, souple, avec envol drapé de cheveux noirs,
parce que, Satchel, j'aurais tout fait pour le séduire même
sur une civière, et ça avant que le passage en bourrasque,
la baffe, la torgnole de la mort ne nous rendît tous deux à
la vérité — pauvres idiots perdant du temps avant la fin,
au jeu somptueux et stérile et fatal, aussi, fatal, surtout,
de la séduction. Mais au moment où la crise de tétanie me
crampait du crâne aux orteils, il ne jouait pas, Satchel. Et
jamais je n'oublierai l'effroi dans ses beaux yeux, ses
prunelles vacillantes sous les longs cils fardés, pas plus
que l'abnégation et l'immense bonté de Kurt me raccompa-
gnant dans la maison de l'homme, Kurt qui venait de
me voir en crever pour un autre et dont les gestes de père
m'ont fait l'adorer à ce moment-là, adorer c'est bien beau
mais c'est vachard quand on en aime un autre — ce
Maître des ombres qu'il était tout autant que Natalia
était le demi-dieu de l'amour sur une scène où se jouaient
ma vie et la leur. Ici vous allez me dire que j'aime trop les
gens, et tous à la fois, que cette hémorragie d'amour
tuerait n'importe qui. C'était, voyez-vous, que la mort
approchait, celle de mamita H., et que, contre sa venue,
on ne peut que créer ou aimer. Et certes je l'ai fait
précisément à en mourir, je l'ai fait ainsi, quand tant de
tièdes s'y refusent, salut Satchel. Et je maintiens que c'est
une chance de pouvoir aimer comme ça, d'être toute
offerte et livrée, une vraie chance, quelque chose de beau
comme de monter à cheval à cru. Et l'important, c'est
d'avoir un regard qui soit lucide, de les voir bien pourris
s'ils le sont et de les aimer envers et contre tout, envers et
contre eux s'il le faut, parce qu'ils sont seuls et paumés et
parfois sublimes comme toi, Satchel, qui te rongeais les
ongles de concert avec Natalia pendant l'entracte du
Songe, toi, Satchel, qui seras toujours, avant le jour de
l'été où tu tombas tes mille masques, celui qui m'embrassait les mains, celui aux yeux de noyade imminente, celui
aux joues tragiquement creusées de triangles noirs, dont
tremblait la bouche durement carminée, celui qui avait
peur que quelque chose de néfaste ne soit allé trop loin,

d'avoir trop *badiné* avec moi — or tu devais me faire bien plus de mal en renonçant à ces rendez-vous où on se caressait à la limite du tolérable avec des mots et des regards et les mains, et oh quand tu me tenais très fort par le bras dans la rue, si fort que je croyais qu'on allait rester encastrés comme ça pour toujours, quand tu me passais ma fourrure blanche avec un geste de torero, quand tu me répétais *ex abrupto* tes mon Dieu que vous êtes belle, et quel regard vous avez — le plus souvent quand il était liquescent de larmes, n'importe qui l'aurait trouvé beau à ce moment-là —, mais ces deux phrases, tu me les disais comme personne ne me les avait dites, tu me les disais aussi comme quelqu'un à qui ça fiche la trouille de sa vie et moi je me mettais à crever de trouille que tu ne m'abandonnes, je ne sais pas au final lequel des deux était le plus mal en point. Ici on entend le « Voi che sapete » de Chérubin.

*

Ainsi passa cet hiver où il était toujours cinq heures, l'heure du thé, ou sept heures, celle du scotch, où donc c'était toujours la nuit, comme au théâtre quand seule la scène est éclairée. Ainsi passa cet hiver où je tombais souvent malade, à cause de tout ce que faisait sa femme juste en pensant à moi et de ce qu'il ne faisait pas tout en pensant à moi, ou ce qu'il faisait de pire que rien, ce rien qui m'eût assez rapidement rendue à l'indifférence. Un hiver où j'atteignis un sommet de cruauté envers quelqu'un d'autre, Kurt, en lui disant : C'est pourtant simple, ce que je lui demande, à Satchel, c'est de me faire l'amour, un jour je mourrai en pensant encore que ça, il ne l'a pas fait, par cette pusillanimité masculine à vomir que je connais trop bien, Kurt, je mourrai dans le désespoir qu'il ne l'ait pas fait et la rage de trouver ça inexplicable, et la révolte que cet hiver avec lui soit comme un tombeau qui ne veut pas révéler ses secrets et qui rend fou l'archéologue, complètement fou comme je suis folle sous ce soleil d'hiver tout blanc, comme je l'ai été, Kurt, ça c'est ce que je pense aujourd'hui où le soleil a l'éclat des boucles de Natalia, cet été d'après la mort de mamita H. — et où était la rose de leur jardin que j'aurais tant voulu jeter dans la fosse? oui Kurt, folle comme je l'ai été quand je lisais cette folie au fond d'ambre clair de la sixième tasse de thé que je buvais, terrorisée d'amour, à côté, en face, près, au-dedans de lui.

C'est la plus froide des nuits de cet hiver qui vient, maintenant, elle suit le jour où tout fut ruiné, brisé, mort, où j'ai cru que rien ne subsisterait de moi ni de Satchel, où j'ai cru que ce serait le dernier salon de thé de l'hiver et des autres saisons.

Dès qu'il m'a vue entrer dans le salon de thé, il m'a dit que j'étais belle, et tout de suite après qu'il ne pouvait aimer deux femmes en même temps, qu'il ne l'avait jamais pu, qu'il ne savait pas faire ça. Il m'a dit mais quel regard vous avez, quel regard! dans mes yeux c'était pas des larmes, mais une substance dure qui ne coulait pas, qui me faisait mal, comme une barrière pour ne pas le voir. Il m'a dit mais qu'est-ce que j'ai de spécial, enfin, et j'ai cinquante ans, je suis vieux. Il m'a dit qu'on se reverrait au printemps, à la générale de *l'Éternel Mari*, au printemps, ça voulait dire jamais. Il a mangé, lui, moi pas, j'avais pas faim. Evidemment, il avait cette faim des gens qui vont bien, qui se tirent d'un mauvais pas. Il a bu du thé, lui, moi pas, j'avais pas soif. Il fallait sortir du salon de thé, vite, c'était tout ce que je pensais, j'étais en danger de mort devant cet étranger-là. On est sortis, vite. Il savait bien qu'il avait fait quelque chose de terrible, il ne voulait pas s'attarder. Et à la porte du salon de thé, on a rencontré la fille que sa femme a eue d'un premier mariage, Satchel a retrouvé toute sa gaieté en la voyant, j'ai cru que c'était cette gaieté que je ne lui pardonnerais jamais, parce qu'avec moi il avait été comme un cime-tière. Quand elle a filé (byyye!), Satchel c'était l'incarnation de la peur. Il balbutiait qu'heureusement il avait parlé de ce déjeuner avec moi, heureusement. Parlé à qui ? A la rassureuse, bien sûr. Il disait ça comme un homme traqué, cerné, dans un délire hostile, il ne me regardait pas, surtout pas. Il m'a jetée dans un taxi, il y est entré après moi qui n'ai plus aucun souvenir de la destination donnée au chauffeur, de toute façon, pour moi, on n'allait nulle part. C'est à l'arrière du taxi que ça s'est passé, il pleuvait, il y avait un camion qui déchargeait je ne sais quoi devant nous, les types prenaient leur temps, c'est là qu'il a refusé de m'embrasser, je voulais juste ça, un baiser, une dernière fois, être contre lui, je voulais pas mourir, pas comme ça, c'était trop sale. Tout le temps que le camion a mis pour son déchargement, ça a été celui du désaveu, celui où il m'a flinguée avec un silencieux, alors que, dans ces nuits d'hiver, on s'était déjà embrassés, bien sûr, violemment, brièvement, et en public, comme on vole une pomme à l'étalage. C'est ce jour-là qu'il s'est masqué le visage de ses mains et les mains de ses boucles, qu'il a murmuré entre ses doigts non, non, je vous en prie. Salomé pleurait à l'arrière du taxi et jouait ce rôle qu'elle ne connaissait que trop bien pour l'avoir joué souvent, mais là, sans comprendre pourquoi il fallait le reprendre, pourquoi elle perdait sa force, son sang, son âme, en perdant ce pathétique paumé, ce comédien sublime, ce fragile prince juif, c'était tout ça en même temps, Satchel, et mon frère par-dessus le marché.

Il a jailli du taxi en donnant mon adresse au chauffeur, il a disparu, il m'a laissée ainsi, plus disparue que lui. A la maison, rue L., j'ai compté mes barbituriques, j'en avais assez. Le soir est tombé avec ses glaces bleues. Kurt a appelé. On devait dîner avec Natalia, pour la seconde fois, dans un restaurant de Montmartre, rendez-vous chez moi à vingt heures et moi j'avais ce rendez-vous en enfer avec Satchel, dans des mois, pour une générale, ça m'a presque fait rire. J'ai hésité à sortir. Si je n'étais pas sortie, à quoi ça tient, je n'aurais jamais vu le jour d'été où Satchel est venu, le huitième après la mort de mamita H., où c'en a été fini du ballet inquiétant, où il m'a embrassé les cheveux et la bouche en tremblant, où d'un coup tout s'est trouvé justifié, les cérémonies pour se faire belle et courir au Ritz, au Meurice, au Crillon, pour boire cent tasses de thé ou des scotchs, ces douleurs de le voir partir en m'envoyant un baiser en échange de mon âme qu'il volait comme ils le font tous sans exception quand ils se savent aimés, ce jour d'été où tout a cessé d'être un élan vers quelque chose de cruellement insaisissable, vers cet homme qui se protégeait derrière les fards et les écrans de brume du Maître des ombres, jusqu'à ce que je devienne moi-même une chose pâle, vaporeuse et sans contours, une ombre dont il faisait ce qu'il voulait.

Mais surtout, si je n'avais pas été au restaurant de Montmartre, et ensuite dans l'atelier du peintre, je n'aurais jamais connu ce moment où Natalia a osé me caresser les cheveux, a gueulé qu'il ne me méritait pas, ce type, le moment où j'ai levé les yeux sur elle et où, moi, j'ai vu une vague vive et scintillante qui se levait et croulait et allait lécher un nouveau rivage, celui où elle m'attendait, Natalia.

*

Dans le petit restaurant de Montmartre, Kurt a passé la commande, je me suis levée, j'ai été aux chiottes, Natalia m'a suivie. Je lui ai parlé entre mes larmes sans savoir si elle comprendrait. Je lui ai parlé d'un Obéron qui refuse qu'Héléna pleure, cette pauvre Héléna qui veut être l'épagneul de Démétrius, et Satchel, même ça, que je sois son épagneul, il ne l'aurait pas voulu. Je lui ai dit que de toute façon le rôle de l'épagneul, je n'aurais pas su le jouer, ç'aurait été un contre-emploi. Je lui ai dit que si Héléna avait pleuré hors de scène, c'était qu'elle venait de voir s'effriter *avec angoisse* son intégrité, qui ne se serait pas effritée (et je glaviotais, et je savonnais mon texte, et les yeux de Natalia étaient assez grands pour refléter mes larmes, à moins qu'elle n'eût pleuré, elle aussi) si lui, si Obéron, si Satchel, si Démétrius, si cet homme avait su la calmer d'un seul geste, lequel l'aurait fait lui-même *mourir d'angoisse*; que ça aurait fait une bonne scène dans un film de Woody Allen alors que ça avait fait surgir l'enfer dans un salon de thé et dans un taxi, qu'on se demandait comment des gens aussi sensés (là, elle n'a pas eu l'air étonnée, et la très sensée Julia M. a vu se conforter son sentiment à l'égard du Cupidon du *Songe* : il y avait du génie dans cette tête d'archange aux regards vastes comme ceux des figures de Piero Della Francesca — du génie à la scène comme à la ville) que moi et Satchel avaient pu se faire réciproquement mourir d'angoisse, et de façon aussi absurde; que c'était l'ouroboros, qu'on n'en sortait plus; que les trois ou quatre saligauds qui de par le monde m'avaient violée et parfois avec une lame sous la gorge jusqu'à cette belle soirée de mes trente-sept ans, n'avaient strictement rien fait de mal à côté de ce qu'il venait de faire, lui. (La nuit même, dans la chambrette de Nanterre où elle habita jusqu'à la mort de mamita H., elle déchirait la photo de Satchel, une photo de scène qui lui avait coûté deux cents balles, alors qu'après le *Songe*, faute de fric pour un taxi, elle rentrait à Nanterre par le métro, puis par le RER puis à pied par la nuit d'hiver en longeant les trottoirs où des ivrognes s'éveillaient parfois au passage de cette fille qui ne les voyait pas, qui caracolait encore dans sa bulle, d'un rocher à l'autre de la jungle ensorcelée, allait dans le noir comme on marche sur la lune, à une heure du matin jusqu'à son HLM, sans s'apercevoir que c'en était un, ou alors c'était le seul HLM de la forêt du *Songe*.)

J'ai parlé à cette fille de l'histoire des boucles sombres croulant sur le nez busqué israélite et des longues mains sous les boucles sombres et du refus et de mes yeux à moi, mes yeux vitrifiés de larmes dures, sans m'apercevoir que les siens avaient dévoré son visage et l'étaient tout autant. J'ai dit à cette fille que sans lui je ne pourrais plus écrire. Que de le voir avait la vertu inspiratrice de certaines

macérations de plantes africaines. Je ne savais pas si à
dix-sept ans on pigeait toutes ces choses. Je lui ai dit que
je voulais un baiser, ce jour-là, à cette seconde-là, et que
Salomé était quelqu'un de traitable, à côté de moi, dans
ce cas précis — rarissime, au sens où, hormis Iokanaan,
qui refuserait quoi à Salomé ? Qui, merde, Natalia ? Et la
petite suffoquait sous l'histoire des boucles, des mains, du
camion, de la pluie, de la répudiation, elle aurait bien
voulu que je lui raconte celle de Salomé pour mieux
comprendre, mais elle s'était dit que c'était pas le
moment, elle avait peur que je me tue, elle m'a prise par
le bras, on est sorties du restaurant, elle, moi et Kurt, et
que pouvait la pluie contre mes larmes, monsieur Nabokov ? La
pluie était de la neige fondue quand on a pénétré dans
l'atelier, et elle me soutenait comme l'aveugle le paralyti-
que, et si elle jouait l'aveugle, c'était qu'elle m'aimait,
que Cupidon s'était pris sa flèche au plus secret de sa
chair de gosse — en vérité, elle venait de grandir de dix
ans en quelques minutes cette nuit-là, ce dont je me suis
aperçue en l'entendant répéter que c'était de sa faute,
puisque c'était elle qui me l'avait désigné, oui cette fille
était *complètement* géniale, avant d'être *ma* petite géniale,
ma petite sublime, respectez les italiques messieurs les
imprimeurs s'il vous plaît, et ce 6 février, tout l'amour
dont Satchel ne voulait plus, tout cet amour, mon cœur,
je te l'aurais donné (oh Natalia crois-moi je t'en prie —
vœu inexaucé, elle s'évertua toujours avec perversité à
douloureusement croire le contraire) même si jamais cet
homme n'était entré chez moi par une nuit d'hiver, une
nuit juste un peu moins froide.

Kurt m'a proposé de dormir dans son atelier, j'ai
accepté, Natalia a dit qu'elle restait avec moi si possible,
et ça l'était, il y avait un lit à deux places dans la
mezzanine, Kurt a dit qu'il coucherait par terre, qu'il
s'en foutait. J'ai pensé que ce serait l'unique nuit où je
prendrais le risque de laisser seule mamita H., mais il y a
des nuits comme celles-là où l'on n'a plus la force de

rentrer chez soi, et j'étais aussi vulnérable que la fontanelle d'un bébé, et Natalia me regardait avec le désir implicite de me donner toute la chaleur et l'énergie de ses dix-sept ans, et puis cette seule nuit-là j'aurais été capable d'abandonner mamita sans attendre son heure à elle, cette nuit-là j'aurais marché vers le sac de barbituriques comme la princesse vers le fuseau, ç'aurait été le plus sale tour que j'aurais pu jouer à la vieille dame de mon enfance. Quand je l'avais quittée, avant de rejoindre Satchel et d'entrer dans la spirale du pire, elle allait bien, elle souriait sans raison comme les tout-petits, et quand elle m'a vue partir, elle m'a dit que j'étais en beauté ce jour-là, que ça changeait de ceux où je restais clouée derrière ma machine à écrire, les cheveux tirés par un peigne de plastique, pâle comme un fantôme, qu'avec les cheveux dans le dos et du rose sur les joues et du rouge sur les lèvres, je ressemblais d'un coup à quelque chose, je lui avais demandé à quoi, elle avait répondu : à une jolie femme, elle avait souri artistiquement, ma vieille petite coquette, de ce sourire qui lui creusait des rides en lunules, on aurait dit des fossettes dans son visage de délicate fleur froissée, ce visage qui me faisait penser à un œillet blanc.

*

Dans l'atelier, pas plus que de dormir, je ne pouvais m'arrêter de pleurer, et quand je pleure je les pleure tous à la fois, je suis submergée d'eux et ça coule, je pleure mes disparus qui ne voient plus la souffrance, je pleure mon père et son visage de Greco, je pleure mon Comte d'Orgaz de père, je pleure ma petite chatte Roxane, qui est venue s'allonger pour mourir devant la porte de la chambre de mamita à l'heure même où j'étais dans le coma 3, je pleure la mère que je n'ai pas eue, je pleure mon ami Cass qu'une bombe a tué à Beyrouth-Est, je me mets à pleurer tout le monde et j'en oublie à cause de qui les larmes ont commencé, je pleurais trois fois plus que l'Héléna du *Songe*, j'ai été bien obligée de me souvenir qu'en principe c'était à cause des mains avec lesquelles Satchel avait caché son visage que je pleurais davantage qu'Héléna et autant qu'une madone espagnole et c'était la mort de mamita que je pleurais par avance, aussi. Kurt a mis la *Messe en ut* de Mozart sur son vieil électrophone, débouché pour moi une bouteille de sancerre rouge parce qu'il sait que j'ai le vin gai, mais aucun millésimé n'aurait rien pu contre ce que Satchel avait fait de ses mains quelques heures auparavant. Pour Natalia, qui ne voulait pas de vin, qui n'aimait pas ça, il a sorti du frigo un jus d'orange en bocal, elle s'est jetée dessus, j'ai adoré la voir s'enfiler ce jus d'orange, Natalia aurait troqué un haut-brion contre n'importe quel jus de fruit sirupeux en boîte et pas même frais, ce sont des choses où l'on voit que les gens sont jeunes, que rien d'eux n'est définitivement formé, qu'ils n'ont pas encore de papilles, comme Natalia qui buvait et mangeait n'importe quoi, ça lui donnait de l'acné, elle avait de l'acné et l'instinct de l'instinct outre le génie à l'état brut, des soifs terribles, des faims de loup et des sommeils de pierre, plus tard on n'a plus vraiment soif, on tastevine des millésimés parce qu'il faut circonvenir le palais avant que ça passe, la nourriture, on mange des exquisités aux cardamones, des nids d'hirondelle et des œufs de caille parce qu'on n'a plus assez la dent pour un sandwich et qu'il faut que la bouffe soit tantalisante sinon plutôt jeûner, on n'a plus vraiment sommeil et on prend des pilules pour qu'il daigne venir, on a besoin de tout un tas d'artifices et de trucs byzantins pour que s'accomplissent les fonctions naturelles de la vie, et je ne vous dis rien de la constipation, je la regardais glouglouter son jus d'orange verre sur verre, ne grandis pas trop, Natalia, tout de même, ne te prends pas *ex abrupto* dix ans d'un coup par amour, je ne mérite pas ça, demain matin redeviens une gamine, suis l'exemple d'Alice et pas le mien, ne te mets pas à te saouler au sancerre et à en crever un peu plus tous les jours comme la fille que tu avais sous les yeux ce soir-là, qui vidait la bouteille et pleurait à nouveau après la rémission du jus d'orange, cette fille qui disait qu'elle ferait n'importe quoi pour se tirer des lianes de la jungle magique, qu'il l'en délivre d'un coup de sa canne, Obéron, qu'il fasse ça, au moins, la fille délirant son malheur sous le regard vert de celle qui, plus tard, écrirait qu'elle n'était née que pour l'aimer, qu'elle ne voyait pas bien, sinon, à quoi elle servait.

Ce qui m'a sauvée, ce soir-là, c'était, 1) de sentir que, de ses doigts aux ongles rongés au sang, elle me serrait l'avant-bras, très fort, puis d'entendre — et la pulpe saine de ses lèvres frôlait mon cou et je sentais l'odeur de poivre de ses cheveux — : « Ça me fait mal de vous voir si petite. » Si petite, voilà le mot juste, car j'étais dans la terrible enfance de l'amour désavoué, moins que petite, minuscule et perdue dans la forêt des sorts, minuscule comme notre galaxie qui brille de façon si arrogante dans l'infinie clémence de l'univers, minuscule dans l'atelier du peintre où, toute timidité envolée devant ma petitesse, Natalia qui avait joué toute l'horreur de l'amour avant de pouvoir s'en faire une idée, ce dont j'étais en train de lui offrir une bonne occasion, Natalia m'agrippait le bras, le coude, me prenait aux épaules et me fixait de ses yeux indignés comme si on avait tenté de la tuer, elle.

Ils ont fini par s'endormir, Kurt sur un grabat jeté à terre, la fillette sur le lit de la mezzanine que je dédaignai, n'espérant du sommeil aucune absolution provisoire. Et ce qui m'a sauvée, 2) ce sont les peintures de Kurt. Ceci, juste après les 42 kilos de ferveur véhémente et d'assistance à personne en danger et les regards brûlants comme ceux de l'ange de l'Apocalypse d'une Natalia qui ne supportait pas qu'on fasse de mal à une mouche, *a fortiori* à cet écrivain à ses yeux si grand, devenu d'un coup si petit. J'ai bu et j'ai marché, je suis entrée dans les tableaux comme ça m'arrive de le faire, je n'ai aucun mal à ça surtout avec du sancerre rouge, c'était le dernier petit pouvoir qui restait à la fée Morgane, Satchel, alors j'en ai abusé jusqu'à l'aube, j'ai été en titubant sous des arcatures anciennes brûlées de lumières d'or fauve, sous des cieux d'un bleu outré qui rendaient Venise à son irréalité, j'ai porté un toast à la Salute, j'ai caressé la coulée mélancolique des cheveux de jeunes filles pâles qui baissaient le front au bord d'un ruisseau, la souplesse vulnérable de leur cou à la Watteau, j'ai pénétré des bois lunaires où l'on jouait de l'orgue électrique, de la flûte et du violoncelle, et où de paisibles et pensives enfants offraient leurs torses d'ivoire bleuté à un soleil de nacre, j'ai erré dans des Cythère baignées de la crépusculaire tendresse qu'avait le peintre pour les jeunes filles graciles et adorables et de lui adorées, dans les fonds nus et noirs d'où ne pouvait s'élever que la prière d'un prêtre, j'étais fin saoule et presque heureuse, avant que se lève l'aube, parce qu'il flottait sur les toiles de Kurt la sérénité consolatrice de cet autre monde qui est dans celui-ci et que nous ne voyons pas, presque heureuse dans cette harmonie solaire, dans ce monde comme enchanté des éclats prismatiques de la musique de Mozart sans laquelle pour moi, pour Kurt, pour Satchel, oh, Satchel, il aurait manqué quelque chose de si grave à la terre que le cycle de la photosynthèse ne se serait pas fait correcte-ment — sans laquelle nous ne pouvions vivre. J'étais presque heureuse, dans cette peinture qui avait la grâce mystérieuse et fraîche d'un enfant qui soudain rit entre ses larmes, dans cette peinture qui ne montrait ni la destruction ni la pourriture et pas l'ombre d'une vermine, pourtant Kurt peignait ce qui y était voué, et un frisson sans tristesse en parcourait ses toiles. Kurt peignait pour proposer l'espoir, pour qu'on se retourne sur nos souve-nirs s'ils ont la beauté douloureuse des roses à la fin de l'été et la lumière secrète du marbre d'un temple où se joue l'aurore, il peignait l'émotion, on ne peint plus comme ça, on ne voit plus comme ça, on ne donne à voir que l'escroquerie disloquée, émétique, de la peinture contemporaine, quand je pense à la peinture contempo-raine ça me met dans des états de rage à en oublier des types comme Satchel. Il y avait quelque chose, dans les jeunes filles et les jeunes gens de Kurt, d'une attente sereine, bouddhique, quasi immobile, de Dieu, du Dieu qu'on voudra, de Lui. Pour moi, Lui c'était maintenant ou jamais, or, à part les peintures de Kurt dont il me faudrait bien sortir, Il avait déjà fait ce qu'il fallait pour me sauver, et ce qu'il fallait dormait d'un sommeil invincible sur le lit de la mezzanine. Je suis sortie des tableaux, je les ai regardés en face, parmi les modèles préférés de Kurt, il y avait moi, il y avait Luce, qui était ouvreuse à la Comédie et lui avait inspiré, outre une passion sans remède, quelque vingt tableaux de cinq mètres sur cinq, il y avait désormais le Cupidon du *Songe,* Natalia dans son court costume blanc, Natalia aux paupières et aux seins fardés de rose tyrien, Natalia qui, contre toute attente, venait de se réveiller alors que je continuais de scruter les tableaux dans une ivresse si diaphane, qu'elle me donnait plutôt l'impression de m'être droguée au thé, Natalia qui dégringola l'escalier pour se figer devant moi et là j'ai cru à une apparition.

C'en était une que cette fille juste tirée du sommeil, les paupières encore encollées comme des bourgeons au début du printemps, noyée dans un pull de Kurt qui lui arrivait aux genoux, des genoux lisses comme deux cailloux blancs qu'a roulés la mer. Ensuite ce fut une des petites merveilles que réserve l'existence que d'entendre sa fureur de ne m'avoir pas veillée, ni accompagnée dans mon errance à travers les tableaux (j'ai passé la nuit à ça, Natalia, attends un peu, je te montrerai comme on s'y prend, c'est exactement, *little Alice,* comme pour passer les miroirs...), de ne pas avoir bu avec moi quitte à dégueuler après — ma petite buveuse de jus d'orange ne supportait évidemment pas l'alcool —, juste pour faire quelque chose avec moi, en même temps. Je n'avais jamais trouvé quelqu'un d'assez altruiste pour boire même s'il doit en être malade, pourvu qu'il ait accompagné son prochain dans un voyage, quelqu'un à qui, de surcroît, il importe peu que ce voyage soit noir comme un tunnel. Et je n'en avais pas fini avec l'altruisme de Natalia, ça commençait seulement.

Faute de pouvoir rétorquer grand-chose à ce qu'elle disait, j'ai souri à l'apparition qui, à cloche-pied sur sa marche, balbutiait mais comment est-ce que j'ai pu dormir alors que vous étiez si mal et toute seule? Comment? parce qu'elle avait l'implacable sommeil de ses dix-sept ans. Elle m'a tortillé un sourire de ses grosses lèvres rouges et gercées, et j'ai eu envie de foutre le camp avec elle, de lui montrer le monde et l'œuvre des anges qu'il est de-ci de-là, de lui montrer la Giralda, le Taj Mahal, toute la vallée du Nil et d'autres planètes si possible, quand ce qu'elle voulait que je lui montre, c'était un peu d'amour, elle se serait complètement foutue du Taj Mahal.

Pendant qu'on prenait le café ensemble, sans parler, elle à cause d'une rechute de timidité, moi surtout pour ne pas réveiller Kurt, je l'ai regardée, je n'ai fait que ça, des visages comme celui de cette fille, ce sont des continents, on n'en fait jamais le tour, on n'en finit pas d'explorer, et elle n'était même plus chiffonnée de sommeil, à cet âge-là on se défroisse vite, je la regardais boire ce café, elle était comme le petit matin d'une création du monde, sauvage, âpre, radieux et beau à ne pas y croire, elle était comme l'aube blonde et pure sur les îles grecques, et ça, il fallait le faire dans la lueur de serpillière qui grisaillait l'atelier. Je lui ai dit que malgré le café je tombais de sommeil. Elle m'a regardée en profondeur, lentement, alors je lui ai dit, en paraphrasant le livret de *Salomé*, toujours lui, qu'il ne fallait pas regarder les gens comme ça, Natalia, qu'il pouvait arriver un malheur. Elle a réfléchi, elle ne connaissait donc rien du livret de *Salomé*, elle m'a reflanqué dans la gueule son regard en abîme, elle m'a dit qu'à cause de ce regard les gens la prenaient toujours pour une allumeuse alors qu'elle donnait simplement trop d'attention à ces gens, du coup ils comprenaient de travers, que s'il le fallait elle regarderait ses pieds toute sa vie pour qu'il ne m'arrive pas un malheur, à moi. J'ai souri que c'était déjà fait, à cause d'un homme qui *a contrario* ne voulait plus me regarder, jamais, de haine contre cet homme elle a plissé les yeux, puis elle m'a prise par la main et aidée à grimper jusqu'au lit de la mezzanine pour redormir avec moi. En réalité, elle n'avait pas besoin de sommeil, et elle allait rater son cours de comédie du matin, tout ça, je l'ignorais, j'ignorais tant de choses d'elle encore. Elle s'est allongée sur le lit juste pour rester contre moi et veiller à ce que je ne me tue pas et j'ai su qu'elle savait que ma vie dépendait de cet homme, j'ai su qu'entre la mort et moi elle s'interposerait toujours avec cette tension des bras et ce raidissement des paumes qu'elle avait pour s'immobiliser dans sa bulle, crucifiée dans la nacre, se jouant d'un équilibre précaire qu'elle semblait ne jamais devoir perdre à cause de sa force aussi éclatante que celle du soleil d'été, à la regarder on en avait mal aux yeux, elle ressemblait vraiment à l'aube sur les îles grecques, ces rocailles aiguës toutes de claire chaux vive jetées par la main d'un dieu dans le bleu ébloui de la mer Égée, c'était ça que je voyais à travers elle.

Le lendemain, j'ai fait quelque chose de capital, j'ai été acheter à Natalia un premier cadeau, des chaussures fourrées et imperméabilisées pour marcher dans la neige, pour qu'elle ne dégringole plus sur les pentes enneigées de Montmartre en se gelant les pieds à cause des trous de ses semelles et au risque de se casser les deux jambes tant les talons de ses pompes étaient pourris, donc pour ne rien se casser elle les descendait sur le cul, c'était une bonne idée mais elle avait quand même besoin de chaussures.

L'achat des chaussures de montagne eut sur moi une vertu magique : j'imaginais ses petits pieds d'elfe, là-dedans, et c'était comme l'échéance de mon désir pour Satchel, un Satchel dissipé, indolore, voire disparu derrière ses brumes nocturnes. J'ai prié de ne plus l'aimer et, sur le moment, surtout quand je regardais les chaussures, j'ai cru être entendue, or il est rare que le ciel vous interdise d'aimer même si vous risquez votre peau dans l'affaire, l'exemple du Christ renseigne assez sur ce point. Mais pendant cette quinzaine de jours où je surveillais la neige en la suppliant de continuer à tomber pour que les chaussures aient une utilité immédiate, j'ai cru être guérie de Satchel, des brûlures dans mon ventre la nuit quand je le voyais entrer et s'étendre sur moi, j'ai cru ne plus jamais m'éveiller en murmurant son nom, j'ai cru à ma délivrance, ça a été comme une remise de peine, toujours ça. Satchel disparu, je n'eus plus conscience que d'une chose : le trouble que j'avais éprouvé à acheter ces chaussures et que je continuais à éprouver en jouant avec, ne cesserait pas, ne ferait que s'accroître et ouvrirait des portes comme la poussée impétueuse d'un vent frais. Ç'avait été plus fort que moi de les acheter, c'était un cadeau inéluctable, c'était tout comme les souliers rouges du conte d'Andersen : quand ma petite princesse les aurait aux pieds, elle ne cesserait plus de danser. Rondes et moelleuses comme elle, ces chaussures. Et le trouble venait de ce qu'après l'extravagant plaisir que j'avais ressenti à les lui acheter, il me semblait que, de ma vie, rien ne dût m'en faire ressentir davantage. C'était juste un tout petit cadeau, c'était une paire de pompes à lacets bleus, et, les cajolant, je me trouvai comme devant une montagne, ignorant à quoi ressemblait l'autre versant, mais certaine de le découvrir, lui et sa lumière étrangère, sans qu'on me demande mon avis. Quand j'ai offert à Natalia, plus tard, des bagues grecques en or et des turquoises du Tibet, c'était parce qu'un amour reconnu, accepté, me poussait à le faire, aussi naturellement que délibérément. Jamais toutefois je ne devais retrouver l'impression des chaussures, si étrange, celle de franchir quelque chose, doublée de la vive prémonition qu'il me fallait tout lui donner, que ce besoin de tout lui donner serait comme un décret qu'on ne peut ratifier, que de répondre à l'amour de cette fille m'était imposé.

Celui que je portais à Satchel l'était tout autant, et les chaussures à lacets bleus devaient perdre assez vite l'improbable pouvoir de me le faire oublier : je ne crus jamais plus sincèrement audit pouvoir que cet après-midi où, l'attendant dans un bar, je le vis arriver vieilli de cent ans parce qu'il jouait trois pièces en alternance, les cheveux plaqués et graissés par la gomina qui, apprivoisant ses boucles noires, le privait de sa plus tempétueuse parure (Obéron portait un catogan serré), le visage plus ruiné que d'habitude, cette habitude entre nous qui remontait au déluge. Dans ce bar, m'assurant que je le désirais moins, j'exultais comme une collégienne qui voit s'ouvrir les portes de son lycée sur une chaude rue d'été et la plage juste par-derrière. Or, la nuit même il s'allongeait sur moi, et à mon réveil je tremblais encore.

Mais en tressant, rêveuse enchantée, les lacets bleus, je te croyais disparu, Satchel, je l'ai cru l'espace d'un de ces singuliers moments de rémission de l'amour qui sont doux, nécessaires, sinon on ne tiendrait pas le coup devant ce que cette maladie-là vous fait vivre d'entêté, d'acharné, de fatigant à mourir. Elles étaient tout de même dotées d'un pouvoir bénéfique, ces chaussures, puisqu'elles ont fait briller des émeraudes sous les cils de

Natalia, puisqu'elles m'ont donné ce petit moment de repos et de ravissement calme. Ce petit moment d'illusion où j'ai cru, aussi, que je n'aurais plus de choix à faire dans la vie donc plus de sacrifice, pour l'avoir élue elle et elle seule. Bénis soient ces petits moments de mensonges guérisseurs.

Elles l'attendaient, les chaussures de montagne, lorsqu'elle est entrée chez moi le 20 février, en s'ébrouant sur mon parquet de toute la neige qu'elle avait sur le dos. Je les lui ai données, elle s'est baissée pour les enfiler et toutes ses boucles ont croulé sur ses yeux sans me faire penser un instant aux boucles ni aux mains ni aux yeux de Satchel. Elle s'y prenait vraiment comme un manche pour mettre ces pompes, en raison sans doute de l'immense respect qu'elle leur portait. Quand je l'ai aidée à nouer les lacets bleus, elle a eu encore plus de respect, elle a rougi comme si un prince lui mettait au pied une pantoufle de vair, j'ai remercié la neige de continuer à tomber, j'ai su ensuite qu'en me voyant lui manier si doucement le pied, elle se foutait de la neige, elle les aurait mises en plein Sahara.

Pendant notre troisième dîner, entre moi et Kurt, elle a été muette et anorexique, elle regardait ses chaussures comme elle me l'avait promis et autant que faire se pouvait, par incrédulité de les avoir aux pieds, par tendresse pour ces chaussures, parce qu'elle avait peur de son regard, aussi : elle ne s'inquiétait plus des crétins qui le prenaient pour celui d'une allumeuse, elle se demandait s'il n'était pas tout simplement malévole, parce que, en revanche, elle croyait tout ce que je disais.

On a marché jusqu'à l'atelier dans dix centimètres de neige et elle a récité des bénédictions à ses chaussures avant de se payer l'audace de sa vie.

Chez Kurt, elle a prétexté une migraine, elle lui a

demandé la permission d'aller s'étendre sur le lit de la
mezzanine, elle a grimpé deux marches, elle s'est tournée
vers moi en attendant que je l'aime avec une détermination à faire frémir. On monte, si Natalia est fatiguée, elle
sera mieux là-haut, j'ai dit à Kurt qui nous a suivies avec
une gueule qui n'était plus qu'impasse de l'amertume
parce qu'il désirait Natalia depuis la première roulade
qu'elle avait faite dans la bulle du *Songe,* et là j'aurais dû
comprendre quel sentiment tortueux, exclusif, pathétique, il vouait aux filles qu'il appelait ses trois Parques,
Luce, moi et Natalia. Il aimait Luce de passion, moi
d'amour courtois, Natalia de désir, et nous formions la
figure tricéphale de sa mort, de la mort qu'il se donnerait
à cause de ces filles plus inaccessibles que la gloire, ce
qu'il clamait de façon à faire fuir les trois filles et la gloire
en même temps. Quand il psalmodiait sa litanie à propos
des trois Parques, je me dérobais dans un éclat de rire, je
n'y croyais pas, j'aurais dû. Ce que j'aurais dû faire, ce
soir-là en tout cas, c'était de l'épargner, de ne pas
approcher cette mezzanine, et je l'aurais fait si je n'avais
eu un besoin d'une violence qui me surprit moi-même de
ce que voulait me donner Natalia et qu'un autre m'avait
volé, si je ne pouvais plus faire attendre sur un lointain
rivage ni sur l'autre versant d'une montagne cette fille qui
m'écrirait, quelques nuits et quelques coups de téléphone
après le 20 février : Je n'ai ni le génie de Claire A. [1], ni la
finesse de Saskia [2], ni la culture de Luce [3], encore moins
les pouvoirs de Béatrice [4], mais j'ai un cœur et je vous le
donne.

*

---

1. Une comédienne pour qui j'avais écrit ma première pièce,
laquelle ne se jouerait probablement jamais, *such is life.*
2. Un personnage de mon premier livre, que j'ai dit avoir aimé.
3. Luce était l'ouvreuse la plus encyclopédique qu'on pût trouver
derrière une lampe de poche.
4. La petite-fille des rois de Man, cette guérisseuse ivoirienne dont
j'ai parlé.

Assise sur le lit du peintre que masquait l'envers d'une immense Résurrection, je découvris en même temps que Natalia ce qui en décorait le chevet et le pied : un tableau et une photographie entre lesquels dormait Kurt. Il cachait là une peinture obscène, dépourvue de l'érotisme mélancolique de toutes ses autres toiles : le nu d'une jeune femme endormie, cuisses ouvertes sur une vulve crûment vermeille et humide, et la photo plus malsaine que triviale d'un type en proie à une érection priapique, qui se tenait droit devant une seconde et marmoréenne créature, dans un cadre sylvestre à l'utilité contestable.

L'inquiétante étrangeté de cette photo tenait à ce que l'homme et la femme se considérassent avec aussi peu de désir et d'amour que les amants des estampes japonaises — et le diable savait la vigueur de l'érection du malheureux, qui ne regardait pas même la fille mais semblait méditer sur les *Pensées* de Pascal, pitoyable mannequin au visage et au corps inertes, pourvu d'une virilité qui, en revanche et, semblait-il, à sa plus grande surprise, ne l'était pas. Faute de cette sensualité lyrique, apollinienne et grave, que je connaissais aux œuvres de Kurt, la peinture et la photo auraient pu avoir quelque chose de rabelaisien, de millérien, de gaiement paillard, qui n'eût pas été dérangeant. Ce type outre-tombal figé dans une érection qu'il paraissait désavouer, et cette fille tentante comme un tas de chiffons évoquaient ce qu'il y a de plus mécanique, abstrus et quasiment funèbre dans le vaste et ombreux domaine libidinal — oh ta furie féline et folle, ma petite bacchante, cet incendie que tu allumais sur la scène, qui faisait sans nul doute bander Baudelaire dans sa tombe et, à leurs risques et périls, pas mal de septuagénaires dans la salle... Natalia ouvrait sur tableau et photo des yeux incrédules, et je supputai en un éclair que, faute d'un amour que nous lui refusions pour ne pas l'éprouver, le peintre qui dormait secrètement entre ce tableau et cette photo ne pouvait ni ne pourrait jamais donner, à moi, à Natalia, l'amitié limpide que nous

espérions de lui. Est-on stupide de croire que l'amitié
limpide existe, enfin à dix-sept ans on peut le croire, moi
à trente-sept je n'avais pas d'excuse à en faire de même.
Si on ignore à trente-sept ans que toute amitié est sexuelle
par essence, on n'a rien compris à rien — j'avais l'âge et
le coffre et l'expérience de recevoir une amitié sexuelle
par essence, et d'en jouer pour mon plaisir et celui de
l'autre, pas Natalia. Pas cette Natalia qui trottinait, si
confiante, derrière Kurt, à la Comédie, qui haïssait le
désir des hommes qu'elle tenait pour une agression pure
et simple (ceci procède des jeunes années de ma petite
sublime, d'une historiette intitulée : De la Lamentable
Vie Sexuelle de Natalia N. entre Douze et Dix-Sept Ans,
deux mots là-dessus quand j'en aurai fini avec la
mezzanine et ce soir du 20 février), pas Natalia qui se
jetait au cou de certains (de Kurt, par exemple), en
croyant leur faire don de 42 kilos d'amitié plus le poids de
son âme : aggravant les regrettables conséquences de son
initiation ratée aux choses du sexe, il restait en effet, sous
le crâne de Natalia, des nombreux camps scouts où sa
famille lui avait fait passer force vacances rugueusement
hygiéniques, certains principes de haute vertu, voire de
pruderie, dont elle ne savait ni ne voulait se défaire — et
la pauvre, ne comprenant pas que l'attitude de ces élus en
amitié scoute changeât, montait au créneau dans une
stupeur révoltée : comment pouvaient-ils espérer, ces
porcs... ? Elle était bouleversante dans sa vaine et gauche
quête de l'amitié des hommes, elle qui à son insu et sa
plus sincère indignation ne leur inspirait qu'un désir
toujours suppliciant, auquel elle avait d'excellentes raisons de ne pas répondre : outre le peu de goût que sa
Lamentable Vie Sexuelle de Douze à Dix-Sept Ans —
dont, à cet instant, sur le lit de la mezzanine, j'ignorais
tout — lui avait donné des hommes, il y avait cela : du
fond de son cœur, de son corps, de son âme, elle adorait
les femmes et elles seulement. Mon ange de rêve, pensais-
je avant de détourner les yeux de la photo et du tableau,
si tu espères de Kurt cette chose que tu traques comme le

Saint-Graal, un compagnonnage sans ambiguïté, tu risques de tomber de haut, il s'agira que je sois là pour te ramasser au vol, mon ange de... J'ai complètement cessé de regarder tableau et photo car Natalia, la croupe sur le bord du lit rouge, respectant mon silence, grelottant de froid, frottait l'une contre l'autre les chaussures magiques et me regardait sous ses cils d'or. Kurt venait de monter, s'était accoudé sur le lit, et parlait, parlait de Venise, de Vérone, d'Assise, de Vélasquez, de Rembrandt, de la Bourgogne, de sa mère, qu'est-ce que je sais, on n'entendait rien, rien, parce que ce soir du 20 février j'avais passé mes bras autour des épaules de Natalia, que je la berçais, que je la caressais avec la douceur terrible des premières caresses, et, immobile contre moi, aux aguets, elle n'aurait bougé un cil ni un doigt pour un empire, je la sentais vibrer dans le silence des paroles de cet homme, la pulsation de son sang était comme une mer en tempête, son sang de jeunesse sous sa peau blanche comme la neige des contes, tout ça était dans mes bras, ses cheveux d'un or légendaire sentaient bon l'enfance et le tabac parce qu'elle fumait trop, je la berçais, il parlait désespérément, elle n'osait pas même se tourner vers moi et la catastrophe merveilleuse du baiser, inconcevable à la petite qui, de moi, à une générale, n'avait pas espéré un sourire et qui aujourd'hui me propose de porter mon enfant si jamais je suis trop déglinguée pour le faire, bref d'avoir des malaises à ma place, de grossir à ma place, tout ça neuf mois à ma place, avec encore plus d'altruisme qu'elle n'avait eu la première fois dans l'atelier pour regretter de ne s'être pas saoulée en même temps que moi quitte à gerber après, ç'avait été alors pour que nous partagions quelque chose dont peu lui importaient les conséquences, ô amour décidément éveilleur de sainteté.

Je revois — je reverrai toujours — le lit rouge, la scansion de ce bercement maritime, ces noces pudiques de deux filles enlacées, qui n'étaient plus qu'un frémissement long et souple, doux et étiré comme un legato, et

c'est ainsi que j'ai commencé de l'aimer, c'est à cet
instant-là, quand pour la première fois je posai un
parcimonieux baiser sur sa nuque brûlante, sous ses
cheveux féeriques comme sa peau, puis un second près de
son oreille incandescente, et elle n'osait toujours pas se
retourner, le coup d'Orphée, on ne sait jamais, j'aurais
pu avoir disparu puisque ces baisers lui étaient si irréels,
je l'ai bercée, j'aurais voulu le faire jusqu'à ce qu'elle
s'endorme. On me l'avait envoyée des balcons du ciel où
j'ai tant de monde qui m'attend, cet ange trié sur le volet,
cet ange semi-yougo et rond et blond à mourir, je l'aurais
bercée jusqu'à l'aube parce qu'elle était ma fille, ma
sœur, mon épouse, ma petite amante, qu'on me l'avait
fait dégringoler d'une échelle de soie avec encore je ne
sais quoi de pâle, de plumeux, de solaire, de tiède, ce je ne
sais quoi d'évidemment paradisiaque, elle avait l'air de
sortir d'un fleuve de lait et de miel, elle ne bougeait
toujours pas, guetteuse d'absolu, ensevelie dans la grande
attente sacramentelle de l'amour qui ressemble tant à
celle de Dieu que peignait Kurt dans les meilleurs
moments. Or Kurt n'aurait rien su voir d'une attente de
Dieu dans cette situation, ce bercement sans fin, ce délire
doux et muet où il n'était pas.

Quand, avec un visage d'homme trahi, il est descendu
de la mezzanine pour appeler une voiture, elle s'est
tournée vers moi, craintivement, et j'ai embrassé sa
bouche charnue et élastique — trois ans de clarinette
avaient donné à ses lèvres cette bombure musclée, appris-
je peu après, et je bénis la clarinette pour la gourmandise
que c'est de goûter à des lèvres aussi fermes et rondes que
les fruits de l'été. Elle embrassait avec une douceur
appliquée, une ferveur incrédule, elle embrassait mieux
que personne au monde, comme Monsieur Jourdain
faisait de la prose, sans le savoir.

Pendant qu'on apprenait la géographie respective de
nos bouches en grande religiosité salivatoire, pendant que
je revoyais — je reverrai toujours — le moment où, dans
les chiottes du restaurant blanc, j'avais mis ma tête sur

l'épaule de Natalia, je revoyais son regard alors épouvanté, celui des gens qui croient que c'est par hasard, cette inclinaison de tête sur leur épaule, que ça ne se reproduira jamais, qu'on va les renvoyer dans un Léthé d'oubli dès le lendemain — et j'ai souri en t'embrassant, mon amour. Kurt se cassait les ongles à appeler trente compagnies de taxi, ça nous a donné plus de temps pour le baiser, je lui ai dit : viens demain rue G., à trois heures, elle a dit oui de la tête, avec tous ses cheveux dans les yeux, comme quand elle essayait de lacer les chaussures de montagne.

C'était la première fois que Natalia venait rue G. Elle n'avait rien pu avaler depuis le matin que du café, son estomac borborygmait avec une virulence qui déplairait à la jeune femme si distinguée, il pleuvait et ses boucles allaient ressembler à celles de la crinière de Méduse, il pleuvait et ses tennis allaient tacher les sûrement précieux tapis, elle avait réussi à trouver des fleurs, mauves à cause de la couleur des yeux de Rossetta, l'héroïne du dernier roman de l'auteur, elle ne réussirait rien d'autre que l'achat de ce bouquet, elle avait peur de ne pas savoir parler à l'auteur en question — qu'est-ce qu'on dit à cette race-là ? Julia M. allait la trouver chiante comme la pluie qui achevait de massacrer les fleurs, les vaches de fleurs qui en arrivaient à se décolorer, elles n'étaient plus si mauves que ça, et Julia M., dans ces petites choses fripées, ne pourrait voir la gentille attention, ni comprendre le langage de ces fleurs qui signifiait : J'ai adoré le baiser d'hier, adorer n'est pas le mot idiote tu as vraiment des problèmes d'expression, adorer ça va pour ses livres, donc disaient les fleurs, j'ai adoré tous vos livres spécialement le dernier que personne n'a pigé parce que les gens sont trop cons (c'étaient des fleurs qui avaient leur franc-parler, c'étaient les fleurs de Natalia). Natalia avait peur de ne pas savoir aimer Julia M., si toutefois un génie bénéfique voulait bien donner à sa vie ce coup d'accélérateur-là, si Julia M. voulait bien de son amour, d'un amour qu'elle avait envie de lui faire en silence, à part son estomac et tout problème d'expression, davantage encore que de le lui dire — de cela, plus encore que de le faire, elle venait d'établir le constat accablant, elle aurait été incapable. Restait la trouille de ne pas savoir l'aimer physiquement, que savait-elle de la chose, comment manie-t-on le corps d'une fée, de celle qu'ils appelaient, que ce trop séduisant Satchel S. et trop duplice Obéron appelaient la fée Morgane, à la Comédie. Elle priait Elula Perrin de venir à son aide, parce que dans les livres d'Elula Perrin, elle avait lu qu'on embrassait le sexe d'une femme, que ça se faisait, que c'était comme ça que ça se passait, alors qu'Elula lui file un coup de main et le mode d'emploi de ce truc. On faisait comment avec la langue ? Elle disait rien là-dessus, Elula Perrin, pourtant elle aurait dû, on ne laisse pas les gens dans le schwarz comme ça. Merde, se disait Natalia, quand on pense que sur scène je joue le rôle de Cupidon, et il paraît que je m'en sors haut la main, c'est vexant d'être une telle cruche quand il s'agit de, eh bien, de ma première histoire d'amour.

Elle se disait : Putain, j'ai autant la trouille que le jour de l'audition du *Songe,* le jour où ma petite chatte Carmen est morte, le jour de mes dix-sept ans, faire la roue vingt fois sur les planches et marcher sur les mains une plombe quand j'étais en deuil de ma petite chatte Carmen, que dalle à côté de ça : n'avoir ni l'art ni la manière d'embrasser le sexe de cette femme, et c'est la plus belle que j'aie vue au monde, et elle est folle du type avec qui je joue chaque soir et celui-là lui fait des drôles de plans à ce qu'on sache, bon, qu'est-ce que je raconte, il ne sera sûrement pas question que je l'embrasse sauf sur les lèvres comme hier soir et encore j'ai dû rêver ou plutôt elle avait bu ou plutôt c'est un caprice d'elle, qui doit regretter, pas le vin, le baiser, évidemment le Satchel ne l'embrasse pas assez, elle était juste en manque, plus loin, plus bas, plus tout, elle me permettra jamais — et Natalia, bornant lugubrement ses prétentions à deux gros bisous claquants, un sur chaque joue, quand elle partirait, marcha dans une flaque d'eau sale qui macula son jean troué au genou, t'étais là rien que pour moi, espèce de salope, dit-elle à la flaque qui luisait ironiquement sous les piqûres de la pluie.

Elle n'avait plus, comme à six ans, avant qu'ils ne s'assortissent, un œil bleu et un œil vert, mais guère plus de ces six ans quand elle atteignit l'immeuble de la rue G., ayant oublié le code de la porte d'entrée et jamais appris ce qu'on disait de civil à une femme de lettres chez qui on vient prendre le thé, elle voulait seulement, après ce Mathias qui lui répétait jusqu'à ce que ça rentre qu'elle était nulle des pieds à la tête, si nulle qu'on se demandait ce qu'elle foutait sur cette terre, elle voulait seulement, s'il y avait moyen que ça se passe comme dans les livres d'Elula Perrin, ne pas être nulle au lit comme là aussi Mathias disait qu'elle l'était, et lui faire plaisir à elle, Julia M., dans tous les sens du terme.

Après s'être faufilée dans l'immeuble à la suite d'un locataire qui, lui, connaissait le sésame de la porte, regardant sa montre sur le palier du troisième, elle s'était aperçue qu'elle avait trente minutes d'avance, avec une horreur qui n'eût guère été pire si elle les avait eues de retard ; elle oscillait de toute façon entre la certitude d'un désastre imminent et un espoir fou, du genre : que cet hiver de merde se transformât en printemps bourgeonnant, rien que pour elle et Julia M., rien que pour l'amour qu'elle avait de Julia M. Au coup de sonnette, une solennelle gouvernante lui avait ouvert la porte palière avant de la conduire au salon — le salon le plus cossu, bourgeois et capitonné qu'elle eût jamais vu, un salon qui n'allait pas avec les livres de Julia M. dans lesquels rien n'était capitonné — et de la prier d'attendre (Madame n'est pas tout à fait prête) sur un sofa où (que je me foute pas à trembler !) elle se serait *ipso facto* foutue à trembler sans l'apparition brusque, dans un petit oura-gan de sourires et de parfums, de la jeune femme (ici je confie ma caméra à Natalia pour qu'elle la promène sur une scène qu'elle vécut bien plus fort que moi, et ne s'est pas encore lassée de me raconter), tout à fait prête ; le regard vert, mat, et fixe en cas de choc émotionnel, de Natalia, croisa celui, très noir et lustré et mobile, de la jeune femme qui, avec l'art visiblement consommé de mettre les gens à l'aise (quant à Natalia, et dans ce domaine, Julia M. avait certes du pain sur la planche), lui dit des choses banales avec une familiarité grave et aimante qui ne l'était pas ; qui lui dit ce jour-là bonjour Natalia, comment ça va, est-ce que vous voulez un petit café, du thé, du jus d'orange comme hier, ah, un petit café, très bien, Adèle, deux cafés (à la gouvernante qui passait dans le couloir et devait se demander ce que fichait là une môme dégoulinante de flotte et salopeuse de tapis, pensait Natalia, bon, qu'elle pense ce qu'elle veut, l'Adèle, qu'est-ce qu'elle pense, elle, Julia, est-ce qu'elle pense quelque chose de moi, comme Mathias par exemple, que j'ai un gros cul, bien qu'il ne se voie pas trop quand je suis assise ce sera seulement quand je vais me lever, maudits soient mes parents de m'avoir fait un gros cul et maudit soit Dieu qui est dans le coup aussi, qu'est-ce qu'elle pense ?). Que pensait, en effet, la jeune femme brune, elle ne pensait peut-être rien, elle parlait, quoique des filles comme ça peuvent penser des choses sur vous en parlant de la pluie et du beau temps, fais un effort d'attention, Natalia, faute de savoir ce qu'elle pense, écoute au moins ce qu'elle dit, imbécile. Et à l'imbécile, la jeune femme, tout tranquillement à genoux sur le tapis d'Orient, débitait, avec une voix cassée, sombre et profonde, surprenante pour une personne si frêle, une enfilade de compliments sur son jeu, dans le *Songe*. Et pendant que Natalia, oubliant les vestiges de ses fleurs et leur langage inaudible à cause de la pluie, s'ébouillantait les lèvres avec le café, Julia M. lui avait posé, comme si c'était la chose la plus naturelle du monde, tombant sous le sens, obéissant à la logique, imparable et ignorée de Natalia, de la tendresse, sur le ton avec lequel on demande combien font deux et deux, cette question douce : tu préfères te promener dès qu'il ne pleuvra plus, ou venir avec moi dans la chambre ?

Et elle l'avait suivie dans la chambre, une chambre bleue, cette première fois. Elles s'étaient seulement caressées, et Natalia avait rigolé le plus discrètement possible parce que c'était bien la chose la plus naturelle du monde que d'aimer Julia, parce que le plaisir de Julia lui tombait sous les doigts comme si elle jouait merveilleusement d'un piano, et qu'Elula Perrin pouvait aller se rhabiller, il y avait autre chose à faire de moins terrifiant, d'ô combien plus facile, que le baiser problématique, elle pria seulement pour que Julia M. ne remarquât pas ses ongles rongés, les vilains bourrelets au-dessus et les petites peaux vermeilles exfoliées tout autour, or Julia M. ne parut rien remarquer, elle parut seulement ce qu'elle était, une fée abattue sous un rêve magique et dont les yeux bougeaient à peine sous ses paupières baissées.

L'été suivant, à Nice, dans un jardin ensoleillé, Natalia dirait à la jeune femme combien elle avait eu les jetons, primo de se déshabiller, or Julia M. s'était déshabillée avant elle, avec une grâce preste et distraite, encore une chose qui tombait sous le sens en même temps que son jean, son pull, son soutien-gorge, son slip, ses chaussettes et ses bottines sur le tapis, Julia M. avait marché vers elle qui tentait de dégrafer son soutien-gorge, elle ne l'avait pas aidée, elle l'avait attendue sur le lit en fumant une cigarette, elle avait attendu qu'on l'aime comme elle l'avait écrit de l'héroïne aux yeux mauves de son dernier roman, qui passait son temps à faire ça, à attendre qu'on l'aime et avec des yeux mauves ça vient tout seul, et pour cette femme qui avait vingt ans de plus qu'elle et pas vingt ans de vieillerie, vingt ans de charmerie, ça devait être pareil — et Natalia ignorait en avoir fait de même sur l'escalier de la mezzanine, avant le premier baiser.

Dans le jardin de Nice, Natalia dirait à la jeune femme combien de caresser un mec, ça la faisait chier, ne parlons pas de Mathias, ça la faisait vomir, mais que de l'embrasser elle — la deuxième fois dans la chambre bleue — ç'avait été sublime, avec ce goût sucré-salé, et parce que c'était si doux.

Elle venait tous les lundis à deux heures rue G. Elle n'avait jamais rien vu d'aussi beau que cette chambre de la rue G., où on entrait à deux heures trente pour sortir sur le coup de sept heures. Elle n'avait jamais fait l'amour à une femme, elle n'avait jamais eu de plaisir non plus, jamais rien entendu de tendre comme « ces choses que je lui disais », ni mangé de caviar — ce sera pour tes dix-huit ans, mon amour —, ni aimé personne, sauf sa sœur, mais pas de la même façon. Elle me répétait que j'étais belle. J'étais peut-être belle, mais parce que je l'aimais. Ça vous dore à l'or fin, ça vous agrandit les yeux, ça vous gonfle les lèvres et ça vous durcit les seins, entre autres métamorphoses, d'aimer. Un homme ou une femme, qu'est-ce que ça peut faire.

Elle me vouvoyait, ne me tutoyait que pour les je t'aime trois fois, ceux du départ. J'adorais qu'elle me vouvoie à cause de nos vingt ans de différence si impressionnants, si peu crédibles dans la mesure où j'avais toujours une dégaine d'adolescente et elle, l'air de ma jeune sœur, elle avec sa crinière de lionceau, son nez un peu épaté et ses lèvres d'Africaine blonde, elle dont le corps tout à la fois curviligne, menu et quasi impubère coulait le long de moi, elle dont les boucles soyeuses glissaient sur moi, quand elle me faisait l'amour, elle dont les lèvres se posaient sur moi comme une fleur mouvante et chaude et vivace, quand elle me faisait l'amour, elle dont le regard vert se levait sous les mèches en désordre,

un vrai regard de voyant avec une faucille de blanc sous
l'iris, un regard en lancette, inquisiteur, qui demandait si
l'amour, elle me le faisait bien. Puis il y avait la
palpitation d'ailes d'insecte de ses cils, quand elle venait,
se haussait pour le baiser sur la bouche, et j'embrassais
les paupières douces et le feutre blond des cils, puis ses
mains aux paumes griffées par ses chats et aux ongles
saccagés, et cette mauvaise cicatrice pâle qui courait de
son épaule à l'envers de son poignet, stigmate d'une
opération bâclée, souvenir d'une fracture qui aurait pu
lui interdire de jouer de la clarinette et de prendre
quiconque dans ses bras le restant de ses jours. Le regard
insistait pour savoir si elle m'avait réellement donné du
plaisir. Beaucoup, à la folie — l'amour, elle le faisait
divinement sans avoir appris, mais surtout elle me faisait
rêver, et ça c'était plus calé encore. Le vouvoiement
participait du rêve. Le vouvoiement était, à l'encontre de
ce qu'il est d'ordinaire, quelque chose d'un secret vasse-
lage entre elle et moi, du respect — ainsi de Satchel —
qu'elle avait d'une ligne, d'une page de mes livres, un
hommage à la difficulté que j'éprouvais, cette année-là, à
écrire. L'écriture, en effet, avait cessé d'être un jeu
imposé, un mal sacré, pour moi. Elle ne me donnait plus
que des sueurs froides et l'angoisse de ne plus la
maîtriser. Je sentais que quelque chose allait craquer, je
croyais que ce serait l'écriture, je me trompais, c'était ma
vie qui allait se casser en deux. Si l'écriture m'était quasi
interdite c'était que je portais en moi la mort prochaine
de mamita H. tout simplement, et qu'avant je ne pouvais
accoucher de rien d'autre — de surcroît, l'écriture aurait-
elle surgi, qu'elle ne m'aurait laissé de temps pour rien ;
or c'était ce temps-là qu'on (Paule, ma mère, par
exemple) me demandait, pour m'occuper de ce qu'on
appelle la vie matérielle. Et cette vie matérielle, Dieu sait
qu'on (Paule, ma mère, par exemple) hait ceux qui ont
autre chose à faire que de s'en occuper. Et de voir,
seulement de voir Natalia m'en délivrait. Elle était native
du Cancer, elle était le rêve à l'état pur. Quand je l'ai

connue, moi porteuse de mort et le sachant, je passais ma
vie en enfer, ce lieu où l'on se cogne partout aux choses
dures et précisément matérielles, un enfer où je savais
qu'on avait prononcé contre moi et mamita une sentence
qui mettait un terme à trente-sept ans de bonheur, qui
nous défendait d'espérer. Et voilà, elle, Natalia, parvenait
envers et contre tout à me faire rêver, elle me sortait de
cet enfer muet, car faire rêver quelqu'un, c'est la meilleure came, c'est le meilleur analgésique, c'est lui ouvrir
le paradis en somme. Faire rêver quelqu'un et surtout
quelqu'un qui écrit ou peint ou sculpte ou compose de la
musique, bref, qui essaie de faire quelque chose de sa vie,
c'est le réveiller tout entier, le replacer dans un lieu de
lumière blanche, corrosive, limpide, le remettre au carrefour des énigmes, soit, comme un rocher surgit de la mer,
le faire surgir de ce monde du chaos, triste, vide, flou et
des brumes inconsistantes dans lesquelles on est plongé
quand on n'écrit pas, quand on ne définit rien. Faire
rêver, c'est aider à définir, et c'est ce qu'elle me permettait. Et définir, c'est sortir de cette mollesse incohérente et
douloureuse qui vous encercle quand vous n'écrivez pas
— et que vous n'êtes pas non plus au soleil, les membres
nus et brunis, fatigués sainement de vingt longueurs de
piscine olympique, quand ça commence à fraîchir et qu'il
faut enfiler un peignoir, boire un thé chaud. Ce n'est plus
une telle urgence d'écrire, à ces moments-là, où il est
permis de vivre son corps, ces moments où de sentir la
pulsation du sang vous affûte les sens jusqu'à un certain
calme éréthisme de la perception, à cause de la peau qui a
gobé le soleil et du vent qui la granule car le soir va
succéder au jour. D'autres ont des recettes différentes
pour parvenir à cette sérénité qui est en même temps un
affût, celui d'un guetteur indolent à la placidité trompeuse de chat ou de bouddha. Je parle de ces moments de
bonheur plus que sensuels, où l'on dispose de tout, où
l'on ne veut toucher à rien. Ainsi, oui, des chats et des
bouddhas, ayant rompu la chaîne épuisante du désir et
économes de leurs pouvoirs.

Ces moments-là, ce peut être un pays, un homme, une femme qui vous les donnent. Et cette fille rien qu'à la regarder, me faisait approcher doucement de secrets à elle-même inconnus, me mettait dans cette peau de chat repu, avec ce sourire khmer qu'ont chats et bouddhas, en cet état sublime où on ne désire plus rien, rien d'autre que la pourvoyeuse de rêve ne vous quitte pas. Rien d'autre que de vivre avec elle, et ni elle ni moi ne savions que ça allait être possible comme ça, si vite.

En attendant, elle me balançait dans le rêve simplement parce qu'elle était là et croquait une pomme, au moment même où je croyais ne plus voir autre chose, jusqu'à ma mort, que ces laideurs incohérentes auxquelles on donne le nom générique de cauchemar; quant à l'état de veille — un état curieux, inextricable, opaque, un état qui est mille états possibles et qui fout le camp tout le temps, juste à la seconde où on va peut-être en comprendre la nature — j'étais persuadée que rien désormais ne m'autoriserait plus à le fuir : avant la mort de mamita H., le rêve m'échappait comme un parfum débouché et éventé, je n'avais plus devant moi que la stérilité d'une douleur de vivre suraiguë, je demandais en vain à Dieu qu'il éteigne les gémissements, harangues et menaces des manchots, boiteux, impuissants, terroristes, abuseurs de pouvoir et de conscience, usuriers au sentiment et avocats toujours de la partie adverse qui, outre une large majorité de fous furieux, se mettaient à peupler cette ville et le monde aussi, en 1987 *anno Domini*. C'est alors qu'elle a rappliqué du ciel, en se balançant dans sa bulle comme on sait. C'est alors qu'elle m'a donné autre chose à voir et à entendre que l'enfer et son boucan, et là, elle m'a fait un des plus beaux cadeaux de ma vie. Elle m'a donné à voir simplement les lumières tremblantes et mouillées de ses yeux, si larges et si longs, ses yeux en forme de grands poissons, rougis de larmes quand elle s'inquiétait pour moi, ou la foudre brève de son regard soudain à l'arrêt, virant au jade foncé, quand j'avais des emmerdes et qu'elle en était davantage que contrariée, les

faiseurs d'emmerdes, elle les aurait tués. Et un seul de ses
regards aurait fait s'écrouler l'enfer dans un oubli éternel : celui qu'elle avait, sous ses longs cils recourbés,
profond et voluptueux et triste à mourir, quand on se
quittait, ces lundis, après dîner, rue G., un regard qui
avait la couleur des ténèbres d'une forêt, empoisonné
qu'il était par cette horreur incompréhensible, par l'obli-
gation d'obéir à cette loi idiote de se quitter pour dormir
un peu. Tire-toi, je lui disais, tire-toi, ma petite sublime,
sinon je vais te sauter dans l'escalier, sinon le taxi va se
barrer, sinon on va être encore heureuses et il ne faut pas,
TIRE-TOI. Et la parure de boucles incandescentes, le front
têtu, le grand œil fendu au regard déchiré, le petit sourire
faux des lèvres frémissantes, toute l'exacte architecture de
ce visage, TIRE-TOI, disparaissait dans l'ascenseur où elle
serait catastrophée, abandonnée, détruite — et les ruines
merveilleuses de ce visage, je les voyais encore sous mes
paupières, longtemps après que j'ai refermé la porte de la
cage rouge, jamais avant trois heures du matin.

Dehors, c'était toujours l'hiver de gel et la pièce était plus que jamais dans la pièce : Titania avait bel et bien volé et gardé pour elle l'enfant magique, subtilisé au monde nocturne sur lequel depuis lors, par la seule volonté d'Obéron, s'était instauré le chaos. Et c'était dans ce chaos que vivait Kurt, qui voulait passionnément l'enfant, qui la peignait sans trêve — et elle posait en ignorant avec application le désir qu'il avait d'elle —, afin qu'un jour elle sortît d'un de ses tableaux, dégringolât dans l'atelier et allât vers son lit ; il la peignait pour qu'elle vienne le voir le plus souvent possible, comme on invoque une déesse muette, c'était une peinture de convocation et d'oblation pures qu'il faisait d'elle (dans le costume de Cupidon, en clarinettiste, en prophétesse Ruth...), mais Natalia lui échappait jusque sur ses toiles où il ne restait que peu de chose d'elle, avant qu'elle ne disparût sous l'image du seul désir de Kurt, et qu'on ne pût, au grand jamais, reconnaître le modèle. Cet ensevelissement sous une image contrefaite était, sans doute, la seule façon qu'avait Kurt de dérober à son tour Natalia aux autres, et de se l'approprier ; c'était une tentative ratée, c'était la démarche d'un savant fou, c'était la fin de sa peinture, et le seul, obsessionnel désir qu'il avait d'elle venait d'amorcer ce processus de destruction dont l'implacabilité n'effleurait pas sa conscience — pourtant, ici, il apparaissait clairement que la petite N. n'était autre que la troisième des sœurs fatales, la trancheuse du fil.

*

Que ma passion pour Satchel, toute faite de manques, de non-dits, de volte-face, d'inévitable, oh surtout d'inévitable, pût s'estomper — je crus même qu'elle s'évanouirait, je crus ça pour de bon à cause des chaussures de montagne et, bien avant la fin de l'hiver de gel, quand il mit tant d'art à ne plus me séduire — et laisser place nette à l'amour que j'avais de Natalia, me sidérait, m'éblouissait naïvement, tandis que Natalia, du haut de ses dix-sept ans, avec infiniment d'à-propos et de lucidité, persistait à voir, dans l'insolence courtoise de cet homme, dans les preuves d'attachement qu'il donnait pour mieux se refuser ensuite, un danger sournois, qui se cachait pour mieux resurgir et que dans un temps prochain personne ne saurait conjurer. « Ce type est PIRE que Valmont », me dit-elle un jour en refermant *les Liaisons dangereuses*. Et Julia de Tourvel ne trouva RIEN à lui opposer. Pire, oui, car ç'aurait été un Valmont capable d'une infinie bonté — c'était donc à juste titre qu'elle craignait qu'il me reprît dans ses sortilèges, l'un des plus puissants restant son visage, cet autre visage de ma vie d'alors, celui-là précocement et pour toujours détruit, ces somptueuses décombres de visage, stigmatisé de génie, altier et plus beau encore d'être vieilli comme si des siècles avaient passé dessus, ce masque antique et maigre paré de la jeune vigueur des cheveux d'Orient, noirs aux reflets de prune bleue, écrêtés, capricieux, appelant tout autant la caresse que la fourrure d'un chat — ce visage et ce regard, aussi, par lesquels vacilla et s'éteignit l'éclat de tous les autres visages et de tous les autres regards que j'avais aimés jusqu'alors, ce visage de Satchel et ce regard de Satchel, l'enfance gardée du vaste regard sombre où la vivacité le disputait au songe, qui scintillait d'un rire gamin sous les paupières plissées puis se voilait doucement sous la lenteur dérivante d'une pensée qu'on laisse aller son cours, ce regard soudain débordant de questions suivies de réfutations et d'autres questions harcelantes, ce

regard d'un juif, son regard à lui. Natalia ayant comme
moi la passion des visages, elle ne savait que trop l'empire
hypnotique que pouvait exercer celui-là. Quand on
pensait au visage de Satchel, il finissait toujours par
apparaître, à moi ou à elle, qui se réfugiait alors dans les
silences empoisonnés d'un malheur têtu. Ignorant le lui
provoquer, Satchel gardait à Natalia une affection charmée, familière, s'amusait parfois à lui jouer les pères
nobles, parfois la traitait avec une brusquerie taquine de
garçonnet tirant les nattes d'une collégienne, et persévé-
rait à la considérer avec la plus aveugle complaisance
comme une enfant impubère — quand elle était si femme
déjà, si faite pour l'amour, si vite devinant.

En ce milieu de l'hiver, donc, le sentiment que j'avais
pour cet homme ressemblait par trop à une blessure
infectée pour que je n'en fusse pas lassée, quand il n'y
avait rien de plus salubre que celui que je portais à
Natalia. La petite sorcière était parvenue à ses fins, qui
n'espérait pas un sourire de Julia M. sur l'escalier
d'honneur de la Comédie : nous ne vivions plus que
hantées l'une de l'autre, et je ne connaissais plus Satchel,
Satchel n'avait jamais existé, quand nous étions dans la
chambre bleue, quand elle se droguait de mes cheveux
noirs qu'elle froissait délicatement, comme un tissu
précieux, quand son regard descendait sur mon corps
avec la surprise qu'on lui eût donné quelque chose d'aussi
beau à aimer, quand c'était si impressionnant, cette façon
de me regarder, de frôler d'un doigt incrédule mes
hanches, ma taille, mes jambes, avant que de secouer les
pampres d'or de ses cheveux et que je ne voie plus d'elle
que cela, et une main tiède serrant la mienne pour elle
avec moi vers les étoiles, comme elle disait, vers ces
étoiles qu'elle n'avait jamais connues. Et ce qu'elle avait
connu à la place des étoiles, elle ne me l'avait pas encore
dit. Mais Seigneur, aux débuts de la chambre bleue, au
temps des vouvoiements, de ces déferlements de son corps
et du mien dans le parfum des roses bulgares sur les draps

blancs, de nos agriffements désespérés l'une à l'autre, de
la découverte effrénée des beautés de l'autre, des baisers
qui duraient le temps du *Requiem* de Mozart, elle avait,
outre la peur que Satchel revînt me prendre, et que je le
suive, celle que je l'aie choisie pour mieux renoncer à cet
homme, pour embrasser ses lèvres à elle comme on boit
un philtre d'oubli, les lèvres d'une loubarde de Nanterre
et d'une figurante, que faisait-elle d'autre dans le *Songe*
après tout? Oh ma petite sublime! ma petite sublime qui
s'endormait dans mes bras, qui, après un de ces régimes
ahurissants que s'imposent les gosses de son âge, portait
avec gloire mes jeans, et j'ignorais à combien de jours
maigres elle s'était contrainte pour entrer dans les susdits
dont elle raccourcissait le bas de dix centimètres d'un
coup de ciseaux hâtif; qu'elle saccageât mes jeans un à un
ne me faisait ni chaud ni froid, ce qui me faisait peur,
c'était qu'elle tombât malade — une peur sans fondement
car ce lutin blond survivait aisément de trois feuilles de
salade, agrémentées d'une tomate par jour et de trois
heures de sommeil par nuit; tout ce que je savais, c'était
qu'à la cafétéria de la Comédie, elle déjeunait d'un
rectangle de gruyère dont il était probable qu'elle ne
mangeât que les trous. Plus qu'à de l'anorexie, ce refus de
se nourrir ressemblait à un vœu, au jeûne mystique de ces
gens qui ne mangent plus parce que l'amour est une
nourriture roborative à l'extrême, le genre de plat qu'on
sert au paradis, Satchel, et sur ce sujet, Satchel, j'en
savais assez pour ma gouverne.

Oh ma petite sublime, toi qui criais dans la chambre
bleue, quand l'homme dormait dans la sienne, au fond de
l'appartement, ces nuits où les « Voix d'or de la
Zarzuela » couvraient bien mal les gammes haletées d'un
plaisir que je mettais plus de folie, d'intuition, de respect
à te donner que je ne l'avais fait pour personne. Oh mon
amour criant perdue dans les étoiles au son de la musique
religieuse de Mozart, *in toto,* des Te Deum, des Tuba
Mirum, des Lacrymosa, des derniers quatuors de Beetho-

ven, des *Noces de Figaro* et de *Don Giovanni* et des plus
beaux opéras du monde, oh mon amour avec qui je me
perdais dans un fleuve triomphal de baisers absolus, de
baisers profonds comme les chœurs de *Nabucco* dont le
superbe tintamarre patriotique ne nous dérangeait pas
davantage que ne nous aurait alarmées la plus retentis-
sante colère de Dieu — l'homme avait eu la bonne mais
surprenante idée, car il était quasiment sourd, d'acheter
une chaîne laser devant laquelle, dès le premier mouvement de la *4ᵉ Symphonie* de Mahler, par exemple, il
s'endormait, devant laquelle en son absence et jusqu'au
dernier mouvement de la *4ᵉ Symphonie* de Mahler, par
exemple, on s'embrassait, l'une face à l'autre agenouil-
lées, cils demi-baissés, nous frôlant du bout des doigts
comme des danseuses asiates, si apeurées de nous-
mêmes. Mon amour, je n'oublierai jamais la première
fois, quand tu as fermé les yeux sur cette chose que tu
ignorais, dont tu n'avais pas peur puisque c'était moi qui
te la donnerais, moi dont rien de mal ne pouvait te venir
— même ce fichu herpès de la langue qui, pendant l'hiver
merveilleux, me l'incendia à plusieurs reprises et dont tu
fis bon marché. Le virus herpétique est plus contagieux
que la poésie, Natalia, lui opposais-je suavement quand
elle s'approchait de moi avec sa gravité monomane
d'avant les baisers. Rien à cirer, disait-elle, et elle
embrassait l'herpétique comme certains les pieds de
lépreux, avec la passion en plus mais pas moins de
sainteté. Son salut passait par moi, avec ou sans herpès
de la langue, et cette langue brûlée, aphteuse, croûteuse,
vésiculeuse et d'un aspect assez proche, conjecturais-je,
de celle de l'iguane, devait lui sembler aussi rose et lisse
que celle d'un petit chat (... *angelo del cielo,* il s'en faut
encore de dix jours, interdiction d'...) — et je n'oublierai
jamais non plus que ce n'était pas par inconscience
qu'elle le faisait quand même, mais parce qu'elle se
foutait d'attraper un des plus coriaces virus du monde,
pourvu qu'elle pût mêler sa salive à la mienne. Ainsi nos
baisers avec herpès ne firent-ils aucune concession à cette

saleté de virus, qui, de rage, finit par lâcher prise. N'importe comment, elle aurait tout accepté de moi dans la chambre bleue cet hiver-là, tout, avec la plus grande simplicité, des bijoux d'or au caviar et à l'herpès, et je lui ai donné bijoux d'or et caviar, et l'herpès a reculé épouvanté devant l'amour qu'elle avait de moi, ce qui s'appelle une guérison miraculeuse, même s'il y eut des récidives à propos desquelles elle affirmait que c'était à cause de ce type pire que Valmont et de sa sorcière de femme (ah ça, pas assez jolie pour jouer la Merteuil ! sifflait N., envoûtée jusqu'à l'os par les *Liaisons*) qui aurait donné cinq ans de sa vie pour que je n'embrasse ni le pire que Valmont ni personne parce que je le faisais trop bien, c'était ce qu'elle disait avec une conviction muette qui gaufrait son grand front si blanc.

Il me fallait alors un bon bout d'une aria de *Don Giovanni* accompagnée du silence de crainte et de colère (ponctué d'un : « Comme je le hais ! », d'une véhémence catarrheuse — la jalousie, les cigarettes —, de Natalia), pour retrouver ma fillette confiante, prête à aller avec moi où je voudrais, vers les étoiles et leurs nébuleuses, vers les naines blanches et les géantes rouges, sans jamais me lâcher la main. Pour toujours, disait-elle, quand ses doigts venaient me caresser les cheveux pour signifier que ç'avait été un chef-d'œuvre symphonique, avec ou sans Mahler, le truc sublime, quoi, qu'elle ne pouvait plus, qu'après ç'aurait été trop. A présent que je connaissais, comme un fidèle ses prières, sa bouche éversée, son corps de lait et de musc léger, son sexe doré, je ne voulais pas que ce soit trop, et puis j'oubliais cette sagesse idiote, dès que ses lèvres se haussaient sur ses petites dents de louve et qu'elle me regardait, demandeuse, tout comme moi croyante. Insatiables et folles, nous riions bien un peu des hommes, avec leurs brefs sursauts de poissons pêchés allant trop vite s'échouer sur un morne rivage sans pouvoir jamais retourner à la mer, à cette mer où, quand ce n'était pas dans les étoiles, nous passions des heures, en ayant pied ou le perdant, noyées ophéliques, sombrant corps et âme dans des abysses où personne n'aurait pu nous retrouver, dans ce plaisir extravagant qui montait vers ce balcon des anges où tant de monde nous regardait. La gouvernante aussi, un jour où nous avions négligé de fermer les rideaux, et qu'elle nettoyait les vitres de sa chambre, qui faisait face à la mienne. A ce propos, je m'aperçus que mon amour pour Natalia et celui qu'elle avait trop ostensiblement pour moi — elle confondait encore hypocrisie et diplomatie, voire simple prudence — suscitaient des réactions d'un manichéisme effarant : une désapprobation hostile et avouée, laquelle procédait de la jalousie qu'un tel couple, angélique, androgyne, respirât et fît si peu de cas de l'opinion des autres, qui se sentaient plus communs des mortels que jamais devant tout ce bonheur solaire, arrogant, moquant bien haut le malheur des autres dans leur vallée de larmes. On se tenait simplement la main dans la rue, et c'était une pire provocation que de se balader, je ne sais pas moi, nues sous nos minijupes, ces trucs qui, paraît-il, font fantasmer les gens. Deux mains enlacées, ça les foutait en l'air, c'était pire. C'était donc ce pire, « tuez ces femmes » auraient dit les tétrarques (en tant que tétrarque, l'homme riche se taisait, on reparlera de son silence). Quand ce n'était pas l'aversion, cet amour provoquait ou la complicité de ceux qui, ayant un meilleur naturel, se sentaient appelés à nous protéger, parce que ce qui est beau, rare, ce qui est transgression, convoque forcément la menace et les légistes de tout bord. Kurt, lui, était jaloux de nous deux, aurait voulu être un peu de nous deux, changer de sexe si nécessaire, et ce ne fut qu'humain qu'il tentât de s'interposer entre nous, un peu plus tard — mais ce que je pardonnais alors à Kurt, mon abrupte petite aimée ne devait pas lui pardonner. A vrai dire, c'était l'ensemble de la gent masculine qui avait à se faire pardonner d'elle, et elle ne pouvait en juger les dignes représentants, vu ce qu'ils lui avaient précocement imposé, qu'en instruisant à elle seule leur affaire et, comme le Fury de Lewis Caroll, en les condammnant tous à mort.

Si Satchel, respirant les roses bulgares dans les cheveux de Natalia avant chacune de ses entrées en scène, avait cessé de s'aveugler sur la chose, il la regardait d'un œil indulgent, voire d'un œil d'esthète, et laissait tomber du bout des lèvres, avec un altruisme ambigu, que « Natalia avait bien de la chance, à dix-sept ans, d'être *l'amie* (il lestait ce mot d'une telle pesanteur que je dois recourir aux italiques) de Julia. »

Satchel, par ailleurs, était de ces hommes commodément distraits et un peu fats qui prennent pour des jeux d'enfants, pour les plaisirs sans conséquences d'une île enchantée où s'ébattent de gracieuses petites démones, ce qui peut lier deux femmes l'une à l'autre et n'est rien de cela. Kurt, pour lors, avait raison, qui nous comparait à Roméo et Juliette, qui proclamait ne pas voir de différence entre ces héros de Shakespeare et nous, entre leur passion absolutiste et mortelle, et la nôtre. Avec un peu plus de la fatuité masculine propre à Satchel, il se serait trompé comme ce dernier, mais il aurait moins souffert.

Adèle, la gouvernante de la rue G., aurait ramassé un à un, du bout de la langue, les mégots avec lesquels Natalia brûlait nappes et tapis ; elle l'adorait, elle cuisinait pour elle des gratins que ma gourmande anorexique daignait dépêcher à grande allure, elle lui achetait pieusement ses jus d'orange, elle nous aurait attendues jusqu'après minuit pour servir le dîner, privilège auquel le pape ni Monsieur n'auraient eu droit et clamait « mon petit soleil ! » en ouvrant la porte sur Natalia et son bouquet de fleurs, ces fleurs pâles que j'aimais.

Quant à ma mère, Paule, elle promenait sur nous des regards d'affût et de traque, aurait voulu, par déformation professionnelle de tueuse, tuer ce qui vivait si tenacement, oh ma mère inconciliable à qui l'éclat fusillant de cet amour-là blessait les yeux comme l'aurait fait celui des fenêtres allumées par les anges, le matin du 29 juin, si ce matin-là, elle n'avait été à Corfou. Ce devait être pour ça, parce que la beauté lui fendillait cornée et cristallin, qu'elle mettait toujours des lunettes noires.

Mamita H., qui devait découvrir Natalia peu avant sa mort, avait tout d'abord lancé à ma petite faunesse des regards intrigués, peu amènes, puis lui avait souri comme elle savait sourire à tout le monde sauf à Paule, avec quelque chose de bénissant dans chacune des rides éveillées par ce sourire et comme si elle avait su l'inconcevable : qu'après sa disparition, ce serait à Natalia de veiller sur moi, de coucher dans le lit de ses noces à elle qui était née avant le siècle, et que sans cette môme (une enfant à charge! hurlerait Paule) je n'aurais pas tardé à la suivre, ne voyant pas pour quelle obscure raison je serais restée là, plantée au milieu de la solitude, à attendre d'être occise dans un attentat terroriste, ça par exemple.

Pendant que j'embrassais les griffades des chats sur ses poignets (un chat l'aurait énucléée que, borgne et la joue en sang, elle l'aurait pris dans ses bras, un homme lui disait qu'elle avait de beaux yeux, et c'était aux yeux de cet homme qu'elle sautait, ses pauvres doigts sans ongles en avant), elle ne pensait plus à ces hommes, aux hommes de sa brève vie, de ses dix-sept printemps levés dans un beau gâchis sur les HLM de Nanterre. Elle ne pensait plus à son père Mitia, lequel, sur ces rondeurs qu'elle se prit, de ce fait, à haïr, avait promené, outre les regards convoiteurs qu'elle provoqua dès sa douzième année, les mains. Et quand il était fin saoul, ces mains cessaient leur errance faussement brouillonne pour caresser lentement, précisément, les seins de Natalia, le cul de Natalia, si précisément que, pour perdre les attributs ronds et hauts de l'horrible féminité, elle aurait jeûné jusqu'à la fin de ses jours si d'autres que moi, et moi ensuite, ne l'avaient suppliée de manger. Ces attouchements et abus de pouvoir d'un père traumatisent plus d'une fille pour la vie, or Natalia semblait les avoir pris avec une indifférence de statue juste gênée d'être ainsi déshabillée dans un parc et que chacun voie comment elle est faite. Ce que lui avaient enseigné les mains de son père, c'était une façon tacticienne de se raidir, de ne rien éprouver puisque ce n'aurait été que de la souffrance, de se murer (ce qui devait lui jouer des tours car, souvent, une fois entrée dans la gangue de marbre d'une cariatide, elle ne parvenait plus à la casser pour en sortir et y

restait, quitte à passer pour autiste), de ne plus rien
exprimer sauf ce regard de vindicte folle qu'elle avait
parfois, sous la feuillée des cils, ce regard aussi effrayant
que ses silences qui disaient NON terriblement fort, les
silences d'une enfant qui voudrait être ailleurs car ce
qu'on lui inflige est antinaturel, inique — mieux que les
adultes, ce sont les enfants qui résistent à l'antinaturel,
avec une fausse docilité et parfois ce sourire de somnambule qui veut dire que, quoi qu'on leur fasse, ils ne sont
plus là pour en pâtir. Ainsi de Natalia, qui avait déployé
contre les mains paternelles une formidable force d'inertie, suivie, quand elles avaient fini leur morne et clandes-
tine maraude, d'un bref haussement d'épaules et d'un
détournement de tête : ça ne valait, en effet, pas la peine
de se fâcher, c'était comme s'il l'avait touchée dans un
cauchemar qui allait cesser et pendant lequel elle savait
proche, inéluctable, le salut du réveil. « Qu'ils s'en
retournent tous à Athènes et ne voient dans cette nuit que
les tourments d'un rêve », dit Obéron, et signifiait le
haussement d'épaules hautain d'une adolescente secrète.
    Elle n'échappa aux menées séditieuses des mains de
son père qu'à l'heure où celui-ci (j'ignorerai toujours,
parmi les multiples petits métiers qu'exerçait Mitia,
lequel figurait sur ses papiers) et sa mère Louise (infir-
mière de nuit à l'hôpital de L.) se séparèrent. Louise
garda près d'elle Natalia et la plus jeune de ses sœurs,
Lisa. Seule Vania, qui avait deux ans de moins que
Natalia, resta en otage aux mains du père, qui s'en fut
gagner sa vie on ne sait comment dans l'ouest de la
France.
    Peu après le début du *Songe* et avant que je la
connaisse, Natalia avait posé avec Vania dans l'atelier de
Kurt. Natalia vouait à Vania une affection sensuelle,
parce qu'à son insu elle foutait de la sensualité partout.
Après cette pose, pendant laquelle Natalia lut à sa
cadette les « Femmes damnées » de Baudelaire avec des
inflexions aimantes, Kurt se méprit à fond — et devait me
brosser le tableau mélodramatiquement slave du viol de

Natalia par son père et de sa passion incestueuse pour sa
sœur. Bien explicable, cette dernière chose, avait conclu
Kurt, vu les horreurs que les hommes ont fait subir à
cette gosse. La pauvre! Qu'est-ce qu'on peut faire?
demandais-je à mon ami, le soir où nous devions
rencontrer Natalia hors de sa bulle. Kurt ne savait pas ce
qu'il fallait faire, moi, dans le restaurant de Montmartre,
cette nuit où, comme toutes les autres de cet hiver-là, il
gelait, j'attendais un cas social — et quand j'ai vu
débarquer non seulement l'ange de la Résurrection, mais
une très jeune fille éperdue d'attente, je me suis dit, tout à
trac, qu'il n'y avait que moi pour faire quelque chose, qui
soit exclusivement du bien, sans trop savoir encore
comment m'y prendre. L'ange éperdu s'est alors mis à
boire énormément de bourgueil parce que boire lui évitait
de parler, que la seule chose qu'il mourait de peur de
faire, c'était de dire des conneries, et je peux vous assurer
que dans ce domaine, jusqu'à l'heure des adieux, il n'a
pris aucun risque.

*

La gravité des dégâts causés par ces hommes dont le
désir faisait à Natalia l'effet d'un café salé, ne devait
m'apparaître que longtemps après les rendez-vous dans
cette chambre bleue, où le stupéfiant miracle qui avait
lieu lui rendit promptement le geste et la parole, et tous
ses gestes furent beaux, et sans avoir besoin de boire du
bourgueil ou de se taire fermement pour éviter les
conneries, elle se mit à dire des choses justes, riches,
lucides, des choses de petite géniale. C'est plus tard, bien
plus tard, quand décrut la lumière du miracle, que je
devais subir la violence de son mutisme qui était comme
un mur de granit sur lequel je m'arrachai les ongles, la
violence de son regard arrêté par le bras, la main, d'un
suppôt de l'enfer, figé sous une autohypnose, son regard
scellé, soudé à on ne savait quelle figure du mal et sans
doute aux mains de son père, soudain ancré à moi ou à

quiconque avait la guigne de se trouver en face d'elle au moment du regard, ce regard de pierre morte doté pourtant d'une force extravagante, celle de ne pas vous lâcher avant que vous ne tombiez par terre, à ses genoux, en la suppliant de battre des cils, juste une fois, puis de suivre gentiment la course des nuages au ciel, s'il te plaît, Natalia, ou que vous lui foutiez une trempe propre à la faire revenir à elle ou à la laisser pour morte, l'état intermédiaire, traduit par ce regard qui en remontrait à celui de Méduse, n'étant assumable pour personne. Et seul le regard traduisait cet état, sans le définir. Parfois, on le sentait arrimé à un Shéol intérieur et statique, ou portant sur le monde entier une accusation à elle-même indéchiffrable.

Les baffes faisaient alors un effet appréciable, elle remerciait même les baffeurs, non par masochisme, mais parce que ça la sortait de sa mauvaise transe, parce qu'elle revivait après deux allers et retours, ça la faisait pleurer aussi quelquefois, et dans chaque larme il y avait un gravillon — vestige du regard de pierre détruit, ou de quelque chose de plus diabolique qu'il m'était impossible de soupçonner au temps de la chambre bleue.

*

Des mains du père, elle était passée entre celles de ce Mathias dont elle mit longtemps à me parler, ce type — un culturiste de 95 kilos — qui ne la caressait — qui ne fourrait les mains sous son slip — que pour voir si c'était pas trop sec, si c'était assez mouillé, bref si c'était possible, gueulait quand elle regardait un film à la télé et que, pour baiser, c'était son heure à lui — ça durait cinq minutes seulement, soufflait Natalia, mais ça avait toujours l'air urgent, peut-être parce qu'après il n'aurait plus bandé, soupirait la même. Peut-être en effet. Ce qui tombait sous le sens, demeurait que le palpage obstiné de ses seins jeunes et hauts à accrocher la lune par un père hagard et saoulard, et les viols quotidiens, post-prandiaux, haletants, tâtonnants, douloureux (ça me brûlait jusqu'au lendemain...) d'un Mathias qui lui répétait combien elle était moche avec ses grosses lèvres et son gros cul, pour qu'elle fût persuadée de n'avoir rien à espérer de l'existence avec tout ce qu'elle avait de gros et qu'elle jugeât vaine toute tentative de lui échapper, avaient, d'une façon qui aurait pu être définitive, transformé une allègre, une hypersensible fillette en symbole pétrifié de l'écœurement le plus fataliste... oh ma Natalia nue et frigide et n'osant le dire, puis s'apercevant que de ne rien dire est une force, même si c'est celle des faibles.

Après Mathias, elle allait vomir, la plupart du temps.

Ce qui ne tombait pas sous le sens, c'était qu'elle jouât Éros avec cet enthousiasme furieux, ceci relevant, vu son passé (la Lamentable Vie Sexuelle, etc.), de la divination — à moins que toute la folie moqueuse qu'elle donnait à voir sur la scène ne fût une vengeance incontrôlée des baises à vomir, oh ma pauvre aimée !

L'amour, tel que je lui faisais, ne lui provoquait pas de haut-le-cœur, par chance, mais lui faisait monter aux joues un incarnat presque aussi sombre que celui de sa bouche. A plat ventre sur le tapis de la chambre bleue, le poing sur une pommette incendiée, derrière l'écran bleuâtre de la fumée de ses Rothmans, elle se racontait, ainsi, flamboyante et graciée, elle disait ses secrets, des secrets qui, dans leur candeur immaculée, dans leur sentimentalité provocante, lui ressemblaient.

Le jour de sa rupture avec Mathias, sortant de chez son professeur de clarinette, elle avait acheté une rose rouge et s'était promenée du côté de Pigalle avec sa rose et l'idée fixe de l'offrir à quelqu'un qui eût l'air gentil. Elle avait marché longtemps dans la ville, se cognant, elle, sa rose et sa clarinette, à des gens qui couraient comme s'ils avaient la chiasse et serraient les mâchoires comme s'ils avaient une rage de dents, bref elle avait marché dans la ville un jour normal, un jour de folie tout à fait ordinaire, sans trouver personne qui eût l'air gentil. Au terme de cette quête aussi ardue, de l'avis de Julia M., que celle de la Toison d'or, complètement sur les genoux, à bout de souffle à cause (déjà) des cigarettes, elle avait fini par donner la rose à une pute antillaise, « qui n'était pas bien jolie, cette fille, mais qui avait de la douceur dans les yeux, assez de douceur pour ma rose en tout cas ».

Ça, c'était le genre d'histoire à me rendre moi *sentimentale comme un cimetière* [1]. Elle me la raconta plusieurs fois, tellement avait été importante cette première journée de sa libération de Mathias, cette journée de la rose témoin de sa libération de Mathias et du regard doux de la pute ; je savais qu'elle n'aurait jamais osé le raconter à personne d'autre que moi sous peine de passer pour une andouille, je pensais que j'avais une chance folle qu'elle s'exposât à l'andouillerie devant moi, donc me fît une confiance si absolue, je me souvenais de la première fois dans l'atelier de Kurt, où s'était immiscé un chat venu de Wonderland juste pour elle — un matou pelé, sauvage, jailli de la nuit montmartroise — qu'elle avait ensorcelé illico, oh ma petite Alice accroupie délirant des mots d'amour pour le chat, ma petite Alice qui, sentant sur elle le regard attentif de cette redoutable grande personne, Julia M., avait dit en la regardant : « Je vous demande pardon, je ne devrais pas m'occuper d'un chat paumé alors que vous êtes là, mais il est tout seul, il est vraiment paumé, il a besoin qu'on l'aime, ce chat » — et j'avais compris alors que c'était elle, le chat.

Elle disait : « J'ai jamais aimé qu'un mec m'embrasse sur les lèvres, surtout Mathias, il s'y prenait si mal. Après lui, même si les autres s'y prenaient mieux, je sentais leurs dents, et ce truc qui me bavait dans la bouche et se tortillait, je leur disais qu'ils faisaient chier, que basta, terminé. J'avais horreur de ça. Je voulais quand même pas renoncer à trouver ça agréable, un jour, c'est pour ça

---

1. Henry Miller.

que je me laissais faire, en l'espoir, et en fait c'était aussi dur de trouver ça agréable que de tomber sur quelqu'un de gentil dans la rue le jour de la rose. » Elle disait : « Heureusement que j'avais la gym, la danse et la clarinette, et le chocolat, ah, le chocolat aussi, le chocolat hélas. J'en avalais des tonnes. Ça n'arrange pas le cul, mais primo Mathias n'était plus là pour me dire qu'il était gros, secundo, ça console, le chocolat. (Pause Rothmans.) Les autres, je les ai rendus malheureux, je sais. JE NE POUVAIS PAS les aimer. (Songeuse.) J'en ai eu pas mal, j'en aurais eu moins si j'avais trouvé le bon, ça va de soi. Ça durait un ou deux jours, pas plus. Je dégueulais plus, toujours ça. Quand ils sont mariés, maintenant je trouve ça bien. Ils n'ont plus affaire à des filles comme moi, des filles qui deviennent méchantes, des vraies gales, dès qu'ils insistent. (Vivement, à moi seule.) Souvent, quand je suis avec vous, je me dis que je rêve, que je vais me réveiller, me lever, me casser la gueule, me casser les os, et boiter toute ma vie. »

Oui, mon amour, la première fois dans la chambre bleue, tu avais dit d'une voix impérative et subitement exempte de balbutiement : « Si c'est un rêve, je DEMANDE qu'on ne me réveille pas », — et moi j'avais pensé que si elle parlait comme ça au Diable, il lui aurait mangé dans la main.

Alors je lui avais dit qu'on ne la réveillerait jamais, pas plus qu'on ne la sortirait de la forêt du *Songe,* elle avait ri sous ses boucles en buisson ardent et ç'avait été pour moi la plus grande récompense du monde, ce sourire de sainte, éployé, infini, ce sourire blanc comme celui d'un clown, blanc comme une hostie qu'on élève.

*

A l'heure qu'il était de ses dix-sept printemps, la gent masculine aurait sombré pour Natalia dans des limbes indignes d'un regard, sans l'insistance qu'elle mettait à se rappeler à son bon souvenir par des compliments et toute l'inusable gamme des stratagèmes galants ; elle chassait les soupirants (« tous pareils et à raconter les mêmes conneries ! ») avec un courroux de vestale outragée, elle les éliminait d'un revers de main comme on tue un insecte sur sa cuisse, fussent-ils, de la Comédie, les membres les plus éminents, qu'elle aurait eu intérêt à se concilier et dans le lit desquels figurantes et petits rôles tombaient les uns après les autres. Soit elle faisait tout son possible (l'impossible) pour ignorer une telle iniquité, ce désir qu'avaient d'elle les hommes, sur lesquels flânait son regard plus myope que nature, soit, quand elle ne pouvait plus méconnaître l'intérêt qu'ils lui portaient (parfois fort naturellement et empreint de la vertueuse conscience que la môme était encore mineure), elle éclatait en injures d'une crudité vengeresse et, de ses lèvres en fruits du jardin d'Éden, sortaient des imprécations argotiques à faire reculer les Vrais de Vrais.

Les comédiens qu'avait épargnés la verve de ma petite furie mouraient de rire, à la cafétéria du théâtre, et ses victimes, châtiées pour quelque enjôlerie tout à fait vaine, ou même un innocent cadeau, renonçaient à tout marivaudage et la jugeaient aussi ravissante que folle à lier, faute de savoir ce qu'il en avait été des mains de Mitia et des baises à vomir. Ma Natalia était définitivement la seule adolescente de la terre qu'un compliment sur sa personne faisait sortir de ses gonds, crier Police et menacer les complimenteurs de leur foutre sa main dans la gueule. Ainsi, les plus sémillants Lysandre de la Comédie se trouvèrent-ils un à un affrontés, sur un « t' as d' beaux yeux, tu sais », à 1,57 m de rage militante, et à la plus bizarre créature qu'ils eussent jamais vue, et surtout, entendue. N'importe quelle nymphette aurait rougi de plaisir à la première fadaise d'un desdits Lysandre, or elle ne rougissait de plaisir qu'avec moi, or elle croyait dur comme fer que, louangeant ses yeux, ces jeunes gens n'en voulaient qu'à son cul, ceci pavloviennement, puisque c'était la seule partie d'elle-même dont Mathias eût parlé pour en souligner l'excessive importance. Devant cette minuscule forcenée serrant les poings et crachant ses crapauds dès qu'on lui disait quelque chose d'agréable, les compliments décrurent, forcément, et les donneurs de sérénades, consignés à aller se faire foutre mais pas avec elle, s'en furent fredonner leurs ariettes sous d'autres balcons. Le déroutant cas de figure représenté par Natalia N., pour qui d'avoir les plus beaux yeux de la ville et de se l'entendre dire était une vérité apparemment inassumable, demeura néanmoins, pendant toute la durée du *Songe,* un des principaux sujets d'étonnement des acteurs de ce théâtre. Il n'y eut que de Satchel, avant qu'elle n'en fût jalouse et lui souhaitât de crever le plus chinoisement possible, qu'elle toléra, voire apprécia, un : « Tu es délicieuse, dans le *Songe,* absolument délicieuse. » Ceci parce que Satchel n'était en rien flatteur et par là suborneur aux chastes yeux de N. — ces iris verts qui lui posaient tant de problèmes —, et si génial, et si beau, qu'elle trembla longtemps devant lui, comme devant l'être surnaturel qu'elle crut voir quand il lui apparut pour la première fois sur le plateau de la Comédie.

Bientôt, il n'y eut plus que mes compliments pour être entendus, et davantage, ceux-là elle les buvait comme du petit lait au miel, rajoutez nectar et ambroisie : quand je lui disais qu'elle n'était pas jolie, mais belle, belle à faire peur, elle en gardait la bouche ouverte un bon moment, l'air estourbi, frottait avec scepticisme son nez, qu'elle trouvait trop gros à l'instar de ses parties basses, puis elle avait l'air heureux ; au fond, elle n'était pas si différente des autres gosses, elle désirait se savoir belle, mais elle désirait ne l'apprendre que de moi, mais il n'y avait que de ma bouche qu'elle finissait par le croire, puisqu'elle croyait tout ce que je disais, et là c'était tant mieux.

Elle croyait tout ce que je disais, ainsi de son regard « qui pouvait déclencher des malheurs » ; depuis que je le lui avais signifié, elle veillait si attentivement à cela que d'aucuns s'étonnèrent de la voir si souvent absorbée dans la contemplation de ses pieds, du parquet, de son assiette et du contenu de celle-ci, qu'elle dédaignait pour cause du jeûne religieux dont j'ai parlé et de sa volonté farouche de tenir à l'aise dans mes blue-jeans.

Cette beauté, dont elle ne voulait entendre parler qu'à travers mes mots, était sa plus grande arme, mais si je ne voulais pas que celle-ci se retournât contre elle à cause de son aversion répugnée pour les suffrages qu'elle lui valait et dont elle ne pouvait s'interdire de dévoyer le sens, merci Mathias, il allait falloir remonter une sacrée pente. Tout d'abord, je me contentais d'avertir les quelques amis que je lui présentais : si vous lui parlez de ses yeux, de ses lèvres, de son petit orteil, de façon impartialement gracieuse, disais-je aux victimes potentielles, elle vous traitera d'ordure et d'assassin avant que vous n'ayez terminé votre couplet et ne vous adressera plus la parole de sa vie.

C'était un peu irritant parfois, si la beauté est chose divine, dont tant sont démunis qui feraient le pèlerinage d'Amarnath à pied pour en avoir juste un reliquat. C'était aussi paradoxal, car elle en jouait tout en la refusant. C'était surtout pathétique, ce que deux hommes avaient fait d'elle : une enfant bel et bien paranoïaque, se croyant attaquée quand on voulait la défendre, une môme sincèrement meurtrie de ce désir qu'elle sentait monter comme une menace autour d'elle, et qui la poussait sans qu'elle y pût rien à nombre d'inconséquences majeures. Pour en finir avec l'image tronquée qu'avait Natalia d'elle-même et le contresens qu'elle faisait de toutes les choses charmantes qu'on pouvait à juste titre lui dire (et mon amour, tu n'auras pas toujours dix-sept ans...), il me faut consigner l'aveu simplissime qu'elle me fit un des jours de neige parmi tous ces jours de neige, à croire que nous allions parvenir à l'heure d'été et qu'il neigerait encore sur les soirs de l'heure d'été : Natalia n'avait vécu, jusqu'à la générale du *Bourgeois gentilhomme,* que dans la passion de ses chats et dans un seul espoir : aimer une femme, et qu'elle lui rendît ce sentiment. Il lui semblait à bon droit impossible, qu'on ait lu ou non Elula Perrin, qu'une femme la massacrât

avec d'énormes doigts gourds comme s'ils avaient l'on-
glée, sous prétexte de mesurer le degré hygrométrique de
son sexe, fragile et soyeux et pulpeux comme une figue
coupée entre ses cuisses de lait cru, aussi limpide qu'un
ruisseau de montagne, si vulnérable sous la légère,
volatile, toison d'un blond pâle, que, moi-même, j'avais
peur de le blesser et qu'il me fallut plusieurs journées de
réclusion dans la chambre bleue avant d'en jouer comme
d'un instrument de musique, en souhaitant que tous ces
doigts d'hommes ne l'aient pas désaccordé, surtout ceux
de Mathias. « Il est videur dans une boîte de nuit, ce
mec, maintenant, et si j'étais restée avec lui, je serais la
femme d'un videur. » Ceci posé, elle me regardait comme
si elle venait de se fiancer avec l'ensemble de l'Académie
française, alors que je n'y pensais guère, dans la chambre
bleue, à l'Académie française.

S'il n'en avait pas été de même dans sa tête, rien
n'avait été désaccordé de l'instrument parfait qu'était le
corps de Natalia, ou alors pour jouer des touches d'ivoire
de ce Steinway-là, de ce Steinway tout neuf, j'avais moi
les mains de Glenn Gould, à peu de chose près.

*

Le successeur de Mathias se trouva être un ex-routard
héroïnomane, qui ne la sautait pas, trop camé pour ce
faire. « Mais malgré ça (l'avantage indéniable qu'il ne la
sautât pas), je me serais tirée s'il n'y avait pas eu le chien ;
ce clébard, je le promenais, on jouait ensemble, pendant
que l'autre pionçait ou cuvait sa dope, j'en savais rien, je
revenais des balades avec de la boue jusqu'aux yeux
parce que le clébard, un colley, me mettait les pattes
partout, c'était de l'amour. J'ai eu beaucoup de peine
quand il a fallu me séparer de ce chien. » « Et le mec ? »
hasardait Julia M. « Oh le mec, il dormait plus que la
Belle au bois, il s'est sûrement pas même aperçu qu'un
jour j'ai pris la porte après avoir fait un gros câlin au
chien. » « Et ensuite ? » susurrait Julia M., ravie d'avoir

pris la succession d'un colley. « Ensuite... (reniflement et grattage de naseaux) une fille, Dotty, une copine de Nanterre. Mon âge. Je l'ai pas aimée, jamais, je te jure. Seulement elle m'a embrassée sur la bouche une fois ou deux, je lui ai laissé me serrer la main au cinéma, et j'aurais pas dû, ça lui a fait croire que c'était possible, elle aurait tant voulu. Et puis je lui ai dit. Nous deux. Enfin ce n'était pas encore nous deux. Je lui ai dit que j'aimais une femme. Une femme écrivain, très belle, avec des cheveux noirs. Elle s'est foutue à pleurer, bon, que tous les mecs du monde chialent, mais pas Dotty. Je ne veux pas qu'une fille chiale à cause de moi. Je ne la verrai plus, pour qu'elle oublie. Et Satchel (front levé, toute dressée d'inquiétude)? Il te fait encore pleurer? Tu le vois toujours dans les salons de thé? Vous parlez toujours des heures? C'est pire que de baiser, parler des heures. » Julia M. : « Oui, c'est bien pire. Les salons de thé? Non, oui, je ne sais pas, peut-être, juste un peu, enfin, querida, de temps en temps, de moins en moins, ne m'en parle pas, n'y pense pas. » Natalia : « Quand je le vois, et c'est tous les soirs, j'ai envie qu'il ait un accident sur scène. L'autre soir j'y ai tellement pensé qu'il a perdu sa canne. Bien emmerdé, Obéron sans sa canne. En y pensant un peu plus, j'arriverai peut-être à ce qu'il se torde la cheville. » Julia M. : « Quand on pense à quelque chose chaque soir, elle finit par se réaliser. Tous les manuels de sorcellerie s'accordent sur ce point. Je t'en prie, ne regarde pas les pieds de Satchel, avec le regard que je connais, il pourrait lui arriver un malheur pire que de se tordre la cheville. C'est la jambe qu'il pourrait se casser, ou les deux. Je ne veux pas que Satchel se casse une jambe, ni les deux, j'estime m'être cassé les deux jambes pour tout le monde. » Natalia : « Tu l'aimes encore. » Julia M. : « Non. Oui. Quien sabe. Bref c'est grâce à lui que tu joueras Nadia dans *l'Éternel Mari*, après le *Songe*. » Natalia : « Tu penses toujours ce que tu as écrit sur lui, à la fin de l'article... " Que tout ce qu'il fait, tout ce qu'il dit est profondément beau "? » Julia M. (agacée) : « Oui.

Brisons là. » Natalia : « Brisons quoi ? » Julia M. (atten-
drie) : « Change de sujet, par pitié. Par pitié pour moi,
pour toi, pour lui. » Natalia (lèvres pincées, et il y avait
de quoi faire, il en restait toujours un peu) : « Tu sais,
pour nous deux, je l'ai dit aussi à ma mère. » Julia M.
(onctueuse) : « Dis QUOI, mon amour ? » Natalia (ivoi-
rine, placide, languide) : « La vérité. Elle est plutôt
d'accord. Louise lit Kate Millett, c'est son auteur préféré,
avec toi. » Julia M. (snob) : « Voilà Kate Millett dans le
coup, qui s'en plaindrait, mais c'est fou ce qu'on lit, à
Nanterre. Parle-moi de Louise, tiens. » Natalia : « Jusqu'à l'audition du *Songe,* ça a été ma meilleure amie.
Ensuite, elle a complètement changé. Elle me balance à la
gueule mes cendriers pleins de mégots, pour me réveiller,
le matin. Elle laisse les fenêtres ouvertes pour que les
deux chats qui restent fassent le grand saut, comme
Carmen. Un jour elle les balancera elle-même dans le
vide. Elle les supporte, à condition que les bacs à sciure
soient dans ma chambre. Un moment, j'en ai eu trois
autour de mon pieu. Ça puait, mais moi ça m'était égal,
même si elle est pas grande ma piaule, et qu'on marchait
dans les bacs. Ce qu'elle a, la piaule, c'est une drôle de
fenêtre en losange. J'aimerais tant que tu viennes voir. Le
jour où tu viendras, je ferai de l'ordre, elle est pas digne
de toi cette chambre. Et je demanderai à Gérard, qui est
un pianiste géant, de nous jouer la *Marche funèbre* de
Chopin, tu sais pas comment il la joue, ça fout la chair de
poule. »
    Et moi je pensais qu'à l'heure où Natalia jouait
l'Amour dans la bulle du *Songe,* quand elle ne le faisait
pas dans le grand lit blanc d'une chambre bleue, à cette
heure où elle lançait ses flèches et ses baisers à un peuple
de vivants, sursitaires mais bon pied bon œil, sortant et
allant dans les salles rouges et or des spectacles, la mère
de Natalia, entre les murs du vert mélancolique et sous
les lumières glacées d'un hosto, dans les chambres des
embastillés pour cause de Sa Majesté le Sida, son Altesse
le Cancer et la valetaille des merdes faisant suite, était de

garde jusqu'à l'aube, passait les bassins-violons, soignait les escarres, voyait mourir des mômes : « Le dernier sida de Louise s'appelait Serge, il avait vingt ans. Quand il a claqué, c'est Louise qui lui a ôté son pyjama, toute la peau est venue avec, et le squelette, il était gangrené. » Ainsi, pendant que les mains de Louise ôtaient le pyjama et la peau avec d'un type de vingt ans mort de la pire maladie d'amour, les mains de sa fille applaudissaient les tours de fourberie méchante de ce même amour, les mains de sa fille avaient des envols de mouettes cruelles pour féliciter de ses victoires iniques ce même amour, des mains de sa fille partait sa flèche joyeuse et d'une triomphale déloyauté — il y avait là quelque chose d'atrocement facétieux, et Louise n'avait que trois ans de plus que moi, et c'était sa fille que j'aimais, et si je rencontrais Louise, je rencontrerais sûrement une femme qui ne pouvait accepter de bon cœur une telle situation. La victime de l'histoire, à présent, me semblait être cette Louise, qui avait dû essuyer de Natalia les regards qu'on sait, en sus des brimades d'un Mitia alcoolique qui préférait caresser ses filles que sa femme. Je plaignais sincèrement Louise, qui n'avait plus rien devant elle que des couloirs d'hosto, quand Natalia marchait sur un chemin déjà pavé d'or pur, ce que proclamaient les diktats des astres, c'est-à-dire la révolution solaire que j'avais fait établir pour elle, et ce qu'au fond de moi-même je savais — oui, je savais qu'elle serait grande cette petite (*dixit* Kurt), même s'il y avait des choses dures, des choses maléfiques, des choses noires, ces choses d'elle que je ne savais pas, quand elle n'était encore pour moi qu'un ange chu droit du ciel sur une scène dans une bulle de nacre.

Natalia (me trouvant trop pensive et désirant me ramener à elle comme un petit animal veut attirer l'attention et ne supporte guère qu'on cesse tout à trac de jouer avec lui) : « Et mon père sait TOUT, lui aussi ! Si ça le fait chier c'est tant mieux. S'il avait voulu que j'aime

les femmes — une femme — il n'aurait pas agi autrement. »

Et je me demandais à qui d'autre elle allait parler de
nous, juste pour faire chier son père et le monde entier,
juste parce qu'elle était fière de l'amour que j'avais d'elle,
parce qu'hésitant encore à y croire, elle avait besoin de le
crier sous les toits, pour que cet amour ait l'air d'un fait
accompli, d'une prière exaucée, sans se soucier de
l'hostilité du social qui se dresserait fatalement contre
nous, ô mon imprudente, ma naïve bachelette.

Et son père lui disait : Ma petite, c'est une femme de
trente-sept ans, belle, riche et célèbre (il disait ça de Julia,
M. qui se trouvait affreuse les trois quarts du temps,
n'avait pas un sou devant elle, ils étaient toujours en train
de flamber derrière, et *last but not least*, estimait, depuis
belle lurette, et à juste titre, ses publications quasi
clandestines), prépare-toi à atterrir en douceur, elle te
jettera comme un Kleenex quand elle en aura marre,
qu'est-ce que tu peux être d'autre pour elle qu'un joujou,
hein, tu as pensé à ça ? Non, tu ne dis rien, tu ne penses
rien, comme d'habitude. Jetée comme un Kleenex.

Comme un Kleenex, répétait-elle, toute pâle. Par
moments, je le crois. Je crois comme eux que je devrais
épouser mon prof de clarinette. Il a dormi des nuits avec
moi, après Mathias, sans me toucher. Il m'aime comme
c'est pas permis. Il m'aime au point de ne JAMAIS me
toucher de sa vie. Et toi, Julia, et toi... (violente) qu'est-ce
que tu fous avec moi ? Je comprends pas ce qui m'arrive,
ni ce que...

Larmes, et tentatives sanglantes d'arracher un ongle
inexistant. Et je lui disais de ne surtout pas chercher à
comprendre, que les mains du père, les fouaillages des
doigts de Mathias pour voir si c'était assez humide, les
balades si sympathiques avec le clébard du camé, les
nuits si chastes avec le prof de clarinette (le pauvre !
pensais-je avec ma grande faculté de penser que les gens
sont si pauvres), c'était fini, c'était du passé — rien n'est

plus beau que toi. Clarinette... Si on écoutait le *Concerto pour clarinette* de Mozart ?

*

Je l'aimais, voyez-vous, avec sa bouche éclatée par la clarinette, par l'hiver de gel et nos baisers, sa brève vie gâchée jusque-là, ses cicatrices et ses bleus partout, ses maladresses et ses rages, je l'aimais comme je n'avais jamais aimé personne. Quand Tamino, le second de ses chats, est mort défenestré de la même façon que sa devancière, Carmen, je l'ai bercée dans mes bras jusqu'à la fin de la nuit, elle sentait le lait et le sel de ses larmes, j'ai su que sans moi elle aurait peut-être suivi Carmen et Tamino, un jour ou l'autre — Natalia : sans toi je serais une loque, je ne pourrais pas, avant toi c'était comme si j'avais disparu, c'est ça, je disparaissais pour les fuir tous et aussi pour ne pas me voir, moi.

Oui je l'aimais, elle la plus grande gaffeuse de la terre, avec ses trop grands yeux, son cul trop rond et sa grâce non pareille, je l'aimais, ma petite géniale aux lettres écrites avec des mots à cramer le papier, alors j'ai mis des bracelets d'or et d'argent à ses poignets estafilés par la dernière chatte survivante, elle était cinglée cette chatte, mais c'était son bébé, elle lui passait tout, j'ai enfilé des bagues d'or et de pierres précieuses à ses doigts sans ongle et spatulés au bout, elle a de si petites mains, et ces bagues-là, au jour d'automne qu'il est aujourd'hui, où je dis quelques petites choses encore de la chambre bleue dans laquelle la gouvernante de l'homme savait pertinemment ce qu'on faisait des heures durant et dont on sortait avec des mines de pages saouls, ces bagues-là elle les porte toujours, qu'elle ne me les rende jamais, je lui en offrirai d'autres plus belles, c'est quelqu'un à qui je veux offrir le monde à l'heure merveilleuse qu'il est, merveilleuse parce qu'après ces deux jours de pluie chaude, de colère et de malentendu, j'ai fini par pleurer le noir de mes yeux et elle par dégueuler toute sa peine dans la

cuvette des chiottes, quand j'ai entendu qu'elle dégueu-
lait j'ai compris qu'elle s'exorcisait d'un mal qui nous
avait séparées pour un temps, que c'était la fin de sa vie si
on se séparait, que je ne devais rien lui reprocher, jamais,
qu'elle grandissait encore et avec moi, dans l'appartement où elle occupait la chambre de mamita H., que moi
ça me suffisait pour ne plus avoir envie de mourir du tout,
pour supplier Dieu de ne pas mourir à cause d'elle.

Avant de se confier à moi, elle ne l'avait fait qu'à ses chats, victimes ostensibles d'un sort jeté sur le balcon du huitième étage d'un HLM de Nanterre et proies potentielles d'une mère exaspérée. Elle vénérait les chats comme une petite Égyptienne au temps où ils étaient des dieux — tout comme moi, tout comme Satchel, engouée de leur grâce fantasmagorique, silencieuse et sans faille, celle qu'a Satchel quand il entre en scène, lui de la secte ancienne vers moi venu. Pardon, Natalia, c'est de toi que je voulais parler. (Si elle tombe sur cette page, elle ne pardonne rien, et on en a pour des jours et des nuits de regard.) Je voulais dire que, comme les chats, tu ronronnais à deux temps. Que tu grondais juste avec ce vert de tes yeux qui se courrouçait. Que tu aimais qu'on te lèche, qu'on te caresse, et qu'un seul regard, brumeux et lent celui-là, le suggérait — quand tu ne sautais pas dans mes bras avec une preste détente de guéparde pour frotter ton menton contre mon épaule. Tu ne déchirais pas le tissu des fauteuils, tu te contentais de t'y cogner et de marcher la plupart du temps avec un orteil à demi retourné, ou à cloche-pied à cause d'une écorchure due à ces collisions avec les meubles dont tu avais le secret.

Cette maladresse chronique, dont je n'évaluai le caractère calamiteux que quand N. fut sous mon toit, serait restée le seul trait qui la distinguât du chat, sans l'absence de griffes à ses doigts mortifiés, et, quand le chat est un vigile de premier ordre, son ébouriffante distraction : il lui arrivait, et elle me signalait la chose en

mourant de rire, de mettre ses serviettes périodiques à
l'envers. Elle passait autant de temps que feu Carmen,
feu Tamino et la survivante Pamina, à faire sa toilette. Si
elle n'avait pas eu l'incurable virus du théâtre, elle serait
restée de l'aube au crépuscule dans un bain de mousse, ce
qui aurait suffi à son bonheur pourvu que je lui serve de
temps en temps un petit porto — ce que je ne manquais
pas de faire, chez l'homme, pour le plaisir de la voir si
jolie dans son bain d'émeraude et d'argent dont émer-
geaient toute sa blondeur, sa clarté radieuse, et un bras
rond et une main menue agrippant le verre de porto, qui
avait deux ans de plus qu'elle. Pour en finir avec les
analogies félines, ses yeux brillaient dans le noir à la
croire nyctalope. Elle ne l'était pas, mais d'une extême
myopie qu'elle refusait de corriger par le port de lunettes
(enlaidissantes) ou de verres de contact (chiants). Elle
marchait au son et à l'odorat, mettait soudain le cap sur
un objet d'intérêt avec une compulsivité farouche, et, en
cas de malheur, rencontrait une porte, un mur, une
armoire. Elle s'empiergeait dans les tapis avec la grâce de
fausse idiote d'une Marilyn, dont elle avait la limpide
candeur, l'obstination, mêlée de crainte justifiée, à ne
faire que des bourdes, et la façon exquise d'être toujours
prête à rire d'elle-même ; l'ensemble, et ses blue-jeans
troués et, avant qu'elle s'adjugeât la majeure partie de
ma garde-robe, sa propension à se vêtir de nippes râpées
— oh, une Cendrillon féerique ! —, de nasiller « c'te
mec » avant que, par un louable mimétisme, elle finisse
par articuler « ce mec », sa façon frénétique de touiller un
yaourt en éclaboussant son-mon-notre sweat-shirt, ses
rhumes éternels, ses implacables sommeils d'enfant qui,
quand on l'en sortait, finissaient avec les soupirs même de
l'amour puni, ce désordre extravagant qu'elle mettait
partout, en tout, à l'instar de la sensualité et qui m'amena
à comprendre sa mère et le jet rituel des cendriers
débordants à travers la chambre de Nanterre, cet ensem-
ble-là constituait le fin du fin en matière de séduction,
chicaneurs, levez-vous. Or, dès qu'elle eut oublié les

premiers avatars de sa vie d'adolescente, dont le HLM de Nanterre fut le cadre affligeant (de cela elle demeura inconsciente jusqu'au jour où elle quitta le HLM, auquel, n'ayant jamais rien vu de mieux, elle s'était attachée), elle se prit à exercer, pied au plancher, cette séduction luciférienne — mais qui étais-je, moi, fille de Lilith, pour le lui reprocher ?

Voilà, c'était une petite esquisse d'elle que j'avais envie de faire sans attendre, d'elle qu'hier toute la nuit j'ai embrassée, et son sexe d'or et de poivre était aussi intact que si Mathias n'avait jamais existé, et j'en ai bu tous les parfums d'enfance et un peu de son sang au goût de pluie (elles ne sont pas tout à fait finies, ça ne fait rien ? non mon amour, rien, au contraire), j'avais sur la langue toutes ces saveurs-là et le feu vif, caramélisé, d'une liqueur d'airelle lapée juste avant — oh son ventre pâle et soulevé de ces houles merveilleuses et moi adorant ces jouissances qui sont des victoires arrachées au désabusement des jours, adorant les houles du ventre en satin blanc et les cris de Natalia, étonnés, feulés, on dirait une gosse devant un sapin de Noël quand elle crie, une gosse qui n'en croit pas ses yeux, qui n'a jamais eu de Noël et qui ne s'attend pas à voir un sapin décoré juste pour elle une fois dans sa vie. Avec moi, elle passait son temps à ne pas croire ses yeux, je le dis sans vanité, c'est pourquoi ils s'agrandissaient de jour en jour, ils devenaient maladivement énormes, ces yeux, au cours de cet hiver, l'hiver du *Songe d'une nuit d'été*.

Et hier dans la nuit, que faisait l'homme ? Il dormait. Que pensait l'homme ? Il avait sculpté sa figure dans la pierre une fois pour toutes, on ne savait pas. Ces cris et ces parfums et ces ressacs de plaisir, cette douceur déchirée, ces recueillements et ces envols subits, à quelques pas de sa chambre, il les ignorait. Ou faisait-il semblant ? Croyait-il par commodité, comme Satchel et comme tant d'autres hommes l'auraient fait, à des jeux de mômes ? Pensait-il qu'il était, *ipso facto*, impuissant,

pensait-il avec une lucidité qui l'aurait honoré, qu'il
m'offrait moins de tendresse qu'en reçoivent les chiens,
que même s'il voulait m'en offrir, la sourde jalousie qu'il
avait de ma jeunesse gardée et de beaucoup d'autres
choses l'en empêchait, que donc il fallait bien permettre?
Il n'avait rien à permettre. Il n'avait rien à dire. Ce qu'il
pourrait dire, c'était va-t'en, et je serais partie avec ma
trouble compassion pour lui, un morceau du lien poison-
neux, obscur et jusque-là indéchirable tissé entre nous,
pauvre homme, à propos duquel je disais à Natalia qu'il
tolérait, qu'il se pouvait même qu'il s'arrangeât de nous
deux et de nos nuits dans la chambre bleue, car cela lui
était moins dur qu'un amant, moins dur de l'accepter
elle, une fillette, que de me voir rêver chaque fois qu'on
citait la Comédie et le *Songe,* particulièrement quand il y
avait des gens pour remarquer que je rêvais, on ne rêve
pas en société et surtout pas d'un songe, même de celui de
Shakespeare, on ne rêve pas, c'est toujours vaguement
scandaleux, ça fout les gens mal à l'aise et puis moi j'étais
un peu sa carte de visite à cet homme, une carte de visite
ça ne rêve pas. Il y a cet autre monde, disais-je à Natalia,
où je vis sans lui, et qu'il hait franchement. Il y a cette
autre personne qui est Satchel, qu'il soupçonne d'exister
parce que je rêve à voix haute, à livre ouvert, au grand
jour, et ce soupçon il le hait comme il hait tant de choses,
il hait à perte de vue, cet homme. Pour lui, mieux vaut
donc ne rien entendre, ne rien voir, se taire — et, à
l'heure qu'il est, nous raccompagner, avais-je ajouté cette
nuit-là.
   Et cette nuit-là il ne l'a pas fait, il a geint qu'à une
heure du matin mieux valait appeler un taxi, qu'il n'était
plus en état de conduire, et devant le semi-comateux j'ai
dit *indeed.*

   C'est ainsi que pour la première fois je suis rentrée avec
Natalia rue L. Mamita souffrait beaucoup de sa hernie
hiatale, elle préférait ne pas être seule, et, sachant me
faire plaisir, elle avait offert à Natalia de coucher sur le

sofa du bureau plutôt que de se taper le RER pour
regagner Nanterre — c'est long et dangereux, pour cette
gosse, tous ces trajets la nuit, qu'elle dorme ici quand elle
veut, avec ce spectacle qui finit si tard, et quand il n'y a
pas de spectacle c'est pire, si j'ai bien compris vous vous
couchez à l'aube, avait souri mamita avec toutes les
bonnes ciselures de son visage.

Là, moi, j'avais pensé que si elle, mamita, mourait à
cent vingt ans, je ne la quitterais pas avant, et que je
n'épouserais rien du tout, elle était trop sublime cette
femme pour qu'un homme me tire de la rue L. avant sa
mort, et cette promesse je l'ai tenue, avec un peu moins
de mérite parce qu'elle devait mourir avant cent vingt ans
sans que j'aie eu quoi que ce soit à épouser, sauf N., par
ailleurs j'ai toujours été légalement inépousable c'est la
seule chose qui n'ait pas changé dans ma vie après qu'on
l'a cassée en deux, après qu'elle est morte parce qu'on la
montrait du doigt en lui disant qu'elle était vieille, après
qu'elle est morte par sens de l'honneur.

« C'est comme si on rentrait chez nous, c'est déjà chez
nous, non ? Chez nous ! » s'enchantait Natalia, qui déli-
rait un peu après plusieurs portos et la liqueur d'airelle.
Chez nous ! répétait-elle sans savoir que ce serait vrai
plus tôt que prévu, et je la regardais sourire à sa façon
clown blanc, je regardais les yeux de grenouille qu'elle a
quand elle est fatiguée et cette nuit-là c'était pour cause,
les plaques rouges sur les joues qu'elle a quand elle vient
des étoiles, ses cheveux comme l'auréole froissée d'un
ange rebelle, et je l'écoutais s'étourdir de ce « chez nous »
qui relevait du seul serment alors hypothétique d'habiter
ensemble.

On est rentrées rue L. avec un sac de plastique bourré
de yaourts pour le petit déjeuner, d'une bouteille de
champe, d'un kilo de café, vivres piqués dans la maison
de l'homme pour ne pas avoir à les acheter parce que tout
était trop cher, surtout le champe, bien sûr, et qu'on
aimait ça. Une fois dans le bureau, elle a étalé sur le sofa
les photos du *Songe,* ces photos dont elle ne se séparait

pas, brillantes et bleues comme la lumière de la scène, sur lesquelles, çà et là, apparaissait le masque camphré et osseux d'Obéron — et non plus Obéron en pied, qui avait atterri dans une poubelle de Nanterre après la soirée du restaurant blanc. A ce moment de la nuit j'ai pensé mon Dieu par pitié pour elle et pour moi, qu'il ne vienne plus jamais dans mon sommeil en me regardant sous ses cils fardés en m'embrassant les mains et en y laissant un peu du noir qu'il a sous les pommettes, comme il l'a fait cette autre nuit dans la petite cage veloutée de la Comédie après ce malaise que j'ai eu à l'entracte, non, qu'il ne fasse plus ça et surtout pas cette nuit où je suis près d'elle, et il ne l'a pas fait.

J'ai rêvé d'un banquet où Natalia venait enlacer de ses bras blancs le cou de mon père, qui se retournait, qui lui souriait, c'était le genre de rêve dont vous n'aimez pas qu'on vous sorte, comme ceux que faisait Natalia les yeux grands ouverts dans la chambre bleue, desquels elle demandait d'un ton catégorique qu'on ne la réveille pas.

*

Finalement, on claquait la porte au nez des hommes, des meilleurs comme Kurt, des pires comme celui qui a la maison et l'argent — il n'y a que pour Satchel que ma porte restera toujours ouverte, et Natalia le sait, qui en souffre encore, qui s'en émerveille parfois, ô ma petite géniale.

Elle me demandait ce que c'était que cet homme riche. Nul ne le sait vraiment, Natalia, a fortiori lui-même. Inerte, vidé de son sang, il est plein de faiblesses qu'il fait passer pour de la bonté, plein de duretés qu'il fait passer pour de la force. Écoute, Natalia. C'est l'homme sans regard sans lèvres et sans sexe, c'est la mort du récit, le silence, et tu t'y connais en la matière, mais le sien est d'une autre nature, un silence de guerre, c'est un danger suçant et insidieux qui vous rôde autour dès qu'on pénètre son territoire. C'est la parole tuée, la lumière

mouchée, le feu éteint, et le mystère c'est qu'il continue
d'être parmi les vivants, ô mille fois plus mort que les
morts et que toi aujourd'hui, mamita. C'est un fleuve
désert sur lequel flottent des chiens crevés et des fleurs
massacrées par une tempête qu'il n'a fait que subir sans
savoir d'où elle vient. De la même façon qu'un jour il
cessera de respirer sans avoir connu la souffrance, sans
s'être demandé si elle a un sens ou non, si elle vous élève
vers quelque chose, ce qui est vrai parfois — si la vie est
de brûler des questions, comme l'écrivait Artaud et
comme le font certains, cet homme-là ne s'en est jamais
posé, une preuve de plus qu'il mourra sans avoir vécu,
qu'il mourra en se formulant peut-être la première
interrogation de sa vie : pourquoi faut-il passer autre
part, oui, il se demandera ça, lui qui moribondait
doucettement chaque jour, sans faire de bruit, quand on
vit cet état-là, on ne voit pas ce qu'il y aura de changé
après qu'on vous aura fermé les yeux, s'il se trouve une
poire pour lui faire ça. Natalia, il y a en lui un opaque
secret scellé comme sa bouche, un secret terrible comme
ces coups de téléphone qui vous réveillent la nuit quand
au bout du fil il n'y a personne. D'ailleurs, il ressemble
aussi à cela : une sonnerie d'appel, de demande, et on
décroche le combiné, et il n'y a rien de l'autre côté que ce
silence dont il est fait, et non de l'étoffe de ses songes
puisqu'il ne rêve pas, jamais. C'est un homme dangereux
comme le vide, à cause du vertige. Un mur qui sonne
creux, un palimpseste qui s'efface, une lueur qui s'évanouit avec toutes celles de l'espoir, une souffrance qui ne
dit pas son nom. Qu'il en ait un sur ses papiers d'identité
relève déjà d'une effarante escroquerie. Quelque chose a
déjà dû le faire mourir, il y a longtemps, c'est ce qu'on
suppose dans la dégelée d'hypothèses que n'importe quel
vivant soulèverait à son propos. Moi, je fais mieux que
n'importe quel vivant, il est dans ma vie sans y être, et
même dans la sienne depuis quelques années, il n'est pas
non plus, alors je fais comme toi, je fais comme un chat, je
flaire, je sens rarement quelque chose de bon, si ça pue

trop, je me détourne, je vais regarder le ciel sur les toits, écouter Mozart ou Mahler, t'aimer, ma chevrette au grand front buté, ma vivante et folle, qui m'écrit de ces lettres à faire douter de l'existence du mal, attendez, il nous faut *Cosi fan tutte* avant d'ouvrir tes lettres. Tu vois, c'est moi, l'écrivain, qui vais les donner à lire, ces lettres, il a fallu que tu tombes sur quelqu'un de cette race-là, affreux impudiques dépeceurs de vie et parfois très utiles personnages qui élucident les choses, éclairent de molles ténèbres, nous qui vivons à la limite de la cruauté, qui guetterions mille ans qu'une feuille d'arbre tremble, qu'un bourgeon s'ouvre pour le peindre — à cause de quoi? à cause de l'incertitude brûlante qu'on a de l'éternité, pourtant captive en nos cœurs, nos cœurs tachycardiques, trop fort battants, dans leur quotidienne et opiniâtre lutte pour susciter la lumière d'en face, là où c'est jamais allumé, dans la maison de cet homme, par exemple, dans les yeux de cet homme, par exemple. C'est pour ça, pour cet espoir insane, que je ne le quitte pas encore. C'est aussi à cause de son argent. Je ne sais pas au juste pourquoi c'est. Cet homme, donc, un jour Dieu l'a fait mourir c'est possible, mourir sans qu'il s'en aperçoive, et c'est ce que je n'accepte pas, voilà qui est possible aussi. En tout cas, Dieu s'y est pris de cette façon, Il l'a privé du verbe, Il l'a condamné à la cécité, à une impuisssance qu'il ne peut pas voir puisque rien n'impressionne sa rétine pas même que ce hochet entre ses jambes soit pesant, vain et mort, Il l'a condamné à aimer si mal qu'on finisse par le haïr, à la solitude donc, une solitude bien mate et uniforme au fond de laquelle il sait vous mettre aussi, il aime bien mettre les gens en état de solitude, avec lui on a toujours l'impression d'avoir perdu quelqu'un, d'être en deuil — et vous pouvez toujours crier à cause de ça, le sourd-muet, ça ne lui fera ni chaud ni froid. Donc Il a mutilé ses cinq sens et, à ce fantôme, Il a dit lève-toi et marche. Et moi l'incorrigible, je demande à Dieu pourquoi diable il a fait ça, et à quoi sert cet homme, et ce qu'il fout en travers de ma vie, aussi. La seule réponse que j'ai reçue à ce jour, c'est qu'il était resté sur terre pour m'accompagner dans un hôpital et y attendre toute une nuit, la nuit où elle est morte.

Bon, *Cosi*, « Per pietà, ben mio perdona » et les lettres de Natalia, maintenant, Mozart où on chante des sanglots plus hauts et plus purs que des torrents de montagne, les sanglots de neige fraîche de Fiordiligı, et les lettres de Natalia, où elle hurle, elle se débat contre ses dix-sept ans qui m'effraient un peu moi aussi de temps à autre, ces lettres radieuses qui ont peur de ne pas être entendues, c'est pour ça qu'elle gueule si fort en m'écrivant. Après le monde spectral du silence, à 20 000 lieues sous les mers vous n'en entendez pas plus, après ce monde de l'homme riche, celui de Mozart et ses scintillements de jeunesse, cette musique qui est comme la grande paume ouverte rutilante d'un feu d'artifice claquant au ciel de tous ses étendards, ce monde qui est le même que celui des lettres de Natalia, où il y a des merveilles salubres, des portes arrachées au cœur et des points d'exclamation à vous scier les genoux, ce sera beau, on va sortir de la maison du silence, où si on recouvrait de housses tous les meubles l'impression d'ensemble ne changerait pas, où si l'homme disparaissait ça ne changerait rien non plus, cet homme qui dit encore parfois chichement qu'il m'aime, cet homme qui, s'il lui restait deux sous de lucidité, s'il n'avait pas de la vase dans les yeux et dans la bouche, si ce n'était pas un homme enlisé, se dirait je la tiens, Julia M., parce qu'elle ne comprend pas, que c'est une sale petite juive et que tant qu'elle n'a pas compris, elle reste là assise à idiotement espérer que ça va venir, qu'elle va comprendre et essayer de guérir l'obscure maladie qui selon elle m'a atteint, elle est comme ça, coriace dans ses attentes, ces trucs-là, dit Satchel, ça ne pousse qu'au pied des murailles de Jérusalem.

Elle m'écrivait : « *C'est tellement affreux de garder tout cet amour qui est en nous, qui déborde, qui étouffe, on se sent lourd de ça, cent tonnes, je me souviens l'année dernière, l'année où j'ai tellement flippé, où je me sentais si seule, heureusement Carmen était là cette chatte si petite qui a su recevoir tout ce que je lui donnais, et ça devait être lourd pour elle, il faut être léger avec les chats, mais Carmen c'était une passion, je ne contrôlais plus rien. Oui, j'ai toujours peur de trop peser, quand j'aime. (Oh mon sylphe de miel !) Mais elle était tellement plus grande, Carmen, que tous ces rapaces qui me tournaient autour à ce moment-là et que ce type, Mathias, qui voulait tout le temps me sauter même après une IVG, celle que j'ai eue à quinze ans avec beaucoup d'hémorragies et le ventre comme une pierre, lui il voulait me sauter, il en avait besoin n'importe comment, alors j'allais vomir avant et après, oh je vous l'ai déjà dit, je m'excuse de parler de ça, des hoquets répugnants, vous allez être écœurée de moi. Je préfère vous raconter encore Carmen. Quand elle est morte, ma petite Carmen, ça a été horrible, je me demande pourquoi ces chats, dans cette tour, ils sont attirés ainsi par le vide ? Plus tard le choc de ma vie, ça a été quand je vous ai vue sur le grand escalier, avec votre fourrure, blanche comme celle de Carmen, vous étiez si chatte (pas plus que toi, querida !) j'ai cru que vous étiez la métamorphose de Carmen, et j'ai su tout de suite que je vous aimerai toujours, oui, toujours et vous m'avez donné tout ce que Satchel (eccolo !) n'a pas su recevoir, et je me suis ouverte le plus possible pour ne rien perdre de ça, et vous vous êtes ouverte aussi, et c'est sublime, vraiment sublime ! Que je vous aime ! Que les mots sont faibles !* » Ils étaient, ces mots, forts et brûlants à cramer le papier et le cœur avec, ils avaient

la candeur de l'aurore sur une prairie florentine — et elle
avait si peur que je les trouve fades et moches, ses
lettres... Elle m'apprenait par cœur que j'étais belle, elle
avait dix-sept ans, chevalier, pardonnez-lui, oh mon
Ondine, mon Agnès, ma chimère, mon petit dragon des
bronzes chinois au mufle parfois colère et au regard
parfois plus lourd et lent que le passage de Saturne. Elle
m'écrivait que le lendemain du précieux 20 février, elle
avait pioncé trois plombes max, que dans le métro les
gens la regardaient avec méfiance, qu'elle devait avoir
l'air camé, qu'elle avait envie de leur crier Oui j'ai une
sale tête et alors ? mais regardez un peu au fond de mes
yeux ! *(Un baiser sur chaque point d'exclamation.)* J'aime et je
suis aimée, et c'est formidable — elle avait envie de crier
ça à tous ces pauvres, tous ces types en manque, tous
ceux qui ne chantaient pas le « *voi che sapete* » de
Chérubin, par exemple. Elle m'écrivait aussi des Par-
donne-moi dès qu'elle estimait m'avoir blessée, et ça
arrivait parfois, mais ces blessures-là on en redemande,
c'est une preuve de cet amour qui rend maladroit et ma
N. n'avait besoin de rien sous ce rapport.

Là j'arrête, parce que pendant que je raconte comment
elle m'aime, dans la chambre de mamita qui est devenue
la sienne, la pauvrette lit à en avoir mal aux yeux et j'ai
peur qu'elle ne chope une conjonctivite à s'empiffrer
d'Edgar Poe ou d'Henry Miller depuis ces quelques
heures où j'écris égoïstement et vampiriquement pour
elle, sur elle, à cause d'elle. Cessons l'égoïsme d'écrire,
ma petite vivante a besoin de sortir, on va se promener,
l'air est frais et doux, c'est l'été, ensuite on ira au cinéma,
maintenant elle peut voir les films interdits aux moins de
dix-huit ans et puis ce soir acheter des fraises et de la
crème. Allez grouille, le scribe, elle doit commencer à
avoir une overdose de littérature, ta petite géniale, celle
qui, si jamais il n'y a pas de miracle au coin de la rue, si la
rue devient un chemin pentu qui va droit à l'abîme, et si
tu sautes, sautera juste après toi.

*

Elle m'écrivait : « *Il pleut aujourd'hui mais demain il fera beau parce que demain c'est notre lundi, bientôt nous verrons les bourgeons ensemble, dites-moi que vous serez encore là pour les voir avec moi. De toute façon sachez bien que si vous me quittez, j'en mourrai, et si je n'arrive pas à mourir, je ne serai plus qu'un fantôme. Quand je suis avec vous je suis forte, sans vous je ne veux rien et je ne peux rien contre personne. Cette force, peut-être elle reviendrait sur scène parce que quand on est malheureux, rien de tel que de se mettre dans la peau d'un autre personnage pour s'oublier complètement, mais autrement dans la vie " réelle [1] ", je ne serai que ce fantôme. Alors je t'en supplie, dis-toi que tu n'as qu'à être là heureuse pour que je le sois aussi. Je vous ai tutoyée, pardon. Je n'ai plus le temps de refaire la lettre, il faut que je travaille un peu ma clarinette, et ma mère attend des gens pour déjeuner. Cette lettre, je vous l'enverrai quand même, si je la recommence elle va être pire. Je vous aime je vous aime je vous aime,*

Natalia. »

Elle m'écrivait — et souvent de Nanterre, ces nuits où nous étions séparées et où elle regrettait le sofa du bureau :

« *Amore mio,*

Vivre c'est le théâtre et c'est vous, non, pardon ! vous d'abord et le théâtre ensuite, que j'ai hâte de voir écrite cette pièce dont Satchel a lu des pages ! Que j'ai peur de ne pas être prête pour jouer ce rôle que j'ai, dedans ! Je ne suis qu'une figurante, dans le Songe *j'ai donné le mieux, je n'oublierai jamais la chance que j'ai eue de débuter dans une pièce aussi magique, je n'oublierai jamais l'arc d'argent de la lune et les tangos et les fées jouées par des mecs en fourreau pailleté et surtout le baiser du Duc et d'Hyppolite au début, quand ils s'embrassent tout emmêlés dans le rideau rouge*

---

1. Oh, petite N., tu n'avais pas encore dix-huit ans quand je reçus cette lettre...

sang et que le Duc dit que leur " heure nuptiale s'approche à grands pas, que quatre heureux jours vont amener une lune nouvelle, et que cette vieille lune lui paraît lente à décroître... " Que cette pièce est belle ! Même dans le métro pour aller à Nanterre je ne suis pas là, je suis dans la bulle, je sais que s'il y avait trois exibi en face de moi, je ne les verrais même pas, et il y en a souvent, j'ignore pourquoi j'en rencontre tant, c'est un fléau de ma vie, dès qu'un type sort son zob c'est à mon intention, il est pour moi, ce zob, c'est comme un trou dans le plancher ou un poteau, pour moi aussi, direct. En réalité c'est arrivé la semaine dernière, dans le RER, à deux plombes du mat, juste sous mes yeux deux dingues ont sorti leur zob et ils devaient se les geler (zob compris, mon amour), *les gens autour ont vu, pas moi, moi pendant que les types se tripotaient j'entendais encore Obéron interroger Puck :* " Je me demande si Titania s'est réveillée et quel est le premier objet qui s'est offert à sa vue. De quoi est-elle amoureuse à la folie ? ", *Puck répondre :* " Ma maîtresse est amoureuse d'un monstre ", *et je voyais Obéron aller à reculons vers le fond de la forêt, avec son rire à vous geler les os, il s'amuse tant des mortels, Obéron, tout comme Satchel* (biffé illisible) *de* (biffé illisible — mon amour, ton petit rébus n'est pas très compliqué), *bref dans le RER je voyais Titania cajoler son âne, j'entendais encore le bandonéon qui est si mélancolique et en même temps moqueur qu'il me donne envie de pleurer ou de rire ça dépend, j'avais encore dans les yeux la danse des fées et les lamés noirs de cette nuit du* Songe, *oh que j'aime cette pièce, oh que je voudrais que, quand on va la reprendre dans un an à la Comédie, on ne choisisse personne que moi pour jouer Cupidon ce serait trop horrible si c'était quelqu'un d'autre. »*

Elle écrivait que Mozart ne savait que la faire languir et penser à moi davantage, et que, la vache ! elle avait l'impression qu'il la narguait ; elle m'écrivait que je savais tant de choses, qu'elle ne savait rien, que j'étais trop bonne de lui parler jusqu'à trois plombes du mat pour qu'elle en sache un peu plus, en dépit de ma mauvaise santé, elle se demandait comment j'avais la patience ; elle écrivait encore cette petite suavité douce-amère : « *Quand je vous dis bonne nuit après vous avoir fait veiller si tard, j'ai l'impression que je vous insulte, que c'est une moquerie puisque vous ne dormirez pas assez et que si à moi il faut peu de sommeil, à vous il en faut beaucoup et c'est ça, ce qui vous est le plus nécessaire, que vous me sacrifiez. Quitte à en savoir moins sur la vie il faut que j'aie le courage de vous dire : allez on s'embrasse et on rentre, amore mio — mais je n'en ai jamais le courage, je resterais là à vous écouter jusqu'au matin, je suis donc bien égoïste, et ça me fait mal de voir vos yeux cernés, le lendemain, quand j'ai la chance de vous voir le lendemain.* »

Et ces lettres, elle les écrivait en s'y reprenant à deux ou trois fois de son écriture ronde comme ses lèvres, ployée comme son cou quand je l'embrassais sous ses boucles, enfantine et livrée comme elle l'était corps et âme, chahutée comme l'était à présent, dans un désordre ensorcelé, sa vie, vulnérable comme la saignée de son bras, tempétueuse comme ses grands éclats de rire, bousculée comme des roses par le vent. Moi, je serrais les lettres dans le tiroir d'une commode assez semblable à un cabinet de curiosité, sous des colliers de dents de tigre (tibétains), des griffes de tigre (bengali), des flacons emplis de philtres africains au fuligineux vert mordoré et au parfum âcre, de cent missives de Kurt, montmartroises et couvertes de ses hauts hiéroglyphes affilés — il y avait une explicable similitude entre l'écriture de Kurt et la mienne, si nous avions, selon ses dires, des âmes en miroir.

Le soin que je mettais à cacher les lettres de Natalia n'empêcha pas ma mère, Paule, un jour où, seule rue L., la tarauda plus qu'à l'ordinaire la curiosité d'Ève — et c'était tout ce qu'elle avait d'Ève — de les trouver, de les lire, de m'attendre pour m'alpaguer de ses ongles peints et de toute sa vindicte avant de chuinter : « J'aurais tant voulu que tu ne deviennes jamais COMME ÇA, POUR L'AMOUR DU CIEL ! »

Et ce jour-là, c'est celui où j'ai dit une des conneries de ma vie, j'ai dit qu'après tout ce qu'il avait fait de bien pour moi et mon père et ce qu'il continuait de faire pour tout le monde, le ciel, moi, je ne l'aimais pas.

Voilà comment on se retrouve en enfer sans avoir dîné, mon petit Don Giovanni, c'est aussi comme ça qu'on avive la flamme éternelle, la seule qui ne me réjouisse ni ne me fascine, celle de la haine d'une mère pour sa fille.

L'hiver s'avançait comme un train poussif vers un printemps improbable, je recevais chaque jour une lettre de N. qui m'écrivait sans relâche, j'écrivais, moi, avec beaucoup de relâches la pièce de théâtre dont Satchel avait lu quelques scènes et qu'il m'encourageait à finir (mais les mots de Satchel sonnaient bien creux), je voyais ma Natalia chaque lundi dans la chambre bleue et parfois rue L. quand elle venait dormir sur le sofa de mon bureau en grand enthousiasme que nous soyons chez nous, moi, elle et mamita qui trouvait charmant qu'une petite sœur me fût tombée du ciel et priait simplement qu'elle parlât un peu moins argot — et pas celui d'Auguste Le Breton ! soupirais-je en direction de ma grand-mère et de son fauteuil. Le pire argot estropié du monde. Qui serait vulgaire dans la bouche de n'importe qui — mais tu as vu sa bouche ? Ah oui, qu'est-ce qu'elle a sa bouche ? flûtait mamita l'exquise. Rien, juste bombée par la clarinette, souriais-je, et un des grands regrets de ma vie, c'est que mamita soit morte trop tôt pour entendre Natalia jouer, rien qu'une fois, le *Concerto pour clarinette* de Mozart, ou un morceau du quintette.

Natalia était toujours et mieux que jamais le Cupidon du *Songe* (billets, fidèlement transmis par Kurt, même s'il n'y avait aucune chance que je fusse dans la salle : « Mes baisers seront pour vous ce soir ! »). Ces baisers, elle les lançait à l'ombre de Julia M., elle les lançait mieux que jamais, et pour cause, ce n'était pas comme la rose rouge, cette fois elle avait quelqu'un à qui donner quelque chose de précieux.

L'après-midi, elle commençait de répéter la Nadia de *l'Éternel Mari* mis en scène par Satchel — cette Nadia de quinze ans que veut épouser Pavel Pavlovitch. Dans la peau nymphique (slave, Vladimir N.!) et la robe de mousseline rose de Nadia, elle se sentait moins bien que quasi nue dans la bulle du *Songe* : ma petite Slave exaltée n'avait plus à s'acclamer de cris simiesques et guerriers ni à marcher sur les mains ni à laisser toute sa juvénile énergie jaillir sur les planches en geysers de diamants et d'escarboucles; on lui (Satchel lui) demandait de faire des choses bien plus concises, plus ramassées, on lui en demandait moins que ce qu'elle faisait sur la scène du *Songe*, et c'était cela, de devoir en faire moins, qui l'inquiétait; en effet, elle n'avait qu'à. Elle n'avait qu'à entrer sur scène dans cette printanière robe de mousseline, danser une courte valse à trois temps, courir autour d'un canapé en riant, sautillante sur ses sandalettes dont les rubans nacrés escaladaient haut son mollet rond, bander les yeux de Pavel Pavlovitch avec un foulard, et, après cette élusive, insolente, saynète de séduction (vu au cours d'une répétition : une gosse mercurienne et tricheuse jouant à colin-maillard pour se payer la gueule des adultes, une Nadia piquante, narquoise, harmonieuse et vive jusqu'à l'insaisissable, une jeune demoiselle à faire rêver Fragonard), s'enfuir avec l'*éternel amant*, ce Veltchaninov qu'elle prenait par la main pour l'entraîner en coulisses et planter là, avec une cruauté enfantine qui, celle-là, évoquait irrésistiblement (dans tous les sens dévolus à cet adverbe) celle du Cupidon du *Songe*, un Pavel Pavlovitch ébaubi.

Il gelait toujours, et ni la mise en scène — un rêve en chiaroscuro — de Satchel, ni la valse malicieuse de Natalia n'auraient de public avant la générale du 1er avril. Après cette Nadia en rose, c'était hors de la Comédie, dans un théâtre ruiniforme, lequel ne lui disait rien qui vaille — le plus beau théâtre du monde restant la

Comédie, elle en avait par avance des regrets justifiés —,
que Natalia jouerait un des trois valets adjugés au *Dom
Juan* de Molière par l'imagination désinvolte d'un metteur en scène qui, à moi, faute d'être à l'apogée de la
gloire, ne disait rien du tout. Voici pour Natalia et l'orée
ensoleillée de sa jeune carrière.

J'entrevoyais Satchel sans savoir pourquoi cela m'était
toujours nécessaire, pourquoi je croyais mourir s'il fallait
surseoir à un entretien, quand il faisait tout pour me fuir,
quand il faisait tout pour me garder à vue, les deux à la
fois. Il essayait de toute sa force de ne pas, de ne plus
m'aimer, je n'avais plus celle de tenter la même chose, il
me convoquait, je venais, c'était tout, et j'attendais
qu'une nausée trop intolérable m'obligeât à descendre
avec l'estomac dans la gorge de ce scenic railway, de ce
train fantôme enténébré qu'étaient devenus nos rendez-
vous. Il restait en face de moi, il parlait, j'en étais arrivée
à me taire, à cause de l'étrange fatigue de la mélancolie,
éreintée d'inexplicable attente, excédée d'impossibles, à
bout de toutes les petites trahisons que sans le vouloir il
me faisait subir, bête épaulée, fourbue, muette donc (que
restait-il à dire ? Qu'il fût marié à une femme exemplaire
me devenait indifférent, je n'avais plus de force que pour
cette singulière indifférence qui, sans doute grâce à ces
morphines naturelles qui se diffusent dans l'organisme
lors d'un état de choc, m'empêchait de trop souffrir). Il y
avait cette façon morphinée de ne pas souffrir, et mon
amertume à toujours voir, entre lui et moi, une poisseuse,
sombre coalescence — c'était bien celle des lèvres d'une
plaie putride, oh parlez-moi d'amour, dites-moi des
choses tendres... En sa présence, je l'attendais, un peu
comme la folle d'un des *No modernes* de Mishima espère,
dans une gare, la venue d'un fiancé qu'elle ne reconnaîtra
pas et qu'elle sera prête à attendre toujours. L'attendant
en sa présence, je buvais des fleuves de thé, il me disait
que j'étais dans son cœur, et je ne pouvais savoir si j'y
croyais ou non, mon amour pour lui était quelque chose

dont on voyait la corde, j'avais envie de fuir en dormant quand il me parlait, du prochain spectacle qu'il montait par exemple, quelle importance ces choses remuantes et étrangères, et il restait, il parlait, il usurpait quelque chose en moi, il m'envahissait sans droit, il me tyrannisait de sa douceur, il était complètement maître de moi ou de ce qui en tenait lieu, et il partait en me volant toujours quelque chose, c'était ce qui me faisait horreur, c'est ce qui me poussa à quitter la ville.

Avant de la quitter, j'affrontai encore quelques-unes de ces rencontres sibyllines qui cachaient quelque chose que je ne voulais plus chercher, même si c'était un trésor. Je n'aurais pas pu lui refuser un rendez-vous, tant que j'étais dans cette ville, tout simplement parce que j'étais incapable de lui refuser quoi que ce soit. Alors ma peau, si ça lui faisait plaisir, et je l'aurais vu patiemment m'écorcher — lui qui ne faisait rien d'autre, lors de ces entrevues — que je n'en aurais ressenti qu'une lassitude soumise et morne, et le soulagement qu'il fît enfin ce qu'une obscure force lui intimait de faire. Quand il ne m'écorchait pas, il me tuait par énervation et me laissait à la dérive comme les enfants royaux de Jumièges, il me tuait avec une lenteur graduelle et aimante, et des gestes qui étaient ceux d'un transfuge égaré et incapable de comprendre ce qu'il fait, je me demandais pourquoi il n'y mettait pas davantage de détermination, on en aurait fini plus tôt. Il y avait cela, et aussi, la lueur inextinguible qui me montait aux yeux dès que je le voyais, et qui, se reflétant dans les siens, voulait opiniâtrement éclairer autre chose que les paroles désertiques et les fourberies funèbres d'un amour dévoyé. Cette lueur, je la tenais captive, elle me réchauffait — mais sans les bras de Natalia, elle ne l'aurait pas fait assez pour que je ne claque de froid, ce putain d'hiver nous dégringolant encore des moins 15° — et je la sentais capable d'enflammer des plaines jusqu'à l'horizon. C'était sans doute pour ça, à cause de la lueur pareille à celle de l'espoir, dans la *Marche funèbre* de Chopin, que je voyais toujours Satchel.

Natalia vivait à Nanterre ce qu'il lui restait à vivre là-bas, avec sa mère et sa petite sœur Lisa — une enfant maigre, aux yeux très bleus, aux joues qui, creusées par une irréductible anorexie, lui donnaient l'air bizarrement adulte, et donc, d'une naine, une enfant aux longs cheveux blonds presque blancs et plats et lisses comme des algues, une enfant qui ne dormait pas car elle avait peur du noir où la laissait chaque nuit une Louise contrainte à l'absence par son métier, jusqu'à ces huit heures du matin où elle rentrait pour, recrue, s'effondrer sur son lit — Natalia vivait à Nanterre avec la certitude médiumnique qu'elle n'en avait plus pour longtemps à voir ses chats se défenestrer un à un du huitième étage.

Mamita vivait, tristement, sauf quand je venais lui proposer un thé — ces thés que je refusais à Paule — ou lui parler du temps qu'il faisait dehors, ce dehors qu'elle ne connaissait plus car, bien qu'elle eût été assez valide encore pour de petites promenades, elle refusait de sortir de l'appartement et *a fortiori* de son cher fauteuil ; ma mère Paule vivait, tristement aussi, entre ses bridges, son coiffeur et son masseur, et ne retrouvait sa gaieté que pour parler avec un bombillement enthousiaste des maisons de retraite. Moi, je savais qu'elle se donnait du mal d'enthousiasme pour rien, que mamita n'irait jamais dans aucune de ces maisons, que ce fauteuil était sa dernière demeure à l'instar de son lit, que ce n'était pas la peine de lui parler d'avenir avec chaise roulante et parc, ce genre d'avenir, non, pas la peine.

L'hiver finit par verser comme un train cette fois déraillant dans un printemps aussi sale et incertain que la saison froide avait été adamantine et rigoureuse. A la neige chaste et probe succédèrent un ciel brouillé, des nuages livides poussés par des vents irrésolus, et toute cette bâtardise, ces caprices hagards, cette indigence acrimonieuse d'une autre saison ressemblaient par trop ironiquement à ce qu'étaient devenus mes rapports avec Satchel. J'avais 6/9 de tension, et labile, encore, quand je décidai de partir pour l'Espagne, d'y terminer ma pièce et d'y emmener une amie, France, qui n'avait pas d'argent pour ce faire quand j'avais celui de l'homme pour aller où je voulais. Ainsi décidai-je — et je m'étonnais de pouvoir encore décider quelque chose — d'aller à Séville, une de mes retraites sacrées avec Venise et Jérusalem, bien sûr, Jérusalem. Nous partîmes juste après la générale de *l'Eternel Mari* où je vis Natalia, contrefaisant cette fois délibérément le rôle de Cupidon, bander les yeux de Pavel Pavlovitch avec une prestesse exquise et sournoise — N. gardait sur scène, quoi qu'elle jouât, sa ludique et puérile étrangeté, cet éclat pur de fleur mouillée après une pluie vernale qui faisaient d'elle, n'importe comment, une apparition d'où sourdait toujours la même vibrante lumière, tout simplement comme si elle venait de ce lieu impérissable et bucolique où elle jouait avec ses pairs, des êtres irréels et menteurs et rieurs, des elfes volages autant qu'ensorceleurs. Si, avec ça, elle plante sa carrière à la façon dont elle se paie les meubles, c'est à se flinguer, dis-

je à l'homme qui était à mes côtés ce soir de générale et
n'y comprit goutte, ne sachant pas même de qui je
parlais. Il ne savait jamais de qui on parlait ni pourquoi,
du reste.

*

Nous avions vu ensemble, comme elle le souhaitait, les
bourgeons s'ouvrir, place E., près de chez l'homme,
quand les lumières pauvres d'un avril aussi froid que
janvier grelottaient sur une ville que je m'étais prise à
détester, à vouloir fuir, pardonne, Natalia — et là,
j'ignorais complètement ce que me réservait la diablesse.
« Ce n'est pas une longue absence, juste une petite
semaine », susurrai-je à N., qui m'objecta que c'était
notre première séparation et claqua la porte de la
chambre bleue. « Tout ce dont j'ai peur, dis-je à France,
c'est que mamita n'en profite pour mourir à l'anglaise, et
Natalia pour pleurer chaque nuit et faire une bêtise, les
suicides sont fréquents à cet âge, elle est complètement
folle et elle m'aime, et on meurt d'un instant à l'autre, tu
sais ça, France, et une petite semaine, pour des gens
comme Natalia, c'est cent ans de solitude » — je venais
de lui prêter le livre de Garcia Marquez sur lequel elle ne
calait pas, ma petite géniale. Or malgré mes légitimes
inquiétudes, mamita devait attendre encore un peu pour
mourir et même avoir la merveilleuse délicatesse de ne
pas le faire sans que je sois près d'elle — et Natalia, la
veille de mon départ, m'annoncer au téléphone, d'une
voix triomphante : « Je viens ! » Elle avait tout arrangé
pour aller à Séville, elle avait même trouvé la pension la
moins chère d'Andalousie, elle entendait me rejoindre
directement à l'hôtel Alphonse-XIII qui est le plus cher
d'Andalousie, tout ça tombait sous le sens, sauf le fait
qu'elle fût Cancer : il doit y avoir une erreur quant à sa
date de naissance, elle est Bélier, ascendant Bélier, dis-je
à France, qui rétorqua qu'un Cancer vit ses rêves
secrètement, opiniâtrement, et jusqu'au bout — ce qui

restait l'expression de la plus stricte vérité astrologique, même si elle n'était pas facile à vivre. Que pouvais-je, en effet, opposer à l'ardeur, l'espoir et l'enjouement de cette gosse qui ne voyait aucun obstacle à sa venue en Espagne? Moi, avant que l'homme n'en créât un autre, j'en voyais un premier : l'impossibilité de savoir que faire d'une Natalia perdue dans les faubourgs reculés de cette ville, d'une Natalia dont la blondeur se repérait à cinquante mètres, et qui irait à pied, faute de fric pour un taxi et refusant que je lui en donne, de sa pension du diable vauvert au fantasmagorique Alphonse-XIII, chaque matin, chaque soir... Elle risquait que la violât une meute de loubards ibériques, en chemin, et moi de ne pas fermer l'œil dans ma chambre de reine, en pensant à elle dans son gourbi, à elle dormant peu et attendant le jour pour me voir — pour voir quelqu'un qui, s'il s'endormait à l'aube, se réveillerait à deux heures de l'après-midi, qui d'ailleurs avait toujours vécu à l'heure espagnole, et, le reste du temps, entendait finir sa pièce de théâtre — ce qui était, envers Satchel, un acte d'amour et une trahison envers N., même si je lui écrivais le plus beau des rôles. Et à quoi va s'occuper la petite, pendant que tu écris? Elle va se ruiner pour te voir une heure par jour, et si elle visite Séville toute seule, elle se fera draguer de chaque coin de rue à la sacristie des églises jusqu'à ce qu'elle renonce à sortir de sa chambre, observa France, un petit peu moins pessimiste que moi quant aux risques encourus par une trop jolie touriste, juste avant que l'homme ne me prévienne, avec un vaste sourire d'innocence, qu'il débarquerait à l'Alphonse-XIII, il ne savait quel jour — et voilà qui condamnait définitivement la venue de Natalia : les yeux de l'homme seraient devenus d'une méchanceté trop terne et glauque pour que je puisse la soutenir, devant l'éclat de ma N., cet éclat baroque qui était celui même des retables flamboyants de Séville, l'éclat des dix-sept ans d'une fille amoureuse.

*

J'allai donc à Séville. L'homme, sans que je susse jamais s'il avait voulu m'empoisonner la vie ou non, m'appela le jour de notre arrivée à l'Alphonse-XIII pour confirmer sa venue. Je téléphonai à Natalia, et de l'Alphonse-XIII au HLM de Nanterre courut un frisson de sanglots, retentit un NON, OH NON ! si violent que je fus incapable d'autre chose que du je t'aime trois fois, avant de raccrocher, d'enfiler un blouson et d'entraîner France dans la nuit — cette nuit andalouse que j'allais voir et respirer pour la septième fois, quand tu ne l'avais jamais vue ni respirée, quand elle était, pour reprendre une de tes expressions épistolaires, digne de toi, mon amour.

*

Cette nuit-là, tu n'étais pas à Séville, *querida,* et néanmoins toute cette splendeur de velours, de pierre, de craie et de sang me reprit dans l'âpre violence de son charme fait de ténèbres et de feu mêlés. La Giralda lançait sa flèche de dentelle d'un blanc cru contre le ciel, éclairée par d'étranges lumières d'argent pâle, mat, parfois livide, comme arrachées aux sequins des jupes fantasques de quelque gitanilla. Elle lançait sa flèche, la Giralda, dans une autre nuit que la Koutoubia de Marrakech et le minaret de la Grande Mosquée du Caire lancent les leurs, elle la lançait dans une nuit violette comme le pétale de la pensée, de ce violet rêche, doux, profond, aussi voluptueux que la haute tour carrée est dure, minérale, et d'une arrogante délicatesse. Assise sur le banc, juste en face, je la regardais, mon amour. La fontaine, derrière moi, disait n'importe quoi histoire d'être sociale. Ainsi, Plaza del Triumfo, je te faisais le guide, je te disais en face de moi donc le minaret au sommet duquel tourne le *giraldillo* — la girouette —, et la cathédrale où reposent Christophe Colomb et les Rois Catholiques, ci-gît, *querida,* tout l'esprit dément de la découverte du Nouveau Monde — d'une des plus grandes aventures humaines avant celle qu'on a la douloureuse chance de vivre en 87 *anno Domini*. Dans la cathédrale, *querida*, les traces sombres de l'Inquisition, et sur les couronnes des rois, des émeraudes grosses comme les larmes d'une Ménine à qui on interdit d'aller courir dans un jardin (c'est la vacherie que le destin vient de te faire, Natalia). Non loin, près de la Puerta de los Leones, les patios de l'Alcazar, leurs murs aux friselis aquatiques que la pierre ne fige pas, les écoinçons de stalactites dégringolant en fines grappilles de leurs plafonds, le labyrinthe de buis des derniers jardins maures dessinés pour les califes d'Al-Andalus — l'Andalousie, mon amour. Une gitane m'offre un œillet rouge sans même me proposer de lire dans ma main, pour quelques pesetas, le livre de mes jours jusqu'au dernier. J'aime les gitans et ils me le rendent, c'est pour ça, je crois, qu'ils me donnent des fleurs et ne me demandent rien. Sa fille, une toute petite, dévore en même temps un paquet de sucre volé à la terrasse d'un café et un chocolat qui brunit et farde sa grande bouche presque mauve, ce mauve qu'ont les lèvres des filles du Sud. Elle est sublime. On ne sait quelle maquilleuse-maquerelle démoniaque a cerné de bistre et souligné de rustiques traits de suif ses yeux à vous damner tous les saints de la Nouvelle Espagne, celle des Rois Catholiques, mon amour. Elle a huit ou neuf ans. Elle vient juste pour me sourire. Elle me fait penser à toi. N'importe quelle enfant venant pour me sourire me ferait penser à toi, ma gitanilla blonde.

Mon amie France contemple et se fout du jasmin plein les poumons, moi c'est toujours de la nicotine. La pleine lune est sur les orangers dont les fruits rougissent l'ombre. Les roses s'éteignent graduellement dans les jardins de l'Alphonse-XIII. Le lait tiède du vent bleu fait l'amour à tout le monde. Quelques vitriols de ces éternels néons de la terre — ceux des *farolitos* mexicains et autres claques — flinguent cette grande nuit andalouse qui traîne sur la peau des brises douces comme des voiles de kadine et d'où peut jaillir l'extrême beauté d'un petit couteau, tout ici n'est qu'ampleur suave de chansons tristes, tout ici n'est que violence sèche et martelée du *zapateado*. Ça se tortille langoureux, la nuit andalouse où tu n'es pas, puis ça se cambre, se révolte, se dresse, défie, ne cédera que sous une force continue et noble qu'elle convoque et provoque. Il y a des sonnailles fugaces de calèches, et les chevaux sont blancs comme ceux des manèges de l'enfance — et tu voulais venir, et tu n'étais pas là. De t'aimer absente est mon patient supplice sous cette énorme lune. Celle du *Songe* n'est qu'une serpette à côté mais l'éclairage biaisé, de chaux morte, d'ossuaire incertain, de la Plaza del Triumfo sous le ciel de cette nuit d'absence, a quelque chose de celui du *Songe*. J'ai cru serrer ta main sur le rebord de pierre de la vasque, c'était celle de la petite gitane, moite, emperlée d'une acide sueur de gosse, cette main aurait pu être la tienne, j'ai mis du temps avant de me retourner tellement c'était troublant. A tout de suite, mon amour. Les roses seront éteintes dans les jardins de l'Alphonse-XIII, lorsque je rentrerai.

Quand je quittai Séville, rien de la pièce n'avait avancé, et chaque nuit, j'avais entendu au téléphone ma fillette se rebeller, me prier de la laisser venir, même si c'était pour me voir une minute dans la journée, avec la véhémence de quelqu'un qui refuse de composer avec quoi que ce soit au monde — du fait de son sang slave, jugeait Kurt, du fait de ces fichus dix-sept ans, lui opposais-je. Comble d'injustice, l'homme avait été retenu par ses affaires, et ce voyage, bien cruel, si Séville est d'une splendeur trop orgueilleuse pour les yeux d'une personne qui y ressent de l'impuissance : cette impuissance, je l'avais ressentie moi-même à écrire ma pièce, à combler les vœux d'une novice en pleine croyance passionnelle et farouchement certaine de l'existence des tapis volants, des jardins de roses qui jamais ne se fanent, des paradis qu'on ne perd pas, du temps qu'on retrouve et des si on veut on peut. Cette fois, la personne impuissante à tous égards avait été Julia M., et non l'homme. Mais je ne regrettais pas ce voyage, à cause de la petite gitane et des roses de l'Alphonse-XIII — qui s'étioleront sous l'été, mon amour, et c'est en le sachant qu'on les trouve plus belles encore. Oui-da. Je savais que c'était l'exemple même d'un langage qu'elle ne voulait pas entendre, et ça me mettait en joie, elle n'avait pas l'âme assez proustienne pour vanter la vertu des malheurs sans lesquels on méconnaîtrait le bonheur et dont la création est le sacro-saint fruit, qu'elle garde son âme à elle, Seigneur, qu'elle ignore longtemps encore les méandres de l'intelligence proustienne, qu'elle soit longtemps cette gosse qui me disait je viens, et qui, rien qu'à la regarder, elle, me faisait croire à la pérennité des roses.

De retour, je trouvai sur mon bureau cette lettre de Natalia qui commençait par :

« *Adorée Julia,* »

et se poursuivait, déployant des charmes aussi frustes qu'enjoleurs, privée de la moindre majuscule et dotée d'une ponctuation erratique qui ne devait rien à l'influence du nouveau roman, d'une pléthore de points de suspension qui ne devaient rien à Céline, et d'une beauté radieuse qui ne devait rien à personne :

« *C'est en écoutant* Salomé *que je vous écris* » — nous l'avions écouté dans la chambre bleue, et, n'en déplaise à Richard Strauss, c'était avec encore plus de fétichisme amoureux que d'engouement pour sa musique qu'elle avait acheté la cassette pour s'en repaître en toute volupté taciturne, à Nanterre, entre un cendrier volcanique et le bac du dernier chat survivant encore au maléfice du balcon. « Salomé *me donnent* (j'embrasse le « ent ») *des frissons, je vous revoie* » (idem pour le « e ») *chantant un air de cet opéra, on dirait que vous êtes vraiment l'héroïne de cette œuvre* (je préférerais parfois, ma sublime, incarner la Zerline de *Don Giovanni* ou la Maréchale du *Chevalier à la rose,* juste pour me détendre un peu) *... vous êtes si belle dehors et dedans, mais ils ne savent pas voir, ils ont du caca dans les yeux, ils ne savent pas vous toucher sans faire mal. Que je les hais !* »

Cette lettre précédait de quelques mois la mort de mamita H., et elle sentait bien des forces noires autour de moi, la petite N., elle haïssait, certes, tous ceux qui me faisaient du mal et là elle avait l'embarras du choix, elle les haïssait avec cette fougue vertueuse et intègre qui suscitait sous sa plume autant de points d'exclamation que, de sa bouche, de serments et de regrets de ne pas trouver les mots pour me consoler quand j'étais triste. En vérité, quelques mois avant la mort de mamita, j'étais plus inconsolable que l'aube sur les rues de la ville.

Elle m'écrivait : « *Il faut que vous sachiez que tout ce qui vient de vous me fait un plaisir dingue, mais moi je ne veux pas vous donner de soucis, vous en avez bien assez comme ça.* » Elle faisait alors allusion à l'alarmant insuccès de mon dernier livre, cette *Suite italienne* où apparaissait une Rossetta aux yeux violets de laquelle N. s'était entichée dès l'abord pour l'avoir sentie, à juste titre, mal aimée. Il n'y avait au monde, sans nul doute, que N. qui portât à mon héroïne une si tendre affection, assez semblable à celle que lui inspiraient les chatons perdus, galeux et puceux, qui ondulaient instinctivement vers elle et qu'elle prenait dans ses bras avec les gestes de Pietà qu'elle n'aurait pas eus pour des persans primés. Et je ne vous dis rien des critiques qui me tombaient dessus, elle aurait été poser une bombe chez eux quitte à sauter avec, si je n'avais pas interdit l'exécution de ce projet en raison des suites pénales, et là je vous jure que j'eus fort à faire, elle était déchaînée. Au sujet des critiques j'avais beau lui répéter avec fatalisme que la presse est un truc qui salit les doigts, croyant dur comme fer à une justice immanente et terrestre, elle n'écoutait pas et je souhaitais qu'elle vécût encore longtemps dans ce rêve d'équité où il est normal de laisser pour mort quelqu'un qui a assassiné l'histoire d'une Rossetta, abandonné un petit chat galeux, volé le sac d'une vieille dame, voire donc vilipendé avec une hargne abstruse non l'auteur d'un brûlot politique, mais de la flânerie rêveuse et crépusculaire qu'est parfois un roman. Ceci dit, l'auteur en question, tout en restant fort sensible au sort des petits chats et des vieilles dames en détresse, se souciait alors bien peu de celui de ses publications.

N. voulut donc, dans un moment compulsif, occire, outre les critiques défavorables à ma *Suite italienne,* l'éditeur et le directeur de collection qui avaient irrécusablement quelque chose à voir avec le sort funeste de Rossetta, et lorsque je lui demandai si la lecture de *37°2 le matin* ne lui en avait pas soufflé l'idée, elle me répondit qu'elle n'avait jamais entendu parler de ce machin-là, et je me résignais à ce que ce fût du Natalia tout craché, qui n'en avait pas fini avec la bande des haïsseurs — parfois, quand je la regardais sans qu'elle s'en aperçût, je voyais autour d'elle ce halo solaire, cette irradiation jupitérienne qui faisait sa force, une force qu'elle se connaissait et grâce à laquelle elle se sentait en devoir, à l'encontre d'Obéron, de restaurer l'ordre sur le monde, et cette vision-là était tout à fait impressionnante.

Que fallait-il donc pardonner à cette fille (« *Je n'ai pas été à la hauteur, Julia, pardonnez-moi, je ne vous ai pas comprise, Julia, pardonnez-moi, j'ai été surconne, Julia* ») qui, ce jour d'été où je ne faisais que transcrire l'incandescence immaculée de ses lettres, les soyeuses attentions de ses lettres (« *Mon amour, il faut que je vous laisse, il faut que j'aille mettre la lettre sous votre paillasson avant que vous n'arriviez, je suis dans un petit café de la rue L., je vous appellerai dans une heure, en attendant je penserai à vous, toujours* »), lisait mes livres et s'ennuyait sûrement des planches d'un théâtre, s'ennuyait peut-être tout court malgré l'affection qu'elle portait à Rossetta et consorts, dans un appartement trop calme, je ne voulais pas qu'elle s'ennuie, bon, dès qu'elle recommencerait répétitions et spectacles (le *Dom Juan*), elle ne serait plus la petite prisonnière de mon écriture, de mes rêves, de mes lèvres, de mes bras, d'un monde trop silencieux, trop inatteignable, trop tortueux, qui est celui du travail sur la mémoire, ce monde diaphane et tremblant comme la flamme d'un cierge, ce monde qui se dérobe si vite, ce monde où je vivais dans les bons moments.

De ce monde-là, je fus souvent tirée par une gueulante venant du fond de l'appartement où Natalia venait encore de trouver entre elle et son rêve la rude réalité d'un pied de table, d'un tapis tempétueux ou d'une armoire à glace — à moins que mon Alice n'eût voulu à ses dépens traverser cette glace —, or quand elle entra dans cet appartement le lendemain de la mort de mamita H., quand elle courut vers moi, les obstacles s'écartèrent de son passage, telle la mer Rouge fendue par le bâton de Moïse, ce fut le seul jour où, pour venir se jeter dans mes bras, elle courut hors de scène sans se casser quelque chose. Et ce jour marqua le début d'un état de grâce qui relevait de cette justice divine, lame 20 du tarot, dont les sentences, parfois, sont douces à vous faire plier les genoux, au contraire de celles de la justice terrestre, qui est, dans la forme, une insanité et, dans le fond comme dans la forme, n'existe pas, n'en déplaise aux jeunes redresseuses de tort.

Mais, s'il s'en faut de très peu, les miroirs n'ont pas encore tourné en direction du soleil sous les doigts des anges, et je voulais, moi, vous faire lire ces lettres, vous les donner en vrac comme une brassée de fleurs des champs qu'elles sont. Entre-temps, il y a eu ce voyage à Séville dont je n'ai su profiter parce que, même pour un petit moment, j'avais laissé mamita aux soins de cette femme qui ne voulait plus d'elle, et parce que j'avais laissé Natalia qui n'en avait plus pour très longtemps à rouler dans la bulle du *Songe,* ce théâtre et Kurt qui n'en avaient plus pour longtemps non plus, et Satchel qui avait toujours envers moi ce sentiment rétif à cause duquel je suis tombée si souvent malade, malade de ne pas savoir s'il m'aimait.

Le *Songe* étant la seule pièce qui fît salle comble, l'administrateur du théâtre décida d'en prolonger les représentations, et Satchel joua Obéron et Natalia lança ses flèches rageuses et dorées au public, le soir, tant qu'il y eut des soirées et tant qu'il y eut un public dans cette grande nef des fous que devint la Comédie.

Il avait été prévu qu'une autre menue gymnaste et mime remplacerait N., en cas de défection de celle-ci, mais la gymnaste tomba malade, et Natalia n'accepta jamais 1) d'être malade, 2) qu'une troisième adolescente, dodue à l'excès, à la cuisse brève et massive, la privât de son emploi (« Ce boudin-là fait de la FIGURATION, elle ne JOUE pas, j'ai vu, c'est à chier et son Cupidon a autant de consistance que de la barbe à papa ! ») ; et pour que Shakespeare ne vît pas ça de là-haut, elle persista à cabrioler dans sa bulle avec parfois les 39° d'une bonne grippe. Ainsi, du 1er avril à la mi-juin, joua-t-elle en alternance le demi-dieu mythologiquement aveuglé et la nymphe primesautière qui bandait les yeux d'un éternel mari. Hormis les nuits qu'elle passait sur le sofa de mon bureau, elle ne se reposait presque jamais. Arrivant très tard à Nanterre, se levant très tôt, parce qu'il lui fallait nourrir Pamina, parce que sa sœur cadette s'éveillait dans un branle-bas de combat surprenant pour une enfant si gracile et parce qu'elle, Natalia, avait l'âge où on résiste à la fatigue, où on est joyeux de voir se lever l'aube fût-ce sur les HLM de Nanterre, où on chantonne *Carmen* sous une douche salubrement glacée, etc. ; victime consentante des habitudes scoutes susmentionnées, acquises dès l'enfance lors de randonnées alpestres derrière une cheftaine dont la virilité ne put certes conforter son goût des femmes (ce furent bel et bien les hommes qui, à leurs dépens, s'en chargèrent), Natalia ne paressait jamais au lit, adorait aller aux limites de l'épuisement, et aurait pu jouer, si la journée et la nuit avaient compté quelques heures de plus, une troisième pièce, entre le soir de l'escalier d'honneur où je la connus, et celui où le rideau tomba sur le *Songe* et le crépuscule de la Comédie — ce soir où les plumes angéliques de ses ailes volèrent dans sa loge et où elle sanglota parce qu'elle ne croyait pas, absolument pas, remonter jamais sur scène, ni jouer l'Amour dans sa sphère de nacre, ce qui avait été un miracle sans lendemain, le premier et le dernier de sa vie, ce soir où, regardant voler les plumes d'ange, je n'eus plus aucun doute quant au sort funeste jeté sur la Comédie, ni quant à la vocation désespérée qui visitait cette fille jusqu'aux yeux, ces yeux qui pleuraient à ce moment-là.

Le temps, depuis la générale du *Songe,* avait une fois de plus joué de toute sa relativité, et ni moi ni Natalia ne l'avions vu passer. Du printemps qui suivit l'hiver de gel, ne me restent que quelques images : le foulard couleur de dragée de Natalia dans *l'Éternel Mari,* le visage dévasté et les yeux las d'un Satchel qu'inquiétait toute autre chose que le sort de Julia M. : le trou d'un milliard dû aux mises en scène somptuaires, choix inconsidéré de spectacles qui firent des fours, voyages en Concorde et autres caprices dispendieux qu'avaient multipliés de précédents administrateurs, et qui ne risquait pas d'être comblé par les grèves rampantes affectant la Comédie, où on ne levait plus le rideau qu'en matinée à cause des revendications salariales et syndicales des machinistes ; Satchel ne montait plus guère sur scène que pour siéger avec ses pairs en détresse dans des assemblées générales où tout le monde avait raison, un Satchel qui, devant la légitimité

des revendications salariales et syndicales et le sinistre
que menaçait d'être une grève illimitée du théâtre,
s'efforçait de rester de gauche tout comme son présent
administrateur ; je ne pouvais qu'approuver ce stoïcisme
de gauche, mais j'admettais difficilement que, grâce à
celui-ci, le plus beau théâtre du monde fermât ses portes
et qu'on n'y jouât plus Shakespeare, lui particulièrement,
ceci est une affaire de conviction, comme d'approuver un
inutile stoïcisme de gauche — c'était en fait, pour la digne
fille d'un anarchiste, une affaire d'amour, on ne se refait
pas.

Il n'y avait donc plus que les mercredis et dimanches
après-midi où Titania guirlandait de roses, du bout de ses
doigts envoûtés, la tête de son âne avant que de l'envoyer
dormir sous la faucille blême de la lune décroissante *(liez
la langue de mon amour et emmenez-le en silence...)*, les
bourgeons avaient éclaté dans leur gloire glutineuse puis
fleuri, Satchel ne m'était plus qu'une menue vibration de
souffrance et l'espoir qu'elle cessât — et elle ne cessait
que sur un regard de Natalia qui allait avoir dix-huit ans.

Et voici, elle eut dix-huit ans et mangea du caviar pour
la première fois de sa vie une semaine exactement avant
la mort de mamita H., cet obscur trou céleste autour
duquel les ombres et les lumières de ma vie éternellement
tourneront, mues par cette force centrifuge dont j'ai parlé
et que je n'allais pas tarder à éprouver. Elle eut dix-huit
ans une semaine avant la fin merveilleuse de mamita H.,
et avant que le rideau ne tombe, pour longtemps, sur la
scène de la Comédie.

Voici donc comment elle les a eus, ses dix-huit ans, on
a mangé du caviar, on a bu ce brûlot de vodka aux herbes
de bison, on a fait l'amour après, j'ai embrassé les dix-
huit ans de mon amour et bu toute son âme, nous étions
deux lianes toutes d'argent sombre et sélénite de la forêt
magique où je l'avais vue pour la première fois, nous
étions dans l'inextricable de ce songe, celui de Shakespeare mêlé au nôtre et je me demande encore par quelle
injustice on en est sorties et pourquoi il y a eu un matin,

pourquoi faut-il sortir des paradis, j'ai été aussi bébé qu'elle, pourquoi faut-il sortir des paradis, moi j'étais dans celui de ses irrépétibles dix-huit ans, j'aurais dû, j'aurais pu crever à la fin de cette nuit-là, soudain en pleine apostasie, je me suis demandé si Dieu n'était pas un parangon de distraction, s'il remettait souvent ses pendules à l'heure, les choses — sauf pour l'anniversaire de Natalia mais là c'était en l'honneur d'un ange — ne se passant jamais quand il serait indispensable qu'elles se passent si on veut mourir consolé d'avoir vécu. Aujourd'hui je parle de consolation à cause de la douleur qui est partout et tout le temps, mais qu'on ne me prenne pas pour une pleureuse antique, d'ailleurs il y a des écrivains superbes pour la dire, enfin il n'y en a pas tant que ça, il y a Duras et ses courtes petites phrases hoquetées, ces sanglots transparents qu'on entend à peine, juste assez pour que ce soit beau, elle a la grâce cette femme, et on a mis un certain temps avant de le reconnaître. Non, moi, c'est plutôt côté Henry Miller, ça a toujours été Henry Miller sans qui je n'aurais jamais eu le courage qu'il faut pour écrire, moi c'est poing sur la table et tête dans la porte si on refuse de m'ouvrir, moi contre la douleur je me bats, je n'arriverai jamais à la chanter, c'est sans doute mieux comme ça, moi quand c'est trop dur je leur dis la paix je retourne à Babylone ou à Delphes parce qu'ici ça m'emmerde, ça me fait mal et il fait si gris, y'a pas de lumière, alors Delphes, allumez-moi du feu sous le trépied pythique et laissez-moi là dans mes vapeurs de plantes sorcières, parce que je vois, je vois ce que vous ne voyez pas et que j'essaie de vous faire voir, ça c'est le but de ma vie. Et il y a autre chose qui fait que je ne peux pas être l'aède de la douleur et me rouler dans sa vague comme dans le plus pur sanglot, il y a cette chose capitale, à propos de la vie, c'est que j'en suis tombée folle au premier regard, comme le chante Obéron de sa grande voix fastueuse et noire de baryton basse dans le *Songe*, « *A ton réveil quoi que tu voies, ton unique amour deviendra, éperdument tu l'aimeras, ours ou tigre ou léopard, lynx pelé ou singe bâtard, loup-garou ou monstre hagard, sois-en folle au premier regard* » et c'est ce qui m'est arrivé à propos de ce monstre hagard de vie, ce monstre hagard et pas autre chose, dont je suis tombée folle au premier regard et de cette folie d'amour pour l'horrible vie je ne veux pas guérir. Contre la douleur les gens ont des tas d'antalgiques, pour Natalia c'était de se murer dans sa citadelle de parano et regards en poix bouillante si vous essayez d'entrer, moi mon truc ne fait de mal à personne, il me suffit d'avoir dans les yeux le souvenir de la mer, juste le souvenir de la mer la dernière fois que je l'ai vue, ou bien filez-moi une carte postale et qu'elle soit bien bleue, la mer, il me suffit de savoir qu'il y a des îles dans le Pacifique d'une si simple et concise beauté que n'importe qui se met à croire en Dieu parce que la forme de l'atoll par exemple est aussi parfaite que celle de la lune ou d'un œuf de Jérôme Bosch, il me suffit de quelqu'un qui me sourit des yeux dans un autobus, si c'est quelqu'un comme Satchel qui me sourit des yeux il peut disposer de ma vie c'est la moindre des choses, mais juste pour ne pas guérir de ma folie pour la vie, le sourire du quidam dans l'autobus il fait l'affaire. Par moments bien sûr, quand je suis trop seule, je sens bien que je le perds, ce premier regard de dingue qui trouve que tout est si beau, qu'on n'a le droit de se plaindre de rien, que le dernier mot d'amour qu'on a entendu remonte à deux jours, quoi, comment ça se fait qu'il ne résonne plus dans ma tête, je me dis, en grande rage contre la douleur, dressée contre, un vrai aspic, et ce regard bon Dieu, tout frais et qui se promenant sur les choses les rend aussi sublimes que quand vous avez la mort juste à côté comme faire-valoir de la vie, du coup toutes les couleurs de la vie haussent le ton et aucun mérite à l'aimer c'est vraiment du facile, quand on a marché un temps avec la mort — non, je parle des moments de blue blue blue où on est seul dans une grande maison vide sans même un chien, sans qu'une respiration humaine se fasse entendre, d'accord vous êtes chauffé et vous mangez — et encore dans ces moments-là,

je crève de froid comme cette petite fille aux allumettes
que j'aime tant avec sa mamita à elle, et question bouffe,
j'avalerais pas un dé à coudre de yaourt, ça ne passerait
pas, ça me ferait trop mal au cœur à cause de la solitude
et de toute cette tétanie qui me raidit contre elle des pieds
à la tête — or la merveille, c'est que dans ces moments-là,
où on se suiciderait bien, il suffit d'un menu, imperceptible miracle, par exemple de penser à ceux que j'ai tant
aimés et qui ne sont plus là pour voir une fenêtre allumée
en jaune d'or sur la nuit de printemps derrière des
branches suppurantes de bourgeons ou éclatantes de
fleurs, et là je me dis que je n'ai pas le droit, que peut-être
ils voient là-haut des choses de splendeur indicible, mais
que juste cette petite fenêtre, c'est le salut, c'est si beau,
c'est à en tomber folle au premier regard comme ça s'est
passé pour quelques hommes, quelques enfants, quelques
filles, des pays, depuis que j'ai eu du sang dans ma culotte
et même avant. Et le sang, suffit aussi que j'en prenne du
bout d'un doigt dans mon sexe quand j'ai mes règles,
c'est si beau, plus beau que la pourpre des empereurs,
qu'aucun rouge jamais peint sur une toile, qu'un rideau
de théâtre, le plus beau rouge du monde parce que c'est
celui de la vie.

A la fin de la nuit des dix-huit ans, j'ai dit ces choses à
Natalia, que la vie était à tomber folle au premier regard,
et qu'il fallait tout faire et prier Dieu en dernière instance
pour retrouver ce regard si on le perd en route, et elle est
vraiment dure, la route. Je lui avais offert une bague en or
mais elle m'a regardée comme si le plus riche cadeau que
je lui avais fait c'était d'avoir dit ça, à cette époque elle
était vraiment une petite géniale, on a écouté la musique
du *Songe,* la respiration profonde, rauque, métallique,
arythmique, puis vive et sifflante des bandonéons et toute
cette nostalgie sombre et scintillante comme le décor du
Songe et le costume d'Obéron, cette nostalgie qui ne vient
pas du Rio de la Plata exclusivement, on a écouté Satchel
chanter l'air du final, « Now, until the break of day », de

ce baryton à chanter dans les églises et d'ailleurs c'est ce qu'il fait, Natalia s'est mise à pleurer sans bruit des larmes rondes comme la pleine lune, elle savait très bien que je ne pouvais pas entendre la voix de Satchel sans avoir le cœur qui tremble et ça la rendait malade, mais là c'était ni de chagrin ni de jalousie qu'elle pleurait, « loup-garou ou monstre hagard, sois-en folle au premier regard », c'était à cause de ces paroles-là, celles de la chanson du premier acte, elle avait tout compris, elle en avait encore pour un bout de temps à être géniale.

Avant de quitter Natalia à sept heures du matin, je lui avais rappelé que le lendemain, c'était tout à l'heure, nous avions rendez-vous dans l'atelier de Kurt, pour voir le tableau qu'il avait peint de nous deux, après cette séance de pose où quelque chose s'était souillé dans les yeux de Kurt auxquels étaient montées des larmes, de sales larmes de type exclu et convoiteur, de pauvres, d'effrayantes larmes d'homme banni, d'homme qui n'a pas droit, d'homme qui n'a droit à rien que de rêver jusqu'à en claquer, d'homme qu'on n'a jamais aimé — c'était ce qui m'avait attirée vers lui d'abord, ce besoin entêté de lui donner quelque chose, un reflet de l'amour si je n'arrivais à rien de mieux, une vraie amitié de compagnonnage en tout cas, et pour ça je n'ai eu aucun effort à faire, c'est venu tout seul au premier regard, malheureusement ce n'était pas ce regard-là qu'il voulait. Et là il pleurait des larmes de reproche, comme si tout le malheur de sa vie était de notre faute. Or Kurt n'avait rien tant désiré que de voir s'aimer des filles comme moi et Natalia, par passion du beau, par orgueil qu'elles fussent par et pour lui réunies — elles l'étaient par lui, et non pour lui, ce dont il s'apercevait trop tard pour ne pas souffrir —, il nous avait présentées l'une à l'autre pour que toute cette beauté d'amour soit, et c'était ce même homme qui, alors qu'elles le faisaient devant lui, souffrait comme un damné. Souffrait tant que j'ai eu envie, un moment, de lui offrir quelque chose de mieux que ce chocolat qu'il adorait et qui le consolait un peu, qu'un de ces baisers de fuyarde, égoïste tendresse qui faisaient le contraire du chocolat, qui allaient finir par le rendre triste à jamais, j'ai eu envie qu'il vienne, qu'il ne pleure plus, surtout. Je ne l'ai pas fait, ç'aurait été un altruisme diabolique, et aussi inutile à Kurt qu'incompréhensible à Natalia.

Donc, pendant la pose, il y avait eu ces larmes, et ce jour-là elles étaient impures, et ce visage rubescent approché de nous dans un convulsif, poignant, affreux espoir, ses lourdes mains calleuses tendues vers nous, vers cette ferveur des yeux fermés, des genoux ployés et des doigts entrelacés et des lèvres semblant attendre une hostie, toute la religion et la consécration de cet amour qu'on ne lui avait jamais donné pour son usage personnel, et Kurt n'était plus qu'une fanatique pulsion de sacrilège, quand, sous nos paupières baissées, je ne voyais, Natalia ne voyait, que le fanal d'or qui éclaire si rarement le labyrinthe, celui où nous le laissions et au fond duquel il se heurtait à une impasse, à l'impasse de nos visages clos sur la lumière, lui, errant aux mains vides, Mat du tarot, de partout mordu et déchiqueté dans sa chair par les chiens de ce malheur qui me donnait toujours des tendresses en lame de fond pour lui, mais pas ce jour-là, où il m'accusait de n'éprouver qu'elles.

Ainsi l'avions-nous laissé, et j'ignorais dans quel état nous allions retrouver l'homme qui nous appelait ses trois Parques, Luce, moi et Natalia, parce qu'aucune d'entre nous ne pouvait lui dire je vous aime et le lui prouver dans un lit.

J'ai dit à Natalia, ce matin de ses dix-huit ans, qu'il faudrait être douces avec lui en même temps que circonspectes, elle m'a demandé pourquoi, elle croyait décidément que les choses étaient simples, qui ne le sont qu'au moment de la mort ou au plus fort de l'amour, celui que nous vivions. Elle m'a dit qu'elle ne comprenait pas, et j'ai eu encore envie d'embrasser ses dix-huit ans qui ne savaient pas grand-chose du monde ni des hommes, tant mieux pour eux, et j'ignorais si elle aurait eu le cran de

garder sur l'existence le premier regard que chante
Obéron, si elle en avait vu davantage.

*

Il nous attendait dans l'atelier, en costume sombre
comme pour une cérémonie, et quand j'ai avisé, sur une
petite table, près d'une bouteille de chinon et d'une
grappe de raisin, un gâteau de riz au chocolat d'une taille
monumentale, crénelé de radis, de sardines et de langues-
de-chat, quand je l'ai vu lui si solennel et les lèvres en
coup de sabre derrière ce goûter dalinien, j'ai eu quasiment peur, j'ai eu envie de partir avec Natalia avant qu'il
ne lève le tissu blanc qui recouvrait notre tableau, j'ai vu
qu'il était fou, et pas de cette somptueuse folie du premier
regard, j'ai su que le tableau était mauvais, je suis restée
parce que jamais l'atelier ne m'avait paru d'une crasse
aussi mélancolique et que j'avais envie de le pailleter d'un
impossible éclat de rire, j'ai été me laver les mains avec le
vieux savon aigre que Kurt trouvait assez bon pour lui,
pendant que Natalia s'asseyait, se taisait comme toujours
et lorgnait le gâteau de riz au chocolat avec une hébétude
révulsée, quand je suis sortie de la salle de bains j'ai souri
à Kurt avec la douceur du désespoir parce que ni elle ni
moi ne mangerions ce gâteau ni n'aimerions ce tableau ni
ne ferions l'amour à cet homme, j'ai souri à Kurt, parce
qu'il perdait la raison, son talent, et allait s'efforcer de
perdre mon amitié pour ne rien garder qui le rattachât au
monde, c'était clair comme de l'eau de roche, c'était
irregardable, je lui ai souri parce que je savais que
Natalia n'aurait pu le faire, figée dans l'horreur devant ce
gâteau, le vin, le costume sombre et l'attente de cet
homme, je lui ai souri pour deux, j'ai voulu oublier que
dans le sentiment qu'il nous portait il y avait tant de
griefs, j'ai souri au gâteau, au tableau et à l'homme
d'avance répudiés, j'ai souri à m'en foutre des crampes
dans les joues, je savais bien que ce sourire était inutile,
oublié déjà et flottant dans la solitude qui se resserrait

autour de cet homme, j'ai souri aux neiges d'antan qu'était le talent de cet homme, j'ai dû sourire de travers comme on s'empierge dans une robe trop longue, lui, il s'est levé, il a marché jusqu'au tableau et il l'a découvert, ce que j'ai vu, c'était pas le tableau, c'était sa façon de marcher, comme on va à l'échafaud je vous jure.

II

TITANIA

Mettez votre cœur en repos ; je ne
troquerais pas cet enfant contre tout le
pays de Féerie.

SHAKESPEARE,
le Songe d'une nuit d'été.

De la haine pour Julia, c'était bien cela qu'il ressentait. Pourtant elle avait mal, à cause de la mort de sa grand-mère, cette mort qu'elle savait comme elle savait tant de choses à l'avance sauf la date où elle pourrait recommencer à écrire, Julia avait mal de ne plus pouvoir écrire, elle portait la mort de sa grand-mère dans son ventre comme on porte un enfant, du coup ne pouvait accoucher de rien d'autre. Julia avait mal parce que bientôt elle n'aurait plus les sourires aigus, charmés, de cette vieille femme qui à lui aussi souriait, quand il venait chercher la jeune femme, celle qu'il appelait la kadine et la seconde des Parques — Clotho, Lachésis et Atropos allant par ordre d'apparition en scène, ce serait pour sûr la plus jeune du trio et la dernière à être survenue qui couperait le fil, diable il n'y avait pas que Julia pour savoir des choses par avance. Julia avait mal aussi à cause de cet homme, ce comédien qu'il avait croisé chaque soir du *Songe* à la cafétéria de la Comédie, qu'il ne croisait plus qu'en matinée, cet homme qui ne la rendait pas heureuse et l'aimait sans doute, mais de cette façon étrange qui est pire que de ne pas aimer. Il aurait dû avoir pitié de la kadine, pitié et seulement ça, se répéta-t-il avec hargne, cette même pitié qu'elle a pour moi grogna-t-il, se mentant en grande jouissance masochiste, à propos du sentiment que lui portait Julia. Au nom de cette pitié, le gâteau de riz au chocolat — les radis, les sardines et les biscuits, une idée originale qu'elles auraient pu apprécier tout de même —, il aurait fallu qu'elles le partagent avec lui, et ce vin, qu'ils le boivent ensemble. Il aurait fallu qu'elles restent. Et Julia, sans que, bien entendu, la fillette lui opposât la moindre résistance, la lui avait enlevée. « Mais voyons Kurt, nous avons un dîner. » La fillette avait des dîners à présent, elles dînaient sans doute avec l'homme riche, foie gras et cailles aux raisins, à l'heure chic où l'on dîne. Il avait préparé un goûter à une fillette qui n'en était plus une et dînait. Et elles étaient arrivées avec une heure de retard parce qu'évidemment elles sortaient d'une chambre où elles avaient fait ça vite et bien. Ça ! Ce « ça » devait être un des seuls moments où Julia, grâce aux caresses du Cupidon en blue-jean, avait moins mal. Mais les soleils noirs n'étaient qu'à lui, Kurt, il ne pouvait plus penser aux souffrances des autres, les siennes avaient la préséance, merde. Alors, agripper ce qui restait. Une épaule, une mèche de cheveux, un poignet de cette enfant blonde qui résistait avec des gémissements exaspérés, ceux d'une gosse qu'on dérange dans un jeu secret, soit dans un beau rêve où elle voit danser la lune. L'autre, la kadine, n'avait jamais manifesté de recul envers lui, même ce jour de la pose où il avait laissé voir sa face grimaçante de désir et luisante de larmes et de sueur, ah, il devait être à leurs yeux plus que jamais la Bête, et ces Belles voulaient des princes charmants à l'eau de rose, de ces jeunes premiers de la Comédie par exemple. Satchel S. était un vieux jeune premier, mais pour Julia M. apparemment, ça ne changeait rien, elle le voulait quand même, elle ne voulait que lui.

A son approche, la fillette s'était détournée et raidie, la jeune femme (quelle tacticienne !) l'avait embrassé sur la joue très doucement, il avait cru à l'effleurement d'un bec de mésange, ce qui avait eu pour effet de l'écarter d'elles deux et de leur cercle magique plus sûrement que la reculade foudroyée de la fillette, ce geste d'animal acculé, défensif et colère, qui avait failli le rendre impardonnablement méchant envers elles deux.

Il considéra le gâteau de riz qu'il mangerait seul, cette

bouteille qu'il boirait seul, les jeunes femmes distinguées ne boivent pas d'alcool à cinq heures, mais du thé, il n'en avait pas plus que de théière, Julia adorait le vin, mais il aurait dû compter avec sa distinction — d'ailleurs c'était bien du thé de la Chine ou des Indes qu'elle buvait avec son distingué comédien à cinq heures, l'heure où ça se fait, dans l'élégant malheur qu'il ne la saute pas, le distingué, non, à une belle môme comme ça il n'offrait que des tasses de thé, il y a vraiment des loufs, dit-il en fixant rageusement le gâteau aux sardines. Puis il soupira que Dieu lui avait tout refusé pour ne lui donner qu'une chose : la santé. Or la jeune femme haïe pour lui avoir dérobé l'enfant en la prenant par ce petit poignet osseux qu'il n'avait su saisir même une minute, or cette jeune femme n'en avait plus guère. De son accident, elle portait des séquelles quasi invisibles mais génératrices d'arthrite, elle boitait dès qu'il pleuvait, elle tournait de l'œil comme les donzelles d'autrefois, il lui fallait des scotchs pour se remonter avant d'aller aux générales, des filles comme ça ne vont qu'aux générales, et bientôt elle y emmènerait la petite qu'il ne pouvait, lui, emmener qu'aux couturières, et il y a de la couturière à la générale la distance d'une galaxie à une autre. Santé donc, sa seule force inutile. La fillette avait celle de ses dix-huit ans tout neufs et elle tirait sur la corde en se couchant trop tard on devine pourquoi, en refusant de manger, pour preuve ce gâteau, afin de maigrir, comme le font toutes ces petites sottes marionnettes, Natalia avait la santé et la beauté du diable, ça lui passerait, mais pour le moment elle abusait vraiment des deux, merde.

Il tourniqua dans l'atelier, alla recenser les mille photos de ses modèles et la centaine de tableaux de deux mètres sur cinq qu'ils lui avaient inspirés, et qui n'étaient pas encore inhumés dans la grange de sa maison en Bourgogne ; puis il pensa aux regards de Julia : le premier avait flâné tout à l'heure sur ses trésors et sur lui particulièrement avec une gentillesse inexplorable, mais, pendant qu'elle se lavait les mains, elle avait dû lorgner le

savon âcre avec un second regard, un regard de mépris
pour la pauvreté et la poisse que figurait ce savon, sans
qu'on pût se tromper ; au sortir de la salle de bains, elle
avait porté sur lui un troisième regard tout aussi cares-
sant et émerveillé que celui qu'elle portait aux beaux
platanes de la cour intérieure, oui, le même regard que
sur les platanes, sur lui et ses œuvres qu'il brûlerait pour
rester à jamais inconnu et foutre sa main dans la gueule
d'un monde qui n'avait pas voulu de lui, à aucun égard,
qui lui avait refusé le succès (vivre de ses tableaux) et ses
plus désirables objets (les jeunes filles et vivre avec l'une
d'elles). La seconde des Parques avait essuyé ses larmes,
et alors ? il se serait agi qu'elle ne les fît pas couler. Il étala
près du gâteau les photographies de ces deux qui
s'aimaient ; il s'était passé devant l'objectif quelque chose
d'involontaire et de singulier : elles avaient posé sur des
draperies, sous une Salomé dont Julia avait été le modèle,
et il semblait que la princesse juive du tableau fût
descendue de son cadre pour prendre la fillette dans ses
bras. Ces photos étaient superbes, mais il se sentait
impartialement pour peu de chose là-dedans. Après que
Julia eut refusé le gâteau au chocolat avec une politesse
dont l'enfant était incapable (l'enfant n'était pas distinguée et probablement inenseignable, il y avait entre elles
deux vingt ans de différence et un monde de distinction),
il avait montré à la jeune femme une autre photo, celle de
son pistolet accolé au moulage de sa propre main. Pas du
meilleur goût pour la distinguée, mais explicite. Elle avait
effleuré cette photo de son regard lisse et sombre, et dit
avec une lassitude civile qu'elle avait déjà vu l'original de
la main et celui de la pétoire. De la pétoire, *texto*, avec
civilité. Impossible de faire sortir Julia de ses gonds, Luce
de sa réserve, la fillette de son silence défensif. Qu'elles
aillent au diable, pour Julia et Luce, ça s'appelait prendre
congé, pour la petite, se tirer ou mettre les bouts, et c'était
par malheur ce que, toutes, elles avaient fait.

Elles étaient parties, il était seul avec son gâteau, son
vin, et trop de silence, quand il y avait des bruissements

de fête autour de ces deux filles, qui semblaient, ainsi, main dans la main, entrer ou sortir d'un bal. Pour échapper au silence, il convoqua Mozart, écouta la *Messe en ut*, eut le cran de s'approcher du tableau, l'examina. Jugea qu'il n'y avait, sur cette toile, rien de la violence lyrique, du graphisme cristallin des deux corps de jeunes filles, non, rien de cela ne ressortait d'une peinture molle, sans fougue, plate, dépourvue de cet élan se brisant sur un horizon du sacré qu'il craignait d'à jamais perdre de vue. Dans ce tableau, dont il avait voulu faire un chant de triomphe et de joie, les deux amantes se trouvaient figées sous une matière trop lourde et les frondaisons d'une forêt qu'il trouva idiote, pourquoi cette forêt dont les feuillages avaient quelque chose de mignard qui ne convenait pas à ces filles, l'une de peau cuivrée et mate en posture d'orante agenouillée, se penchant vers l'autre renversée sur cette herbe idiote, sa blancheur y déferlant comme une coulée de lait ; on les aurait dites piégées par l'artefact de la simple photographie et non résumées à une pulsion, à l'essence d'elles-mêmes, par l'art. Il n'y avait pas de passion dans ce tableau, celui d'un peintre aux yeux amers et mornes. Il n'y avait rien de ce qu'il avait voulu y mettre, rien de cet hommage à elles deux, de ce respect dû à tant de grâce assemblée par lui. Ce n'était pas un hommage, mais la copie d'une photo, et elles s'aimaient sans lui, voire contre lui, il grogna, considéra le chien noir couché à leurs pieds, pauvre témoin de l'extraordinaire. Et il ne vit pas que le chien, lui, loin de regarder le couple, fixait le ciel et, non plus que le peintre, n'aurait su voir les jeunes filles. Il pensa au dernier baiser que la kadine lui avait donné, diable, s'il avait rêvé d'elle, et d'elle tout entière, c'était bien parce qu'elle l'y avait engagé ! Ah mais ! Ah mais, répéta-t-il en sourdine, s'apercevant tout à trac qu'à cette intention de Julia il ne croyait pas.

Voilà où j'en suis, pensa-t-il, devant les photos de ses plus récents modèles. Voilà, voilà, voilà.

Les deux derniers étaient une enfant de treize ans,

obèse, dont la mère, atteinte d'un cancer, voulait le portrait dans les plus brefs délais, et une bambine de deux ans, nue, ronde et caramélisée, assise dans une cuvette rouge. Pour lui donner des regards tendres, il n'y avait plus que l'obèse aux jambes difformes, et le bébé rieur dans sa cuvette — mais les bébés rient n'importe quand, n'importe comment, à tout le monde, s'ils ont bien mangé.

Le théâtre allait fermer d'un jour à l'autre et qui savait s'il rouvrirait, conjectura-t-il, plus saturnien que jamais et très content que la guigne ne s'abattît pas sur lui seul, dégustant le futur malheur des comédiens et la chute de leur grande maison. Il regarda pensivement une photo de lui-même en smoking blanc et nœud papillon, déguisé en inspecteur, au faîte de cet escalier d'honneur où trois ans auparavant il avait connu, précédée de sa lampe de poche, Luce, la première des Parques, celle qui filait, et la haine le reprit au cœur. Toutes damnables et exécrables ! Donnant tant à d'autres et rien à lui qui n'avait pas fait l'amour depuis cinq ans, parce qu'avec les putes il ne pouvait pas.

Il fixa la fenêtre. Et ces soirées d'été qui, avec l'heure qui nous décale de deux fois soixante minutes de la vraie, celle du soleil, n'en finissaient pas, s'étiraient comme une mousseline bleue au-dessus des toits. Ça aussi comptait. Il haïssait l'heure d'été. Sans l'heure d'été, il se serait couché deux fois soixante minutes plus tôt, il aurait dormi, ç'aurait toujours été de la misère en moins. Décidément, tous les jardins du monde fermaient leurs portes devant ses yeux, décidément ce tableau était mauvais. Il s'aperçut soudain qu'il avait faim, maudit sa santé, et les Arabes du coin qui étaient fermés le dimanche autant que les jardins du monde, il regretta amèrement son ordinaire, ses petits pois en conserve, son roquefort Société et ses oranges. Il imagina les deux dans une chambre écoutant un quatuor de Beethoven pendant que l'homme riche regardait un match de foot à la télévision dans cet appartement de cinq cents mètres carrés où Julia le conviait parfois à dîner pour le changer de ses boîtes de conserve, par penchant distingué pour les bonnes œuvres, grinça-t-il. C'était un appartement grandiose que celui de la rue G., avec une gouvernante pour l'entretenir et des savons parfumés dans les salles de bains, de quoi éblouir la loubarde de Nanterre, cette tête à claques — et dans cet appartement il y avait aussi les tableaux! ciel, les tableaux! Rien que des toiles abstraites, il haïssait, au même titre que les Julia M., les fillettes rétives et l'heure d'été, Tal-Coat, Mondrian, Jim Dine, et crédieu, ce peintre espagnol contemporain duquel l'homme riche s'était entiché, dont il tentait de lancer à coups de relations et de pognon les frustes gribouillages! De ces croûtes! On n'y échappait pas, il y en avait partout, sur les murs, au sol, n'en manquait qu'au plafond, Julia lui avait confié qu'elle ne les voyait même plus, qu'elles faisaient partie du décor, Julia se claquemurait dans ses appartements privés où il y avait au moins un fusain de lui au mur, lui pour qui cette fille avait toujours un mot réconfortant — mais il était vain de le réconforter car ces tacheurs et salisseurs avaient RAISON! Il commençait à croire qu'ils avaient raison, ceux-là, qu'on ne pouvait ni ne devait peindre comme il peignait, qu'il s'était trompé de siècle et trompé tout court, que de toute façon il avait tout dit ce qu'il avait à dire, qu'il continuerait juste un peu, jusqu'au moment où la nausée l'en empêcherait, et pour qu'elle vienne plus vite il n'avait qu'à serrer les dents et à les casser sur ses tubes de gouache et bouffer ses couleurs, *nunc dimittis*, non seulement il l'aurait, cette nausée, mais il s'intoxiquerait avec sa peinture, peut-être mortellement comme il le souhaitait, il se détourna du tableau, *nunc dimittis*.

Il voulut jeter gâteau et vin, hésita, céda aux exigences de son estomac, prit entre ses doigts un peu de gâteau que la fillette avait regardé comme si c'était la pomme de Blanche-Neige, à moins que, du venin vert de son regard étrange, elle ne l'eût empoisonné, *nunc dimittis*, il mangerait jusqu'au dernier grain de riz le gâteau dont elles ne voulaient pas plus que de lui qui les désirait tant, le désir est un empoisonnement du sang sans antidote, de la mort-aux-rats comme cette poignée de riz chocolaté qui s'agglutinait entre ses doigts, il but la bouteille de chinon à grandes lampées, au goulot, dépêcha avidement le gâteau, les sardines, les radis, les langues-de-chat et tout le mépris de ces filles avec, une bouchée pour papa, une bouchée pour maman, qui étaient sous la terre.

Nanterre, sous la pluie. Elle aurait pu habiter au vingt-cinquième étage, seulement le huitième c'est un coup de bol, enfin, sauf pour les chats qui n'ont pas fait la différence. Moi si. Au cinquième, panne d'électricité, elle a allumé son briquet, elle s'est cramé les doigts, c'était parce qu'elle savait que je crevais de peur dans le noir et particulièrement celui d'un ascenseur. C'est encore chez elle, Nanterre. Nanterre des tours avec fenêtres en goutte d'eau ou en losange, des pyramides genre cassates rose fraîche ou bleu céruléen. Chez elle. Chambre de jeune fille, de toutes les jeunes filles, de celle de *l'Été meurtrier* qui nous ressemble tant, surtout parce que quand elle pleure on ne peut pas l'arrêter, au mur des posters de Marilyn, au sol la garde-robe de Natalia *in toto,* et la litière de la petite chatte survivante à qui on vient rendre visite et qui n'a jamais été plus prompte de sa vie à se planquer. Nanterre. Dans le salon, des musicos affalés dans des fauteuils de rotin attendant que le temps change, que Nanterre change, que le monde change et jouant la *Sonate au clair de lune* en attendant. Elle, là-dedans, à l'aise, vautrée, sautant pour se relever, sur un pied marellant, ôtant ses tennis et les jetant à la figure d'un des affalés, elle nature et fraîche comme l'œil. Ah, dans sa chambrette, les merveilleuses photos du *Songe,* d'Éros dans sa bulle, celle d'Obéron a disparu depuis la nuit où elle a su qu'il m'avait donné rendez-vous en enfer, merci de la preuve d'amour Natalia. La petite chatte tire la gueule, elle boude Natalia, Natalia qui l'a recueillie et qui l'abandonne pour les planches d'un théâtre, pour le lit d'une fille, pour ce que la petite chatte ne sait pas mais qui la fâche extrêmement. Elle file entre les jambes des musicos avec sa noblesse de chatte fâchée. Ç'aurait pu être triste, cette incursion à Nanterre, parce qu'il pleut, parce que c'est toujours chez elle, parce que les musicos ont le blues, or non, rien n'était triste de ce HLM, à cause d'une Natalia qui m'en faisait les honneurs comme si c'était Versailles. Et puis une Natalia ravie, après, qu'il se soit passé quelque chose, ceci avant que Nanterre ne change, après donc que son copain Gérard a joué la *Marche funèbre* de Chopin, moi au début j'ai pensé tant qu'à avoir le blues allons-y, ne suggérons rien de plus gai, un peu de respect pour le pianiste, il paraît que je suis polie c'est du moins Kurt qui le dit — une Natalia ravie parce que pendant l'exécution de la *Marche funèbre* j'ai eu la chair de poule et qu'elle était fière que le talent du copain m'ait donné cette chair de poule, pour elle comme pour moi la musique n'existait que si elle provoquait des remous ostensibles, physiques, si elle passait dans le corps, elle aussi avait ses duvets blonds hérissés sur les avant-bras, et elle était contente que ça m'ait fait pareil.

Il y avait cette chatte qui s'effarouchait derrière tous les meubles qu'elle trouvait sur son passage, la petite sœur Lisa qui dormait sur un divan, qui est sortie du sommeil à la fin de la *Marche funèbre,* péniblement, elle dormait comme j'ai vu dormir Natalia, de ce sommeil de jeunesse, soudain gémissant et comme lapidé par la pluie de pierres d'un cauchemar. Dans le silence terrifié qui a suivi l'exécution du morceau, elle s'est relevée sur un coude, tout ébouriffée, pour trouver quatre personnes en larmes, se demander ce qui venait d'arriver et qui était mort, de surprise ouvrant la bouche édentée des gosses et des vieillards, Lisa le troisième petit chat n'est pas mort, c'était seulement la *Sonate n° 2 en si bémol mineur opus 35* dite « *Funèbre* », j'ai dit à propos du pianiste ce sera Perlmuter ou Pogorelich ce type — il avait joué ça avec une austérité douce-amère, de subits éblouissements tragiques comme le ciel de la Grèce, des truelles de lumière implacables comme de la chaux vive, il avait joué ça comme je n'avais jamais entendu jouer ça, on était tous comme la fille de *l'Été meurtrier*, on n'arrivait pas à s'arrêter de pleurer, et Natalia pleurait dans le ravissement que je pleure.

Plus tard, lors de ma seconde visite à Nanterre, je la verrai ravie mais pas pour les mêmes raisons, ravie et toute frétillante parce qu'on avait acheté des coussins des prises multiples un grill et des sets de table pour l'autre maison, la nôtre, et là c'était un moment où je n'aurai plus de larmes en réserve, rien que des sourires aux anges, un moment où, si magnifiquement que la jouât ce pianiste, je n'aurais pas eu envie de la *Marche funèbre*.

Il était seul dans l'atelier, incapable de peindre, pensant écrire une lettre à la kadine. Renonça. Une de plus, une de trop, elle finirait par l'envoyer foutre avec distinction. Les mots d'argot sur ses lèvres devenaient des camélias, qui sur celles de Natalia restaient des mots d'argot, ou, quand elle était en colère, se transformaient en crapauds bien verts et sifflant argot. Et il avait tant écrit de lettres à cette jeune femme qu'une fois il avait tenue contre lui, qui une fois lui avait donné, non le baiser preste, pointu, le baiser mésange de la veille, mais un baiser soyeux avec la langue, puis un baiser satin lèvre contre lèvre — deux baisers désincarnés, détachés, comme un courant d'air frais d'origine inconnue. Un baiser de somnambule, un baiser de mime qui joue et disparaît sur ses talons ailés. Il lui en voulait de la mystérieuse légèreté qu'elle avait mise, un soir, dans la maison de l'homme, à l'embrasser ainsi, en écoutant une aria de Bellini aussi rêveuse et douce et lente, que l'était ce baiser. Il lui en voulait de la gratuité de cet acte pour lui si lourd de sens. Il pesait cent tonnes de sens devant la transparence irrationnelle, la magie brouillonne de cette fille — quel joli petit tour vais-je jouer aux mortels ce soir ? Ah, la Titania, c'était bien elle, la jeune et libertine reine des fées qu'avait voulue Shakespeare, et non la comédienne mûrissante qui en tenait, par ailleurs admirablement, le rôle sur scène. Ces filles, les sœurs filandières, le tuaient à coups de légèreté ou d'urbanité lointaine qui était comme l'écho d'un mot perdu à jamais,

Julia le tuait de ses coups de téléphone géniaux en pleine nuit, une Julia qui souvent l'avertissait d'emblée qu'elle n'avait pas grand-chose à lui dire d'autre que ça, qu'elle l'adorait, de la voix gaie de quelqu'un qui n'aime pas, l'amour ne rend pas gai. Du moins, il ne pouvait le concevoir, il avait l'amour triste, comme le vin. Elles le tuaient de lui montrer, s'il faisait chaud — cet hiver-là, c'était vers son vieux poêle qu'elles se précipitaient, grelottantes — des bras nus et incaressables, la cambrure d'un pied qu'il ne pouvait embrasser, il fallait les remercier de le tuer avec de telles armes, il allait leur écrire cela. Et voici, elles ne répondraient pas, et il finirait bien par se taire. « Je suis fatigué de ne susciter que des sourires », ainsi commença-t-il la lettre. Une fureur le prit, il posa son stylo, biffa la première phrase de la lettre, leva les yeux vers un grand nu de Julia. Sapristi, elle n'avait pas à lui donner cette tendresse immatérielle à la terrible constance — puisqu'elle ne serait jamais dans son lit. Il la maudit pour ce manège cruel, tout en sachant qu'elle marchait comme si c'était sur la lune, qu'elle vivait comme si elle allait mourir demain et qu'en conséquence pourquoi se serait-elle privée, si ça lui chantait, juste comme on offre une rose, d'embrasser son confident, son compagnon, à ce moment bellinien dont elle devait avoir tout oublié, lui rien. En fantasque et fragile kadine, elle avait pris entre ses mains sa tête de lansquenet, ouvert sa bouche de ses petites dents, il y avait des mois de cela, et il s'était senti indigne de ce baiser qui — comme il lui arrivait de l'admettre quand il se mettait un peu à la place des autres — n'était qu'une preuve qu'elle avait du cœur et ne mettait point de limites à ce qu'elle faisait. Aujourd'hui, il la traitait d'allumeuse en toute impunité — aussi allumeuse que la fillette, mais bien plus consciente, donc bien plus coupable. Enfin, est-ce qu'on embrasse ainsi un homme pour ne jamais aller plus loin ? Odieux baiser. Et que veux-tu qu'elles te donnent d'autre, ces trois aux allures de Grâces, à toi, le rustre ? se dit-il. C'est elle, Julia, qui t'a donné le plus, ce baiser, c'est elle qui te dit des douceurs au téléphone la nuit, qui une seconde fois te confie les désespoirs que lui cause la passion qu'elle a pour ce comédien, béni celui-là car elle l'aime, béni soit-il même si c'était rude à vivre, car sans son existence, à ce saltimbanque, elle ne lui aurait pas téléphoné la nuit, ça faisait de la solitude en moins et en plus, et surtout, la voix éraillée, feutrée, si reconnaissable qu'elle n'avait pas besoin de dire son nom, de Julia, c'était lui et pas un autre qu'elle appelait la nuit, c'était lui qui, avant qu'elle ne raccrochât en lui souhaitant de beaux rêves, pouvait lui dire je vous embrasse le cœur, c'était devant lui qu'elle pouvait se dépouiller de tout artifice, c'était à lui qu'elle venait dans sa tristesse, confiante comme un petit enfant, or c'était à elle qu'il en voulait le plus. Elle t'a pris la gosse, cria-t-il devant la toile où le Cupidon du *Songe* le regardait avec la malice fourbe, dévoyée et attentive qu'il avait vue dans ses yeux et peinte, ça il n'avait rien raté de cette malice équivoque des yeux verts. Bon, ne délire pas, bonhomme, avec la gosse, tu n'aurais eu aucune chance. Demande à la kadine si un jour elle couchera avec toi, elle te dira, oh, peut-être, sans doute, qui sait ? et tournoiera dans ses transparences comme son Obéron, c'était la phrase de l'article, une belle phrase, qui s'appliquait tout autant à elle, vraiment. Cette chose, tu l'as demandée à la fillette de Nanterre, elle a dit Jamais avec un regard cette fois sans malice, un regard à vous rectifier net, si elle avait été un chat elle aurait aplati les oreilles et craché ; et si tu l'avais demandé à Luce, à cet incessant chiaroscuro de mystère qu'est Luce, elle n'aurait rien dit, se serait esquivée comme si elle n'avait pas entendu, avec son allure dégingandée et majestueuse de cygne noir. Sans qu'elles s'en doutent, les Tria Fata avaient des charmes semblables, crépusculaires, des suavités à vous faire fondre, elles lui apportaient des fleurs, des livres, des disques, du chocolat, et puis elles posaient pour lui, nues, elles se déshabillaient avec, chacune, le même naturel indifférent ; la pire des trois, celle qu'il aimait de passion

quand il aimait Julia d'amour et Natalia de désir, Luce,
acceptait même de prendre des poses plus qu'érotiques
pour qu'il peignît une Léda ou une Pasiphaé, elle
s'allongeait, écartait les cuisses, son regard gris pâle le
traversait, lui, traversait le mur, plein de cette absence
nuageuse qui le tuait aussi net que l'avait tué le Jamais
catégorique de la petite — et s'il survivait encore un peu à
ces filles et à l'insuccès total de sa carrière, c'était à cause
de sa santé. Il y avait une sacrée ironie à ce qu'il n'eût
jamais, en cinquante ans de vie, souffert du moindre
bobo, et à ce que cette santé fût si inutile. Il en fallait,
néanmoins, pour ne pas devenir fou devant l'air absent de
Luce lors des séances de pose : à la voir, on aurait dit
qu'une main invisible avait disjoint ses genoux sans
qu'elle eût jugé bon de donner son avis sur ce geste,
qu'elle s'était laissé faire par cette main, et qu'elle aurait
pu rester des heures ainsi, pendant qu'il la photogra-
phiait et, ou, la dessinait, des heures, oubliant simplement l'attitude qu'elle avait, oubliant de refermer les
cuisses, et s'étonnant ensuite, que faisait-elle donc comme
ça, ah oui, elle posait pour l'amour de l'art et, accessoire-
ment, cette Pasiphaé ou cette Léda, avec toute sa grâce de
cygne noir sur lequel un imaginaire et jupitérien cygne
blanc s'était abattu le temps de la pose. Soudain tirée de
sa léthargie, du monde estompé où elle adorait vivre, elle
serrait les genoux avec la brusquerie qu'on met à
refermer d'un coup sec un éventail de nacre, et prenait
congé aussi poliment que le faisait Julia.

Il détestait Luce d'avoir accepté de poser ainsi, pour le
prier ensuite de ne plus lui adresser la parole, sans lui en
donner les raisons, au-dehors de la Comédie — le jour
même où elle lui avait signifié ceci, cette règle du jeu où
elle mettait bien plus de perversité que les deux autres
aux leurs, de sa voix basse, ténue, au timbre un peu
mouillé, il avait vu dans la personne de Luce une
détermination froide, contre laquelle il ne pouvait rien,
pas plus qu'il ne la comprenait. Hors du théâtre, elle le
bannissait, il n'existait plus. Il lui fallait accepter cela, ou

qu'elle cessât tout simplement de lui dire un mot, voire de le saluer. Or, quand elle lui parlait de théâtre, d'opéra, de cinéma, de musique, de livres, c'était avec une animation qui n'avait plus rien d'évanescent, avec une chaleur dont il avait besoin, même si c'était à propos des œuvres des autres, une chaleur dépourvue de la tendresse qu'avait Julia, la chaleur de l'enthousiasme simple et sincère que sa peinture, en particulier, provoquait à Luce et qui rendait sa solitude plus glacée encore après qu'il l'avait quittée. Il détestait Luce d'avoir accepté de poser ainsi et de lui parler de son art, jamais de lui, il détestait la jeune femme de l'avoir embrassé ainsi, il détestait la fillette de lui avoir écrit, juste après son entrée à la Comédie, que dès qu'elle le voyait, elle avait envie de sourire, il leur en voulait de tous ces dons à lui tourner la tête, sa tête de rustre qui ne leur inspirait rien que cette impardonnable estime.

Natalia était la plus naïve, qui n'avait jamais cru à l'excruciant désir qu'il avait d'elle, et dans cette mesure, avant qu'il ne le lui avouât, lui avait témoigné une confiance puérile, ô combien aveugle, grisée et perdue qu'elle était dans cet immense théâtre avec ces immenses personnages, ces comédiens que, pas plus que l'écrivain, elle n'aurait espéré rencontrer. Natalia qui, un jour, à la Comédie, dans son costume de Cupidon, l'avait bouleversé en se jetant dans ses bras, folle d'angoisse car « elle en avait partout », et que le sang menaçait de tacher sa tunique blanche ; il l'avait emmenée à l'infirmerie, et une fois le désastre évité, elle avait eu pour lui le regard reconnaissant d'un petit chat qu'on vient de sauver d'une mort d'inanition. De la reconnaissance, voilà ce qu'il inspirait aussi. Il cassa une statuette de plâtre figurant le Cupidon dansant — de la reconnaissance ! —, il prit l'escabeau, grimpa et décrocha du mur, pour le caler au sol dans un recoin sombre, l'*Hommage à Vélasquez* où elle jouait de la clarinette, en robe de ville, devant une des *Ménines* de Diego da Silva — de la reconnaissance ! et on ne couche pas par reconnaissance, et elles offraient ce

qu'elles lui refusaient à des macaques qui ne les méritaient pas, ce Mathias qui l'avait tenue sous sa coupe, la
petite, et martyrisée de quinze à dix-sept ans, et elle
s'était bien laissé faire, allez, et tringler par ce gorille tant
qu'il le voulait, quoi qu'elle en dise, plus de compassion
fondue envers la coucheuse et friande de gorilles, il ne
l'avait tout de même pas attachée aux montants du lit
tous les soirs, ça avait dû lui plaire de temps en temps de
faire ça avec un fana de musculation, un athlète d'un
mètre quatre-vingt-dix, 90 kilos de barbaque, plus de
compassion fondue, il avait imaginé une gosse massacrée
corps et âme par le gorille la traitant de moins que rien,
or elle avait été à quinze ans sa femme, sa soumise, sa
domptée, n'importe comment, elle lui avait ouvert les
jambes chaque fois qu'il le voulait, qu'il le lui ordonnait
et pas pour poser en Léda avec alibi culturel et air
somnambulique. Il lui avait ouvert les jambes pour lui
rentrer dedans, ce macaque, videur de boîte de nuit et
non métamorphose ailée de Jupiter. Et contre ces ordres
d'ouverture des jambes, à ce qu'il savait, elle ne s'était
pas rebellée, elle avait dû user de cette faculté magique
qu'ont les femmes de rêver éveillées, de jouer les Belles au
bois dormant, en espérant un jour le baiser du prince
pour changer du charcutage du videur, or le prince avait
été une fée, or elle était encore à l'âge où on attend les
fées, tant pis pour toi, bonhomme, ordre d'ouverture des
jambes donc pas très romantique, plutôt douanier, mais
qu'elle n'aille pas se plaindre, elle avait été sous l'influence du type jusqu'à ne plus penser par elle-même, elle
le lui avait dit, *je ne sais pas ce qui m'est arrivé avec lui*, elles ne
savent jamais, déesses imbéciles, ce qui leur arrive,
hypnotisées en un rien de temps par un balèze ou un de
ces galantins marquisets de théâtre pourvus de cheveux
longs, cils de fille et Cie, se détournant répugnées devant
une gueule de lansquenet, non, elles ne savent jamais, ça
leur tombe dessus, et les voilà méchantes, sauvages ou
distraitement meurtrières avec les lansquenets, ne respectant rien d'eux, tout juste bons à fendre la foule à

l'entracte des soirs de générale pour, après avoir
assommé un certain nombre de parleurs, apporter une
coupe de champagne à la belle en attente crevant de soif
et de fatigue, si belle dans sa soif et sa fatigue, si noble en
robe de taffetas noir, là c'était à Julia le soir de la générale
du *Songe* qu'il pensait. La petite donc avait été pendant
trois ans sous l'influence et le grand corps massif du
simiesque sans appeler les flics ni sa mère, pendant trois
ans mesmérisée par un gorille qui la frappait parfois, elle
devait aimer ça, au fond, et ça ne lui avait pas si mal
réussi, elle n'était fanée de nulle part, elle ne paraissait
pas plus de quinze ans. Pour lui montrer qu'il n'y avait
pas sur terre que des gorilles, il s'était fait un agréable
devoir de multiplier envers elle les délicatesses, il lui avait
acheté des violettes et une broche en forme de papillon
qu'elle s'était empressée d'oublier au théâtre, par exemple. Et maintenant offerte à la kadine, oh ce spectacle des
deux, oh ce tableau qu'il n'avait pu peindre qu'en
malheureux ébloui par le soleil, et maintenant il devait
renoncer à tout espoir d'effleurer de la main, du regard,
cet amour-là. Il insisterait néanmoins, tant pis pour le
mauvais goût, sur le fait qu'il les avait jetées dans les bras
l'une de l'autre et que donc elles lui DEVAIENT tout, quoi,
chacune de leurs caresses et pas mal d'orgasmes — sans
doute un nombre phénoménal, la petite Yougo était
sensuelle, ça se voyait au premier coup d'œil, c'était
pourquoi elle attirait hommes et femmes comme des
mouches, elle n'y pouvait rien, ça émanait d'elle, ça
aurait donné des idées et des espoirs à n'importe qui,
c'est-à-dire à moi par exemple, tonna Kurt, tête à
claques ! hurla Kurt au demi-dieu qui lui souriait de toute
sa fourberie, et dont le modèle était si petit, 1,57 m pieds
nus. Débitrices de lui, les amoureuses de la rue G. et de la
rue L. (Julia M. : « Kurt, la petite est venue dormir à la
maison hier, mamita ne se sentait pas bien et il était
vraiment trop tard pour que je la laisse rentrer à
Nanterre ») qui, le tenant à présent pour une menace, ne

pensaient qu'à l'écarter de leur jeu enchanté. Pourquoi? Qu'avait-il fait de mal?

A ce pourquoi qui le taraudait, il refusait sa réponse implicite : parce que l'intrusion obscène et hagarde, dans leur alliance, d'un désir masculin les dérangeait, parce que c'était une passion aussi profonde que la texture du rêve qu'elles avaient l'une de l'autre, et, à travers les désordres moirés de leur féminité androgyne, bien plus coriace aux désagréments du quotidien que ne l'est la même passion entre un homme et une femme.

Il refusait cette réponse simple, il se voyait en chantre maudit de ces filles, jalouses de leur liberté, vite agacées par sa gaucherie, ses appels au secours, ses reproches — la centaine de lettres qu'il leur avait écrites à elles trois.

Il décrocha la première des trois Salomé, la seconde, puis la troisième, la plus achevée, brûlante de toutes les nacres sourdes de son long corps arc-bouté, frémissante jusqu'au bout de ses fines mains bleutées, baguées, tendues dans un dernier geste de désir et d'incrédulité vers la tête sanglante du prophète, il la lui ferait expédier dès demain, cette Salomé, parce qu'il ne pouvait pas plus pardonner à Julia M. le rapt de la fillette que ses baisers frelatés comme tout ce qu'elle touchait, la Titania qui allait à merveille avec son Obéron, ah ces deux-là prenaient bien du plaisir à danser ce ballet qu'il avait cru, lui, le rustre, inquiétant, dans cette clairière radieuse de la forêt du *Songe*. Basta, qu'elle ne lui téléphone plus dans la nuit pour sangloter parce que l'Obéron avait été d'une indifférence retorse avec elle, soit qu'il ne s'était pas mis à genoux pour lui dire et redire sa beauté et qu'elle en soit sûre, soit parce qu'il avait eu d'incompréhensibles silences, parce qu'elle se sentait rejetée — rejetée, elle! ce devait être, observa-t-il avec pertinence, l'Obéron qui avait peur d'elle, de ce don absolu qu'elle lui faisait — ah! rien à voir avec les baisers et les beaux sourires d'escroquerie auxquels il avait droit, Julia M. souriait à tout le monde, tout le temps, parce qu'elle avait des dents superbes, elle aurait montré ses gencives n'importe quand à n'importe qui rien que pour se le foutre aux pieds, la vue de ses gencives ne lui était pas réservée loin de là, elle souriait pour charmer aussi facilement que les bébés rient pourvu qu'ils aient le ventre plein comme la mioche dans sa cuvette rouge. Qu'elle ne vienne plus sangloter, elle dont le cynisme d'aveu franchissait les bornes, et qui avait l'effronterie de le faire passer pour un privilège — en vérité, elle avait le don de vous faire avaler n'importe quoi, et des phrases comme : « Vous êtes le seul à savoir qu'il va me rendre folle. » Et gonflée, avec ça, d'aimer l'enfant, de s'en être fait aimer, de ne pas se soucier, sans doute, de ce que l'enfant allait souffrir qu'elle aimât deux personnes en même temps et être jalouse de l'Obéron. Non, si elle appelait cette nuit il ne répondrait pas à cette fille qui voulait les bras d'un autre, qui les avait, d'ailleurs, mais pas assez à son gré, Julia était quelqu'un qui voulait tout, tout de suite, quand l'interlocuteur de la nuit n'avait rien et qu'elle s'en fichait. Il lui en fallait tant et plus, il lui fallait l'enfant et le monde à sa merci, et continuer la plaisante chevauchée botte à botte avec lui, Kurt le condottiere, il lui fallait l'amant, l'amante et l'ami et du talent et des robes et la gloire et qu'on lui attrape la lune avec les dents. On ne peut pas tout avoir, Julia, siffla-t-il avant de se tourner à nouveau vers la toile où elles s'aimaient, où deux des Parques s'aimaient sous l'œil de ce chien noir qui n'était autre que lui. Il hésita à détruire le tableau, décidément le moins bon qu'il eût fait, mais il avait des excuses, il avait cru, pendant la pose, que sa tête, que son cœur allaient éclater. Non, n'y touche pas, à cause du chien, se dit-il. Et à cause de l'or de l'anneau créole de Julia, cet or qui frôlait celui, plus clair, presque argenté, du mince duvet d'oisillon luisant sur le sexe bombé de la petite, et ceci était beau. Il surmaudit ces filles qui voulaient s'asseoir sur des balancelles et qu'on les pousse gaiement vers le soleil, quand il voulait les profondeurs du lit, elles qui la dernière fois l'avaient quitté dans des éclats de rire semblables à celui d'un rang de perles brisé et égrené sur du verre, dans des éclats de rire d'inexpiable bonheur. Il regarda le chien noir, lui dit mon pauvre vieux, ces filles sont décidément bien liées toutes les trois. Il y a en elles des obscurités, des secrets, des inflexions de la voix et du corps qui les font ressembler aux ensorcellements du Freischütz, et je leur ai écrit cela, *texto*, à chacune d'elles, et elles ont dû se montrer les lettres, et elles les trouvent belles, Julia et Luce surtout les apprécient, ce n'est pour elles que du bien-tourné, du poétique, qu'elles savourent comme leurs foutues tasses de thé, du bout des lèvres, avec une distinction bien prude, et sans se brûler, surtout.

Il se contenta de voiler le tableau, avisa, au fond du plat, une bouchée de riz au chocolat laissée pour compte depuis des jours, la mangea comme le paysan qu'il se targuait d'être, avec les doigts et à grands bruits de masséters et de langue, puis alla s'étendre tout habillé sur le lit de la mezzanine où ces garces avaient dû, un certain soir, boire leur salive jusqu'à la dernière goutte, s'endormit.

La seconde des Parques, dévideuse du fil, appela dans la nuit, et, se parjurant, il ne put s'interdire de décrocher. Elle disait l'appeler sans raison précise, juste pour lui dire dormez bien, il lui tut qu'elle venait de le réveiller, elle avait sa voix gaie, elle parlait du dernier film qu'elle avait vu, ne ratez pas ça, Kurt, *les Yeux noirs*, c'est sublime. Il pensa que si elle avait aimé le film à ce point-là, c'était que le comédien, lui, avait dû être particulièrement tendre avec elle, que c'était du dernier entretien avec celui-ci qu'elle parlait, un entretien qui lui avait rendu le monde et ce film sublimes, *hic et nunc* elle parlait beaucoup et c'était à lui, il l'écoutait, il se surprenait à être heureux comme elle, par elle, il se parjura encore davantage, la remercia en son âme et conscience d'avoir appelé et peuplé sa nuit de cette voix à l'étrange musique, il sut que même si elle avait pleuré le noir de ses yeux cette nuit-là en lui téléphonant pour une raison qu'il ne connaissait que trop bien, il l'aurait encore remerciée. La troisième, la plus jeune et la plus farouche n'appela pas, et, incapable de retrouver le sommeil, il peignit un immense bouquet de fleurs pâles qui avaient la rondeur mignonne du corps de la fillette, il sourit au tableau achevé en quelques heures, au tableau qu'il donnerait à Natalia pour qu'elle soit contente, pour qu'elle l'accroche dans sa chambre à Nanterre et donc le regardant pense un peu à lui, pour qu'elle lui sourie en le recevant, car celui-ci était bon. La première se serait bien gardée d'appeler, c'était celle qui le repoussait le plus durement et sans ambages, se défiait et se préservait de lui avec le plus d'acharnement. Au matin, il descendit boire un café crème, acheta des lys tigrés que Luce affectionnait, alla les accrocher à sa porte, dans l'île Saint-Louis.

*

De retour à l'atelier, il écouta le deuxième mouvement de la *Symphonie Jupiter*, lava ses pinceaux. Aucune Tosca ne viendrait frapper à sa porte en l'appelant trois fois par son nom, avant d'entrer avec la tempétueuse violence de l'amour inquiet, de l'amour jaloux, de l'amour qui ne veut rien perdre. Ainsi pouvaient-elles être, à l'égard d'autres que lui, ces imprévisibles et angéliques guenons. Aucune Tosca. Elles avaient d'autres rôles à jouer et chats à fouetter. La petite, grisée, roulait dans sa bulle d'où elle envoyait des baisers empoisonnés au public en matinée et bandait les yeux de Pavel Pavlovitch en soirée, encore un de blousé, Julia souffretait, c'était entendu, mais le souffretage se muerait vite en dépit de femme blessée, cette fille avait un instinct de vie phénoménal, et l'apparition dans son existence d'un nouvel objet de désir, avec lequel (ou duquel) elle pourrait s'amuser davantage, effacerait les bleus que le comédien lui avait faits un peu partout. Luce s'attardait avec sa mère dans des salons de thé, parlait de tout sauf de lui, qu'avaient-elles donc, ces filles, avec leurs salons de thé ? Parloirs et ruelles de ces dames. A cause de l'engouement de ces jeunes filles pour les salons de thé avec leur mère ou l'homme aimé, à cause de la splendeur, de la gravité involontaires de leurs gestes les plus frivoles — ô quand elles accrochent un nœud de velours noir dans leurs cheveux pâles et ainsi dénudent une tempe lisse, où frisèle à peine une brume de boucles fines... — il mourait doucement, comme le soleil descend derrière les collines, et elles seraient belles sans lui, belles éternellement comme Thaïs dans l' « Air du miroir » qui avait succédé à la *Symphonie Jupiter* — c'était Radio-Classique, une des seules chances de sa vie aurait donc été d'habiter Montmartre, de ce fait, d'y capter parfaitement Radio-Classique, et de disposer au robinet de la meilleure eau de source de Paris, cette eau sapide à laquelle Julia et Natalia venaient encore boire, il pouvait leur offrir cela, qu'elles acceptaient, un verre d'eau fraîche. Le jour où elles le refuseraient, il ferait comme le soleil, derrière les collines. On frappa à la porte, et il s'entendit demander par sa voisine de palier, qui peignait également et possédait un énorme chat persan d'une agressivité foncière, s'il avait de la mayonnaise, par hasard. Il réfléchit un instant, considéra la voisine, tenta en vain de refouler le persan, alla chercher un vieux tube de mayonnaise, non, ce n'était pas Tosca qui venait l'appeler trois fois par son nom, mais c'était déjà bon qu'une femme lui demandât quelque chose, pensa-t-il, tandis que la voisine s'emparait du persan avec vélocité, l'arrimait à son épaule comme une grosse poupée et disparaissait avec la mayonnaise. Voilà comment on se fait tout piquer par les femmes, l'âme, le cœur, les tripes, la mayonnaise, et elles ne rendent jamais rien, soupira-t-il avec un zeste d'humour, et elles partent toujours en prenant quelque chose, ni vu ni connu je t'embrouille. Et il ferma la porte, ouvrit une boîte de sardines pendant que ces mêmes filles qu'il avait servies à genoux le regardaient du haut de ses tableaux où une lumière fléchie jouait sur le prestige délicat de leur beau corps à jamais vivant.

Aujourd'hui mamita est tombée de son lit. C'est que pendant le week-end où j'étais dans la maison de l'homme, Paule a fait venir un toubib d'urgence, une drôle d'idée, parce que mamita se plaignait de ses insomnies. Rien d'urgent là-dedans, la seule urgence restant de se débarrasser de la vieille dame d'une manière ou d'une autre. Elle est tombée, a dit Paule. Elle tombera de plus en plus souvent. Et toi qui sors la nuit si tard, tu ne seras pas toujours là pour la ramasser. Il faut quelqu'un à demeure, a dit son frère, qui me fait toujours la gueule, ni bonjour ni bonsoir, c'est peut-être à cause de mes livres qu'il est comme ça, je ne sais pas, ce que je savais, c'était qu'il se mêlait d'affaires qui n'étaient en rien les siennes. Quelqu'un qui logera dans ton bureau, il a dit. On réaménagera ce bureau en chambre. Tu iras travailler dans la salle à manger. J'ai dit jamais de la vie, que mamita ne voudrait ni qu'on me prenne mon bureau, ni ne supporterait une garde-malade à demeure. J'ai pensé qu'ils se donnaient bien du mal pour en faire, à moi et à mamita, et que ce mal était inutile, à tous égards. Or il se croyait dans son bon droit, il croyait agir pour le mieux, le frère de Paule, il ne pouvait comprendre que, hors d'un certain lieu, il soit impossible d'écrire, que si on me privait de ce bureau où avaient surgi tant de personnages, l'écriture refuserait de se faire. Ce qu'il croyait aussi, c'était que mamita allait survivre encore des années dans son fauteuil, et ça aussi je savais que c'était faux. Il suffisait que Paule parte pour Corfou cet été-là pour que ce soit faux. C'est dingue ce qu'ils se trompaient, ces gens, en voulant bien faire. J'avais besoin d'écrire et mamita de mourir, et de ça ils ne voulaient rien savoir, il a bien fallu qu'on fasse tout sans eux.

Moi je l'aidais de mon amour, mamita, mais Paule faisait ces choses matérielles qui lui étaient un chemin de croix. Parmi les choses matérielles, il y en avait de meurtrières, ça je l'ai compris quand j'ai vu l'ordonnance de ce nouveau docteur. Du Rohypnol, voilà ce que le toubib lui avait filé. Moi qui prends des barbituriques, je ne tiens pas le Rohypnol. Peu de gens, d'ailleurs. C'est un hypnotique, ça fout complètement en l'air un mec de vingt ans, alors mamita... J'ai dit à Paule que si elle était tombée en se levant c'était à cause du somnifère. Elle a fait venir un autre docteur. Il a fait une seconde ordonnance, bien plus raisonnable, et je m'y connais, depuis la mort de mon père, en tranquillisants et autres cames. Là, je me suis dit que chaque fois que je m'absenterais, on lui ferait quelque chose comme ça, on lui donnerait de mauvais médicaments, ceux qu'une dame de son âge ne doit pas prendre, ceux à intolérances. Paule, sans le vouloir vraiment, avait le chic pour tomber sur des tueurs, dès qu'elle composait au hasard — et il n'y a pas de hasard — le numéro d'un médecin, on avait un tueur au bout du fil. J'ai été parler à mamita, je lui ai dit qu'elle n'était pas malade, ni fichue, ni rien, que moi avec du Rohypnol je ne sortais de mon lit que pour me casser la gueule au premier pas, elle a souri, elle m'a souri, pas tout à fait comme d'habitude, comme si elle s'en foutait, comme si elle ne pouvait plus se révolter contre rien, elle m'a sorti que les médecins, ils étaient faits pour qu'on meure guéri et que mourir, il faut bien que ça se fasse un jour. Le soir même, j'ai été danser, je suis rentrée très tard, plutôt saoule, il fallait ça, j'ai dormi jusqu'à treize heures, Paule a eu l'air contente, c'était la preuve d'une chose : quoi que je fasse la nuit, la bringue ou écrire, je ne pouvais pas m'occuper de mamita dès l'aube, ça me serait toujours impossible, il fallait une solution. Les solutions de Paule étaient toutes fatales, sans exception, dès qu'elle en cherchait une, tout le monde aux abris, ces solutions-là étaient purement et simplement les arbitrages du malheur, Paule avait l'art de la solution apocalyptique que personne n'aurait trouvée après cinquante ans de réflexion, et elle avait aussi, d'une façon que je n'ai vue à personne, l'art du coup de grâce ; si on l'avait interrogée à propos du jugement de Salomon, elle aurait dit que la première proposition, celle du partage de l'enfant, était la bonne, qu'elle ne voyait pas pourquoi on avait été chercher plus loin. En conséquence, chaque fois qu'elle parlait de solution, je braillais n'importe quoi pour que mamita n'entende rien, et mamita souriait, qu'est-ce que les élucubrations de Paule ou mon raffut pouvaient bien changer ? Elle souriait.

L'après-midi, je n'ai pas pu aller dans la chambre bleue avec ma Natalia, parce que c'était le jour où elle jouait le *Songe*, Satchel m'a appelée pour me donner rendez-vous, j'ai dit OK, j'étais sûre de venir. L'homme m'a appelée pour me parler d'un voyage à Marrakech, j'ai dit que je ne savais pas, que je ne pensais pas, pas maintenant. A quoi il pensait, lui ? Que je me sentirais bien, dans un palace de rêve, avec des fleurs dans une chambre qui a cinq mètres de plafond et tout ce luxe, alors que je vivais ce qu'il y a de plus misérable, le prologue à la mort d'une femme, de cette femme ? Si je soupçonnais que cette mort serait belle, je ne savais pas encore à quel point, mais en tout cas, il était hors de question que je ne sois pas là ce jour-là, cette nuit-là. C'était tout ce qui comptait, avec les baisers de Natalia, bien sûr.

*

A peine avais-je fini mon café du réveil, que Paule est entrée dans la pièce, avec plus de dents qu'en compte une bouche normalement, c'était l'effet que ça faisait, et des ongles qui avaient l'air d'avoir poussé terriblement en une nuit. Paule, en vison noir, avec ses diamants aux doigts, et une couleur de cheveux qu'elle n'avait jamais osée : un blond vénitien qui évoquait plutôt un feu de brousse, crépu à cause de sa millième permanente, et c'était la millième fois qu'elle changeait la teinte de ses cheveux, aussi. Je me suis dit que ça devait être un jour de bridge pour qu'elle soit aussi élégante. En tout cas, c'était un jour où mamita s'était oubliée dans ses draps, et, à cause de la honte, les avait cachés tout puants dans l'armoire. Paule hurlait qu'elle n'en pouvait plus de cet esclavage auprès d'une vieille dame qui n'avait plus le contrôle de ses sphincters ni sa tête, qu'il fallait la mettre en maison de retraite et tout de suite, sinon ce serait elle qui perdrait la raison — et je me demandais si le contrôle de ses sphincters, également —, elle qui s'en irait, qui planterait tout le monde, là, comme ça. Moi j'avais dormi tard le matin, comme toujours, et c'était Paule, avec ses mains manucurées et baguées, et son parfum Givenchy, qui avait détecté l'odeur, découvert le sinistre, lavé elle-même les draps dans le but ostensible d'être reçue au paradis avec la garde municipale des anges. « Ça peut arriver à tout le monde », j'ai dit à mamita rapetissée sous l'opprobre. Parce que les draps, elle avait espéré, follement, de tout son cœur, qu'on ne les trouve jamais. L'histoire des draps cachés la condamnait si ostensiblement à la maison de retraite que j'ai pensé : Paule va donner un bon petit coup d'accélérateur à la vie, c'est-à-dire à la sienne et à la mort de mamita, ça va être vite vu, d'autant plus que Paule fait une réelle, douloureuse fixation de haine sur ma chérie, et après elle s'étonne, entrant avec toute sa haine, de ne pas être accueillie d'un sourire d'amour. Je voyais très bien Paule, telle lady Macbeth dans la scène du somnambulisme, frotter les taches de merde sur ses mains, des taches à ses seuls yeux indélébiles. Le jour des taches, j'ai été certaine que l'annonce de son départ pour Corfou n'allait pas tarder. J'ai eu de la pitié pour Paule, parce qu'elle est cent fois plus folle que tout le monde, la pauvre, et comme je savais que l'été de Corfou, mamita ne serait plus là pour le voir, j'ai fait quelque chose qui a brouillé les pistes, j'ai cherché moi-même une maison de retraite, afin que Paule soit un peu moins méchante, un peu moins malheureuse, mortifère c'était de naissance et elle n'y pouvait rien, rien du tout. J'ai trouvé la maison. Elle s'appelait Notre-Dame de l'Espérance. Paule a fait un grand sourire de toutes ses dents détartrées *a contrario* des miennes, elle m'a remerciée de l'avoir comprise, d'avoir pigé combien elle était au bout du rouleau — et c'était vrai, et j'aurais donné n'importe quoi pour l'aider, sauf un coup de main pour que mamita disparaisse, mais Paule n'avait aucunement besoin d'un coup de main quand il fallait faire disparaître quelqu'un, c'était la championne des crimes impunissables.

Elle a été au bridge, effectivement, après l'histoire des draps. J'ai rappelé l'homme, je lui ai dit tout à trac ce que j'espérais : qu'afin d'oublier une histoire de draps souillés planqués, Paule réussisse un grand chelem l'après-midi, avec des gens poncés rincés fleurant pas la merde pour que ça la change, j'ai dit à l'homme que j'avais trouvé cette maison, Notre-Dame d'une espérance qui était celle de Paule, pas la mienne, je lui ai dit qu'une fille qui vit ces choses-là ne peut pas se retrouver grelottante de froid à l'intérieur sous un soleil de luxe et se demandant ce qui va encore arriver en son absence, à une vieille dame sans défense. Je n'ai pas dit à l'homme, que ça n'aurait pas intéressé, la raison pour laquelle mamita avait été si malade : elle ne supportait plus son dentier, il lui faisait très mal, alors à sept heures, l'heure du dîner des vieux, sans que je m'en aperçoive parce que ha ha, dit Paule, Julia c'est l'heure où elle se boit son petit champagne histoire de reprendre du tonus pour écrire, à sept heures, mamita avait ôté son dentier puisque personne ne pouvait voir sa bouche vide, puisque moi j'étais en train de bosser dans le bureau, ce bureau à propos duquel elle m'a dit, ma chérie, que je le garderais, que j'étais jeune et

que j'avais du pain sur la planche, qu'elle ne voudrait
jamais que j'écrive sur un coin de table, que d'ailleurs je
n'y arriverais pas, que j'avais tout à perdre dans l'affaire,
elle, rien. Et là j'ai pensé que ce qu'elle gagnerait, c'était
le ciel tout de suite. A sept heures, donc, elle a ôté ce
dentier qui lui mordait les gencives, et sans dentier elle
n'aurait pas pu, à l'évidence, manger une côte de bœuf,
d'ailleurs la côte de bœuf, les vieux ont oublié depuis
longtemps ce que c'est, ça leur donne des colites et puis
c'est trop dur à mâcher, sans dentier elle ne pouvait
avaler que des laitages, or ce soir-là, exceptionnellement,
elle avait un petit creux, elle a ratissé deux pots de
fromage blanc à la crème, n'importe qui aurait eu la
chiasse après, n'importe qui serait allé aux toilettes, mais
quand on est vieux, on ne peut plus dégringoler d'un lit
en vitesse pour ce faire, les choses prennent du temps, ce
temps dont ils n'ont plus beaucoup. Je n'ai rien dit de
tout ça à l'homme, j'ai dit seulement que, moi, tout le
sublime de Marrakech je n'en voulais pas, que dans ce
sublime je me sentirais déplacée, j'étais mieux dans mon
coin à faire tant bien que mal le baby-sitting de mamita,
j'ai dit que les marbres et les dorures et les glaces avec des
spots de cinéma de l'hôtel de Marrakech, je n'aurais pas
supporté, j'ai dit que je ne venais pas, non. J'ai raccroché,
j'ai pensé à Natalia, c'était tout le sublime qui me restait,
j'ai prié que la Comédie ne ferme pas, j'ai prié que Paule
devienne une femme douce et la fille de mamita et ma
mère, j'ai prié que Kurt ne se flingue pas le 22 mars 88,
date anniversaire de la mort de Verrocchio, en hommage
au sculpteur du Colleone, parce que toutes les portes
auxquelles il avait frappé au long de son chemin étaient
restées closes, parce que personne ne voudrait de sa
statue de Van Gogh qui était en chantier, parce que tout
ce qu'il touchait se mettait à pourrir, j'ai prié que Kurt
croie que je l'aimais, non comme j'aimais Satchel, non
comme j'aimais Natalia, mais que je l'aimais et l'aimerais
comme je le pouvais jusqu'à la fin, et que ce soit une
raison suffisante pour qu'il reste sur la terre à en morfler à

côté de moi, j'ai prié Dieu que je parvienne à écrire une
bonne pièce que Satchel mettrait en scène et que jouerait
Natalia, j'ai prié pour l'aléatoire et l'impossible, c'est
forcément pour ça qu'on prie. J'ai prié Dieu en dernière
instance pour que Paule soit heureuse, les gens heureux
ne tuent pas, ils ont trop à faire avec leur bonheur, là je
demandais plus que jamais l'impossible. J'ai prié que
mamita n'aille jamais à Notre-Dame de l'Espérance, et ça
c'était la seule chose non seulement possible mais écrite,
qu'elle n'irait jamais, pour ça Dieu n'avait pas même à
lever le petit doigt. J'ignore si Dieu croit au langage des
étoiles qu'il a allumées, mais mamita, elle a le Soleil en
Lion, la Lune en Lion, Mars en Lion, son ascendant c'est
le Bélier, avec ces étoiles-là, on meurt quand on veut, il
n'y a qu'à le vouloir, on fonce droit devant, et la mort,
quand on l'appelle, elle a la politesse des rois. Je savais
aussi que la mort respectait cette vieille femme merveilleuse, je savais qu'elle rappliquerait avec le plus de
douceur et d'implacabilité possible, qu'il n'y aurait
aucune bavure, qu'il s'en fallait encore de très peu de
temps, le temps de quelques petits mots glissés sous la
porte quand je rentrais la nuit, le temps de quelques
sourires échangés, de quelques baisers, de quelques
conversations l'après-midi, le temps qu'elle voie encore
de la jeunesse lui apporter des bouquets de fleurs, un
temps très bref. La seule chose que je demandais encore à
Dieu, c'était que Paule ne dépasse pas les bornes au-delà
desquelles je ne pourrai plus l'aimer du tout, au-delà
desquelles le souvenir de ce qu'elle aurait fait pour
convoquer la mort à la place de mamita, pour qui c'était
une affaire personnelle, une affaire d'honneur, ce souve-
nir-là m'interdirait de la plaindre et de désirer qu'elle
fasse des grands chelems, que le coiffeur ne rate pas ses
teintures et ses permanentes, qu'elle ait encore quelques
amants avant d'être vieille, parce que son tour viendra.
Elle est Scorpion, Paule, et cet animal-là résiste, à ce
qu'on dit, aux radiations atomiques, alors imaginez,
après la guerre nucléaire, une planète peuplée de scor-

pions et de gens comme Paule, Seigneur, vite un Temesta. D'autre part, si les natifs du Scorpion naissent quand la terre se met au tombeau et s'ils ont tellement hâte dans leurs tréfonds d'y fourrer les autres, ce n'est pas de leur faute, c'est une donnée astrologique de base. Paule n'a pas choisi sa date de naissance, ni désiré la maladie de mon père, elle a toujours fait ce qu'elle a pu, seulement c'était toujours ce qu'il ne fallait pas faire, Rohypnol compris. Paule ne m'a jamais aimée comme une mère aime sa fille, elle ne peut dénier ça, mais le portement de la vie, les amours en mascaret qui inondent les rives et font des dégâts de ce fait, ce n'est pas le truc des Scorpion, c'est celui des Cancer, et moi je suis née sous le signe du Cancer c'est pour ça que j'aime trop de monde en même temps, mon Dieu vous voyez, si vous croyez un peu en vos propres étoiles et à leurs décrets, personne n'a tort, personne n'a de mérite sur cette planète, il n'y a de tribunaux que pour les vivants n'est-ce pas, là-haut, en deçà, on ne juge rien, mon Dieu ne soyez pas trop celui d'Israël, ce pays d'où mon père venait, laissez-moi vous dire que Paule, elle a le cafard comme tout le monde et même plus que tout le monde, parce que les grands chelems ça ne suffit peut-être pas à vous épanouir une femme, mon Dieu que ne vienne jamais ce jour où j'écrirai ou je dirai J'Accuse — et là je savais que c'était la prière la plus inutile que j'avais faite, et qu'à celle-là le ciel resterait muet. J'ai failli ajouter : que Paule change, mais ça aussi c'était de l'impossible, qu'elle change juste le temps du dernier acte de la vie de mamita, c'était aussi impossible que Nanterre change et ce HLM où un ami de Natalia jouait si bien la *Marche funèbre* de Chopin, aussi impossible qu'un jour je cesse d'aimer Satchel. J'ai plus prié. Je me suis dit — et si ça commençait comme une prière, ce n'était qu'un constat illuminant — mon Dieu, il y a tant de gens qui donneraient cinq ans de leur vie, dix ans peut-être, pour vivre la mienne, pour vivre au cœur. Qui donneraient n'importe quoi pour avoir vécu ce combat avec l'ange —

cet accident que j'ai eu, par exemple. Pour avoir tant aimé la musique, la mer, les fleurs, les gens, la plupart du temps malgré eux. Pour que sous leurs yeux serpentent des chemins qui vont toujours quelque part, vers une lumière, là-bas. Pour que chaque personnage de la route surgisse, aussi semblable à une apparition que le fut Natalia. Pour, le jour de leur mort, se souvenir des sorcières aux carrefours, des sphinges, des signes qui vous montrent le chemin. Pour que tout soit miracle, résurrection, insurrection, apparition, voir plus haut, tant pis si je radote, les prières sont pires radoteuses que moi, pour que tout soit l'inattendu céleste d'une voix qui s'élève, la voix de mezzo d'une fille brune chantant l'impossible éternité de l'amour derrière une fenêtre grillagée et fleurie de Séville. Pour avoir enroulé une ceinture autour de la Terre comme Puck, mais pas en quarante minutes, en se pressant le moins possible, en ne violant pas le temps. Tant de gens donneraient n'importe quoi pour avoir vécu aux limites, pour vivre avec une mémoire éclatante et toujours rejaillissante comme un feu d'artifice et ne pas en avoir seulement une résurgence pâlotte au jour de la mort — la vie, c'est se souvenir, c'est beaucoup ça à partir d'un certain moment, ce sont les fulgurantes cohérences du souvenir qui, seules, éclairent la scène du présent, sans elles on n'y verrait que dalle. Voilà une chose que Natalia ne savait pas encore, malgré toutes ses vies antérieures sans lesquelles elle n'aurait pu jouer le Cupidon du *Songe*, Natalia dont je venais de recevoir un petit mot. Elle écrivait : « *Aimée, je ne pense qu'à chasser les nuages noirs qui voudraient se mettre au-dessus de toi.* » Elle écrivait : « *Cette journée passée sans toi a été un flip permanent, d'abord pas couchée avant 7 plombes du mat, angoisse cet après-midi en écoutant une symphonie de Liszt jouée par* (illisible) *encore plus flippé que moi, et le sentiment horrible de ne pas savoir quoi faire pour passer le temps, alors lecture du* Roi Lear, *maintenant j'écoute une sonate pour clarinette et piano de Brahms jouée par* (illisible), *j'ai le blue blue blue...* »
J'ai embrassé la lettre, j'ai fondu et, dans ma liquéfac-

tion, j'ai pensé que, peut-être, Paule aimerait voir le
Songe, après tout, c'était comme je l'ai dit, l'unité de lieu,
de temps et d'action de ma vie, le *Songe,* il se pouvait
qu'elle s'en sente exclue. J'ai appelé le théâtre pour avoir
deux places.

Ce que Kurt ne pouvait admettre, de Natalia, était ses regards et ce qu'ils semblaient signifier — un message trop fort pour être dit ou écrit, avait-il pensé. Et cette lettre où elle lui exprimait son attachement et s'étonnait qu'il fût devenu si vite quelque chose de profond, de réciproque, cette lettre où elle lui écrivait que, quand elle le voyait, elle avait envie de sourire, et qu'étrangement, elle se sentait son égale. Et ces trottinements derrière lui, à la cafétéria du théâtre, où elle mangeait toujours à sa table, et l'écoutait de ses grands yeux mouillés, Natalia écoutait avec les yeux, et ce regard hanté qui vous aurait fait croire n'importe quoi — par exemple, à un amour naissant pour la personne regardée. Pourquoi donc tout cela ? Pourquoi s'était-elle toujours retournée vers lui, avant de le quitter, quand lui en faisait de même, comme le font ceux qui ont du mal à s'arracher l'un de l'autre ? Et ceci toutes les nuits, après le *Songe,* avant qu'elle prenne son RER et qu'il ne tremble de la savoir seule entre la sortie du RER et son HLM, si tard, avec encore trop de rêve dans les yeux pour s'apercevoir qu'un type, un clodo, un soulard, un violeur, la suivait. Et comment avait-il été assez ridicule pour croire et lui écrire que ces volte-face et ces échanges de regards avant le RER en disaient long sur leurs jeunes sentiments, *texto* ? Pourquoi avait-il cru possible qu'entre le loup solitaire (ainsi prenait-il plaisir à se qualifier) et ses cinquante-quatre ans de vie ombreuse, silencieuse et vide, qu'entre lui et une gamine qui n'avait pas dix-huit ans quand il la vit

pour la première fois, qui ne connaissait de l'existence
que les tripotages de son père et les gorilleries de ce type
fait pour nettoyer les écuries d'Augias et non pour frôler
le bras d'une telle fille sous peine de le lui casser net, il
pouvait y avoir une résonance ? « Je crois qu'il en est de
nous comme de ce verre de cristal qui, heurté, tinte et
éveille un écho, la même note de musique, dans un piano
proche », lui avait-il écrit. Certes, elle était, à une boucle
d'or près, la petite fille dont il rêvait, à douze ans, sur la
colline de Montmajour, près d'Arles, là où il avait
commencé de dessiner sur un mouchoir de sa mère, puis
du papier Canson. Certes, il avait cru que de grandes
ombres affectueuses, qu'il lui avait évoquées à la caféféria
de la Comédie, les Chopin, les Baudelaire, les Weber, les
Mozart, les Vélasquez, se penchaient sur eux, et écrit ça
aussi, *texto*, à la gamine en jeans troués qui jurait comme
un charretier, n'avait pas poursuivi ses études au-delà
d'un brevet raté et rien dû comprendre à ses lettres.
Certes, il fallait être fou pour sentir dans cette gosse à
l'état brut ces mêmes élans qui le soulevaient, lui, de
terre, ce même souffle qu'*a priori il lui devait* (il se répéta
cet extrait, qu'il trouvait sublime de vérité, d'une de ses
lettres), et qui lui avait fait entreprendre, dans sa rustique
maison bourguignonne, ces immenses œuvres, dont les
statues de Beethoven et de Van Gogh, lesquelles, surgies
en quelques nuits dans une solitude nourrie de la vision
de l'ange, pouvaient bien aujourd'hui être celles d'un
tombeau. Il fallait être fou pour sentir cela, ce souffle,
cette puissance à créer, à aimer, et à l'aimer lui, dans le
menu corps blanc d'une figurante tout juste capable de
pirouetter dans une bulle en poussant des cris de petit
fauve en rut — et elle voulait qu'il soit son ami, pardon,
son pote, et quoi encore, quand on a de semblables
regards, ces regards qui vous aspiraient en elle comme si
déjà vous lui faisiez l'amour, ces regards qui avaient la
force de la lune sur les marées, oh ces regards, et de
semblables entrebâillements de lèvres en attente d'un
baiser ! Qu'aucune fillette, jeune fille, jeune femme ne le

fixe plus avec cette fiévreuse et grave opiniâtreté, comme elle n'avait cessé de le faire à la cafétéria en oubliant de manger, ni ne lui écrive de si térébrantes douceurs ! Celle-là avait parachevé le travail des deux autres, et de ruiner son talent, par-dessus le marché, à cause de ce maudit regard, qui avait ce don de prendre tout et de littéralement méduser celui sur qui elle le jetait. Ce regard lui avait bu toute sa peinture, en quelque sorte.

Il serait un incroyant de l'amour désormais, voire un Torquemada de l'amour. Quant à sa rencontre avec la petite, un Te Deum, une apothéose, une transfiguration ? Que de hautes solennités, que de trouvailles épistolières, de métaphores étincelantes et tout à fait insanes quand elles étaient adressées par wagons à une gamine dont les silences lui avaient semblé mystérieux alors qu'elle n'avait rien à dire, qu'elle n'était qu'une poupée de soie floche ! Quels reflets rares n'avait-il pas attribués à une situation déjà décrite, dans son grotesque, sa trivialité et son désespoir, par Nabokov dans *Lolita*. Et il avait fallu, pour compléter le syndrome Lolita, que la mère de l'enfant se fût éprise de lui, cela sans retour. La garce avait joué avec l'imaginaire d'un pauvre type dont les mâchoires et les mains se refermeraient toujours sur le vide. La garce, qui lui avait dit : vous m'avez rendu la joie, sous-entendu : après les gorilleries, quand, en bonne kleptomane, elle lui prenait jusqu'à son désir de peindre, puisqu'il ne pouvait avoir envie que d'elle. Non, ni Julia ni Luce ne l'avaient attiré aussi crûment. « Vous m'avez rendu la joie », et lui pâmé, et elle, rejetant en arrière ses boucles vives, filait sur un envol de jupe en riant de la pasquinade, le laissait entre ses tableaux que personne n'achèterait, et ses pinceaux qui lui tombaient des mains puisqu'elles n'enserreraient jamais plus la taille d'une jeune fille ; avoir pris les manœuvres d'une gosse s'exerçant à séduire et mettant à ce jeu toute la fougue de ses dix-sept ans pour l'effet d'un miracle ! Lui avoir écrit que c'était cela qu'il attendait depuis toujours, Éros Déméter, l'Amour Créateur, majuscules à l'appui ! Avoir cru que

d'elle venait cette inspiration suprême, et sans nul doute
ultime, qui lui avait fait peindre ses dernières bonnes
toiles ! Elle était venue, cette inspiration suprême, d'un
personnage qu'il avait inventé de toutes pièces, comme le
fut Pandore — comme le sont toutes les femmes, certes
par nous inventées ! cria-t-il, presque joyeux.

Il toussa, se moucha, se trouva des excuses. Il y avait
bien de l'étrangeté dans cette nymphette-là. Il y avait la
succion inexplicable de ses regards sur lui, et ils étaient
réellement empreints d'un secret qu'on ne pouvait s'interdire de vouloir percer. Il avait fallu qu'il surprît
d'autres regards, d'une insolente et exceptionnelle intelli-
gibilité, ceux qu'elle portait sur Julia M., alanguis,
rôdeurs, brumeux de jouissance déjà, pour comprendre
qu'il n'y avait aucun trésor dans les regards qu'elle lui
donnait. Néanmoins, l'étrangeté subsistait. A peine assise
sur sa chaise, à la cafétéria, un jour de cet hiver, elle avait
dit à haute voix : « Je suis en deuil des couilles de
Tamino. » Tamino était un chat, il s'agissait de la
castration de cette bête, ce que chacun ignorait, et malgré
la verdeur des propos tenus à la cafétéria par les
comédiens, cet aveu avait été suivi d'un silence pantois.
Ensuite, c'était du Tamino tout entier qu'elle avait été en
deuil, avec les bras de Julia pour la consoler, morbleu,
elle ne perdait pas au change, et quoi, toute une histoire
pour un chat ! s'exclama-t-il en oubliant qu'il les aimait.
Bon, il fallait reconnaître l'indéniable : c'était goûter un
vin fatal que de sentir près de soi le froissement des jupes
de la nymphette ou d'entrevoir la pâleur de son genou par
la cisaillure de son blue-jean, car cette même nymphette,
égoïste, narcissique, était une machine à rêve aussi
sophistiquée qu'elle restait nature. Beaucoup trop, d'ailleurs, fit-il en se tordant le nez. Et il avait porté la lettre
de Natalia, cette lettre du sourire qu'il lui provoquait,
chaque jour sur lui, jusqu'au soir de cette Sainte-
Catherine où, salle Récamier, à la Comédie, il s'était
déclaré, où sans rien répondre elle l'avait fui pour parler à
d'autres ; il était sorti du théâtre, puis, trop fou d'elle

pour s'en tenir là, il avait gagné Nanterre tard dans la nuit, à bicyclette, il n'y avait plus de métro — il se fichait bien de l'heure, cette nuit-là, il voulait savoir, et il avait su.

Il l'avait trouvée avec, au pied de son lit, sa voisine de palier, une certaine Dotty, et son professeur de clarinette, qui la regardaient avec les mêmes yeux mourants, quand les siens, ah mais, étaient de ce gris acier qu'ils n'avaient pris que rarement dans sa vie d'homme, et devant lesquels l'ange, pourtant, n'avait pas reculé. L'ange avait dit que jamais elle ne serait à lui, le jamais datait de cette nuit-là, la nuit du bal de la Sainte-Catherine, et ni Dotty ni le professeur de clarinette n'étaient qui sa maîtresse, qui son amant, quant à Julia elle ne la connaissait pas encore et ne faisait qu'en rêver pour avoir subtilisé à sa mère et lu quelques-uns de ses livres — jamais, avait édicté l'ange avant, *ex abrupto,* de se mettre à pleurer. Pleurer quoi, puisqu'il n'y avait rien eu entre eux et qu'il n'y aurait JAMAIS rien? Ah, la belle âme! Elle pleurait, voyons, comme quelqu'un qui perd un ami, leur fameux truc, et l'espoir qu'un lien pût être simple et platonique, elle pleurait parce qu'elle s'était trompée là-dessus, parce que jamais elle n'avait prêté à Kurt d'autres, de moins chastes idées. Cette comédie! Ce culot! Ses lettres de quinze pages à cause des métaphores, l'importance qu'il accordait au moindre battement de ses cils avaient dû la faire mourir de rire, qu'avait-elle alors à pleurer?

Dans le but de le celer hors des regards, dans sa grange bourguignonne, il voulut, comme il l'avait fait des Salomé, décrocher un des trois Cupidon, n'eut pas le courage car le Cupidon de ce tableau le regardait avec un ravissement enfantin et impitoyable, une foi sincère et sans malice, *a contrario* du premier portrait qu'il en fit. Il baissa les bras, aller cajoler son revolver, devant lequel il se sentait plus de cran que devant le regard lavé du Cupidon du *Songe.*

*

Il attendait l'heure où il retrouverait Natalia à la cafétéria de la Comédie.

Il attendait Natalia, elle aurait sur la peau quelque chose du parfum des roses bulgares, quelque chose dans les yeux de circonspect qui évoquerait la nuit de la Sainte-Catherine — et s'il avait continué à la peindre sans qu'elle posât, il continuerait de l'attendre sans qu'elle l'aimât, à cause d'un souvenir, principalement : après la nuit de la Sainte-Catherine, il y eut un jour de réconciliation, un jour où sur l'esplanade de la Défense elle arriva à l'heure, courut vers lui pour l'embrasser comme aucune fille ne l'avait fait, jamais. Le baiser était un baiser des plus filiaux, mais seul importait qu'elle eût couru, elle ne courait pas comme une fille, mais, coudes au corps, comme un garçonnet. Pour cette seule scène, il l'attendrait toujours. Il n'attendait certes pas Luce, il préférait ne pas la voir, cette Luce, ce spectre souriant qui le regarderait avec des yeux en miroirs déteints, les yeux qu'elle avait dès qu'il était là, comme si elle refusait qu'il se reflétât dedans, et pour cela elle les couvrait de moisissures argentées.

Il se sentait religieux et respectueux d'elles trois, ce jour-là. De la joliesse sombre de Julia, nerveuse comme un petit cheval arabe, provocante et profonde comme le *cante jondo,* de la grâce faunesque de la plus jeune, claire et potelée comme un des putti de Pisanello, de la beauté mélodieuse comme un lied de Brahms, faite de teintes d'automne et de cendre, d'élégances flexibles, de Luce qui avait de grands pieds, il adorait ses grands pieds, et marchait toujours un peu courbée, ce qui lui donnait une fragilité émouvante et sans âge. Il attendait, content de se trouver l'âme haute, prêt de nouveau à être l'ami, se répétant que pour cela l'homme devait mourir. Le comédien passa et lui fit un salut de la main. S'il le saluait, c'était à cause de Julia, il n'existait aux yeux du comédien que par rapport à Julia, il en allait de même aux yeux de Luce, il ne répondit pas au salut.

Il attendait énormément, elle était très en retard, et pourtant elle avait promis de venir tôt pour le voir.

Elles le laissaient souvent seul, ça lui donnait le temps de penser. Et, à présent, s'il se souciait de moins en moins du désastre exemplaire de sa carrière, et de ce que son œuvre n'eût trouvé aucun écho, c'était qu'au fond rien ne comptait plus pour lui que l'amour des jeunes filles. Les jeunes filles, il les peignait comme un forcené faute de leur faire l'amour. Il ne voyait plus, du monde, que les jeunes filles, avec leur façon de dormir pouce dans la bouche, de porter un parapluie sous la pluie ou la neige comme si c'était une ombrelle sur une plage viscontienne, de glisser leurs prunelles de droite à gauche sans qu'aucune danseuse hindoue leur eût appris cet art, leurs prunelles noyées dans la mer de leurs grands yeux sous leurs grands cils d'or ou de ténèbres sans qu'on sût exactement ce qu'elles regardaient — sauf Natalia qui avait des cils en roue de char du soleil et ces prunelles fixes qui faisaient qu'on *croyait* savoir ce qu'elle regardait —, d'être d'une si imposante fragilité, de poser délicatement leur joue sur leur avant-bras nu, accoudées au zinc d'un bar et plongées dans une mélancolie aussi fantasmagorique que la sienne était rabâcheuse et terne, comment faisaient-elles pour que d'*a priori* irrémédiables mélancolies fussent dissipées par un compliment du barman, une musique de rock échappée d'un juke-box, envolées en un instant si elles ouvraient la porte sur un homme précédé d'un bouquet de fleurs, ah les enfantines sur qui les cadeaux avaient toujours un effet magique, et il n'avait pas d'argent pour les cadeaux, pour une seule robette, pour ces clips d'oreilles qu'elles agriffaient à leur lobe avec la plus profonde concentration, les jeunes filles. Combien de fois s'était-il arrêté dans la rue pour en contempler une, agenouillée et renouant les lacets de ses baskets avec la grâce austère d'une gymnaste grecque, ah il les enviait, il les vénérait, il ne les comprenait pas, c'était cela qui demeurait merveilleux, il ne comprenait rien à leurs murmures aquarellés, à leur bonheur d'aller à la plage, à leur force démétérienne, à leur patience et à leur intransigeance, au flamboiement de leur instinct, à leur intelligence des choses suprasensibles, ah les jeunes filles et les enchantements qu'elles jetaient, semblait-il, au hasard, alors qu'il n'en était rien, les saccageuses, promptes à tout réparer de leurs doigts sorciers, leurs mille gestes de mère, jeunes filles aimantes et folles et endurantes au mal bien plus que ne l'est l'homme, terriblement charitables, affreusement indifférentes, humbles et jamais satisfaites de leur visage, de leur corps, ou des deux, trouvant toujours que ça clochait quelque part, capables de ne pas aller au rendez-vous de leur vie si elles avaient un bouton sur la joue, idiotes élues de Dieu, oh le baume de cette beauté qu'elles dénigraient, plus elles sont belles plus elles se trouvent moches, oh leur irrésistible imbécillité, oh leur génie du bien à ces garces, le génie qu'elles avaient à foutre de la folie et des danses du feu partout où elles passaient, les jeunes filles, ces absolutistes de l'amour, esclavagées d'amour, l'acceptant le front haut, si belles d'être amoureuses, éclairées d'une transcendance qu'elles ignoraient ou faisaient semblant, il y avait de cela dans la plus sotte, si dures, si douces, si peu faillibles, jeunes filles folles d'espérance, une jeune fille espère toujours quelque chose du lendemain si l'aujourd'hui a été loupé, jeunes filles qui sont le songe immortel du monde et pour qui la création n'est pas achevée, et lui n'aurait pu cesser de rêver d'elles, bien qu'il leur demandât souvent, et à ces trois-là en particulier : ne me faites plus rêver, c'est trop cruel, sur quoi aucune autre réponse qu'un sourire confus et surpris, elles n'avaient jamais l'air de saisir pourquoi elles lui causaient tant de souffrance, alors il leur pardonnait d'être merveilleuses et par là terribles, il leur pardonnait d'être des jeunes filles, il tentait de suivre la course du rêve dans leurs grands yeux passant, ce rêve à cause duquel elles ne voyaient pas l'homme agenouillé, oui qu'elles poursuivent leur rêve avant qu'il ne s'en retourne au désert d'Alceste.

Elle vint, avec une heure de retard et des yeux comme des rosaces de cathédrale quand le soleil les allume, bafouillante et charmée d'ailleurs, fleurant à dix pas les roses de Bulgarie, il la dévisagea, eut un sourire juste un peu triste, un sourire comme un parc silencieux en hiver, quand il fait trop froid pour qu'y jouent les enfants. Elle annonça qu'elle avait la dent, oublia de répondre au « bonjour ma petite Natalia » du comédien qui ne s'en formalisa pas, qui avait la chance de vouer à la jeune fille une tendresse authentiquement paternelle, voire grand-paternelle. Elle commanda des œufs au plat qu'elle avala dans le parfum des roses et avec une voracité absente, dont il savait la cause. Elle reniait le monde entier en mangeant ses œufs frits et en exhalant le parfum d'une autre, et c'était si naïvement provocant et si simple qu'il ne lui en voulut pas, qu'il lui sourit, puisque sa façon amoureuse de dépêcher ses œufs frits quitte à s'étrangler était adorable.

Avec une telle fille dans les bras, Julia oublierait vite le comédien, pensa-t-il, semblable au grand chien noir du tableau qui n'aurait su voir les amantes, qui ne voyait qu'un ciel transparent.

Ce que j'ai pour Satchel est au-delà de l'amour. J'aimerais mieux que cela ne soit pas. On ne peut ni vivre avec, ni vivre sans. Il n'y a aucune différence entre ce qui se passe d'organique en moi, de cérébral en moi, et lui, cette entité mystérieuse, qui tient de l'inqualifiable, lui, ce lieu de ma vie, de mon plaisir ou de ma souffrance, lui dont l'identité a disparu, lui qui est ce lieu en moi.

Je suis insatiable de ce dont j'aimerais tant être écœurée à vomir, cette impossibilité de vivre sans, puisque vivre avec — quand il est là, près de moi, et ne donne pas assez c'est-à-dire tout le temps — c'est « je meurs de ne pas mourir ». En ce moment où je crains qu'il n'appelle pas car j'ai trop parlé de lui, avec un enthousiasme excessif, à un de ses amis, et que de cela il pourrait, s'il venait à le savoir, s'inquiéter, s'alarmer, médiocrement craindre qu'en effet je parle trop de lui, ou que j'écrive à son propos des « choses méchantes », comme il dit — des choses, tout simplement, que j'écrive des choses, suffirait à lui faire peur, à ébranler ce seuil de sécurité pour lequel il donnerait la peau des autres, la mienne par exemple c'est exactement ce qu'il fait, impunément, inconsciemment ; pensant à cet homme je ne lui trouve pas plus de qualités que je n'ai d'armes contre lui. Qu'est-ce que vous voulez faire contre une force qui brise un jour et ressuscite le lendemain ? Il n'existe plus pour moi qu'en tant que force. Cette force inintelligible, inhumaine parfois, réversible. Je me fous pas mal de ce qu'il est et de ce qu'il veut de moi, de ce qu'il veut des autres, de tout ce qu'il peut avoir comme spécificités.

Je ne peux rien reprocher à cet homme, j'ai trop peur de le perdre, et après on fait comment pour respirer, manger, marcher, travailler, dormir. S'il me quitte, donc s'il part de l'intérieur de moi, je serai évacuée, vidée de moi-même. Tout sortira. Je ne sais pas si ça se verra. Je crois que ce sera d'abord l'eau et le sang de mon corps. Quand je pense à moi je pense à lui, ce qui est affolant est que toute césure ait disparu, entre cet homme et moi, c'est comme dans le coma où on perd conscience de sa peau, où elle devient la même substance que l'eau lisse et tiède dans laquelle on entre, dans le coma, cet état où j'aurais tant voulu rester. Ce qu'il me provoque n'a rien de commun avec la souffrance amoureuse. Cette souffrance-là, je l'ai connue. Ce n'est rien. Ce n'est rien, quand on sait quel contour a le manque, quand, pleurant quelqu'un d'absent, on peut le visualiser jusqu'au moindre détail, se le décrire avec une précision photographique. Lui, je ne peux plus. Il est une maladie, un empoisonnement, une circonstance infinie, la voix, la cadence, la couleur de tout ce que je regarde et que j'entends, il est ce lieu à l'intérieur.

J'ai toujours su le nom, la couleur des yeux, les tics, le sourire de ceux pour qui j'ai eu des chagrins d'amour. De lui je ne sais plus rien. Je sais seulement qu'il faut que je le voie, quand je le vois j'ai des perceptions de lui si aiguës que j'en oublie son visage, et ces perceptions j'y tiens dans la mesure où de les ressentir m'aide encore à vivre. J'ai de bons amis. S'ils savaient ces choses, ils le jugeraient, le condamneraient, voudraient qu'il ait mal à son tour. Diraient que ce type-là ne peut aimer personne. C'est possible. Ça m'est égal. Je suis passée au-delà. Je suis quelqu'un qui n'a rien que son attente, et même quand il est là je l'attends, bien sûr, avec une patience sans mérite. Le garder, c'est me garder en vie. Jusqu'à ce que je ne puisse plus faire d'effort pour ça. Alors il mourra quelque part avec moi, quelque chose mourra en lui, je ne crains pas de le dire, c'est ce que je crois. Si je me trompe, eh bien il aura lui le souvenir précis et incommode d'une fille qu'il disait géniale, ça pourra peut-être lui servir s'il est Hamlet en face d'Ophélie, s'il est Dom Juan devant Elvire — mais il n'a plus l'âge de jouer le premier de ces rôles, il n'a jamais eu envie de jouer le second. Il jouera le Maître des ombres jusqu'à la fin de sa vie. Le Maître de cette nuit si dangereusement douce qui est en moi, qu'il a fait tomber à l'intérieur.

« *Chère Julia,*

Entendez, lisant ces lignes, une harpe arpégeant sur des thèmes enfantins qui ont pris avec le temps des échos et des profondeurs de tragédie : " Il pleut bergère ", ou " Ah vous dirais-je, maman ", puis évoquez cet étrange regard de notre fillette de Nanterre, ajoutez à cela quelque chose de Chardin et quelques lueurs dorées de Fragonard et vous aurez ce qui fait la matière de ma tristesse : " Il faudra donc quitter tout cela ", disait Mazarin agonisant. Comme je comprends la formule de Rilke : " Aimez votre solitude, supportez-en la peine et que la plainte qui vous en vient soit belle ! " J'écris ce que vous savez fort bien : que ces rêveries sans fin sinon sans objet, si elles sont bel et bien créatrices, tuent aussi le créateur. Et je suis bien fatigué d'enfanter de vous toutes, mes trop belles Parques. Vraiment, Julia, j'ai le sentiment de monter vers le Jardin des oliviers. La statue inachevée de Van Gogh, avec son attitude de torero dans la minute de l'estocade mortelle doit être prémonitoire. La hora de verdad.

Je vous serre dans mes bras bien fort, Julia,

Kurt. »

Je rêvais sur cette lettre, qui était ni plus ni moins belle que toutes les autres, et Kurt avait horreur que je lui dise la beauté de ses lettres. Il avait raison. Leur sincérité aurait dû effacer à mes yeux leur beauté. Je regrettais parfois les coups de téléphone de la nuit, ceux où ce que je lui disais le ravissait et le désespérait, parce qu'il n'avait vécu, été peintre et sculpteur, il n'avait regardé le ciel qu'afin d'entendre cela, l'aveu d'un amour que je pronon-

çais pour un autre — pour un être de fuite dont
l'intelligence m'avait séduite avant qu'il ne fût plus
question de séduction ni de passion, avant qu'il fût
seulement question de ce dont je parlais dans la page
écrite hier, ce lieu à l'intérieur. Ce que pensait Kurt à
propos de cet homme, c'était qu'il ne valait pas une de
mes larmes, et il lui aurait volontiers foutu un pain dans
la gueule quand il le croisait à la cafétéria du théâtre, et là
il se sentait condottiere, il allait mieux, il avait l'impression que, si je ne lui avais pas défendu le pain dans la
gueule, il aurait pu servir à quelque chose, un jour de sa
vie. Je savais qu'il enviait Natalia à beaucoup d'égards ;
pour, la nuit où je crus ne plus revoir Satchel, avoir reçu
mes larmes sur son cou, ses épaules, ses cheveux, tout ce
que je devais plus tard apprendre par cœur et comme un
aveugle, en braille, du bout des doigts, et caresser jusqu'à
la limite de l'éréthisme nerveux et qu'elle crie comme elle
criait dans la bulle de l'Éros du *Songe* ; pour mes larmes et
mes boucles mêlées à celles de Natalia par cette nuit
d'hiver, pour notre amour ensuite. Je me reprochais
souvent la séance de pose. Il s'était donné là bien du
malheur. Je voulais, dès qu'il entrait rue L. avec ses fleurs
pour mamita, le prendre dans mes bras, le faire rire, lui
demander pardon pour la pose, pardon pour les coups de
téléphone de la nuit, pardon de ne pouvoir, moi, entrer
dans l'atelier de Montmartre, dire « me voici », et aller
vers le lit, lui sourire et l'attendre. Si je n'avais rien pour
Satchel qui ressemblât à de l'amour, j'avais de l'amour
pour Kurt, seulement cet amour-là ne servait à rien.

Le téléphone sonna, c'était Obéron ou la loubarde de
Nanterre, je me ruai, j'oubliai la lettre, j'oubliai Kurt ;
c'était la loubarde en question qui me parlait d'un de ses
chats défenestré, qu'elle avait entendu miauler en rêve ;
quand elle en eut fini avec le fantôme du chat, j'assurai
Natalia que je l'aimais, là c'était pour plus de sûreté,
pour qu'elle ne me fasse pas une de ses paranos. Natalia :
« Qu'est-ce que je peux être pour toi à côté de Satchel ? »

Julia : « Pourquoi tu dis ça ? Tu es ma vie et il est une partie de ma vie, une partie malade. » Natalia : « Elle guérira jamais, cette partie. » Julia — en plein mensonge : « Je te jure que si. » Après les assurances d'amour pour plus de sûreté, je revins dans mon bureau, je cherchai la dernière lettre de Kurt, que je ne devais jamais retrouver. Cet appartement a le don, parfois, d'engloutir les choses, dommage, c'était une bien belle lettre, une des meilleures, à bien y réfléchir, me dis-je avec un renouveau de cynisme involontaire. Puis j'ouvris un grand livre sur Fragonard, un de mes peintres préférés, je tombai sur la reproduction de l'*Ile d'Amour,* ce départ inquiétant vers une improbable fête, où une gondole et une barque vont affronter des rochers et des chutes d'eau dangereuses et non naviguer sur un fleuve lisse vers un lieu de plaisir, ce tableau sombre, où les fraîches petites femmes en robes à panier vont vers l'enfer, vers des forêts ténébreuses, vers des lueurs incertaines, vers toute la désolation de l'Ile d'Amour — c'était un des plus beaux tableaux du peintre, y affleuraient, comme les écueils sous l'eau bouillonnante, le fatal, la grâce et la menace d'une catastrophe, c'était mon Ile d'Amour avec Satchel S., le faux départ vers la jouissance, le mensonge, la peur, la fête truquée, le renversement du sens, la sentence de mort violente sous le badinage, la torche renversée des présages funestes, la malédiction jetée par des lèvres dont jamais on ne refusera un baiser, l'attente de quelque chose de terrible, et ce terrible, c'est que rien ne survient jamais, que nul de ces fêtards ne parviendra à l'Ile d'Amour ou bien ils s'apercevront qu'on les a leurrés, qu'il s'agit d'un lieu de torture. Ce tableau : une cruauté immobile, la présence latente ou l'approche du démoniaque, une obscurité qui va tomber sur les bateaux de ces gens parés et vêtus de soie et de velours, qui ont déjà l'air résignés à ce que cette fête jamais n'existera, est-ce qu'on s'embarque ainsi sur de frêles esquifs paradants, quand on entend déjà le fracas du bois contre la pierre ? Les gens du tableau s'étaient embarqués, moi aussi. Le téléphone sonna à nouveau. C'était cet homme auquel j'avais dit : je vous ai désiré à la seconde où je vous ai vu, qui avait répondu de la voix brisée de quelqu'un qui signe son arrêt de mort : moi aussi, c'était cet homme, c'était lui. Ce jour-là, je n'ai pas écouté ce qu'il a dit. Il parlait de *l'Éternel Mari*, il parlait d'après, de *la Folle de Chaillot* qu'il monterait cet été, de la voix enjouée et étale de quelqu'un qui n'a jamais signé son arrêt de mort, on n'était pas tout à fait dans le même cas, je n'avais rien à faire de *l'Éternel Mari* ni de *la Folle de Chaillot* ni du sort de la Comédie, je lui ai dit au revoir Satchel d'une voix ennuyée, parce qu'il m'ennuyait vraiment, mais son prénom, je ne pouvais pas m'empêcher de le prononcer, je ne pouvais m'interdire de le prononcer comme on chante un psaume ou comme on dit une prière, parce que c'en était une, qu'il n'entendait pas.

Il était en Bourgogne, dans la solitude et ce bruit de tempête qui, secouant les lourds feuillages des arbres, ressemble à celui du ressac. Dans la grange attenante à sa petite maison, cette grange qu'il appelait sa Sixtine et où il ensevelissait ses meilleures toiles — s'y trouvaient à présent l'*Hommage à Vélasquez* où la petite posait avec sa clarinette devant une des *Ménines,* et les trois *Salomé* décrochées du mur de l'atelier montmartrois — pour que nul ne les vît plus, ni ne lui en proposât des prix déshonorants. Ses rares amis s'irritaient de le voir se condamner ainsi, au nom de quoi, bon sang? d'une dignité d'artiste maudit? pure vanité! s'exclamaient les rares. Julia se taisait, qui comprenait que cette attitude ne procédait pas de la vanité, cette chose minuscule, mais de la conscience légitime qu'avait cet homme d'être trop grand pour tirer les sonnettes, trop âgé pour se laisser à présent une chance d'être découvert; à Kurt qui travaillait dans l'ombre et la misère depuis trente-cinq ans, la survenue de cette chance aurait eu quelque chose d'ironique, de vilipendé, il aurait dit à cette chance : vous arrivez après coup, c'est une heure indue pour me déranger, prenez la porte avant que je ne me mette en colère. Il y a des retards après lesquels, les jugeant inadmissibles et injurieux, certains ne reçoivent plus, et Kurt était de ceux-là. Ainsi de ce peintre exilé avec environ deux cents toiles, pas une once de vanité, mais tout un orgueil fâché et tout son génie au cœur d'une France déserte, dans un village de vingt maisons, coupé

de tout, peignant des œuvres de cinq mètres sur cinq en
une nuit de tempête comme celle-là par exemple, sculp-
tant des corps de titans que personne jamais ne verrait.
Il y avait chez ce frère de l'homme aux rubans verts un
mérite ombrageux qui comme lui tout entier s'était
trompé de siècle, la rigueur meurtrie d'une antique vertu,
des rages de dépit suivies d'énormes mansuétudes, une
énergie tragique et taciturne, le ressentiment âcre d'un
enfant qui voit échoir aux mains de ses frères et jamais
aux siennes les plus précieux cadeaux, le stoïcisme
sourdement vengeur d'un guerrier auquel on interdit la
guerre et de s'y distinguer — ce que Julia M. ne pouvait
s'interdire, c'était d'aimer cet homme en qui il y avait
tant de belles choses, et de le lui prouver dans un doux
tumulte de respect affectueux, et de l'embrasser une fois
l'an sur la bouche, oh inconséquente et avaricieuse envers
le preux innocent que je suis! grondait ce dernier. Et ce
que Julia M. adorait tout particulièrement dans cet
homme, c'était sa générosité, tantôt bourrue et sombre,
tantôt fraîche et délicate comme ces jeunes filles qu'il
peignit si superbement et desquelles il ne commençait à
rater les portraits que pour les avoir trop aimées, et
depuis trop longtemps en vain. On comptait peu de ses
paroles qui ne fussent pas d'honneur — et cela Julia M. le
disait avec tout son inutile respect affectueux — de cet
honneur dont il était aussi malade, pour en avoir le sens,
que de l'extravagante assiduité de son destin à être noir.
Envers ledit destin, il avait une terrible dent, et il le
défiait avec la même gaucherie qu'il se reconnaissait à
aimer les femmes de façon à être payé de retour, et il ne
l'était pas, jamais, et du coup il allait jeter la vie, sa vie,
aux orties, comme le vieux froc du moine réprouvé qu'il
n'avait cessé d'être, lui à la stature de hiérophante —
paroles de Julia M. un soir de respect avivé par le chinon
du restaurant blanc, paroles qu'il avait savourées, même
en faisant la part du chinon. Jeter ce froc aux orties!
disait-il à Julia M. qui pensait qu'il en viendrait là
promptement, qu'on en serait venu là à moins, du reste,

et à qui il fallait un verre de chinon supplémentaire pour ne pas être trop triste en sortant de l'atelier.

Il cachait son œuvre en Bourgogne à cause de la haine raisonnée qu'il avait, aussi, de toute critique. Sur une critique tiède, il aurait provoqué le gueux en duel, ou si le gueux ne savait pas se battre à l'épée, lui aurait fendu le crâne du plat de la main. Il se demandait comment la fragile Julia pouvait supporter les critiques.

Oui, comment fait-elle ? s'interrogea-t-il, pas pour la première fois, devant la statue de Van Gogh. Eh bien, parce qu'elle a des milliers de lecteurs, quant à ce comédien, ah, celui-là, il a huit cents spectateurs par soirée — et lui affrontait, en entrant au théâtre, les cent soixante colonnes de Buren, ces risibles tronçons qui lui étaient une gifle quotidienne, avant de se heurter à ce mur impénétrable et souple à la fois qu'était Luce, au fond de son vestiaire. Il allait écrire cela à Julia M., quitte à ce qu'elle se fâchât de tant de mélancolie, ça lui arrivait, la barbe que cette mélancolie, il faut vivre, Kurt, avant la caisse en bois, alors la vie, si vous n'aimez pas ça, n'en dégoûtez pas les autres. Elle le disait aussi pour elle-même, qui avait de plus en plus de mal à aimer la vie et de moins en moins à aimer tout le monde à la fois : il semblait souvent à Kurt que tout cet amour qu'elle donnait était le fait de quelqu'un qui dilapide sa fortune, offre ses bijoux les plus précieux parce qu'il se sait condamné — et puis il reconnaissait son erreur, Julia portait toujours sur la vie ce premier regard qui vous en rend folle et peu importe à quoi elle ressemble, et même si elle ne ressemble plus à rien, comme ses relations avec ce comédien, qui, de l'avis on ne peut plus autorisé de Kurt, avaient cessé de ressembler à quelque chose depuis un mois ou deux. Si la vie était simple, déclara-t-il à Van Gogh qui toréait la tempête et son mugissement, ça se saurait, et il se surprit à rire et à renvoyer aux oubliettes l'image de la femme simple et douce qu'il aurait voulue à ses côtés pour toujours, et dont il parlait souvent, la femme douce de sa nostalgie, non, sourit-il, avec celle-là ce n'aurait pas été si intéressant, il vaut mieux ce mystère inatteignable de mes Tria Fata, leurs trucs de prestidigitatrices, leurs jeux clandestins, leur complexité et leur violence, la femme simple et douce m'aurait vite ennuyé. Quant à être l'amant des kadines, des anges et des cygnes noirs, *Domine non sum dignus!* tonna-t-il — et d'ailleurs, ajouta-t-il à l'intention de Van Gogh, j'aurais été pour elles un amant médiocre, j'ai eu si peu de femmes dans ma vie, je les aurais déçues, *Domine* décidément *non sum dignus*, et il se reprit à rire puis rata complètement un bouquet de fleurs claires comme les aimait la kadine, un bouquet qui eut rapidement l'air d'un spectre en linceul, rabougri et maladif. Il déchira la toile, pensa que les peintres avaient de la chance, qu'ils pouvaient faire ça, détruire une œuvre en moins de deux, au contraire des écrivains : ceux-ci, une fois lancés à fond dans un livre qui se mettait à mal tourner à la façon dont un parfum vire sur la peau, devaient alors exercer toute leur science d'alchimistes, avec la plus démentielle attention, pour obtenir au final la solution désirée, pour que le parfum sente à nouveau les roses bulgares, par exemple.

Il déambula dans cette grange hantée des présences livides des statues, qu'aucune des trois jeunes filles n'aurait jamais sous les yeux, et qui lui apparaissait, chaque jour davantage, comme une chapelle funéraire. Il était seul dans les nuits venteuses à la Bruegel, dans la puissance morne de cette Bourgogne plus éloignée de toute civilisation que les Himalaya, si des étoiles aussi nombreuses que celles des Himalaya en piquetaient le vaste ciel pur. Et aucune des fileuses, dévideuses, trancheuses de fil ne viendrait lui demander le nom de ces étoiles et les contempler avec lui. Dans cette grange où naissaient ses statues de peintres, de musiciens, de prophètes, de déesses, et ceci, semblait-il, sans qu'il y eût mis la main, *ex nihilo*, il se sentait d'une énergie plus inhumaine et stérile que jamais. Une énergie qui lui serait néfaste, qui le lui était déjà, qui faisait que les jeunes filles le redoutaient, sauf Julia, et il reviendrait à Julia de dire aux deux autres à quel état du corps et de l'âme elles le condamnaient, en rejetant avec de frêles sourires quelqu'un qui se savait capable de toutes les *Mort de Sardanapale* et, s'il avait été musicien, de composer le *Concerto l'Empereur*, en plus. Elle seule savait cela. Elle seule savait d'où venaient les lumières de sa peinture, de quel gouffre d'opacité et de permanente dénégation.

Puisqu'il n'y avait personne pour se moquer, il se mit aux genoux de la statue de Julia. Les ayant embrassés, il sortit de la grange. La nuit était si belle sur les épaves de ses amours bannies qui dérivaient comme lui sur une mer inconnue et noire, et il faudrait mourir en ayant vécu d'art et jamais d'amour, cette Tosca avait bien de la chance.

La fin des représentations du *Songe* signifiait bien celle, insidieuse, du théâtre qui devait mettre peu de temps à tomber dans ce même chaos qu'Obéron instaura sur le monde, faute d'avoir pu obtenir de Titania l'enfant venu de l'Inde.

La fin du *Songe* était quelque chose d'essentiel qui, comme si cette pièce possédait une malignité et une force intrinsèque (ce dont je ne doutais pas un instant), allait précipiter le plus grand nombre d'événements possible.

Sur la scène de la Comédie, hormis les matinées dont les toutes dernières avaient encore lieu quand le théâtre n'était pas en grève, il n'y avait plus que les machinistes et tapissiers, muets et ivres morts, avec lesquels les comédiens tentaient de dialoguer, qui donc ne pouvaient que monologuer, et c'était ce que faisait Satchel avec son irréductible stoïcisme de gauche. Au début de cet été 1987, j'avais fini de lire ma folie au fond des tasses de thé, je ne voyais plus Satchel que dans le frac scintillant d'Obéron, sa seule cruauté demeurant alors de m'apparaître en songe, quand ce n'était pas dans celui de Shakespeare que j'avais dû voir cent fois entre le début virginal de l'hiver, l'insurrection brouillonne d'un printemps livide, et la douceur blonde d'une belle saison naissante.

Après la dernière et triomphale représentation, Natalia se tordit le pied en scène, pour la première fois renversa deux chaises placées sur la trajectoire de sa bulle, et, après le salut des comédiens sous un orage de rappels, je la recueillis en larmes, dans sa loge, hoquetant que si le

Songe finissait tout allait finir, que je cesserais de l'aimer car sortie de la bulle de nacre elle ne serait plus rien, et il était inutile voire sadique de parler au passé et de lui objecter qu'elle avait été aussi sublime dans le rôle de Cupidon qu'exquise dans la Nadia de *l'Éternel Mari*, il était inutile de lui objecter quoi que ce soit, elle pleurait dans mes bras et tout le fard blanc de son corps enneigeait ma robe, et le rose tyrien de ses paupières s'étalait autour de ses yeux, le *Songe* était bel et bien fini, et j'ai pensé combien c'était affreux de montrer aux enfants que les choses finissent — et moi qu'étais-je d'autre, qui ne tolérait pas que les gens s'éloignent, que la musique décroisse, qu'une lumière baisse, qu'une bougie vacille avant que le vent ne la mouche.

C'est au moment où elle pleurait dans mes bras, au moment où je savais que, si le pire n'est pas toujours sûr, Monsieur Claudel, pour cette fois on était bon, à ce moment où j'ai brisé une de ses ailes de Cupidon en la serrant trop fort et où toutes les plumes d'oie ont volé dans la loge — qu'est-ce que ça fait, je ne porterai plus jamais ce costume, chuintait-elle entre ses larmes roses — que j'ai eu ce pressentiment aigu à en être quasi irréfutable : si ma vie et la sienne avaient été bousculées sur un escalier d'honneur, ma vie et la sienne allaient radicalement changer sous l'envol capricieux des plumes d'oie et une tout autre lumière que celle du théâtre. C'est à ce moment-là que j'ai su que mamita allait mourir le plus vite possible. Que tout allait se dépêcher. Que le malheur de ce qui finit et le bonheur des recommencements allaient s'entrecroiser comme parfois deux vagues se joignent sur le sable. C'est à ce moment que j'ai prié Dieu qu'on ne lui fasse aucun mal, à elle, à Natalia, mais à moi si vous voulez, mon Dieu, j'ai déjà vécu plus que de raison, moi qui ai peut-être servi à quelque chose en faisant de mon mieux pour aimer et écrire, moi dont la vie a été un bordel enchanté, ce que nul ne me reprendra — je vous demandais seulement, mon Dieu, d'épargner les enfants, et particulièrement celui-là, cet ange limpide à l'aile cassée.

Je l'ai conduite aux douches pour la laver. Elle avait la peau grenue et très irritée par l'engobe crayeux qu'on lui appliquait sur tout le corps, j'ai ôté le blanc en frottant fort avec de l'eau et du savon, j'ai embrassé les granulations violâtres de sa peau et les bleus qu'elle s'était faits en bousculant les chaises, j'ai massé sa cheville, je lui ai promis pour la énième fois que nous ne sortirions jamais de la forêt du *Songe,* j'ai pensé à ce qui allait arriver de terrible là tout de suite, et qu'il faisait assez chaud pour qu'il y ait un orage plus fort que celui des rappels, j'ai pensé qu'il allait tonner et pleuvoir sur les larmes roses de ma petite sublime qui frottait ses boucles sur mon épaule. Je lui ai dit, dans la loge, de ne pas se retourner sur son costume blanc, ni, dehors, sur la façade de la Comédie. Je l'ai emmenée rue L. Elle a couché sur le divan de mon bureau.

Le lendemain, la générale de *l'Imprésario de Smyrne* fut annulée, et les syndicalistes déposèrent un préavis de grève illimitée.

Ce soir du lendemain, j'ai filé à Natalia le premier barbiturique de sa vie.

A l'instant où elle croquait le premier barbiturique de sa vie, Kurt, dans son atelier, pensait que c'était sans doute la fin d'un monde que celle du *Songe* et de ce théâtre, que les trente mille bombes atomiques des arsenaux de la terre allaient bel et bien exploser, jusque-là il pensait comme beaucoup ; voyant la fin de tout s'approcher au galop comme certaines marées, il écrivit à la kadine que « toutes les guirlandes et couronnes qu'il n'avait jamais cessé de tisser depuis l'adolescence ne se poseraient jamais dans la main ou sur le sein d'une fille à l'âme franciscaine, qui aurait bien voulu l'aimer ». Julia ne rirait pas de cette formule, pas plus qu'elle ne semblait se lasser de ses thrènes. Ce que nous avons tous joué hors de scène est une féerie bien aussi cruelle que celle du

Songe, ma jolie kadine, soupira-t-il en direction du plafond. Ah, vraiment, ce Satchel S. ! Il éprouvait devant l'homme qui avait exercé — ou exerçait encore — sur la kadine la plus extrême fascination (quoi, un polichinelle et un de ces pleutres !), devant cette étrangère glacée et robotique que lui était devenue Luce (quoi, une ouvreuse et une de ces garces !), la fureur de Moïse dégringolant du Sinaï et brisant les tables de la Loi, à peu de chose près. Il alla caresser sa pétoire, et lui dire attends, pas tout de suite, pas tant que j'ai la fureur de Moïse, attends, ce n'est pas l'heure, demain peut-être.

Au milieu de la nuit, Satchel, incapable de dormir, ouvrait la fenêtre de sa chambre pour en dissiper un parfum qui le troublait par trop : celui des roses bulgares, qu'il avait respiré, émanant de la nuque et des cheveux de Natalia, la dernière nuit du *Songe.* Ces deux-là, donc. Il masqua une pointe de dépit comme il se masquait la plupart des choses, ces deux-là, qui l'eût cru, or il fallait croire qu'une fillette aussi immature que Natalia pût être appréciée, voire aimée, par une jeune femme comme Julia — cette Julia à qui il aurait dit venez avec moi, s'il l'avait rencontrée dix ans auparavant, et ce sans perdre une seconde, et ce quand il ne vivait pas avec une femme exemplaire, quand il était jeune — et ce soir-là, il se sentait très vieux. Julia — croyait-il — ne saurait jamais les artifices qu'il avait employés pour lui déplaire, pour qu'elle ne voulût plus de lui, qu'elle partît sans souffrir trop, qu'elle ne fût plus en butte à la jalousie d'une femme exemplaire, et le laissât à la vie qu'il s'était choisie, une vie avec l'exemplaire et le théâtre, *punto final.* Il espérait jusqu'alors avoir réussi tout cela. Ce fut seulement ce soir particulier qu'il douta que *tout cela* signifiât quelque chose et fût vraiment un triomphe — *tout cela,* ce qu'il avait fait, ou s'était abstenu de faire.

Il veilla un moment le sommeil de ses chattes, se félicita, pour se changer les idées, que la dernière représentation du *Songe* ait eu lieu en soirée, c'était une pièce qu'on n'aurait dû jouer que la nuit, à l'évidence. Sa magie s'exhalait infiniment plus fort que le jour, comme certains parfums. Il parcourut l'appartement, ouvrit les fenêtres le plus largement possible et sans en oublier une seule pour chasser les roses bulgares, mais le parfum résistait, qui avait envahi chaque pièce. Il s'efforça de penser à cet Ali de *l'Imprésario de Smyrne* qu'il jouerait dans un autre théâtre, sur les boulevards de la ville, effort qui connut un insuccès aussi total que l'ouverture des fenêtres.

La fin des représentations de *l'Éternel Mari* suivit de peu celle du *Songe,* et l'annonce que Paule fit à mamita de son départ pour Corfou. Mamita ignorait où était Corfou, elle ne le demanda pas, elle s'en foutait, tout ce qu'elle retint de la nouvelle, c'était que Paule renonçait à compter ses médicaments et à l'assister de quelque manière, si maugréante qu'elle fût, s'en allait pendant tout un été où il y aurait, dehors, un soleil qu'elle ne voulait plus voir. En effet, il s'en est fallu de trois jours après le départ de Paule pour qu'elle meure.

Elle mourut le jour de sa fête, celui de la Sainte-Fernande, et sept jours après les dix-huit ans de Natalia. Dans un scénario plus léché, plus mathématique, et visant à de meilleurs effets que ceux qu'offre la vie, mamita aurait dû mourir le soir de la dernière représentation du *Songe* et de la fermeture du théâtre, soit celui où ma petite aimée fut majeure. Non, elle attendit un peu, dans la vérité de la vie. Peut-être même afin que Paule prît un peu de repos à Corfou. Peut-être parce que j'étais là, cette fillette sur mes talons, et qu'elle la trouvait jolie au point de vouloir donner encore quelques sourires à quelqu'un qui ressemblait tant à un ange, avant de voir les vrais. Elle attendit un peu parce que rien d'elle n'était malade, ni les poumons ni le cœur, il fallait donc que sa résolution fût sans appel pour réussir d'un coup son embolie et son attaque. Cela, je le ressasserai toujours.

A sept heures trente du matin, un appel téléphonique éveilla Kurt. Il hésita à décrocher, voulut se rendormir pour ne rien prolonger de la journée précédente qui n'avait été qu'une mauvaise farce, et voir le moins possible de la suivante, des fois qu'elle lui ressemblât. Déjà mortifié par une rage de dents, il avait rencontré, au carrefour d'une rue voisine, une des rares filles qu'il eût aimées naguère, et qui fut sa maîtresse ; elle avait à peine répondu à son salut, et rien opposé d'autre à sa surprise que cette phrase : « ... Mais j'habite rue V..., à deux pas de chez vous, depuis un an. » Et depuis un an, elle n'avait pas eu plus de désir de le revoir qu'alors, à ce carrefour, poussant un caddy écossais, elle ne semblait en manifester de contentement. C'était une femme qui faisait ses courses, et qu'il dérangeait. Un acteur de la Comédie était venu à l'atelier, voir son portrait en Arnolphe. L'acteur avait barguigné sur le prix du tableau, et cette scène humiliante en avait rappelé une autre à Kurt — une scène qui aurait valu à Satchel S., de la part du peintre, une animosité éternelle, sans que Satchel S. eût pris la peine de se faire aimer de Julia : de la même façon, Satchel S. était venu voir son portrait, en Amphitryon, et devant ce que Kurt estimait être un de ses chefs-d'œuvre, avait accepté de l'acheter à condition que ce fût à crédit. A crédit ! Outragé, Kurt avait refusé, pensant très fort à son maigre salaire d'inspecteur et à celui du comédien. A crédit ! A condition que ! on y mettait des conditions ! et lesquelles ! De qui se moquait-on ? Ce Satchel S. se moquait de tout le monde, de sa hauteur pavanante et on s'était toujours moqué de lui, Kurt, voilà l'affaire. Il se retourna dans son lit. La sonnerie persistait. Si elle persistait autant que ça, ce devait être une mauvaise farce de plus, au nom de la loi des séries. Il avait trop mal à cette dent, la journée avait été trop mauvaise, il voulait dormir encore un peu, il eut un sursaut d'indignation, décrocha le combiné, prêt aux insultes. N'entendit qu'une respiration, le petit hoquet de larmes qu'on refoule, ah, c'était Julia qui sanglotait encore à cause d'un Obéron qu'elle ne verrait même plus sur scène, il eut envie de cajoler sa dent et non Julia, raccrocha. C'était bien Julia qui venait de l'appeler, ne pouvait parler, ne parvenait pas à dire la mort de mamita H.

III

ROMÉO
Que ne suis-je ton oiseau !

JULIETTE
Mon doux cœur, que ne l'es-tu !
Il est vrai que je te tuerais par trop de caresses.
Bonne nuit ! Séparation est un si doux chagrin
Que je vais dire bonne nuit jusqu'à demain.

SHAKESPEARE, *Roméo et Juliette*.

Le lendemain de la mort, Natalia entra dans l'appartement avec le sac de cabine qui était sa valise, et en plus elle n'avait jamais pris l'avion, deux jeans dont le troué et la plus belle chemise de son professeur de clarinette, des sandales qui avaient tout l'air d'avoir été retrouvées au fond du *Titanic,* c'est vrai qu'il avait beaucoup plu ce printemps jusqu'à ce début d'été radieux où ma vie s'ouvrit en deux comme la terre après avoir tremblé, cet été où par la faille surgit Natalia, avec son ballot de misère et ses beaux yeux battus, Natalia qui trouvait aussi fatal, aussi naturel, de venir habiter avec moi rue L. quitte à coucher par terre, et ce ne fut pas le cas, que moi l'hiver précédent de l'emmener tout de suite après un baiser sur la bouche dans la chambre bleue pour lui faire l'amour comme personne ne le lui avait fait, à l'en croire, et, quelles qu'en soient les conséquences parfois tragiques, elle disait toujours la vérité. Ce jour-là, elle a posé son bagage, elle a volé dans mes bras sans se casser la figure, de toute façon il était évident que dorénavant j'étais là pour l'empêcher de le faire, elle n'a rien dit ni moi jusqu'au soir où elle m'a bordée dans mon lit, où elle a dit C'est chez nous, cette fois sans la moindre interrogation implicite, où je lui ai dit Oui, chez nous. Elle est partie se coucher sur le sofa du bureau, on a commencé à vivre ensemble, elle était au réveil du lendemain de la mort aussi lumineuse que le matin des miroirs, elle éclairait la pièce à elle seule.

*

Le soir suivant le lendemain de la mort, je devais dîner avec Edgard L..., mon futur éditeur, le type qui m'a redonné le courage d'écrire, si ç'avait été une planète, ce type, ç'aurait été Jupiter, le Grand Bénéfique. Au téléphone, j'ai dit à cet éditeur d'une voix lisse comme le marbre que je vivais dès à présent avec une comédienne, qu'elle avait dix-huit ans, qu'elle s'appelait Natalia, qu'on serait trois pour dîner et que mamita était morte. Il a été lisse comme le marbre lui aussi, il m'a épargné les condoléances, il a dit okay, et qu'il fallait que je sorte, absolument.

Je savais que mamita aurait été du même avis, elle aurait détesté que je refuse de me laver, de m'habiller, de me coiffer, de sortir, de voir quelqu'un qui avait du cœur et ne voulait que mon bien, quelqu'un d'introuvable *a priori* mais j'avais mis la main dessus, mamita avait plus que moi le sens de ces intérêts que je perdais souvent de vue, si elle avait été là, elle m'aurait dit : allez ouste, dehors et bois à ta santé et à celle de cet éditeur, à la mienne ça ne vaut plus la peine, tiens-toi droite, mange un peu, ne fume pas trop et rentre avant l'aube, tout de même. C'est parce que je savais par cœur ce qu'elle m'aurait dit que nous sommes allées dans ce restaurant, moi et Natalia, souriantes et maquillées.

Si Dieu a créé l'homme à son image, il y a des cas où ça ne saute pas aux yeux. Chez cet éditeur, c'était flagrant. Natalia, elle, avait été créée à l'image d'un ange, moi ce soir-là je savais moins que jamais à quoi je ressemblais, j'étais heureuse que la mort de mamita ait été si belle, et d'avoir pu serrer ses jambes si fines dans l'ambulance, sur moi quelque chose de ce bonheur devait se voir, en tout cas. Natalia pressait sa jambe contre la mienne, je savais qu'on ne se quitterait pas de tout l'été sauf quand elle partirait jouer *Dom Juan* dans un festival de province. Mon éditeur parlait de théâtre à Natalia qui l'écoutait de tous ses grands yeux, moi je ne desserrais pas les dents, j'étais stupéfaite d'éprouver ce bonheur éolien comme une étourderie, léger comme le vertige du hasch ou un chœur de voix d'enfants. J'attendais que la douleur se manifeste à sa place, j'ignorais que ce serait pour beaucoup plus tard, je croyais que d'un moment à l'autre tout allait craquer et que ce serait pour ce soir la douleur. Je buvais préventivement un grand bordeaux à cause de l'effet analgésique du grand bordeaux, or il me rendait encore plus heureuse, ce vin, du bonheur de ceux qui ne sont plus tout à fait là, presque inatteignables, de ceux qu'anesthésie un soleil brûlant comme au jour de sa création, et c'était aussi, c'était bel et bien le soleil des miroirs, je l'avais encore dans les yeux, c'était le bonheur qu'elle ait si peu souffert, si brièvement, le bonheur que j'aie été là, le bonheur qu'elle n'ait pas eu peur, un peu parce que j'étais là. Pendant que mon éditeur parlait de théâtre à Natalia, j'en revenais au stigmate de Dieu laissé sur l'homme, j'étais soudain certaine que les gens le portaient tous même invisible et loin en eux, que même l'homme riche qui me haïssait de façon assez roborative pour ne pas me jeter, l'homme devant lequel j'étais censée me justifier de chaque mot que je prononçais, l'homme grâce auquel j'espérais pouvoir vivre avec ma Natalia rue L., en écrivant mes bouquins sans trop de soucis d'argent, que l'homme riche lui aussi devait porter quelque part la trace de la splendeur de Dieu, même si elle ne ressemblait plus qu'à un palimpseste semi-effacé. Je pensais qu'il était dans la pauvreté qu'est le refus du don, l'absence de l'amour, et l'amour terrestre, tout comme l'homme à celle de Dieu, est fait à l'image de l'amour divin, sinon ce ne serait pas si important, on ne serait pas tous tenaillés du désir de l'éprouver, et de le chanter, quel qu'en soit le prix. Ce reflet de l'amour divin, c'était cela aussi qu'il y avait dans la lumière des miroirs. Et la fin d'un amour, c'est d'être rejeté du Royaume, c'est pour ça qu'on souffre tant. Satchel, c'est pour ça.

Un serveur a apporté les plats, j'ai cessé d'écouter ce

que mon éditeur disait à Natalia, je n'ai plus pensé qu'à
ma vieille petite, à cet art confondant de noblesse avec
lequel elle avait dérobé sa mort à tout le monde sauf à
moi qui devais l'accompagner où elle allait, de la même
façon tranquille que, quelques années auparavant, elle
était venue me voir, à l'hôpital, pendant six mois, chaque
jour venue pour tricoter sans dire un mot quand j'avais
des amis dans ma chambre, venue parce que c'était à elle
et personne d'autre de m'accompagner sur ce chemin-là,
venue et ne voulant pas déranger, si contente des visites
qu'on me faisait, oh ma chérie que j'appelais dès
l'ouverture du standard à sept heures du matin pour lui
dire bonjour, pour lui dire que je sentais que je marche-
rais bientôt, pour lui parler du temps, pour lui demander
de ne pas se presser parce qu'il gelait et qu'à son âge les
fractures ne se remettent pas aussi bien que celles d'une
fille de trente-quatre ans, surtout ne marche pas trop vite
entre le métro Porte de B... et l'hôpital, et prends bien ton
parapluie. Ma chérie qui venait chaque jour voir sa
môme cassée, ma chérie rose de joie au plus léger progrès,
s'empressant puisque je ne pouvais rien faire par moi-
même et que j'avais besoin des autres, besoin d'elle à
chaque instant comme le bébé qu'elle éleva et qui
s'appelait Julia, sa petite Julia, sa petite, arrivée bien en
retard sur les autres, quand elle ne croyait plus jamais
prendre un bébé dans ses bras, un bébé qui soit à elle.
    Et quand il n'y avait pas d'amis dans la chambre
d'hosto, délices, elle me parlait de sa jeunesse, et ma jolie
chérie aux yeux gris et aux cheveux noirs comme les
miens, avait été très gâtée jusqu'à ses vingt ans où elle
épousa mon grand-père et le fut un peu moins, personne
n'a jamais su quel métier exerçait cet homme, c'était
comme le père de Natalia, tenez, mais il nourrissait sa
femme et ses gosses, mamita H. n'allait pas chercher par
quel moyen, et ils se sont aimés jusqu'au bout ces deux-là
même s'il se bourrait souvent la gueule et s'il faisait un
bâtard par-ci par-là quand ça lui chantait, mon grand-
père. Elle me parlait de la fête du bœuf gras à la Villette

dans les années 1910, et des deux guerres, et de son premier amour, l'unique et chaste devancier de mon grand-père, un citoyen britannique qu'elle avait connu lors d'un séjour sur la côte sud de l'Angleterre, à Folkestone, pendant la première guerre, et qu'elle retrouvait au kiosque à musique de cette petite ville anglaise, près de la mer. Ils écoutaient de la musique militaire, depuis elle n'avait pas cessé d'aimer la musique militaire, à cause de ça.

A mamita qui rentrait quand il faisait nuit, par le métro, jusqu'à la rue L., il aurait fallu ôter les ongles un à un pour qu'elle prenne un taxi, elle regardait beaucoup à l'argent, ça c'était à cause de mon grand-père qui lui en donnait quand il en avait, on ne savait jamais quand, on ne pouvait pas prévoir.

Elle avait tellement donné d'elle et rassemblé de forces pour m'accompagner jour par jour sur mon chemin immobile dans la nuit des plâtres, qu'après elle a pris des années d'un coup, alors que moi je remarchais en boitant. « Vivre à l'intérieur de sa vie le cycle mort-résurrection est le fondement de la condition humaine », a dit mon éditeur citant Mircea Eliade à un moment où j'ai écouté ce qu'il disait, et j'étais on ne peut plus d'accord avec lui et Mircea Eliade. Il m'a dit cette phrase, ce soir-là, à propos de quelque chose que j'ai oublié, le sublime c'est qu'il l'ait dit ce soir-là. Je n'ouvrais toujours pas la bouche, il comprenait ça très bien, Edgard, il faisait comme si de rien n'était, or c'était le contraire, tout était là et tout de ce qui est à naître, et qui surgit si violemment de la mort même, ça lui pousse à l'intérieur et ça explose, ça ne vient que d'elle, il faut toujours qu'elle accouche de quelque chose. Au café, j'ai dit avec une douceur bizarre que j'avais vécu dans *le Songe d'une nuit d'été* pendant plusieurs saisons jusqu'à celle de la mort, et que c'était la pièce même, étourdissante, ésotérique, la pièce du songe essentiel de l'amour, cette pièce-là et pas une autre, cette pièce qui, parce qu'elle est vue du monde des ombres et des fées, jette des lumières plus crues sur la grâce géniale

et l'horreur du charivari humain, que c'était cette pièce
saturée de vie haletante, nocturne, brûlante et glacée, qui
devait être jouée aux marches de la mort, pour moi c'était
là qu'elle s'était jouée, là où il fallait les goualantes au
vitriol et les coups de surin dans la soie triste et les lents
fastes sinueux des tangos rouges dansés par les elfes
pendant qu'on lie la langue d'un âne, et ces rires hoquetés
et ces chamarrures de cirque du *Songe,* j'ai dit que le *Songe,*
ce tourbillon fatal et la véhémence exaspérée de son bal
de masques, s'était joué en vérité autour d'une petite
fosse triangulaire au noir immobile et aveugle et muet,
que j'entendrai toujours les claquettes de Puck crépiter
juste au bord, que le *Songe* allait du même pas que la mort
mais en riant aux éclats, du même pas que cette mort
merveilleuse que j'avais vue, moi. Qu'il n'y avait plus
autour de la tombe que la chaleur bleue d'une éternelle
nuit de juin, que le soleil imbécile de cet après-midi près
du fleuve s'était éteint pour toujours, qui n'avait été
qu'un artefact. J'ai dit ces choses en substance, avec des
mots carambolés, des mots de voyance, c'est tout ce dont
je me souviens.

Edgard nous a raccompagnées rue L., Natalia a sorti
de son sac de cabine les clés dont elle avait fait faire le
double le matin même, les clés de chez nous, on est
entrées dans l'appartement où on se croit vraiment au
temps de la guerre, de laquelle, eh bien des deux à la fois,
parce que c'est celui où mamita a vécu presque toute sa
vie et que rien n'y a été changé, que les murs n'ont jamais
été repeints pour des raisons mystérieuses quand on sait
qu'avant la mort de mon père, on a eu de l'argent.
Heureusement qu'on a rien changé de cet appartement
silencieux et doux comme un fiacre qui roule sur la neige,
on lui aurait ôté sa transparence, son charme de couvent
abandonné, sa façon discrète et pudique de vous ensorce-
ler sans faire grand-chose, sans qu'il y ait des tableaux au
mur ou des tapis somptueux comme chez l'homme, avec
des petits riens indéfinissables, bleu-gris, avec sa musique

presque imperceptible, quelquefois on croit entendre le murmure d'un piano et ce n'est pas ça, mon piano est désaccordé depuis belle lurette, on ne sait pas ce que c'est, moi je pense que si on y entend ces bruits, c'est qu'il y a eu beaucoup d'enfants pour courir et jouer dans l'appartement, beaucoup de chats pour y promener leurs rêves, et que dans les caves, ça ne fait pas si longtemps, il y avait des gens, la nuit, avec les rats, à cause des bombes.

Si le siècle avait pu entrer dans l'appartement, il aurait tout foutu en l'air, il aurait fait du propre et du profane à la place du crade et du sacré, il aurait recouvert le salpêtre des murs du couloir si long qu'on croit qu'il ne va jamais finir, et les traces des étapes de ma croissance que mamita griffait du bout d'un canif sur ce mur en croyant qu'elle n'allait pas plus finir que le couloir, cette crois-sance. Elle a quand même fini à 1,68 m sans qu'on sache pourquoi, mais les coups de canif me blessent le cœur quand je les regarde, ils se sont arrêtés à 1,60 m — 11 ans, mamita mettait l'âge de la môme maigrichonne en face des centimètres, après le mètre soixante — 11 ans, il aurait fallu qu'elle grimpe sur une chaise, elle était si petite, 1,50 m — 89 ans quand elle est morte, elle avait vraiment perdu des centimètres sous la menace des maisons de retraite, elle ne voulait pas de demi-sommeil, elle voulait le grand dans lequel elle est entrée si grande en réalité.

Oui, si on avait refait cet appartement à neuf, on aurait gâché des choses de la mémoire, on les aurait enterrées dans l'oubli glacial d'une stérilité moderne, ç'aurait été le genre de gaffe qu'on commet quand on a de l'argent, mais cet appartement désuet, hautain et hors du monde, exècre les gaffes et méprise l'argent, ce doit être pour ça qu'on ne l'a pas gâché, que, tout fané qu'il soit, il ressemble tant au visage de mamita, ce visage fripé comme un œillet blanc.

J'ai embrassé Natalia jusqu'à l'aube dont j'ai été voir la couleur, le surlendemain des miroirs, bon, cette aube-là n'était plus qu'un rideau de pluie flasque et terne, mais ça n'avait plus d'importance pour personne.

Avant de me coucher, j'ai hésité à rappeler Kurt pour lui dire. Je me sentais de taille à le faire distinctement. Et puis j'ai pensé qu'il le prendrait comme une mauvaise nouvelle, que celles-ci peuvent toujours attendre, au contraire des bonnes genre l'Annonce faite à Marie, qui dégringolent du ciel avant qu'on ait le temps de dire ouf, d'ailleurs si on en tient une qui tombe d'on ne sait où mais qu'on sait sûre, il faut se presser de la porter, cette nouvelle capable d'éclairer le monde comme une torche sur son passage, courir à se casser les jambes pour la porter, et la nouvelle en question, c'était que moi et Natalia on commençait de vivre ensemble. Je n'ai pas appelé Kurt, parce que la lumière de cette nouvelle lui aurait flingué les yeux, à cet homme, et j'ai résolu de lui dire la mort plus tard ou jamais, pourquoi pas, jamais.

J'allais encore dormir, les week-ends, dans la maison de l'homme, parce qu'il me donnait de l'argent, parce qu'il avait cette chaîne laser dont il ne se servait jamais et qui me permettait, à moi, d'écouter Mozart et Callas mieux que sur mon petit lecteur de cassette, le Vissi d'Arte, la Wally et le Un bel di vedremo de Butterfly par Callas, son laser, justifiaient bien des compromissions, si toutefois c'en était une que de dormir les fins de semaine dans la maison de l'homme; je ne savais pas qualifier ce que c'était d'accepter encore cela. J'y allais parce qu'il y avait un magnétoscope grâce auquel je pouvais regarder tous les films de Chaplin, pour dormir dans cette chambre bleue où il me semblait que Natalia allait entrer d'une minute à l'autre, j'y allais parce que, hors de la chambre bleue, il y avait des objets, des meubles, des tentures, des tapis, des tableaux, qui appartenaient encore au temps où cet homme m'aimait avec autre chose que quatre-vingt-dix pour cent de haine froide dans cet amour. J'y allais parce que Louise désirait revoir sa fille au moins les fins de semaine : Natalia évadée, Natalia disparue, avait retrouvé grâce aux yeux d'une mère qui n'avait plus à la réveiller en lui envoyant des cendres de cigarette à la figure comme on sait. Ce scénario-là est immuable : il avait suffi qu'elle partît pour que Louise l'aimât à nouveau, lui trouvât infiniment de qualités et désirât la voir. Ainsi, en mon absence, Natalia et Louise pouvaient fêter leur réconciliation, Natalia cajolait sa petite sœur Lisa, Natalia n'abandonnait pas tout à fait

Nanterre, ça me semblait logique qu'on s'arrange de la sorte pour un moment.

Un peu plus tard, elle viendrait dormir le samedi soir sur un des sofas de la maison de l'homme, quitte à se réveiller avec un sacré mal de dos. Quand le temps fut venu de ces samedis soir, il y avait de bonnes raisons pour qu'elle ne me laissât pas en tête à tête avec cet homme qui criait vraiment trop, qui, à l'instar de Paule, me reprochait de respirer et, en ce qui le concernait, de n'avoir jamais voulu l'épouser, ou pas avant le second déluge, qui me faisait payer si cher l'argent qu'il me donnait, si cher que Natalia craignait qu'un samedi soir de pleine lune, je ne le bute avec une des énormes lampes du salon ou d'un coup sur le crâne avec les chenets, ou en lui enfonçant dans le ventre le couteau à découper la viande. Les samedis soir de pleine lune, elle n'allait bientôt plus me quitter, ni les autres, du reste.

Avant qu'elle ne vînt dormir rue G. le week-end, elle m'écrivait toujours de Nanterre. Elle m'écrivait que, dans son HLM, tout lui semblait vide et sans vie parce qu'elle n'entendait pas, de l'autre côté du mur, les grincements de mon lit qui prouvaient que j'étais là, or ce lit n'a jamais grincé, mon amour, à moins qu'il ne l'ait fait juste pour te rassurer, pour que tu sois certaine que je n'étais pas en train de somnambuler sur les balcons au milieu de la nuit avec un kilo de barbituriques dans le ventre.

Elle m'écrivait que moi seule savais la rendre heureuse et là je fondais complètement, je n'étais plus qu'une flaque en miroir de Venise où elle se reflétait de tous ses ors, de tous ses ivoires et de toutes ses nacres, elle me redisait que si je la quittais, elle en mourrait.

Un dimanche soir, alors que je l'attendais en écoutant *la Traviata* son laser, elle m'annonça au téléphone qu'elle viendrait avec sa clarinette pour l'emporter rue L. ensuite, et j'ai pensé que si j'avais besoin d'une preuve irréfutable que chez elle, ce n'était plus Nanterre, je l'avais.

Elle ne put jamais étudier sa clarinette à s'en péter les lèvres dans l'appartement de la rue L., à cause des voisins. Pour qu'elle me quittât le moins possible, j'aurais voulu aménager la chambre de bonne et qu'elle travaillât au sixième étage sans déranger personne. Le jour où on a grimpé, avec la clarinette — une magnifique clarinette en *si* bémol, d'ébène à clés d'argent, la seule chose de prix qu'elle possédât — jusqu'à cette chambre, rien ne fut plus triste que la pluie qui tombait sur la lucarne cassée, et que moi en découvrant qu'on avait fracturé la porte, qu'il ne restait là-dedans qu'une chaise à rempailler, un antique bidet et un matelas de provenance inconnue. Envolés, les deux coffres contenant les trésors de la vie de mamita, des mètres de dentelles jaunies, des nappes brodées, des lettres, des mèches de cheveux dans des enveloppes, des jumelles de théâtre en nacre, des châles et les robes du soir de sa jeunesse. Envolés, et j'ai dit à Natalia : ou c'est elle qui les a repris pour éblouir les anges, ou ils sont magiques tels beaucoup de coffres qui parcourent le monde, il y en a autant à sillonner le ciel que d'avions. Dans les deux cas il s'agit d'un phénomène surnaturel. Elle a ri. Moi pas. Je voyais bien que la lucarne donnait une lumière trop chiche, que faute d'électricité dans cette chambrette sous les toits, N. ne pourrait y déchiffrer une seule partition sans se tuer les yeux après cinq heures du soir, j'ai cru qu'elle n'y jouerait jamais le *Quintette pour clarinette* de Mozart qui lui donnait encore bien du fil à retordre après sept ans d'étude de cet instrument. Je me trompais, elle l'a joué une fois, avant cinq heures du soir un jour où il n'a pas plu, celui d'un des plus grands chagrins de sa vie.

J'ai regardé Natalia et sa clarinette, j'ai dit tant pis, tu iras chez ton professeur, ce..., elle a murmuré le prénom du type comme pour se faire pardonner qu'il existât, j'ai coupé ah oui, Rémi, ce type qui voulait t'épouser, qui a pris un studio où tu n'es jamais venue, c'est chez nous que tu es venue. Il t'aime comme c'est pas permis, tu me l'as dit *texto*, il n'espère pas même te revoir pour une seule leçon de clarinette, il va être heureux ce type. Elle a dit un petit oui battant de l'aile. Moi ça m'a foutu le blues qu'elle aille jouer le *Quintette* à Barbès dans le studio du prétendant, ce type que je ne connaissais pas, qui avait dormi, juste dormi, avec elle, après Mathias — lui qui, par la suite, prendrait en nourrice la dernière des chattes de Natalia, cette petite chatte folle que j'avais vue à Nanterre et qui ne m'aurait pas aimée, je l'ai su au premier regard et quand on sait ce qu'il y a dans les yeux d'un chat, pas moyen de se tromper, dans les yeux d'or de la petite chatte folle il y avait de la peur et rien que ça, on n'était pas faites l'une pour l'autre, elle aurait déchiré mes manuscrits, dégueulé partout, Pamina, la pauvre. Natalia se tenait raide, sous la lumière hâve de la lucarne et sous la flotte qui emperlait ses cheveux et mouillait la chambre de la désillusion, les clés de sa clarinette luisaient ironiquement dans la pénombre, cette clarinette qui lui avait bombé et musclé les lèvres, j'en savais quelque chose ; mais ces heures qu'elle passerait chez le professeur de clarinette, je les aimais aussi peu que la petite chatte cinglée m'aurait aimée, et c'est à ce moment-là, dans la chambre de bonne dévastée, inondée, aussi sale qu'une cave, que je me suis aperçue qu'il me fallait bien, dans l'histoire, une première fois à moi aussi — et c'était la première fois, en effet, que je me savais capable de désespoir à cause des heures de clarinette qu'une fille passerait loin de moi, auprès d'un type qui la désirait en silence, sans bouger, à en crever. Qu'elle aille

donc se péter les lèvres à la clarinette chez lui. Moi,
qu'est-ce que j'avais à dire ? Moi, j'avais toujours Satchel
en plein milieu de ma vie, j'avais donc rien à dire. Et
surtout pas ma jalousie rien qu'à imaginer ce type
l'écoutant jouer le *Quintette* avec des yeux rissolés ; et
surtout pas qu'une heure sans elle m'était intolérable,
que j'avais besoin d'elle, que souvent ce serait moi la
petite qu'il faudrait garder, protéger, dans notre vie à
nous deux, où nous allions toujours avoir vingt ans de
différence aux yeux de l'état civil, mais où on allait se les
échanger, ces vingt ans, où on allait le jouer en alternance, le rôle de la môme, un jour elle, un jour moi. Un
jour elle, avec son intempérance, sa façon d'envoyer
foutre tout le monde, ses refus de trouver des excuses à
qui que ce soit, sa façon de foncer tête baissée dans les
murs et de se prendre des gadins comme personne, un
jour moi avec mes larmes, moi qui pleure souvent parce
qu'il y a trop de gens morts autour de moi, que l'homme
riche ne me prend jamais la main même pour traverser
une rue, et que même de lui, ça, j'aurais bien aimé.

Elle m'a répété dix fois que le prof de clarinette, c'était
comme son frère. Mais moi, depuis que je l'avais vue se
lever, en entrant avec Kurt dans le restaurant de
Montmartre la première fois, se lever précédée de toute sa
beauté avec son regard qui s'est haussé juste après elle et
sa beauté, comme si ce regard venait du fond d'un puits,
devait mettre du temps à parvenir jusqu'à moi, comme
s'il surgissait d'un arrière-monde et que la lumière ne pût
que graduellement filtrer à travers ses pupilles et les
éclairer, à cause de ce regard qui s'est posé lentement sur
moi tel un confetti de velours vert, je savais qu'aucun
homme ne pouvait être son frère, ni aucune femme sa
sœur, qu'elle ne pouvait que se faire des illusions là-
dessus.

Elle m'a joué le premier *Divertimento* de Mozart, sur
cette clarinette qui, quand elle avait les lèvres sur son bec,

allait jusqu'à ses genoux, et que je ne devais revoir que rarement, s'il était normal qu'elle la laissât chez son professeur. Elle m'a joué le premier *Divertimento* dans cette chambrette humide, grise et saccagée et sinistre comme l'échec, là j'aurais juré qu'elle ne remonterait jamais au sixième étage de la rue L. Bon, c'était juste un rêve cassé, que j'écrive en bas quand elle jouerait un air de Mozart en haut. Il y a des choses plus graves. Il y en a une très grave qui arrive, tout de suite.

Satchel, ses entrées, il sait les faire. C'est une force neuve, quelque chose de doux aussi, qui fait irruption avec lui, qui prend possession d'un lieu, qui le décale, qui le bouscule, qui en change les couleurs, qui rapetisse ou grandit les gens autour, qui modifie la fréquence de leur voix, qui se fraie un passage dans la foule la plus serrée. Rien n'est plus pareil là où il vient d'entrer, sur la scène ou ailleurs, sans qu'il soit tout à fait conscient de ce don qu'il a d'opérer des métamorphoses par sa seule présence ; un aveugle saurait qu'il entre ; l'attendant dans un lieu public, je peux baisser les yeux, lire un journal, dès qu'il s'approche j'ai la certitude que c'est lui, dans le silence, sans le voir ; je ne sais pas plus que lui à quoi ça tient, cette intensité qui vous arrive dessus, à quoi ça tient que ses entrées transfigurent une pièce calme, une scène (récemment : un décor à l'horizon crénelé par les murailles de Troie), un café bondé et cacophonique, à quoi ça tient de pouvoir bouleverser aussi facilement tout ordre établi rien qu'en entrant. Chaque fois qu'il franchit un seuil, tout se met à être dense, résonnant, réverbéré, répercuté, saturé d'une vie aussi épaisse et ample que celle des songes. Les vibrations de la lumière, la longueur d'une onde sonore, vous pouvez les capter, un gamelan au fin fond de la terre, vous pouvez l'entendre, c'est comme si plus rien ne sonnait creux, dès qu'il est là.

Maintenant c'est le mois d'août, et la seconde entrée de Satchel chez moi depuis celle de l'hiver, celle de l'interview, c'est l'entrée de ce jour-là, de ce jour d'été.

Quand il est entré, Satchel, avec ses ciselures d'âme sur la gueule qui ressemblent à des coups de couteau, sa beauté sombre et son regard vite charmé d'ailleurs, puis vous revenant en pleine figure avec une acuité terrible, revenant s'ancrer à vous, guetteur, demandeur, brillant de cette intelligence qu'on pourrait dire imprudente parce qu'elle se voit trop, quand il est entré rue L., j'ai oublié Natalia qui faisait ses trilles à Barbès dans le studio du professeur de clarinette et tout ce que Satchel avait fait pour me décevoir, j'en étais tombée folle au premier regard comme il l'avait chanté dans le *Songe* et ça n'était pas plus près de finir que le règne du soleil.

Dans le salon, il s'est d'abord assis par terre, moi dans le fauteuil, je lui ai tout dit de la mort de mamita. J'ai senti que plus je parlais, moins il pouvait se cacher qu'il m'aimait, parce que la torgnole de la mort venait de m'envoyer au tapis, sans que j'en souffre trop à cause de la lumière des miroirs qui est la première chose de cette mort que je lui ai dite — et parce que face à la mort on ne peut plus guère mentir, j'ai senti oui que jamais il ne m'avait tant aimée, comme une sœur connue depuis l'aube du monde, une sœur avec qui il n'oserait peut-être jamais consommer l'inceste, c'était possible, ça m'était complètement égal. Il m'a dit que j'avais changé. J'avais quelque chose de changé, un glacis de calme sur le visage, je savais ça. Ce qu'il ne savait pas c'était que j'allais lui dire que j'avais tant souffert à cause de lui l'hiver d'avant — la seule chose que je lui ai tue c'était que j'aurais pu mourir pour lui, cet hiver-là, et je me suis entendue dire, à propos de la souffrance, ces phrases que je n'aurais jamais prononcées quand il jouait Obéron, parce qu'il en aurait pâli de culpabilité et se serait tiré à toutes jambes devant la douleur de cette fille. Je me suis entendue dire cette souffrance comme si quelqu'un d'autre parlait, d'une voix aussi étale qu'un lac de montagne. C'était comme ça. Dans la situation où j'étais, quand je revenais d'un joli passage dans la maison des morts et quand je ne

savais strictement pas ce qu'il allait arriver le lendemain
— le plus improbable étant que je continue à travailler —
personne au monde ne méritait que je l'épargne, que je
triche, que je prenne garde de ne pas faire de casse, les
hommes sont si fragiles, et Satchel l'était, à cause de
toutes ses peurs.

Il regardait et écoutait la jeune femme douce qui lui
parlait de cette mort, comme on raconte une histoire de
fées et de sorcières, avec les mains, il était d'une attention
terrifiante, il ne bougeait pas, il ne cherchait plus à fuir, et
il apprenait à ne plus se cacher une chose : quelle que soit
la nature singulière de cet amour, il m'aimait, il m'avait
aimée tout de suite sans jamais cesser de le faire. Je l'ai
d'abord vu dans ses yeux, il me l'a dit ensuite quand il
m'a prise sur ses genoux, quand il m'a serrée très fort
contre lui en tremblant, puis il a cessé de parler, il m'a
embrassé les lèvres et les cheveux, j'avais peur qu'il ne
transforme trop vite cet amour en douleur puisqu'il ne
savait rien en faire d'autre, or cet après-midi il ne l'a pas
fait ; au moment où j'étais tout contre lui, sur ses genoux,
j'ai été certaine que si je regardais une fois de trop ses
longs yeux noirs micacés pleins de larmes, si je posais un
baiser de plus sur ses cheveux noirs aux reflets couleur de
prune, s'il continuait de trembler comme ça, s'il m'embrassait encore les mains avec le désespoir d'avoir fait du
mal, et cet amour hagard, effrayé, qui l'accablait mais
contre lequel c'était son tour de ne rien pouvoir, moi
j'étais cuite, je lui demanderais de m'emmener où il
voudrait, et je savais au plus profond, là où il a toujours
été, je savais qu'à ce moment-là, à ce seul irrépétible
moment, parce que j'étais seule au monde — ni moi ni lui
ne pensions à Paule ni à Natalia, le jour où il m'a prise
sur ses genoux, le second jour où il est venu chez moi et
entre-temps c'est la mort qui l'a fait — parce qu'il ne
pouvait pas supporter que je sois si seule, parce que pour
une fois il acceptait le devoir qu'on a de vivre avant de
mourir, parce que je lui avais parlé de la caisse en bois où
elle était si petite, la taille d'une enfant, parce que là il a

fermé les yeux et il a vu la caisse, parce que j'étais belle et qu'il y avait entre lui et moi un lien encore plus fort, indéchirable car tissé par les doigts de la mort, parce qu'il en avait sans doute marre de marcher dans l'erreur et de s'en foutre jusqu'aux coudes, parce qu'à ce moment la femme avec laquelle il vivait n'avait plus d'importance, à cause de toutes ces raisons, si je lui avais demandé de m'emmener, il aurait dit viens, maintenant, viens. Je ne lui ai rien demandé. Il a tout de même esquissé une de ses dérobades — si j'avais eu quinze ans de moins, je n'aurais pas hésité une seconde, il a dit, en flanquant son regard noir sur la personne qui ne l'aurait pas fait hésiter une seconde, à quoi, à vivre avec elle, puisque c'était ainsi qu'il concevait les choses, ce puriste. Et puis il s'est délié de moi, il a fui épouvanté de tout cet amour que je n'avais cessé de lui donner et qu'il m'avait donné à sa façon, et cette fois d'une façon sublime, en tremblant doucement de tout son corps, en recouvrant mes mains maigres et froides de ses grands doigts qui tremblaient plus fort que le reste, comme ceux d'un héroïnomane, et en ayant les larmes aux yeux. Il a dit qu'il appellerait, qu'il reviendrait, il est parti.

Il m'avait laissé *l'Enlèvement au sérail, in toto,* ce qui était de circonstance car il n'y a guère de musique de Mozart qui soit plus libre, plus vive, plus enchantée, et que d'écouter *l'Enlèvement au sérail,* c'est ce qu'il faut à quelqu'un qui vient de voir la mort, de m'offrir ces cassettes c'était intelligent et beau comme tout ce qu'il faisait, rien n'avait changé depuis cet article que j'avais écrit sur lui qui m'avait fait aussi tout le mal de la terre avec ses indifférences de chat, ses sourires de marbre, ses énigmes thébaines, ses imprévisibles tendresses, sa pusillanimité, ses regards en reflets de mirages et ses paroles en promesses non tenues, tout ce qu'il faut pour rendre l'autre fou, jusqu'à ce que je sois vraiment, que je sois enfin, contre lui qui tremblait à cause de toute cette vérité dont pour la première fois il pouvait soutenir l'éclat, et ça

devait être aussi difficile que de fixer le soleil sans être
ébloui, il n'y a que les aigles pour le faire, dit-on.

Pendant qu'il partait, que Natalia vivait, que je faisais
de mon mieux pour le faire aussi, on me présentait des
condoléances émues et on partageait par voie postale ma
tristesse. Manque de bol pour tous ces épistoliers, c'est un
truc qui ne se partage jamais, Dieu veut qu'on la garde
toujours pour soi, et démerdez-vous pour qu'elle vous
élève quelque part, la tristesse élève, oui, parfois, mais à
l'heure qu'il était je n'en éprouvais pas, et j'ignorais ce
que ces gens voulaient dire, qui ne m'auraient pas donné
un coup de main pour ranger les draps de la morte parce
que ça porte malheur et puis ils n'ont pas le temps. Les
gens auraient mieux fait de garder pour eux leurs
assertions au sujet de ce partage parce que si elles se
vérifiaient, si on les prenait au mot et qu'ils la partagent
vraiment, cette tristesse-là, ils verraient. Et si ces gens
étaient de tout cœur avec moi, *texto*, il serait tellement
malade, leur cœur, qu'ils n'auraient pas pu écrire une
ligne. J'ai jeté toutes les lettres de condoléances à la
poubelle, j'ai regretté de ne pas pouvoir mettre un peu
partout contre les glaces de cheminée des vœux de bonne
année bonne santé, mais c'était l'été, en été, on ne vous
souhaite rien de spécial.

Et il y avait Satchel, avec sa vraie compassion, sa vraie,
sa douce et vive et encore inquiétante tendresse, Satchel
qui pouvait bien me valoir trois ans de malheur pour
quelques heures de sublime, amen, Satchel qui me
chantait de sa voix de baryton-basse à vous faire mourir
de plaisir sans qu'il vous touche, qui me chantait la
première aria de Belmonte dans *l'Enlèvement,* « Hier soll
ich dich denn sehen, Constanze », « c'est donc ici que je
dois te revoir Constance », et qui trembla encore tout
contre moi et de toute sa faiblesse merveilleuse, les nuits
qui suivirent.

Aujourd'hui j'ai pris un fond de champagne et j'ai jeté tous ses produits de beauté, sa poudre *Klytia* qui lui faisait des joues si roses, de ce rose pointu, sec, gentiment apprêté dont se fardent les vieilles dames et qu'ont les plus belles roses de Bagatelle. Sans champagne et sans *Enlèvement au sérail*, j'aurais pas pu la jeter, cette poudre. Ensuite ça a été une de ces Eaux Jeune Senteur Fraîche des vieilles dames, à la mandarine de Sicile et au bois de rose, ces Eaux qu'elles ne mettent jamais plus, qu'elles oublient comme d'ailleurs de se laver un jour sur deux, qu'est-ce que ça peut faire, moi j'ai toujours trouvé qu'elle sentait bon, ça devait être son âme qui était tellement propre. Sa râpe pour avoir des pieds toujours soignés, idéale pour faire disparaître les rugosités des talons, cors, durillons, un coup de champe, Constance chantait « Ach, ich liebte, war so glücklich, kannte nicht der Liebe Schmerz », chantait qu'elle aimait, qu'elle était si heureuse, qu'elle ne connaissait pas les souffrances de l'amour, et poubelle la râpe. Moi, cette femme je l'ai toujours trouvée douce des pieds à la tête, comme une peau de bébé. Au tour de quoi ? De qui ? De toi, son dernier rouge à lèvres, or à force d'en morfler et de les pincer, à force qu'on ne les embrasse pas, moi je l'embrassais sur l'os de la pommette rosie, elle n'en avait plus, de lèvres, juste un trait japonais à la place, voilà pourquoi le rouge à lèvres qui dessine les fausses lèvres, les lèvres en accolade mignonne des vieilles dames. C'était *Bengal Pink* de Chen Yu n° 9, un orange aussi faux

que le tracé en arc des lèvres évanouies, Blonde chantait :
« Durch Zärtlichkeit und Schmeicheln », « avec de la
douceur et des caresses », et de jeter ça, ça a été pire que
de la mettre en terre, putain. Et Blonde chantait :
« Welche Wonne, welche Lust herrseht nunmehr in mein
Brust ! », « Quelle ivresse, quelle joie envahissent mon
cœur ! », restait son fixatif à appareil dentaire dont elle
était bien obligée de se servir la pauvrette, restaient ses
petites lames de rasoir et ses rasoirs alors qu'elle n'avait
plus rien à épiler, les duvets, même ça, sur les jambes des
grand-mères ça ne pousse plus, bien qu'elles aient
souvent l'air d'adorables oisillons qui se cramponnent à
leur branche. Elles ont l'air si jeunes, si petites, de toute
façon. Poubelle, les lames et les rasoirs. Mais je ne
voudrais pas vous rendre triste alors que Pedrillo et
Osmin chantent « Vivat Bacchus ! », bon, faut pas
pleurer quand on peut entendre encore Mozart, lui ça a
été la fosse commune un jour de tempête de neige, y a
plus rien à pleurer puisqu'ils vont chanter leur quatuor
du final, ces amants idiots et exquis, ils vont chanter,
Belmonte, Constance, Blonde, Pedrillo, sur fond de
janissaires et de suite du pacha, dans l'air et la lumière
couleur des roses de Turquie, tout près de la mer, y a rien
à pleurer.

C'était la première fois que j'allais monter un ménage. Modestement, à cause de l'argent. C'était la première fois que j'allais habiter avec quelqu'un qui ne soit pas mamita, et ce quelqu'un était une jeune fille, et l'état de grâce perdurait, qui avait commencé dans le restaurant avec cet éditeur.

De nos courses dans le quartier de la rue L., on rapportait des coussins, des lampes, des prises multiples, des kilos de café, des verres, des sets de table, des pyjamas, choisis en grande concentration, parce que c'était si important, c'était un quotidien touché par le doigt du Seigneur — un quotidien que je ne pense plus connaître jamais. Pour elle et pour moi, passer une plombe chez le droguiste dans le ravissement extrême de s'offrir un fer à repasser, c'était la première fois, et il y avait des chances là aussi que pour elle comme pour moi, ce dût être la bonne dernière. Nul doute, jugeais-je, qu'ensuite pour toutes les deux, les choses matérielles ne redeviennent dures, lourdes, obscènes, ce qu'elles sont. Mais cet été-là, elles n'étaient pas du tout ce qu'elles étaient, et le soleil allumait des braseros d'or dans les cheveux de ma môme, et tant de bonheur nous effarouchait, et le soleil frappait aussi les sets de table neufs dans la cuisine, on aurait dit que le monde entier venait de naître, qu'on assistait à l'aube de la création, aux premières loges, à cause des sets de table.

En largeur, pas en longueur, elle avait maintenant la même taille que moi, tant elle avait maigri. Du coup elle s'arrogeait tous les droits sur mes vêtements, elle leur faisait des ourlets divagants, quand ce n'étaient pas mes jeans qu'elle persistait à abréger au ciseau ; partagée entre l'attendrissement et l'agacement devant cet abus de pouvoir enfantin, j'ai mis un moment avant de lui dire que certains vêtements ne peuvent se prêter, ni se donner, parce qu'on a vécu avec eux des choses importantes. Elle a compris. On ne le lui avait jamais dit, voilà tout. Parfois elle comprenait avant qu'on lui dise, elle était sacrément médium, parfois non. Alors, pour qu'elle ne me pique plus mes jeans avant de les retailler avec la gaillarde désinvolture dont elle faisait preuve, et mes chemises et mes pulls sans rien y avoir à retoucher grâce à Dieu, je lui ai filé tous ceux qu'elle pouvait porter sans sacrilège de mémoire.

La première chose qui m'ait frappée, pendant ces débuts de notre vie rue L., c'était la constance de sa maladresse, au prime abord et pour tout un chacun aussi remarquable que sa beauté, mais au second, plus phéno-ménale encore. Cette fille qui, à bicyclette, oubliait de tourner dans les virages, trouvait, dans un appartement, le moyen de se cogner partout comme un papillon affolé, de trébucher comme une ivrogne, et de louper une marche sur deux, que ce fût en montant ou en descendant un escalier. Le séraphique mime dansant dans l'apesan-teur, sur scène, ce vent coulis, ce lutin intouchable et preste, qui semblait vivre dans un espace dont il maîtri-sait tout, cette fille capable de marcher sur les mains des kilomètres et de faire six grandes roues à la suite sur les planches, se transformait à la ville en garçonnet couvert de gnons, de bleus, de croûtelles de sang, c'était vraiment un ange passé à tabac, un ange à qui tout faisait mal, qui ne rencontrait dans la vie que des angles aigus où s'embrocher et fonçait dessus, à moins qu'ils ne fussent venus à sa rencontre, c'était une catastrophe ravissante qui, pendant que vous l'observiez, fasciné, vous envoyait un pilon de poulet recta sur la nappe, ensuite un verre de rouge, s'en désolait, en riait de ses trente-deux nacres, oui mon amour la vie ça fait mal partout, et physiquement Natalia était au courant, qui s'était cassé le bras et aurait bien pu ne plus être capable de jouer jamais de la clarinette ; sur le terrain des fractures, je la battais de plusieurs longueurs, mais moi ç'avait été à cause d'une spirale du pire que j'avais vécue des années auparavant — une nuit de brume, les malédictions d'une gouvernante hongroise qu'avait engagée l'homme riche, un carré de Saturne à Uranus dans le ciel de ma naissance, une trouble imprudence de l'homme riche, un angle mort, une voiture folle, une autre histoire — elle, pour être tombée d'un escabeau parce qu'elle avait oublié avoir grimpé dessus, oh ma rêveuse cancérienne ; c'était bien à cause des songes éveillés qui affleuraient tout le temps ses yeux et venaient hanter son visage de paradis, que hors de scène elle s'accidentait, et cette championne des tuméfactions, contusions, luxations, édictait toujours « c'est rien ça va passer » alors que ça lui faisait un mal de chien et qu'il fallait que je la poursuive jusqu'à son lit avec une boîte de Viscéralgine forte, je ne tolérais pas qu'elle ait mal et elle enrageait de devoir accepter un analgésique, le mal était naturel et il fallait donc le vivre, ainsi de Natalia, un ange que la vie passait à tabac pour trop rêver du ciel.

Elle avait commencé, cet été-là, de répéter son petit rôle dans *Dom Juan*. Je savais que si elle revenait de quelque innocente course entre Nanterre et la rue L., ce serait sans doute sous la forme d'une plaie vivante ; que si c'était du théâtre sur les planches duquel elle devait galoper à toute allure, portant la cape et l'épée de Dom Juan et rencontrant bien des obstacles y compris les comédiens, au retour elle n'aurait rien, parce que dans ces circonstances, écueils et barricades s'écartaient gentiment, religieusement même, de son chemin : je voyais ça aux répétitions où tout ce qu'il y avait sur une scène se montrait affable et respectueux envers elle, comme pour lui prouver que c'était sa place, la scène, et nulle part ailleurs.

En tout cas, il fallait prévoir le moment de la métamorphose du sylphe en victime d'un quotidien redevenant
d'un prosaïsme sans pitié, et, depuis qu'on habitait
ensemble, l'armoire à pharmacie débordait de gazes
blanches, gazes vertes, Tricostérils, bandages, spara-
draps, mercurochrome et pommades désinfectantes de
tout acabit. Je caressais l'espoir qu'après un certain
temps rue L., où aucun meuble, pied de chaise, montant
de lit ni coin de bureau ne m'avaient jamais agressée
avant de marcher sur moi comme Birnam sur Dunsinane,
l'ensemble du mobilier cessât ses hostilités envers Natalia
— au même titre que Paule, qui estima dès les premiers
jours de notre emménagement qu'on lui volait sa fille,
quand il n'y avait rien à voler, la pauvre dame n'ayant
jamais eu la forte impression d'en avoir mise une au
monde — au même titre que Paule, accusant du dol une
gamine susceptible de laisser le gaz ouvert ce qui aurait
dû se produire dans la logique des stratégies fatales, ce à
quoi on échappa malgré la logique des stratégies fatales et
le vœu secret de Paule quant à l'accomplissement de sa
noire prophétie. Or, il s'en fallut de peu de temps pour
qu'à mes yeux moqueurs et éberlués — diantre, c'était *ma*
girl friend — Paule manifestât à Natalia une tendresse
que je préférais, évidemment, à sa hargne, mais qui n'alla
pas sans une ostensible ambiguïté.

Je priais donc, en cette aube du monde avec ma petite
sublime, que cessassent les attaques du mobilier contre
ses genoux ronds et pâles, soit qu'elle fît un peu plus
attention, soit qu'elle fût un peu moins maso car, dès
qu'un obstacle négligeait de se présenter, à N., déconcertée, ne restait plus qu'à se tordre le pied, ce qu'elle faisait
immédiatement et le plus naturellement du monde. Mon
espoir décrut au fur des jours et je me résignai à ce qu'elle
se flanquât dans les murs avec une gaucherie aussi
professionnelle que, sur scène, elle avait eu d'adresse à
manier une bulle d'un diamètre considérable de rocher en
rocher et à rouler en coulisse sans frôler une chaise, sauf
le soir de cette dernière représentation où elle en renversa

deux avant de pleurer dans mes bras avec ses duvets d'ange collés à ses boucles. Je me résignai à recevoir des pilons de poulet sur les genoux, du champagne à la figure, à entendre des aïe et des ouïe et des merde plusieurs fois par jour et des insultes glapies à l'intention de ce sale tapis qui s'était pris pour celui de Cléopâtre sans vraiment réussir son coup, parvenant seulement à la faire débouler à terre et se casser la gueule ce qui n'aurait rien eu pour séduire un empereur. On note ici qu'elle avait vu le film, avec Elizabeth Taylor. Je me résignai à ce que la salle de bains prît une sympathique allure d'infirmerie à cause de l'ange qui se marchait sur les ailes, trop longues et par là ressemblant à celles de l'albatros baudelairien — ou dans quelque traîne invisible et sournoise de petite princesse dorée. Et puis, elle mettait tant de douceur à me soigner, moi, à soigner par exemple cette brûlure qui m'incendia le pouce et l'index à cause d'une bougie que je n'avais su assez prestement moucher, c'était à mon tour d'être maladroite, forcément, c'était le jour où, une semaine et demie après la mort de mamita, je revis Satchel, Satchel entra, Satchel est entré, Satchel entre pour toujours.

*

Nous sommes le 10 août, il faut que je prenne mon bain pour que Natalia, rentrant de sa répétition, me trouve fraîche et embaumant les fleurs de Bulgarie — Natalia qui se toilettait avec la vigueur et la rigueur d'un petit chat avant nos déjeuners de yaourts, se fardait, même, avec la coquetterie d'amour que la Léa de Colette manifestait envers Chéri pour qu'il la voie parfaite à son réveil, or une Léa avait cent fois plus de raison de veiller à cela qu'une Natalia de dix-huit ans dont la beauté semblait indestructible, mais qu'est-ce que la raison vient faire là-dedans. Au bain, vite.

Ce jour-là, elle a demandé à voir, à visiter dans les moindres recoins, si c'était possible, la chambre de mamita, et ça a été possible. Il n'y avait jamais rien eu de la mort dans cette chambre. Aucun souffle n'évoquait quoi que ce soit de la brève détresse respiratoire de mamita H. Tout ce qui demeurait d'elle dans cette chambre n'était que sérénité. Natalia avait des yeux brûlants, elle souriait au lit, aux murs, à la chambre, elle m'a priée ce jour-là d'y dormir parce qu'elle l'adorait, cette chambre, j'ai dit que le lit était complètement défoncé, elle a dit que ça ne faisait rien, j'ai compris que de la laisser dormir dans la chambre de mamita H. était le plus grand cadeau, la plus grande preuve d'amour que je pouvais lui donner, j'ai dit oui, évidemment, oui, je vais appeler un menuisier pour le lit, j'ai cru qu'elle allait me faire un salto arrière de joie, j'ai préféré qu'elle s'en abstienne parce qu'elle n'était plus dans le *Songe*, ce qu'elle oubliait tout le temps, je l'ai prise dans mes bras, et quand je la prenais dans mes bras on était hors de danger, elle ne bougeait plus, il n'y avait, pour frémir, que ses cils posés comme des insectes d'or à la bordure de ses paupières. A ces moments-là, je ne pensais plus aux soirs où elle me quittait pour aller étudier sa clarinette à Barbès, je n'y pensais plus à la façon dont Proust pensait à Albertine lors des promenades de celle-ci au Trocadéro, et au moment précis où, étendue contre moi sur le lit saccagé de mamita, elle m'a donné son grand regard si lent parce qu'il vient de si loin, ce à quoi j'ai pensé c'est que moi, si cette fille me quittait, j'aurais vécu bien assez longtemps pour en redemander.

Elle partit jouer son rôle de valet du *Dom Juan* de Molière au festival d'Angers. M'appela tous les jours. Je ne ressentis qu'alors le vide creusé par cette absence de mamita H., péremptoire et profonde et délimitée avec autant d'exactitude que le tracé de la fosse. Mais l'effondrement du lit sur lequel elle avait étouffé et souffert pour la dernière fois cessa vite de me faire mal : à cela, le vœu de Natalia, le vœu lumineux, déconcertant, d'y dormir, était pour beaucoup. En l'absence de Natalia, j'allais souvent vers ce lit, celui des noces de mamita H. Je regardais le lit, je n'osais pas encore penser que ce serait désormais celui d'une jeune fille, je me souvenais seulement du bruit des ressorts écrasés. Il était juste de l'autre côté de la porte de ma chambre, ce lit, et pendant les huit jours qui avaient suivi la mort, j'avais gardé la porte close pour ne pas le voir. Pour ne plus rien voir de la chambre où tout était en place, où rien n'avait bougé, pas un petit vase Gallé, pas une fleur artificielle, pas une photo, pas un tapis, rien, pendant soixante-dix ans de la vie conjugale de mamita H. jusqu'à aujourd'hui, non ne plus rien voir de cette chambre où elle avait vécu sa petite vie de recluse volontaire, de recluse heureuse — ce qu'elle n'avait jamais rêvé d'être davantage, ni ailleurs ni autrement. A tout à l'heure, mamita, il faut que je parle de ce soir d'été où j'attends Kurt et Natalia qui revient de sa tournée, ce soir d'été où la porte de ta chambre sera fermée sur le secret, si quelque chose obscurément m'interdit de parler de ta mort à quelqu'un comme Kurt, quelqu'un qui adore la mort.

Natalia, tout le monde l'a attendue. Moi, ses tee-shirts troués de Nanterre, les tee-shirts neufs que je lui ai donnés, en vrac sur le divan, la maison tout entière, Wolfi, le chien de peluche qui dort avec elle, Kurt, des roses blanches, une bouteille de champagne et j'en oublie, on l'attendait. Et voici : ce ne fut pas la merveilleuse de l'église de Saint-V. qui a sonné, la merveilleuse qui m'avait écoutée chanter dans cette église, qui avait tenu le meilleur rôle de sa vie en m'accompagnant à ce qu'on appelle une cérémonie, ni l'adorable qui considérait comme un privilège de dormir dans le lit de mamita, non ce ne fut pas, ce n'est pas elle qui a sonné. C'était une nymphette blafarde avec je ne sais quoi de faux et d'ironique dans les yeux, un regard minéral, c'était une môme qui sortait de scène où elle avait joué le rôle gestuel et quasi muet d'un valet de Dom Juan, le genre de petit rôle prometteur, comme on dit, pour une fille de son âge. Et la porte, en fait, je l'ai ouverte sur le vide, et sur le premier soir où elle allait me faire souffrir.

*

A Montmartre, on est allés dîner au petit restaurant blanc, où j'avais tant pleuré à cause de Satchel, où Natalia avait eu les mille gestes de tendresse d'une mère. Ce soir-là au restaurant blanc, Natalia était étrangère, boudeuse, affreusement lippue, simiesque, du mépris distrait pour moi et Kurt dans les yeux. Laide. C'était la première fois que je voyais la laideur lui monter au visage, aux joues, aux yeux, comme une bouffée de chaleur infernale. Elle ne disait rien, c'est son truc. Se taire, et quand, à bout de solitude — la pire c'est quand quelqu'un est là et vous manque si terriblement —, quand vous lui demandez doucement ce qu'il a, et qu'il répond : rien. Vous lui demandez : est-ce que tu fais la gueule? Il répond : non. Vous lui demandez : est-ce que j'ai fait quelque chose pour te déplaire? Il hausse les épaules. A Natalia, vous demandez : qu'est-ce qu'il faut que je fasse, sous-entendu pour que le sang circule dans les veines de cette statue horrible, elle est horrible dans ces cas-là, elle dit que c'est de la paranoïa, elle emploie souvent des mots trop grands pour elle mais pour une fois celui-là était à sa taille. Vous lui demandez juste ça, de la lumière dans ses yeux, du sang sous sa peau, vous lui demandez qu'elle donne signe de vie, vous lui demandez enfin si elle vous aime, dans ce « qu'est-ce qu'il faut que je fasse? » Elle répond : je sais pas. J'ai mis longtemps à comprendre que les regards qu'elle avait à ces moments-là étaient ceux d'une pauvre fille qui se jetait des sorts à elle-même.

Eh quoi, il lui fallait les planches, elle regrettait de n'être plus à Angers, de ne plus jouer un valet de Dom Juan ou n'importe quel autre petit rôle prometteur, il lui fallait ça, à cette gosse? Les meilleures leçons de comédie, de tragédie aussi, elle pouvait se les prendre sans quitter la ville ni la rue L., sans avoir besoin de se payer des cours, avec ce qui se passait autour et depuis la mort de mamita, avec ces ressacs de bonheur et de douleur que j'avais, avec tout ce que je tentais de lui apprendre la nuit, à elle qui ne savait rien hormis les seules choses que lui enseignait son irréfutable médiumnité. Oui, il lui fallait les planches et être regardée. Mon regard et celui de Kurt ne suffisaient pas, il lui fallait huit cents personnes. C'était une débutante, une figurante, elle en avait rien à foutre. Jouer les porte-cintres de Dom Juan, autrement intéressant.

Alors dans l'atelier du peintre, quand elle m'a regardée de ses mauvais yeux de falling angel, hostile et un peu ridicule, je me suis dit attention, elle est comme tout le monde, elle est double, falling angel. Et ce tableau de nous qui, même raté, nous regardait, lui, de toute sa douceur. Et ce peintre qui voyait bien que la môme, ce soir-là, ressemblait à toutes les petites cruches qui se fardent et chaussent les escarpins de leur mère, et ce peintre qui voyait peut-être que quelque chose était en train de s'écrouler dans le silence de la lune, sous ses Madones, ses Prophètes et ses Crucifixions. D'un côté, ça pouvait lui faire sourdement plaisir, à Kurt, si jaloux de nous deux, de cette force qu'on créait à partir de nous deux, sans lui. De l'autre, il était beaucoup trop généreux pour ne pas éprouver de tristesse à voir cette force s'abattre à terre comme une statue de plâtre au socle scié. De plâtre, pas d'un matériau plus noble, my little one. Il n'y avait, en effet, dans l'atelier, plus rien des nacres et des ors, plus rien de la gosse chryséléphantine, mais une starlette minusculement ambitieuse qui voulait des récompenses, tout de suite, et haïssait ceux, celles qui ne pouvaient les lui donner.

Alors j'ai pris deux oranges sur la table du peintre, je les ai tendues à Natalia, je lui ai dis jongle, ça me fera plaisir, allez, jongle. Pendant qu'elle tenait ses oranges dans ses mains, pauvrette imbécile blessée par moi, jongle, l'artiste, ça me fera plaisir, elle a vu quelque chose, je sais ce qu'elle voyait, elle, c'était la ruine d'une cathédrale, d'un temple cyclopéen, et de cette chose en verre de Venise qu'est l'amour, qu'était notre amour, appelons ça comme ça. Elle s'est mise à pleurer. Ô ma fillette soudain idiote devant moi, devant quelqu'un qui après qu'on lui a cassé sa vie en deux — méfie-toi des fracturés de ce genre, Natalia — se surprend à être cynique, chirurgical, cruel au point de lui demander de jongler avec des oranges — et à l'instant où j'ai vu les larmes, je me suis dit que j'étais bonne à jeter aux chiens pour l'avoir humiliée avec le coup des oranges brillantes et ironiques dans ses paumes immobiles de crucifiée sans gloire, oranges brillantes et très amères, elle s'est mise à pleurer plus fort, les oranges sont tombées, et elle dans mes bras.

Personne n'a mangé les oranges, bien sûr. On a bu du vin bouchonné parce que ni Kurt ni moi ne savons ouvrir une bouteille sans foutre du bouchon dedans, et Natalia regardait les oranges de l'air autistique que lui donne souvent la réflexion et se foutait bien du vin, elle n'en boit pas, ou si peu. Plus rien, ni plâtre, ni pierre ni marbre ni verre de Venise ne s'écroulait, l'atelier sentait l'encens, et le vin le bouchon, dans la paix revenue Kurt a dit :

— Ça fait un petit bout de temps que je n'entends plus votre grand-mère me répondre au téléphone.

— Elle est morte, je lui ai dit ce soir-là, celui des oranges.

*

Quelques jours plus tard, je reçus une lettre de Kurt. Il m'écrivait que, dans des circonstances aussi graves, il ne voulait pas lui, le solitaire, le maudit, voir deux enfants capricieuses se faire pleurer. Il n'avait rien compris, rien, de ce qui s'était passé dans l'atelier — rien vu de cette première fois où Natalia N. m'avait fait du mal. Il n'avait pas plus compris ça que le chien du tableau ne pouvait percevoir ce qu'il y avait de sublime et, dans cette même mesure, de forcément menacé, entre les jeunes filles.

Natalia est entrée dans la cuisine en pyjama rose troué, j'avais de moins en moins d'argent pour lui offrir des fringues sans trou, elle a regardé les oranges que la femme de ménage avait disposées sur les plateaux de la balance en fonte aussi vieille que tout dans cette maison, elle les a regardées avec la tête de quelqu'un qui ne bouffera plus une seule orange de sa vie. J'en aurais fait autant à sa place.

Elle voulait entendre l'interview de Satchel. De cet homme qui avait peur. Peur de tout perdre s'il quittait la Comédie, son seul lieu d'existence, en deçà duquel s'étendait un désert où nul ne le connaissait. Peur de tout perdre s'il quittait cette femme avec qui il vivait.

Tu veux vraiment l'entendre, cette interview, Natalia ? Il y a beaucoup de silences dedans, parce que c'était trop fort, à vous couper le souffle, ce qui se tissait entre lui et moi, ainsi j'arrêtais souvent l'enregistrement. Tu veux donc vraiment souffrir, Natalia ? La femme de Satchel n'aurait aucune raison de le faire à cause de moi, elle est sa femme, devant je ne sais quel Dieu ou aucun, devant un maire, les flics et des figurants en tout cas, à ça on ne touche pas, qu'est-ce que je suis à côté de ça, c'est imposant comme le Panthéon ce truc-là, mais toi Natalia, toi qui m'aimes d'un amour que rien ne peut faire ressembler au Panthéon (note de l'auteur : il n'y avait rien à faire pour qu'elle dissociât le Panthéon du Parthénon, donc aucune chance qu'elle entravât deux mots à ce que je disais), tu les aurais bien davantage, ces raisons. Dans cette interview, il y a donc trop de ces silences qui frémissent, d'éclats de rire qui se cassent, ceux des gens ivres soudain l'un de l'autre et miraculés, et tu vas prendre ça dans la gueule, Natalia : la certitude que j'ai mis moins de temps à l'aimer lui qu'à t'aimer toi. Lui, ç'a été au premier regard, comme la vie quand j'ai ouvert les yeux dessus, de cette seconde proposition tout le monde est au courant. Tu me demandes : lui, pour toujours ? Et

là je te prends la main et je te dis oui, toujours, c'est un
homme perdu comme si on l'avait fait tourner cent fois
sur lui-même, il est possible qu'il ne doive se retrouver
qu'auprès de moi, dans des millions d'années pendant
lesquelles tu auras été des millions de fois mariée, mère et
morte, il est possible que je sois sa seule chance de se
retrouver jamais, je ne mets aucune prétention là-dedans.
C'est un sentiment qui m'habite. Pour toujours lui, et
malgré tout ce que je pourrai faire, il ne cessera pas d'être
tenté par le pouvoir, le pouvoir et le mal qui sont la même
chose, tout en jurant qu'il est de gauche et qu'il hait les
meneurs d'hommes. C'est comme ça parce qu'il est
humain. C'est parce qu'il est l'humain le plus humain
qu'on ait mis sur ma route que je l'aimerai toujours,
même s'il serre la main pourrie et lisse et blanche d'une
autre femme que celle qui vit avec lui, cette main qui
l'emmènera loin de moi et qui ne sera pas celle d'un ange.
Il est méprisant, lâche, héroïque comme le soldat d'une
armée qui a gagné une bataille et qui est un héros sans
mérite. Il est une force qu'on m'a donnée. Moi je sais ce
que j'en ferai. Du moins je ferai de mon mieux pour que
ce soit de la lumière. Lui, j'ignore ce qu'il en fera, de cette
force que je lui donne. Il s'en débarrassera peut-être. Il
l'étouffera sans doute. Dès qu'il croira n'en avoir plus
besoin. Dès que la facilité du mal viendra à lui, avec ses
trésors déployés, ceux-là on n'a qu'à se baisser pour les
prendre. Convoquez le mal, il vient dans la seconde. Priez
Dieu, s'il vous répond à vos fins dernières c'est déjà beau,
à moins que vous n'attendiez pas de réponse, à moins que
la seule prière, cet accomplissement qui ne veut rien,
compte pour vous — en ce cas, vous en avez fini avec
l'altérité, vous êtes déjà au paradis, un peu ce que j'ai
ressenti dans le coma 3, oui. Faites le mal donc, vous
réussirez tout de suite. Il faut des années, des siècles pour
que faire le bien ait des conséquences, si toutefois on croit
que cela peut en avoir. Ce type, il a cinquante et un ans, il
a envie d'aller vite, je vois déjà cette main pourrie et lisse
et blanche qui se tend vers lui, et son regard se

détournant de moi, se posant, ce regard si beau n'est-ce pas, sur une longue forme qui a l'éclat du toc, des yeux vides et bleus — voilà, s'il part, c'est avec ça qu'il le fera, et il faudra bien qu'il tranche le lien qui le relie à l'autre côté, du côté où je suis. J'en suis aussi sûre que Jésus de la trahison de Judas, et ça m'est complètement égal, Natalia, il faudra sans doute à ce moment que tu me files un coup de main, j'aurai besoin d'indifférence et cela m'est plus difficile à obtenir que de faire coucher les lions à mes pieds. Tu veux écouter... ?

Elle a écouté sans pleurer cet entretien avec l'homme de l'hiver de gel, cet homme qui acceptait si rarement de se confier, qui est resté avec moi pour cet après-midi qui fut un éternel retour aux origines, une perfusion d'alcool blanc dans les veines. A un moment, au début, j'ai seulement voulu une nuit avec cet homme, puisqu'on peut mourir chaque lendemain et qu'il peut être trop tard, or c'était l'homme des trop tard. Lui vivait comme tous les hommes dans un futur tronqué, dans des potentiels flous, il était comme tous les hommes qui veulent toujours faire quelque chose d'un sentiment, et combien ils se trompent, à voir ce qu'ils en font, ils le tuent au lieu de le laisser vivre, tous comme ça, tueurs de sentiments pour préserver le seuil de sécurité, ah ils sont tous morts de peur et n'en mourront pas guéris. Tous comme ça sauf Kurt, qu'aucune des jeunes filles de l'escalier d'honneur ne peut aimer à en devenir folle, Natalia. L'injustice, c'est que je désire encore Satchel, que ses peurs me bouleversent, que ses arrogances m'émeuvent, et ça n'a aucune raison de finir hormis s'il prend un jour cette main pourrie et blanche dont je t'ai parlé, mais il se peut que la Cassandre se trompe, restons-en là : ça n'a aucune raison de finir depuis le jour où il a tremblé et où j'ai embrassé ses cheveux quand il me serrait contre lui avec toute sa force, et tout le désespoir et la meurtrissure du monde dans ses yeux plus que noirs, pendant que mille masques tombaient dans mes mains, dans ces mains qu'il embrassait.

Elle a écouté l'interview jusqu'à un fou rire rauque qui nous avait pris ensemble, là elle n'a pas supporté, elle m'a dit j'aime mieux savoir que tu le fais bander pour toujours, mais vous entendre rire, ça je ne peux pas, d'ailleurs à la Comédie, je l'ai rarement entendu rire comme ça ni parler comme ça. J'ai appuyé sur la touche stop, je suis sortie de la pièce. Et je savais que nulle baise à vomir de Mathias ne pouvait la rendre aussi malheureuse que cet éclat de rire — seulement voilà mon amour, il va falloir que tu apprennes à être aussi mon amie, là est l'âpre sentier de Rimbaud, ma petite jolie, là ça va te faire mal partout comme quand tu te cognes dans les murs.

Un an après, la cassette est toujours dans le magnétophone, rien n'a été enregistré depuis, je n'effacerai jamais sa voix qui a les éclats noirs presque bleutés de ses boucles, les éclats d'un miroir qui, pour être brisé, n'en reflète pas moins le fond des choses.

Paule a été chez le coiffeur, elle y va plusieurs fois par semaine, toujours à cause de la permanente et de la teinture. Je ne sais pas pourquoi elle dépense tant d'argent à ça, parce que malgré toute sa sophistication elle se confond avec les murs, même si vous la regardez, vous avez peu de chance de la voir. Sauf ce jour-là, parce que la teinture avait viré au rouge vif. Ce flamboiement dans la pénombre, c'est la première chose que j'ai vue, quand elle est entrée sans que j'attende sa visite et quand elle a poussé la porte de la chambre de mamita. J'étais dans le grand lit bancal, avec Natalia, on faisait une petite sieste, la veille on s'était couchées tard, Natalia m'avait joué *An Evening in the village* de Bartók à la clarinette, on avait bu du champagne, on avait discuté — Natalia dit « papoter », ça me fait fondre, c'est tellement écolier. Paule a claqué la porte avec un tel boucan que j'ai compris qu'en fait elle n'avait rien fermé du tout, que c'étaient les portes de la guerre qu'elle venait d'ouvrir, celle de Troie qui aura lieu. Les talons de Paule ont fait leur habituel bruit de mitraille sur le plancher du couloir. Il est si pourri ce plancher, que je me dis qu'un jour, par les lattes disjointes, on va tomber droit dans l'appartement du dessous. J'ai décroché ma main des petites serres sans ongles de Natalia, de ses petits doigts aveugles et chauds et bagués d'or. Dans cette chambre, il y avait la tendresse, dans le couloir la folie qui marchait, elle est folle.

Elle a eu un remords, elle est revenue me tirer du lit,

Paule. Elle m'a prise à part. Elle ne veut pas que Natalia entende. Elle est inconsciemment amoureuse de Natalia, elle l'appelle son bébé, elle lui dit qu'elle aurait tant préféré l'avoir comme fille que moi, elle vient parfois la regarder dormir et lui caresser les lèvres et les joues. Natalia ne bronche pas, oppose aux avances de Paule cette force d'inertie qui est la seule dont elle sache se servir. Paule désire Natalia, puisque moi aussi. Paule veut toucher les cheveux, le cou, les bras, les mains, de Natalia, tout le temps. La séduire, la mettre de son côté, en avoir sa part, prélever une livre de chair de Natalia que je ne puisse plus caresser et qui soit à elle, ceci pour rétablir la justice, parce que Natalia lui doit bien un tribut, si elle reste celle qui lui a dérobé sa fille, son trésor empoisonné de fille, sa haine nécessaire à vivre, ce que je suis aussi, de façon plus ambiguë, pour l'homme riche. Je me demande pourquoi. Parce que j'écris, entre autres choses.

Elle m'a prise à part. Elle a crié qu'il était inadmissible de dormir l'après-midi, inadmissible d'avoir des rapports sexuels avec Natalia ; j'ai dit oui, qu'on dormait, qu'il n'y avait pas de mal à ça, qu'à trente-sept ans je pouvais quand même dormir à l'heure qui me plaisait, qu'il n'y avait rien de commun entre dormir et avoir des rapports sexuels, qu'à propos de rapports, ceux qu'elle établissait entre les choses étaient complètement faux. Elle a crié qu'elle m'avait gardé mon père jusqu'à ses cinquante ans, cinquante ans et quelque, je ne sais pas, je ne veux pas savoir. Elle a crié qu'elle m'avait gardé ma grand-mère jusqu'à ses quatre-vingt-neuf, ça je sais, j'étais là quand les secondes ont cessé de compter. Ça fait longtemps qu'elle crie ça. Si elle *vous* garde quelqu'un, il faut savoir que pour cette personne comme pour vous c'est la prison ferme avec une garde, oui, une garde à vue. Elle a crié que mon père, chaque fois qu'il se tuait, lui disait que si par malheur il se ratait, il faudrait qu'elle tienne le coup jusqu'à la prochaine fois des barbituriques, parce que s'il restait c'était à cause de moi sa fille. Elle a crié l'holocauste de sa vie à elle pour la centième fois. Elle, cette même femme qui m'a dit cent fois aussi que le jour où mon père avait eu son premier malaise, sur les grands boulevards, c'était le jour où elle lui avait annoncé qu'elle était enceinte. Même si c'est vrai, ce truc de cauchemar, vous le dites pas, ça revient à flanquer à la gueule de quelqu'un qu'il est maudit depuis sa naissance et même avant. Ça revient à dire que cette maladie mystérieuse dont il a tant souffert, sans moi à l'état d'embryon, elle ne lui serait pas tombée dessus. Et s'il a tant souffert, elle crie, c'était juste pour rester avec moi sa fille. Et moi je ne dis rien, je pense qu'il est resté avec moi jusqu'à ce jour où je lui ai lu le dernier texte que je venais d'écrire, ce jour où dans le fauteuil de la salle à écrire il a écouté, il a dit que c'était vraiment bon, et j'ai lu sur son visage, dans son sourire toujours un peu défait, effiloché comme un nuage, si beau, qu'il pouvait partir parce que si je continuais à écrire comme ça, vogue le navire, je n'avais plus besoin de lui. Alors moi je n'ai pas été trop égoïste, ni trop franche, je ne lui ai pas dit que si ce texte était bon il y en aurait d'autres à chier, c'était pas le moment, j'ai pris l'air de la fille qui a écrit la Bible, je l'ai pas aidé à rester pour qu'il souffre, je lui ai donné un sacré coup de main pour qu'il parte, ça il le sait du haut des cieux. Ce qu'il savait aussi, c'est que mes frères et mes sœurs, Paule les tuait dans son ventre au temps où ça se faisait encore avec des aiguilles à tricoter, ensuite ça a été des piqûres, sans lui dire pourquoi tout d'un coup elle restait alitée, elle perdait du sang, elle était un peu pâle. Un jour il l'a appris et il n'a pas oublié, et les deux jours avant qu'il réussisse sa mort, les deux jours où il n'avait plus rien à perdre et besoin comme moi maintenant, après la mort de quelqu'un d'autre, de dire la vérité, ces deux jours-là, il lui a dit des choses tendres, qu'il savait ça par exemple, qu'elle aurait pu lui demander son avis.

Elle crie, ma mère. Elle a crié qu'elle aurait tant préféré que je ne sois pas écrivain, qu'on se serait mieux comprises, que moi l'écrivain elle ne me comprenait pas, qu'on était dans deux mondes différents à cause de l'écriture. J'ai rien dit. J'ai pensé qu'on lui laisse le sien, celui où on décroche la prise de son téléphone le soir des fois que les gens crèvent la nuit, pour avoir bien dormi avant de l'apprendre, et puis l'agonie des gens, de sa mère y compris, c'est pas drôle, si on peut éviter ou même seulement surseoir à la bonne nouvelle, pourquoi se gêner. Y'en a qui décrochent pas la prise, jamais. Des pommes comme moi. Je lui laisse son monde où on n'est pas écrivain, je lui laisse son monde désert où on donne rien à personne, jamais, ce monde avare de tout, ce monde où il n'y a que des impasses de l'amertume, ce monde qui ressemble à un commissariat où on vous accuserait à tort, toujours à tort, à la place de quelqu'un d'autre qu'un flic cinglé voit à votre place, ce quelqu'un d'autre qu'elle voit à la place de sa fille par exemple, or si elle me voyait moi, sa fille, comme je suis, ni meilleure ni pire qu'une autre et plutôt pomme, oui, elle hésiterait peut-être à dresser contre moi ce monde-là, avec ses lumières de salle d'op où sévirait un chirurgien ivre mort, du genre à amputer la jambe d'un type qui attend une ablation de l'appendice, un monde en grande fermentation de haine, un monde qui hurle son délire de préjudice dans une solitude polaire, ce monde où tous les signes sont inversés, où on boit à l'envers, où on avance à reculons, un monde d'exécration, un monde où, à part exécrer, je ne sais pas vraiment ce qu'on fait, dans lequel je ne sais pas pourquoi on reste, dans ce monde qu'est celui de la plupart des gens. Ce qu'on y fait, pas même de la figuration, ce serait déjà être dans un théâtre, ce serait le risque du vertige, la tentation de la beauté, d'écouter la beauté, le ressac de la parole de Montherlant dans *le Maître de Santiago* par exemple, et de se foutre à genoux. Non, ce qu'on y fait, c'est de siffler des mensonges et des menaces à quelqu'un que personne ne peut défendre même s'il est innocent comme l'agneau, parce qu'il n'y a pas de public, ça vaut mieux, des fois qu'il se mette du côté de l'innocent, ça s'est vu, rarement, mais ça s'est vu.

Dans le monde de Paule, y'a rien que des ruines et une petite tuerie muette, bien efficace, un terrorisme qui fait pas de bruit, des balles silencieuses mais qui tuent vraiment. Dans ce monde-là y'a rien que la folie qui ne fait pas œuvre et quand ça se calme un peu, des silences qui empoisonnent le sang des autres. Paule, que veux-tu encore, que veux-tu exactement de cette personne qui n'est pas ton enfant, tu l'as dit dès que tu m'as vue dans le berceau près de ton lit, d'abord j'étais une fille t'as dit merde, ensuite j'avais les yeux bridés et un teint de chinetoque, t'as dit on s'est trompé de berceau.

Je viens de la coucher dans mon lit parce qu'elle pleure entre deux rires de folle, on ne voit plus que ses cheveux rouges, elle répète que mon père lui a menti, je ne veux pas lui demander à quel propos, je ne veux plus l'entendre, je veux qu'elle ait la rémission du sommeil et qu'elle comprenne en rêve que je dois dire la vérité, moi, que c'est l'heure, qu'elle n'a rien su de ce qu'elle faisait, et qu'elle cesse donc de répéter ça : qu' « elle veut se tuer puisqu'elle n'est plus rien pour personne », qu'elle sache que si c'était en mon pouvoir je ferais refluer les marées fangeuses de son passé, ces lames de fond qui lui croulent dessus à intervalles réguliers et risquent de la noyer avec de la boue dans la bouche, ma pauvre Paule qui a passé son temps à se tromper de direction comme ce Jacques Cartier qui croyait découvrir Tarsis et Ophir en mettant le cap sur le Canada, il y a des gens comme ça, ils se trompent tout le temps, même s'il y a une fondamentale perversité à se tromper ainsi sans relâche, à ces gens-là on ne peut que pardonner et oublier où ils ont mené les autres dans leur errance aveugle et leur prendre la main pour qu'ils traversent sur les clous, par exemple.

J'ai pensé, devant les cheveux rouges et les épaules tressautantes, qu'elle était la seule, et ça ne me fait pas rigoler, à savoir changer le ruban de ma machine à écrire qui date des bonheurs de mamita, qui date d'avant la dernière guerre. Que donc, si elle disparaissait, j'ignore qui le ferait à sa place. Qu'elle devrait penser que, même si j'écris des horreurs, à son sens, c'est quand même flatteur pour elle d'avoir les seuls doigts au monde capables de faire ça, de faire que je puisse écrire sur cette Underwood, moi qui ne saurai jamais ce que c'est qu'un traitement de texte et je ne vous dis rien de l'ordinateur. L'écriture ne se fera jamais sur ces trucs-là, il me faut mon vieux char d'assaut et son petit tonnerre de joie quand ça vient, et pas ces robots funèbres et silencieux, pauvrement parodiant la pensée dans son exercice, quant à parodier l'inspiration, essayez toujours, autant singer une messe, en ce cas précis, elle devient noire, cette messe. Bref moi si j'avais une fille écrivain, je la prendrais pour Balzac quoi qu'elle écrive, et je serais aux anges d'être juste ça : changeuse de ruban. Mais Paule ne veut pas que j'écrive, dans l'obsession que j'écrive sur elle et c'est ce qui se passe en ce moment, à force de penser aux choses, elles arrivent, donc, j'ai souri, elle est bien capable de se tuer pour que plus personne ne change le ruban. Il y a des gens qui se tuent pour des raisons moins simples.

Je lui ai pris la main, j'ai attendu qu'elle dorme. Je ne savais toujours pas d'où venait la foutue haine qu'elle me portait, où elle allait, c'est comme le vent de la forêt de Grisélidis dont on ne sait ni d'où il souffle ni vers quoi. Et tout à coup, j'ai compris quelque chose d'important : le soir où je l'avais emmenée voir le *Songe*, même si je n'avais pas eu ce malaise à l'entracte, elle serait partie avant la fin, elle n'avait pas aimé le *Songe*. Elle avait trouvé que ça ne passait plus, que c'était plein d'afféteries démodées, elle n'avait ni ri ni pleuré, ni été une seule seconde émerveillée. Et quand, après avoir vu Satchel dans la petite cage de velours rouge, je m'étais raccrochée au bras de Kurt, en plein cirage, elle n'aurait pas perdu une heure de sommeil pour m'accompagner rue L. alors que, franchement, je me demandais si je verrais le matin, si je n'allais pas avoir une mort aussi épatante que celle de Maria Callas, qui s'est levée et qui est tombée — mais ça, que Paule soit rentrée chez elle à ce moment-là, c'était moins important que le fait qu'elle n'ait rien aimé de cette pièce où se jouait mon destin, sur la scène et dans la salle. Malaise ou pas, elle se serait tirée à l'entracte parce qu'en plus il faisait trop chaud et que de voir quelqu'un se transformer en âne sous la lune de la forêt magique, ça ne lui disait trop rien, et le décor, elle ne l'avait pas aimé non plus, ni les bandonéons de Piazzola, ça la faisait grincer des dents, et pourquoi des tangos dans une pièce de ce monsieur Shakespeare? Elle était partie avec ses yeux incolores sous les faux cils en vison, son absence de regard et sa bouche étriquée, elle était partie, quittant la plus belle nuit possible, une nuit en vers, dans une autre nuit, citadine et cruelle et toute en prose, partie car n'est-ce pas ce type, Kurt, aurait fait n'importe quoi pour moi, un de plus, partie avec sa rancune à cause de Kurt qui ne m'aurait pas laissée tomber raide sur le macadam, partie comme toujours, pressée de se coucher et un peu colère que ce fût si tard à cause du *Songe* — et comme c'était, à tous égards, la pièce de ma vie, ç'avait été absolument logique qu'elle ne l'aimât pas, qu'elle n'y prît aucun plaisir, la pauvre.

J'ai regardé les cheveux rouges sur l'oreiller, et ce coiffeur qui lui avait même loupé sa teinture, la pauvre, et ce rouge et tout ce maquillage qui tachaient l'oreiller, ça lui donnait un peu l'air de la Folle de Chaillot, c'est la pièce que monte Satchel en ce moment, ou plutôt, puisque rien ne la visitait du génie du bien qui visite une Folle de Chaillot, ça lui donnait l'air d'une folle tout court, l'air de ce qu'elle était, la pauvre. J'ai ramassé un faux ongle écarlate qui s'était brisé quand elle avait griffé le drap, je me suis dit que tout se cassait dans sa tête et se délitait dans sa vie, que je n'aurais peut-être pas dû téléphoner à l'hôtel de Corfou le matin des miroirs, elle serait restée, elle aurait eu un peu de soleil en plus, j'ai pensé que demain elle recommencerait à nuire et que je ne pouvais pas deviner ce qu'elle ferait dans ce sens après-demain, et puis j'ai cessé de penser à elle, j'ai caressé ses cheveux tout rêches à cause des permanentes, j'ai pensé qu'elle était malade, que je ne pouvais pas la soigner mais la rendre encore plus malade, que je n'avais pas à penser à elle, que c'était perdre du temps.

Natalia était entrée dans l'atelier de Kurt, seule, elle lui avait dit en riant : Je passais par là, j'ai vu de la lumière, je suis montée. Non, faites pas cette tête, je blague, vous m'attendiez, je vous avais promis de venir voir votre dernier grand tableau. C'est un tableau du Paradis où je suis Ève, voyez, je retiens ce que vous me dites.

Devant lui immobile, elle avait balayé du regard tout l'atelier avant de fixer le tableau du Paradis, de s'asseoir par terre comme d'habitude, en mâchant un chewing-gum. Après un silence, elle avait dit : Pourquoi ces lions et ces aigles autour d'Ève ? D'ailleurs, elle ne me ressemble pas du tout. Ah ! mais dans le coin, là-bas, il y a un autre nouveau tableau, de Julia et de moi, que je n'avais pas vu ! Écoutez, celui-là, je l'aime encore moins que le premier. Avec ma joue gauche enflée, on dirait que j'ai une rage de dents, et Julia a des poignets énormes, alors qu'ils sont si fins.

Il ne lui avait jamais entendu débiter autant de phrases à la suite. Il s'en étonnait. Et en effet, elle avait vite retrouvé son exemplaire laconisme. Il lui avait demandé si, faute d'apprécier l'autre, elle aimait le tableau du Paradis. Elle avait répondu non. Il lui avait demandé si elle voulait du raisin, qu'il avait acheté pour elle qui en raffolait d'ordinaire. Elle avait répondu non. Il en était revenu au premier tableau, il lui avait dit : Vous ne l'aimez pas, mais c'est le Paradis, pourtant. Elle avait dit non, ce n'est pas le Paradis, il y a des lions et des aigles, c'est la barbe avec vos questions — et c'est un zoo. Et c'est mal peint. Il lui avait dit, s'approchant d'elle qui semblait vouloir rentrer dans le mur : je ne veux plus vous voir, Natalia, parce que ça me fait trop souffrir. Vous savez bien que je suis amoureux de vous.

Et il avait pensé que, s'il avait été amoureux de ce farfadet rose, blanc et or dans sa bulle translucide, il l'était plus encore de cette enfant méchante aux ongles rongés et aux mains sales, aux cheveux arrimés à une barrette de Prisunic et aux regards torves, cette petite Norne accroupie qui ne méritait que des baffes et avait les dents entartrées, ça se voyait quand elle mâchait son chewing-gum.

Il lui avait demandé si elle croyait ça — qu'il était amoureux d'elle. Elle avait souri, elle avait dit non, vous l'êtes de Luce et de Julia aussi, on n'est pas amoureux de trois filles en même temps. Ni de deux, à la réflexion. Non, vous n'êtes pas amoureux. De personne. Il lui avait dit : c'est peut-être étrange, mais c'est la vérité, je vous aime toutes les trois. Elle avait eu un regard lumineux, elle avait fredonné : *Voi che sapete che cosa e l'amor,* il l'aurait battu au sang, ce Chérubin-là, elle avait dit : moi je sais que c'est impossible, puisque j'aime Julia, de l'amour je peux vous en parler, quand on aime c'est une personne à la fois, une personne pour toujours, les autres on ne les voit pas plus que des fantômes. Encore que moi j'en vois, des fantômes. Celui de Satchel qui s'amuse beaucoup à hanter l'appartement. Et je sais vraiment à fond ce qu'est l'amour, puisque Julia aime Satchel, et qu'elle l'aimera jusqu'à sa mort, pas un autre homme, jamais.

Elle avait baissé la tête, le regard vert disparu sous les boucles chérubiniques, il avait compris qu'elle souffrait à voir surgir le comédien, de chaque coin d'ombre de la rue L., sous forme ectoplasmique ou en chair et en os, il avait respecté cette souffrance alors qu'elle ne respectait rien de lui, alors qu'elle était venue pour se venger de ce que peut-être, le matin même, Satchel eût appelé Julia trop longtemps, trop tendrement, et elle, Natalia, surpris le visage sanctifié qu'on a après ce genre de coup de téléphone. Il se pouvait qu'elle fût là, tapie, rencognée, avec sa voix assourdie et affûtée, juste pour se venger de ça.

Elle avait craché le chewing-gum sur sa palette, murmuré oh pardon, avant de se curer manuellement une dent du fond. Il s'était juré de garder ce chewing-gum sur sa palette. Il lui avait dit une de ces phrases bien tournées qu'elle avait en horreur, il lui avait dit : Vous comprendrez un jour, et alors peut-être il y aura un espoir. Elle lui avait dit non. Et puis vous pourriez pas parler comme tout le monde ? Vous pourriez pas dire que ce jour-là, l'espoir, c'est de me baiser ? Et cette rudesse avait entraîné Kurt dans une spirale du pire. Il avait dit à la Norne accroupie : Si je jure de ne pas vous toucher, viendrez-vous à Venise avec moi ? Elle avait dit non. Il lui avait dit : C'était oui, oui pour Venise, quand je vous ai connue dans la petite loge où on vous collait vos ailes de Cupidon aux omoplates. Oui pour Venise, à la caféteria où vous étiez si intimidée à cause de toutes ces grandes personnes qui sont de grands comédiens, autour. Vous aviez tort d'être intimidée. Si un comédien se figure être une grande personne, il est mauvais, et les acteurs de la Comédie sont bons, pour la plupart. Venise... ?

Elle avait dit : Oui, c'était oui pour Venise. A ce moment-là.

Il avait dit : Vous aviez accepté aussi de venir une fois avec moi, au Louvre, voir ces fresques peintes par Botticelli pour la villa Lemmi, où il y a une Vénus en vert et une Grâce qui vous ressemblent tant, à vous et à Julia.

Elle s'était tu, elle avait haussé une épaule et tordu sa grosse bouche qui faisait la moue qu'elle le veuille ou non, tant elle était gonflée. Il avait poursuivi : Et l'exposition Fragonard, vous ne m'y accompagnerez pas ?

Elle avait dit : Je ne veux aller nulle part avec vous, parce que je n'ai plus confiance. Et puis l'exposition Frago, Satchel y a emmené Julia, donc je ne veux pas y aller du tout.

Il lui avait dit, et le timbre de sa voix n'était plus que

l'écho pâle et rauque de celui qu'il se connaissait
d'ordinaire : Vous boirez bien un verre d'eau fraîche, un
verre de cette eau si bonne, de la source de Montmartre ?
Rien qu'un verre d'eau fraîche.

Elle avait dit non, j'ai pas soif. Il lui avait dit : On se
reverra quand, Natalia ? Elle avait dit : Je sais pas, elle
avait soupiré comme une gosse exaspérée par l'interrogation orale d'un prof maniaque, elle s'était levée, elle était
partie.

*

Kurt m'a appelée dans la nuit pour me dire mot pour
mot la scène des refus, qu'il n'aurait su garder pour lui
seul, il faut bien que la peine se répartisse un peu.

J'ai dit à Kurt qu'elle n'avait pas le droit de se
conduire comme ça, qu'il essaye de dormir, que le reste
c'était mon affaire.

J'ai raccroché. J'ai été la voir. Elle était étendue sur les
creux et les bosses du lit de mamita qui attendait toujours
réparation, ce dont son dos ne souffrait pas trop parce
qu'il avait dix-huit ans, elle lisait un de mes premiers
bouquins, elle l'a fermé à mon entrée, elle a eu ses regards
et ses sourires mouillés, elle m'a tendu les bras comme
une poupée, elle m'a demandé si j'avais bien pris mon
somnifère, elle m'a dit de venir, viens, doucement sup-
pliante et là elle ressemblait à une sirène échouée, viens.
Une fois de plus j'ai été sur la plage blonde où elle
m'attend, Natalia.

Cette nuit-là, elle m'a dit : je voudrais m'enlever toute
la peau, quand on est ensemble, c'est un vêtement trop
lourd, c'est quelque chose qui sépare, on devrait pouvoir
s'aimer sans la peau, et elle a fait le geste d'écorcher vif
son torse de garçonnet. A cause de ça, je ne lui ai rien dit
de ce qu'elle avait fait à Kurt, le mal exactement, j'ai
dormi avec elle.

Le lendemain à deux heures, Kurt m'a appelée. Il
venait de vendre un million de centimes une des *Salomé*

pour lesquelles j'avais posé, il voulait fêter ça. J'ai dit au peintre qu'on viendrait toutes les deux. Natalia m'a dit que, bon, si j'y allais, bien qu'elle n'ait plus envie de voir cet homme-là, elle viendrait. Je lui ai demandé d'être gentille avec lui, elle a dit oui, avec moi elle dit souvent oui, pas toujours, mais souvent.

Et ce fut cette soirée où les nuages passaient blancs dévastateurs sur un ciel où la pleine lune avait plus d'éclat que le soleil, et tout près d'elle, comme une mouche de strass sur la pommette d'une femme, une étoile brillait avec la magnitude qu'un astre a rarement sur la ville, les nuages d'un blanc pur passaient sur le bleu marin de la nuit et l'argent de la lune, c'étaient les mêmes couleurs que celles de la forêt du *Songe*. Kurt nous tenait ferme, Natalia par l'épaule, moi par le bras. On avait bu de la vodka en l'honneur d'un article que je venais d'écrire sur son œuvre pour une revue d'art et la vente de ce tableau, je croyais que tout allait mieux, et rien n'allait mieux. Rue B..., les grands arbres de la cour frissonnaient et chantaient une tempête cinglante, fastueuse, effrayante. C'était vraiment une de ces nuits où on se croit dans un bateau sur la mer et où quelque chose de terrible va arriver — et la lune et le vent et les nuages déchirés et les arbres tonnants étaient bien aussi terribles que le regard de Natalia, quand elle s'y mettait.

Il nous tenait, tout lui échappait, il frôlait le cou et la joue soyeuse de Natalia qui ne se dérobait pas, pour une fois, il agrippait mon bras qui ne s'était jamais refusé quoi qu'il eût fait dans sa gaucherie désespérée, il nous empoignait sous cette lune cruelle comme un plat d'argent attendant une tête coupée et sanglante — et je savais les refus, celui du Louvre avec lui, de l'exposition Fragonard avec lui, celui du verre d'eau fraîche ; le temps de la défiance était passé, Kurt méritait qu'on lui rendît

toute la tendresse possible, à mon sens, or, à celui de
Natalia, offrant au vent son petit mufle d'apso tibétain,
Kurt ne faisait que la désirer, quoi, il voulait une baise
sous couvert de promenade au Louvre, il voulait ça avec
ses Venise et ses violettes de Bourgogne et ce petit buste
d'elle qu'elle venait d'oublier dans l'atelier.

J'ai été chercher le petit buste et les violettes, je suis
revenue dans la cour pour presser la main de Kurt et
attendre un taxi en priant qu'il se soit égaré, que Kurt ne
se trouve pas trop vite seul à cause de ce taxi. Dans ses
grandes mains écorchées de sculpteur et de peintre, je
savais ce qu'il voulait retenir, Kurt, il voulait retenir cela
même qu'il peignait, la peau et le sang et la chair de deux
jeunes filles sous cette lune de théâtre et ce ciel lavé par la
tempête dans le grondement d'opéra des platanes gigan-
tesques. Il m'avait dit, à mon entrée dans l'atelier, que ce
que j'avais écrit de si beau sur sa peinture n'était pas
autre chose que l'oraison funèbre de Grillparzer sur la
tombe de Beethoven, et dans les arbres roulait comme le
fracas du tonnerre sur une tombe, et il nous serrait à nous
faire mal, comme si c'était la dernière fois qu'il pût le
faire, qu'il pût saisir quelque chose de ces filles prêtes à
s'esquiver, à s'évanouir, comme toutes celles qu'il avait
aimées dans sa vie.

Il a appuyé contre la mienne sa joue un peu rugueuse
et il a broyé la main de Natalia qui a poussé un cri enragé
de douleur, j'ai eu envie de la gifler pour ce cri, elle
n'avait pas le droit, c'était trop intolérable à cet homme
de serrer contre lui tout ce qu'il désirait avec la certitude
de devoir le perdre l'instant d'après, l'instant du taxi, où
ses paumes n'éprouveraient plus la douceur d'une main
et la dureté d'une pommette, toutes ces choses qui
avaient la chaleur et les contours d'une vie qui le fuyait.
Je détestais le taxi qui allait venir, Natalia qui s'écartait
de Kurt, lequel avait le regard d'un homme qui voit le
trésor du monde disparaître entre ses doigts, je détestais
Luce — l'ouvreuse qui avait été son initial amour et,
davantage que moi ou Natalia, ce trésor-là — Luce qui,

avec l'innocence la plus absolue et par là la plus fatale d'une Agnès se défendant d'Arnolphe, avait détruit Kurt, le condottiere, mon ami, mon ami, mon ami, je me détestais de n'avoir à lui offrir que cette amitié mais qu'est-ce que je pouvais changer à ça, or Luce lui avait même refusé cette amitié, depuis le seul voyage qu'ils firent ensemble, à Florence, pendant lequel il avait cru à quelque chose de possible entre eux, avant que le dernier soir à Florence, un regard et quelques mots de Luce ne démentissent cet espoir. Et ce soir-là, en Toscane, sans doute pour la première fois, il s'était mis à pleurer, ce type grand à cacher la lune, même celle de ce soir qui était aussi pâle, glacée et mystérieusement impure que Luce ; il s'était mis à pleurer, et Luce, terrorisée par les larmes de cet homme, avait fui comme il n'y a que les types pour le faire, d'habitude, par répulsion envers cette chose pitoyable, envers le dénuement terrible de l'amour. J'entrecroisais mes doigts à ceux de Kurt, ceux de cet homme qui portait je ne sais quelle malédiction, par le Christ, on ne peut être refusé ainsi toute sa vie, on ne peut se dire qu'il n'y a eu qu'une seule femme dans sa vie pour avoir pris du plaisir entre ses bras, et c'était le cas, une seule, qu'il avait épousée, qui l'avait abandonné. Luce n'avait rien pris de lui et certes pas du plaisir, rien pris des sublimités que cet homme pouvait donner et dont personne ne voulait, il était, lui et non Luce, un trésor étincelant et échoué sur une grève dont nul n'approcherait comme si y toucher allait provoquer le courroux du ciel, le courroux du ciel de cette nuit-là par exemple. Alors merde, il vient ce taxi ? elle a fait, Natalia, et j'ai eu une seconde fois envie de la gifler. Abandonné, Kurt, et tout juste si on ne donnait pas des coups de pied dans ce trésor qu'il était, avec toute sa bonté, tout juste si on n'en riait pas — en tout cas, les jeunes filles dont il avait rêvé se détournaient de l'éclat de ce trésor, de cette tendresse sans mesure, de ces dons excessifs pour elles, elles et leurs petites qualités, si toutefois elles en avaient, moi comprise, avec mon urgence égoïste à lui offrir quelque chose, quoi, quelques baisers fuyards qui n'avaient rien fait d'autre que lui brûler la peau, je regardais cet homme, il avait l'air non plus du Mat du tarot, mais d'un roi découronné, du roi Lear sur sa lande, du roi Lear trahi et nargué, Seigneur pour lui c'était bien le dernier acte.

Le taxi maraudait on ne savait où sur la butte, on était toujours fouettées par le vent sous cette lune paradante, il ne nous lâchait pas, Natalia en avait marre, elle voulait qu'on se cajole le plus vite possible sous la couette rue L. au lieu de rester là à attraper la crève à côté de cet homme qui, tentant encore de retenir un peu d'elle, lui pinçait un bras qu'elle a secoué pour se débarrasser de la poigne abusive. Kurt a baissé les yeux, le taxi est arrivé. Elle a dit qu'il était temps, qu'il commençait à pleuvoir, en plus, que, chic, on rentrait chez nous. Elle s'est engouffrée dans le taxi. Je l'ai suivie. Le taxi a démarré, Kurt a fait un signe de la main, je lui ai répondu, elle non. Le taxi roulait dans l'ombre et lui, dans son atelier, restait seul avec le grésil de la pluie d'orage qui criblait la verrière.

Des gens comme Satchel ne veulent pas voir dans quels décors délabrés ils vous laissent, ça leur foutrait le blues, ils regardent ailleurs, là où c'est pas cassé, ils ne veulent ni voir ni savoir. Moi je vois, que ça me plaise ou non. Et je voyais Kurt dans un gouffre de désespoir aussi profond que celui de cette nuit violente où personne ne l'attendait, nulle part, et dans des souffrances vaines qui n'engendraient plus rien, plus un tableau. Pendant la course du taxi, Natalia m'a demandé par trois fois à quoi je pensais, je n'ai rien répondu, je serrais le petit buste et les violettes, elle ne l'a même pas remarqué.

Rue L., je n'ai toujours pas desserré les dents, je lui en voulais à cause du Louvre, de l'exposition Fragonard, du verre d'eau, pas seulement à cause de ça. A cause de son sale jeu de nymphette avec ce type qui, dès qu'en sa présence, ne savait plus quoi dire ni quoi faire, balbutiait, tentait des blagues qui ne la faisaient pas rire, ce type qui s'empêtrait dans toute sa jeunesse à elle. Je lui en voulais aussi à cause d'une jatte de mousse au chocolat. Celle-là, entrant dans l'atelier, juste avant la tempête, je l'avais vue sur la petite table, disposée à l'intention d'une gosse qui adorait le chocolat, au temps du *Songe,* au temps où il lui en achetait des tablettes qu'elle dévorait en s'en foutant jusqu'aux narines, au temps où elle était une enfant gourmande, avant qu'elle ne bannisse de sa vie le chocolat et les rondeurs subséquentes, juste pour me plaire. La cause du chocolat était perdue, le temps du *Songe* révolu, si la Comédie rouvrait ses portes, Natalia ne caracolerait à nouveau dans sa bulle qu'au prochain printemps, et il semblait improbable qu'au prochain printemps Kurt fût encore là, en haut de l'escalier d'honneur, en smoking blanc, si impressionnant que le président de la République venait lui serrer la main, mais il n'y avait pas de malentendu, président ou non, c'était un honneur que de serrer la main de Kurt.

Il l'avait prise sur ses genoux, et grondée à cause de son refus catégorique de la mousse, toujours maladroitement, il ne se serait pas conduit autrement avec une mioche impubère et son désir pour Natalia le rendait lui-même à un infantilisme effarant, qu'il déplorait mais contre lequel il ne pouvait rien. Elle s'était tortillée contre lui, oh la cynique, sournoise nymphette, et je la détestais de l'avoir allumé comme ça, qu'importait que ce fût à son insu. Elle était aussi malveillante et perverse avec lui qu'il était sans armes, qu'il avait la main et le verbe malheureux, qu'il riait faussement et niaisement devant elle. Elle n'aurait pas même dû accepter ses genoux, elle avait joué de cette seule beauté qui conduit toujours à des abus de pouvoir surtout à l'âge de Natalia qui avait tant besoin que moi seule la lui chante, la lui prouve, et crachait à la gueule des hommes qui y faisaient allusion, et donc à celle de Kurt qui avait tenu contre lui toute la grâce retorse d'une fillette qui, à son contact, n'avait plus d'âme, plus de cœur, n'était rien d'autre que l'objet imperfectible et creux de son malheur.

Il allait partir, sans doute avant la date anniversaire de la mort de Verrochio, et Natalia avait minaudé, dédaigné la mousse au chocolat, l'aurait-elle mangée que ça n'aurait pas sauvé Kurt, mais c'était lui refuser quelque chose de plus, quelque chose de trop. Et l'idiote ne l'avait pas compris. L'idiote, dans la salle de bains, démaquillait un fard trop noir pour le vert de ses yeux et chantonnait une blafarde ariette à la mode. Je fumais un cigarillo, assise sur le rebord de la baignoire, je la regardais, je n'avais même plus envie de la gifler, ça n'aurait pas servi à grand-chose, elle n'aurait pas plus compris la gifle que mon silence. Elle enfilait son pyjama rose, dans lequel elle flottait puisqu'elle avait tant maigri pour me plaire. J'ai pensé, à la voir si inquiète de ce silence que je lui opposais pour la première fois, et noyée dans le pyjama rose déteint et reprisé, que l'abus de pouvoir qu'elle ne cessait de faire envers Kurt était rémissible, à cause de ces autres hommes qui l'avaient traitée comme une chienne. C'est à cause de ces hommes que je suis venue vers elle, que je l'ai emmenée dans la chambre, que ça m'est devenu soudain indifférent qu'elle n'ait rien compris, que je l'ai prise dans mes bras sur le lit cabossé de mamita H. Elle a crié doucement, tout de suite, j'ai crié moi aussi dans la nuit de tempête où Kurt était seul, sur cette butte où ça soufflait plus fort que rue L.

Un peu plus tard j'ai rallumé un cigarillo, je me suis levée, j'ai été regarder la lune, elle était toujours cet œil rond et âpre et phosphorescent, si étrange sur la ville, cet homme allait partir et se taire, que j'estimais inutilement et plus qu'aucune autre. Luce devait lire Joyce dans sa chambre de l'île Saint-Louis, et y prendre un plaisir des plus délicats. Je venais d'en prendre et d'en donner, d'une autre nature et tout aussi délicat.

Je me suis endormie très injustement, quand, de toute évidence, cet homme ne pouvait le faire, avec cet ouragan sur la lune qui était à rendre les gens fous. Je me suis endormie parce que de jouir m'avait fatiguée.

*

A mon réveil, Satchel que je devais voir le lendemain a appelé pour se décommander à cause d'une répétition imprévue de *la Folle de Chaillot* à Chelles, il s'est excusé mille fois, il a rappelé tout de suite après pour m'embrasser encore, me demander de ne pas prendre ça mal, si je n'étais pas fâchée, j'ai grogné un *pas trop*, il a reporté le rendez-vous au lundi, même heure, rue L., j'ai raccroché, Natalia est entrée avec ses yeux jade foncé de jalousie parce qu'elle m'avait entendue prononcer ce nom Satchel, comme je le prononce toujours, comme une caresse longue, lisse et secrète qui a des parfums anciens, bon, le soleil inondait tout l'appartement, la vie palpitait toute chaude dans l'odeur sombre du café, j'étais triste pour le samedi et le lundi était dans cent ans, mais il viendrait, après l'injustice de m'être endormie la nuit précédente, j'en ai commis une seconde, j'ai oublié Kurt pour la journée et les cent ans qui me séparaient du lundi.

Elle savait que j'attendais Satchel. Elle a pris sa clarinette, et, cette fois, elle est montée dans la chambre de bonne pour jouer les *Divertimentos* de Mozart. Les *Divertimentos*, c'était ce qu'elle étudiait cet été-là, et la chambre de bonne, c'était parce qu'après un tour bien vif de son sang yougoslave, elle venait de se fâcher avec son professeur de clarinette — fâcherie qui n'aurait su durer longtemps, à cause des yeux verts et des boucles d'or — et ne voulait plus travailler chez lui. Elle a grimpé jusqu'au sixième étage, toute petite avec sa grande clarinette en *si* bémol, en ébène et en argent, le vert de ses yeux virant à l'œuvre au noir. Ainsi, dans cette mansarde, sous la lucarne au carreau cassé, sur une méchante chaise jadis cannée, derrière une tablette que j'avais calée contre le mur pour qu'elle y posât ses partitions, avant qu'elle n'allât chez ce Rémi qui avait à lui offrir un cadre bien plus digne du *Quintette pour clarinette,* et des voisins sourds, ou pas de voisins du tout — ainsi jouerait-elle Mozart à s'éclater la bouche avec toute la ferveur rageuse dont elle était capable, en sachant ce qu'au second étage, Satchel et moi, on ferait de nos lèvres. Qu'elle baise sa clarinette, qu'elle lui roule des pelles avec toute la vivacité de son sang yougoslave, c'est le seul instrument auquel on peut rouler des pelles, il ne lui reste que ça et ça lui serait plus difficile au piano, à ma petite sublime, pensais-je avec une ironie morose où la sombre culpabilité et ses rides frontales le disputaient à — et l'emportaient sur — l'éclat impressionniste d'un rire à l'attendrissement faux derche.

Après, j'ai été aussi salubrement, atrocement égoïste
qu'envers Kurt, je me suis mise en attente de Satchel avec
mon tricot noir sans rien dessous, ma jupe de jean à
volants si courte, pour qu'il voie mes jambes, mes jambes
cassées qui sont plus belles qu'avant, je l'ai attendu avec
la plus grande beauté possible, ce que j'ignorais c'était
qu'il allait en faire de même, arriver avec la plus grande
beauté possible.

Il est arrivé avec toute cette beauté, et à son heure
c'est-à-dire un peu en avance. Il est arrivé avec un
bouquin de Giraudoux, les *Contes d'un matin*, il m'offrait
toujours des choses gaies, la dernière fois ç'avait été
l'Enlèvement au sérail, un jour de l'automne suivant, ce
serait un énorme livre sur Fragonard — toujours des
choses scintillantes et joyeuses, ou d'une drôlerie mélancolique et ressuscitante, toujours des choses à entendre ou
à lire pour oublier la tristesse. « Je ne peux pas rester
longtemps, j'ai mes trois chattes à nourrir, elles sont
toutes seules », il a dit, Satchel. Je n'ai rien objecté, à
cause du syndrome de présénilité que j'ai autant que lui à
l'égard des chats, et donc des trois chattes que je n'avais
vues de ma vie, et puis il fallait toujours qu'il fasse autre
chose que de m'aimer, c'était entendu. Mais malgré ma
passion pour les petits félins, je me suis dit ce coup-là,
bonhomme, le ciel peut attendre et les trois chattes aussi,
je vais te montrer mes jambes, ça suffira.

Il a mis un temps fou à être quelqu'un qui arrive,
comme si c'était de très loin, il est resté debout, il
n'arrêtait pas d'arriver, en grandes et vaines protesta-
tions de départ. Il a fini par le faire quand on n'y croyait
plus, c'était quelque chose de l'achèvement illusoire
d'une vague sur le rivage, il a fini par arriver avec toute la
beauté trompeusement éployée de la mer empesant,
noircissant le sable pour la quitter après, toute sa beauté
à lui de prophète et de prince juif qui est à vous scier les
genoux, une barbe de deux jours qui lui creusait des
tranchées d'ombre sous les pommettes et les escarpait

davantage, avec ce visage en excavation, un vrai champ
de fouilles d'où émergent des trésors, où chaque meurtrissure a l'air sculptée dans le marbre, ce visage dont je
n'aurai jamais assez, ascétique, visionnaire, affamé,
altéré de rien qu'on puisse lui donner sur la terre, ce
visage qui devenait parfois celui d'un brigand napolitain
à vous faire peur la nuit, ce visage qui devient ce qu'il
veut, où il y a quelque chose d'un prestige d'avant
l'histoire, où les os tendent la peau à la blanchir et sont
comme les arcatures rigoureuses d'un temple aussi
archaïque et sacré que son nom, ce visage tout en saillies
et en clairs-obscurs de vieil enfant hautain, non je n'aurai
jamais assez de ce visage, ni d'en parler, et Dieu qu'il
peut être laid quand ça lui chante.

Juste derrière lui et son visage, Natalia dégringola,
sans sa clarinette, elle avait oublié je ne sais quoi — rien,
elle n'avait rien oublié, elle voulait juste voir Julia, voir
Satchel, à s'en crever les yeux, elle voulait savoir par
avance ce qui se passerait et jusqu'où ça irait, s'il la
relèverait, cette jupe aux volants en balancelle, ce qu'il
ferait du tricot noir sans rien dessous, bon sang, l'œil
d'alguazil qu'elle avait — l'œil génialement perspicace
d'une amoureuse qui, au premier regard, à quelques
détails en sait plus sur l'objet de sa jalousie qu'au terme
d'une poussive enquête.

Elle devait m'avouer, peu après, dans un jardin de
Nice, qu'elle nous avait vus si beaux tous les deux qu'elle
avait eu envie de partir à jamais, de ne plus déranger,
qu'il y avait dans la beauté de Satchel et la mienne ce
jour-là une même chose qui faisait penser à la flamme, et
du désir dans nos yeux à allumer un incendie sur Rome.

Qu'est-ce que tu fais là, toi ? il a dit, Satchel, avec un
étonnement sincère, comme si, hors de sa bulle, le
Cupidon du *Songe* aurait dû ne plus avoir d'existence.
Mais qu'est-ce qu'elle fait là ? il a murmuré à mon
intention, devant le mutisme du Cupidon du *Songe*. Elle
EST là, j'ai répondu. Le commentaire de Satchel (impar-
tial, d'un paternalisme à l'inconsciente cruauté — ce

gars-là aura vécu dans l'inconsciente cruauté, Natalia, pardonne...) cingla net un silence empoisonné : « Ça c'était la meilleure chose qui puisse lui arriver. » « Satchel, ni elle ni moi ne sortirons de la forêt du *Songe,* j'ai dit pour la cent millième fois, et cette fois-là c'était à lui, tout bas — c'est pour ça qu'elle est là. »

Natalia n'avait pas ouvert la bouche, ce jour-là il n'y avait que le bec de sa clarinette qui pouvait la desceller, elle est remontée vers la chambre de bonne et les *Divertimentos* de Mozart. J'ai emmené Satchel dans le bureau, d'abord parce qu'il est en face de l'entrée, ensuite parce qu'il est saturé de présences translucides, hanté des esprits rôdeurs de mes personnages, des parfums de pays où j'ai été heureuse et à propos desquels j'ai écrit, bref, il est plein d'écriture ce bureau. Il a vu qu'elle était là, l'écriture, il n'a pas cherché à voir les esprits, ce sont mes jambes qu'il a regardées, il m'a dit ne les avoir jamais vues puisque je portais toujours des blue-jeans, que c'étaient les plus jolies jambes cassées du monde. J'ai allumé une cigarette, j'ai fait cesser les galanteries d'une voix très douce, la voix qu'il faut, la voix nécessaire pour dire cette vérité que je suis contrainte de dire, peut-être pour toujours, depuis la mort de mamita jusqu'à toujours je ne crois plus pouvoir rien cacher, c'est comme s'il fallait que je la leur flanque à la gueule à tous, cette vérité, et qu'importe ce qu'ils en feront, c'est comme délivrer des oiseaux et qu'importe où ils vont. J'ai dit ce que je n'avais osé lui dire, à cause de ses peurs, lors de sa dernière visite, j'ai dit vous savez, Satchel, j'ai beaucoup pensé à me tuer, cet hiver, à cause de vous. Il a compris que j'étais dans l'étrange, la folle incapacité de mentir, et certes en ce sens j'avais fait des progrès. Il a juste cillé. J'ai écarté une boucle noir-bleu de la brisure franche de sa pommette, je lui ai dit : maintenant on se tutoie, si tu es d'accord. J'ai attendu qu'il parle sans la moindre angoisse, or j'aurais pu en ressentir comme jamais, tant cela était grave, ce que je venais de dire, d'obscène par les temps qu'on vit, de limpide pour lui et moi qui ne vivions pas dans le temps des autres, ça c'était certain — et grave aussi, ce que je venais de proposer. Ce tutoiement changeait tout, cassait un écran de verre derrière lequel pendant des mois on avait appliqué nos mains et nos lèvres comme si j'étais moi-même une détenue, et je l'étais comme chacun l'est de l'amour de quelqu'un, et lui un visiteur qui ne pouvait me parler qu'à travers le guichet de ma prison, la prison de ses absences. Il a souri : C'était par respect de toi, le vouvoiement. Il s'est carré dans le grand fauteuil, je me suis assise sur ses genoux, j'ai déplié en éventail les volants de ma jupe, qu'est-ce que tu me fais, sorcière, qu'est-ce que tu me fais, il a dit avec sa voix à chanter dans les églises ou à psalmodier les litanies de l'enfer, je crois qu'il fait les deux. Et tout de suite après, et j'ai su que c'était à cause de ce que je lui avais dit d'insensé, d'entrée de jeu, il m'a serrée très fort dans ses bras, sans trembler cette fois, il a dit pardon, pardon, ses boucles dans mon cou où il se cachait comme un gosse en traquant mon parfum de fleurs, il a dit pardon, mais je ne voulais pas gâcher l'essentiel, cet essentiel de la première fois. Fou, Satchel, c'est toi qui es fou, on peut mourir demain, passer sous un bus, j'ai balbutié comme toutes les femmes l'auraient fait à ma place parce qu'elles vivent d'immanence et pensent toujours à l'hypothèse du bus — à ce propos, j'ignorais ce qui allait arriver à Natalia le lendemain, je ne savais plus rien qu'une chose : que j'avais vu dans les yeux de Satchel le triomphe sur la peur. Serre-moi fort, j'ai dit, et il a compris que l'essentiel était dans ses bras, qu'il ne pouvait plus se réfugier derrière mille ruses ulysséennes, mille craintes et toute la culpabilité que lui suscitait cette femme avec qui il vivait et qu'il estimait trahir rien qu'en jetant les yeux sur une autre, cette femme qu'il ne voulait à aucun prix faire souffrir — et que les autres morflent, c'était leur affaire à ces autres, aux regardées, seules avec le sort qu'il leur jetait en grande et menteuse distraction, pour fiévreusement juger de ses pouvoirs, en fait, dans la terreur qu'ils n'existent plus, dans la terreur de la mort et ne se l'avouant pas. Il m'a pressée contre lui jusqu'à ce qu'on ait mal, j'aurais voulu avoir encore plus mal, j'ai pensé qu'il n'en allait pas ainsi avec Kurt, jamais, même le soir de la tempête, et puis je n'ai plus pensé à Kurt. Sur ses genoux, j'ai vraiment eu l'impression que nous étions revenus au cœur de la nuit du *Songe,* que c'était aussi comme dans ces contes où les enfants entrent dans des forêts bleues pour ne plus en sortir jamais et découvrir des rois et des reines condamnés à porter une dépouille animale sur le caprice d'une fée, que la fée c'était moi, comme il le disait l'hiver précédent à la Comédie, la fée Morgane, et sa dépouille de bête glissait jusqu'à ses pieds de prince juif, on allait main dans la main, à travers un labyrinthe touffu de noire turquoise, les branches nous caressaient sans nous griffer, on allait jusqu'à une clairière qui avait l'éclat sourd et lunaire du marbre, et que je reconnaissais.

C'était ce que je voyais sous mes paupières closes, sur ses genoux, dans le bureau.

Il n'arrêtait pas de me parler pour voir l'effet du tutoiement, c'était celui d'un étendard d'orgueil qui claquait dans le vent, c'était très beau, c'était parfaitement juste. Viens, je lui ai dit. Je vais te faire visiter l'appartement à fond, c'est une curiosité, viens.

Il a dit qu'il s'en souviendrait, de ce couloir. Et moi je n'avais pas fini de bénir la longueur fuligineuse du couloir, sur les murs duquel le salpêtre avait inscrit la topographie de continents extra-planétaires ou sombrés, ce couloir aurait dû enserrer la terre, à mon avis, parce que j'étais juste devant Satchel, qu'il me plaquait contre lui, que je sentais tout de lui et mes jambes et les siennes accolées et mes cheveux mêlés aux siens et à son contact j'avais toujours cette sensation d'être chez moi, mais ce chez moi d'ailleurs, quelque part en Israël, en Afrique ou en Asie, ce chez moi où je ne paie plus ni taxe ni gabelle, où tout m'est donné, au contraire de cette France que

j'estime encore pour en écrire la langue, c'est tout. Ce
couloir fut aussi interminable à parcourir que lorsqu'on a
pris du hasch, que le moindre geste, le moindre pas s'étire
comme un chewing-gum, et qu'il faut trois mille ans pour
faire la plus petite chose. On a dû marcher immobiles, je
crois. Bon, mais à propos de came, Satchel, c'était pas de
la douce, c'était de la dure. J'ignorerai toujours pourquoi
on s'est retrouvés dans la salle de bains, assis sur le
rebord de la baignoire, devant le séchoir à linge métamor-
phosé en penderie, lequel un jour va se casser la gueule à
cause des tonnes de coquetterie accrochées là, et il a
considéré avec une hébétude enjouée les tonnes de
coquetterie. Il m'a embrassée et sa langue était si
soyeuse, pendant que celle de Natalia frappait furieuse-
ment l'anche de sa clarinette, du bec de laquelle, à coup
sûr, elle n'avait fait qu'une bouchée pourquoi s'était-elle
engueulée, Seigneur, la veille de ce jour-là, avec ce prof
qui avait un studio à Barbès, si elle avait joué à Barbès,
ça aurait mis de la distance entre ce qu'elle faisait de sa
bouche et ce que je faisais de la mienne, ç'aurait été
moins cruel. J'ai oublié la langue de Natalia, la mienne et
les usages divers qu'on en faisait chacune de notre côté,
quand Satchel a éloigné mon visage du sien, quand il m'a
demandé ex abrupto :
— Qu'est-ce que tu vas faire maintenant ?
— Comment, maintenant ?
— Maintenant.
— Après que tu seras parti ?
— Oui.
— Rien. Non, pas rien. Lire ce livre de Giraudoux que
tu m'as apporté.
— Tu n'écriras pas ?
— Non. Quand je suis seule, je ne peux pas.
Alors il m'a prise contre lui sur toute la longueur,
1,68 m pieds nus, et le peu de largeur, il m'a dit cette
phrase sur un ton que personne n'a jamais employé sans
prendre une baffe, vite vu, ou un mot qui la vaille : *ma
pauvre petite Julia*. Et c'était la pauvre petite Julia juive et

seule au monde, et la fée Morgane et le respectable auteur jusque-là vouvoyé et le talent qu'il me reconnaissait et toute l'offre fervente qu'un être humain peut faire à un autre et toute ma solitude qu'il a pris dans ses bras sans rien oublier, sans rien laisser à d'autres qui auraient pu me plaindre et là, une baffe, vite vu, ou me faire du mal, il m'a prise dans ses bras de telle façon que rien, même l'aile membraneuse d'un déchu, ne puisse s'immiscer entre lui et moi, ni une feuille de cellophane, ni en définitive cette solitude organisée qui était la sienne quand la mienne ne l'était pas. Les yeux de cet homme disaient tout le temps ça, la solitude, même s'il le déniait. Et pourtant, à ce moment contre la baignoire ni lui ni moi n'étions comme ça, comme les autres sont, seuls.

Je ne sais plus ce qui a commencé à le rendre fantasmagorique, ce baiser, je savais que ses chattes attendaient derrière la porte, qu'elles risquaient d'avoir la dalle, les petites gentilles, mais moi aussi, d'autre chose, d'un coup. Ça a été comme un barrage qui craque contre le plus grand des océans, c'est le Pacifique, elles peuvent bien attendre un peu, tes petites gentilles, j'ai dit à l'homme qui m'embrassait et ne voyait plus trop de quoi je parlais, non. On est restés sur le bord de cette baignoire à en attraper des escarres, ça a été un de ces rares baisers où vous pouvez dire adieu à votre âme, elle est partie comme dans le dernier souffle, ça a été des lèvres qui s'éraflent contre la peau, les miennes vulnérables palpitantes comme des anémones de mer contre la sienne si douce sous un roncier rêche de barbe naissante, les morsures déchiquetées, cette façon hagarde de s'arracher la peau et le cœur, le labour lent d'un visage par l'autre, le labour rageur de langue et le choc bleu des dents, ce fouaillage cinglé d'un baiser qu'on peut attendre toute sa vie et ne recevoir que chez les anges, là où elle est, mamita, et puis l'écroulement fou des cheveux et mes lèvres étaient comme une plaie vive ou comme une traîne rougie au sang allant sur toute la géographie sans repentir du masque pâle, que tu es belle, il disait, et il

m'écartait de lui pour vérifier, oh c'était bien ce baiser-là
que Salomé voulait de Iokanaan, celui qui dévaste et
délabre le visage jusqu'à sublimement le ruiner, celui qui
tente d'arriver à la pureté dure et secrète de l'os, la
violence du baiser que chante Salomé depuis un siècle,
ceux qui vous embrassent comme ça, ne lâchez pas leur
main, qu'ils le veuillent ou non, ne quittez pas leurs
lèvres, on ne sait jamais s'il y aura une autre fois, si ce ne
sera pas le *trop tard* qui nous accuse tous, toujours, comme
dans *la Folle de Chaillot*. Il m'a dit qu'il m'aimait, qu'il ne
le répéterait pas cinquante fois. Iokanaan ou Judas
l'Iscariote, je n'avais plus qu'à te croire : prophète tout à
ton dieu ou traître au fils de Dieu, c'étaient tes meilleurs
rôles hors de scène — et vois-tu, je m'en foutais, l'après-
midi de cet été-là, je m'en foutais.

Pendant que je m'en foutais, au sixième étage, il y avait
Natalia dont le sang yougoslave faisait des tours et des
tours, dont les yeux étaient noirs comme le malheur
qu'elle avait de nous savoir seuls, de l'avoir vu entrer
précédé d'une beauté si terrible et moi l'attendant,
réservant la mienne à lui et à personne d'autre; il y avait
Natalia revoyant cette scène où je m'étais fardée pour lui,
où elle avait vu surgir cette beauté, de façon à l'effrayer
puisqu'elle ne lui était pas destinée; Natalia pensant que
nous étions si beaux qu'il n'y avait aucun espoir que nous
fassions autre chose que l'amour; non, Natalia, c'était un
baiser qui allait au-delà de l'acte d'amour, tout comme ce
que j'ai pour Satchel, je te l'ai dit, est au-delà de l'amour.
Il y avait Natalia qui jouait le *Quintette pour clarinette*, dont
les dents cisaillaient au sang la muqueuse de sa lèvre
inférieure à force de pression sur le bec de sa clarinette,
qui avait des crampes jusqu'à l'épaule et mal au ventre à
force de respiration abdominale, Natalia qui, en attendant elle ne savait plus quoi, qu'il parte lui semblant
improbable, jouait Mozart avec la virtuosité frénétique
que donne la souffrance, je l'ai appris par les Chiliens qui
squattaient la chambre d'à côté. Elle n'a cessé de jouer
que lorsqu'elle a eu l'impression que ses lèvres la

fuyaient, quand elle a eu trop mal au ventre, quand, quelle que soit l'opinion des Chiliens, elle a jugé qu'elle martelait trop fort les *forte* et les *piano*, que ça devenait mauvais, en plus. Ça elle me l'a dit plus tard, dans le jardin dont je vais parler.

Après quelques siècles sur la baignoire, il m'a fait glisser de lui, il a pressé ses mains sur mes tempes, embrassé mes paupières soudain bridées, souri avec les coups de canif à pleurer que ça fiche dans sa belle gueule, il a marmotté un truc à propos des petites gentilles qui avaient faim, il était une heure en retard sur le dîner des petites gentilles, lui qui avait toujours réussi à être en avance sur nos rendez-vous et en retard à ceux qu'il avait après, c'était la preuve d'amour initiale que j'avais reçue de lui l'hiver dernier, et qui m'avait fait l'effet d'un baptême.

— Va-t'en, je lui ai dit, quand sur le palier il m'embrassait les mains, va-t'en vite, mais ne me laisse JAMAIS.

— Je t'aime, mais n'attends pas que je te le répète, il a dit, oubliant que c'était déjà fait. Il a dit ça l'hiver de gel grâce à lui scintillant comme une ouverture de Rossini, et aussi grâce à lui tranchant comme le fil d'Excalibur, il a dit ça après un printemps disgracié où quelque chose a failli s'éteindre et crever en moi à cause de lui, ici que le pianiste de Nanterre plaque des doigts bien douloureux sur la *Marche funèbre* de Chopin mais qu'il n'oublie pas LA LUEUR D'ESPOIR, il a dit ça, Satchel, à la fin de cet été-là, quand il revenait comme d'un long voyage où il se serait perdu, cet été où mamita était partie là où on ne se perd pas, il a grimpé les marches de l'escalier, il a dit non c'est pas par là qu'on descend, on a rigolé, on avait quinze ans, il était venu aussi pour voir l'état de ma pièce de théâtre et on avait oublié ça, il m'a dit, oh, la pièce, je veux la toucher, cette pièce, la tenir, viens, on va la photocopier.

*

Quand il est entré dans la boutique des photocopies, ma pièce inachevée dans les mains, la bonne femme de la photocopieuse l'a reçu comme le roi Salomon et moi comme la reine de Saba alors qu'elle me traitait d'ordinaire comme une étudiante au chômage pour qui la machine tombait inéluctablement en panne, rien à faire mon petit vous repasserez demain. Mais derrière, à côté, près de Satchel, j'étais enfin tranquille, enfin protégée même si c'était l'homme le plus angoissé de la terre, là on pouvait faire un concours, lui et moi, cet homme ce jour-là aurait séduit une porte de prison jusqu'à ce qu'elle s'ouvre et le maton jusqu'à ce qu'il lui tombe dans les bras, c'est ce qu'a manqué de faire la gorgone des photocopieuses, ce jour-là il aurait fait ce qu'il voulait de qui il voulait, pendant que la dame rissolait d'amour pour lui devant la machine à photocopier qui y allait comme une moissonneuse-batteuse, j'ai pensé à toute cette féminité bouleversante qu'il avait, qu'ont tous les comédiens mais lui c'est le pire, j'ai pensé combien de temps devant la glace avant de venir, j'ai pensé à mes lèvres et mes dents sur sa peau, j'ai pensé c'est jamais qu'un comédien et un metteur en scène qui va rarement voir les pièces qu'il monte, il a peur des réactions du public, j'ai pensé qu'il mourait de trac avant d'entrer en scène, qu'il mourrait encore de trouille devant moi et même devant la femme avec laquelle il vit, alors ses peurs je les ai aimées une par une et lui je l'ai adoré au lieu de l'aimer, ça a duré quelques instants où, au lieu d'être la sœur incestueuse connue depuis cent mille ans, j'ai été un peu sa mère.

Il a disparu comme il le fait toujours, on ne peut dire qu'il part — ou alors, à reculons, avec des regards d'effroi de me quitter, des regards intrigués, celui de tout à l'heure quand il a dit qu'est-ce que tu me fais sorcière? —, il s'évanouit grâce au manteau d'invisibilité d'Obéron. Juste avant, il a souri : dis de ma part à Natalia de veiller sur toi. Il avait donc compris que nos vingt ans de différence étaient interchangeables, ce qui ne sautait pas aux yeux de tout le monde, d'un monde duquel ni Satchel ni moi n'avions grand-chose à faire. Je suis rentrée à la maison sous un soleil aussi follement gai que cette journée-là, des rires ronds comme des sanglots dans la gorge, belle par lui et tous les types me regardaient avec mes lèvres blessées et ma jupe froissée, oui tout était gai comme les chœurs de *l'Enlèvement au sérail*, j'allais lire les *Contes d'un matin* qui me feraient rire même s'ils n'étaient pas si drôles que ça, j'ai cessé d'avoir envie de rire quand j'ai vu Natalia dans la cuisine, se balançant sur une chaise, les lèvres violacées à force de clarinette, les coudes fichés sur le lino, une bouteille de champagne devant elle, saoule jusqu'aux yeux, avec elle, quant aux impressions, il s'agissait de toujours commencer par les yeux, c'était ce qu'elle avait de plus grand, c'étaient les plus grands yeux de la ville.

— A la victoire de Satchel ! elle a dit en portant un toast.

Sa clarinette luisait de toutes ses clés d'argent devant elle, elle en a tiré un couac, elle a eu son mauvais rire de falling angel, elle a relevé le coude pour un second toast, grimacé à cause des crampes qu'elle avait jusqu'à l'épaule, et j'ai reconnu cette odeur, salubre et acide et poivrée, de la peau d'un enfant qui a trop joué, ce parfum même de la jeunesse et de ses turbulences qui m'avait pris le cœur, la première fois, dans l'atelier du peintre.

— Il te fera encore souffrir, tu sais, et je le hais comme tu ne peux pas savoir, elle a dit.

— Je sais ça, et ça aussi, j'ai dit.

Je pensais à ce qu'il disait, que tu es belle, que tu es belle, quand il tirait mes cheveux et mes tempes en arrière, j'y pensais si fortement que je n'ai rien eu le temps de prévenir. Elle a fait tomber la chaise, elle a couru dans le couloir, elle est sortie.

Quand elle est revenue, vers cinq heures du matin, elle a dégueulé son âme dans les chiottes à force de toasts à la victoire de Satchel. Moi j'avais reçu de Satchel assez de force pour tenir sans lui, c'est-à-dire sans manger ni boire, pour un petit moment, je glissais dans des soieries d'une douceur affolante, je ne voulais pas qu'elle continue à dégueuler comme ça, elle toussait plutôt à s'arracher la gorge, comme un chaton malade, à dix-huit ans moi non plus je ne tenais pas l'alcool. Quand elle a cessé de vomir, quand elle est sortie des chiottes, incroyablement fraîche, une vraie rose de Damas, je lui ai dit : allez, on part. Tu reprends les répétitions de *Dom Juan* dans une semaine seulement. On part. Toutes les deux.

Elle n'a rien dit, fallait pas lui demander de tomber à genoux après avoir massacré ses lèvres avec l'anche de sa clarinette quand moi j'en faisais de même des miennes d'une autre façon, on avait la bouche en mauvais état elle et moi, elle est allée se coucher sur le lit de mamita. J'ai été voir si elle dormait, et elle dormait, ses cheveux collés de sueur au front. J'ai laissé un mot pour qu'elle le voie à son réveil, je t'aime, il n'y avait rien d'autre à dire, et c'était la vérité.

Je n'ai pas dormi, j'ai veillé sur la cuite de ma petite sublime, ma merveilleuse qui avait dégueulé à cause de moi, je n'avais jamais eu autant de preuves d'amour de ma vie, c'était un jour à marquer d'une pierre blanche. J'avais envie de l'emmener à Nice, dans un hôtel avec un jardin et une piscine que je connaissais bien pour y avoir séjourné avec mon père et Paule. On dînait dans le jardin, il y avait d'énormes chats aux yeux d'or, une clientèle quiètement british, je savais qu'elle aimerait ça, et puis il y avait la mer. Je me suis soudain souvenue d'une phrase — d'une antienne — de Natalia : oh je voudrais te donner la moitié de ma santé, j'en ai trop, ça ne sert à rien — et elle voulait demander ça aux masques de la fille d'un roi-prêtre africain. Je n'ai jamais connu quelqu'un qui voulût me donner la moitié de sa santé, jamais. Et dès le lendemain, j'allais pouvoir en dire plus long et plus beau sur le caractère de cette fille dont j'ai embrassé les lèvres fendues à l'intérieur par ses dents, à cause de Mozart. Elle a gémi sous l'emprise d'un rêve, elle avait une haleine de dragon, qu'est-ce qu'elle avait dû porter comme toasts, Seigneur, pour avoir tant dégueulé, ma gosse, c'était ma gosse, la petite captive du veuvage de mamita, de l'amour que j'avais d'un autre, de celui que j'avais pour elle et de celui qu'elle avait pour moi, la petite captive d'une tendre geôlière qui a une santé de merde, des malaises cardiaques et qu'on doit quitter le moins possible, ça aussi, elle tanguait dans une autre bulle nacrée que celle du *Songe* et, de celle-là, elle ne pouvait sortir. J'ai vu ses boucles briller sous le soleil, j'ai souri au monde entier, j'ai dû sourire au-delà de la galaxie parce que j'allais l'emmener à la mer qu'elle n'avait pas vue bien souvent — et la Méditerranée, j'en étais sûre, jamais.

A propos de la chambre de bonne, elle m'a dit ne plus vouloir y remonter, et je me suis mise à sa place.

Je n'avais donc jamais rencontré quelqu'un qui voulût me filer la moitié de sa santé, par le truchement d'une guérisseuse africaine, et en s'indignant que ce ne fût pas possible après que je lui eus donné mon avis sur la question. Du reste, il n'était probablement jamais venu à l'esprit de Béatrice B., quelle que fût l'excellence de ses pouvoirs, de faire d'une santé ce que saint Martin fît de son manteau. Mais à quoi veux-tu que ça me serve, toute cette santé? s'exaspérait Natalia, pour qui l'idée de ce partage singulier procédait d'une évidente urgence. Et quelle santé que la sienne, en effet! Une santé qui lui permettait de dormir le temps d'un clin d'œil de Morphée, de se lever gaillardement avant l'aube, de dégueuler et de sortir des toilettes dispose et crémeuse comme si elle venait de prendre un bain de lait d'ânesse, d'arpenter les rues de la ville en petites foulées — ce qui se produisait inéluctablement, non qu'elle fût adepte du jogging, mais à cause du nombre d'ivrognes, d'allumés et de mâles normaux, qui la voulaient coincer et lui parler de ses yeux sans savoir qu'ils allaient se faire traiter d'assassins. Sa beauté étant propre à déclencher des émeutes, faute d'une guerre entre Troyens et Achéens, elle se voyait chaque jour contrainte d'allonger le pas, ou carrément de piquer des deux pour échapper à ses poursuivants, surtout dans les entours de la rue G. où sévissent beaucoup de putes mineures et où on l'accostait sans relâche en lui promettant d'être très gentil avec elle. De tant courir à cause de ces hommes si gentils fut la seule

raison qui, plus tard, la poussa à restreindre Rothmans et
Gauloises blondes : un jour, au terme d'un épuisant
parcours sur béton, elle dut s'appuyer à un mur pour y
cracher ses poumons à grands hoquets tragiques, ce qui
refroidit illico la meute des traqueurs, convaincus qu'elle
était malade comme un chien. Or donc, c'était la santé
même, qui torpillait ses deux paquets de clopes jour et
nuit, je dis bien jour et nuit car elle se passait aussi
aisément de dormir que de manger. Mais, quand elle
dormait ses quatre heures, elle avait des rêves d'une
richesse remarquable, une inflation de rêves pythiques. A
ce propos, la médiumnité de ma petite princesse slave
devait se manifester avec de jour en jour plus d'acuité, les
phénomènes de télékinésie et les caprices du paranormal
se multiplier rue L. (ici j'anticipe de quelques mois et de
quelques pages). Elle entendait des milliers d'oiseaux
bruire dans cet appartement où il n'y avait pas un serin,
et dans la cour où il n'y en avait pas non plus ; feu
Tamino ronronna à plusieurs reprises au pied de son lit ;
ma Juliette des Esprits en combattit parfois la nuit, dont
un qui était « ce salaud de Vincent D..., ce metteur en
scène qui veut me violer, qui ne pense qu'à ça, qui vient
pour ça dans mon sommeil », et qui, l'ayant voulu violer,
lui laissait au matin des ecchymoses sur le torse et les
bras ; au hasard de cette débauche onirique, surgissaient
les personnages de notre théâtre quotidien, les ombres
des disparus, les archontes célestes, des vampires, des
sacrificateurs mexicains qui offraient son jeune cœur au
soleil au sommet d'une pyramide (des prêtres nahualt,
ma jolie), Lucifer, des animaux loquaces dont ses deux
chats défunts, et des individus masqués qui nous intro-
duisaient dans de fastueux bals vénitiens. Une nuit, elle
rêva de sa sœur cadette, la vit recluse dans sa chambre,
maigrie, le regard fou. Le lendemain, elle reçut un coup
de téléphone de son père l'avertissant que Vania, seize
ans, se tapait une bonne et jusque-là incurable dépression
nerveuse ; elle prit le train le jour même pour se rendre
dans la bourgade provinciale où vivaient Vania et ce père

amoureux de ses deux aînées, entre les mains duquel il n'en restait qu'une, qui ne déprimait sûrement pas pour rien. Natalia trouva sa sœur réduite à l'os, hagarde, sale comme un peigne, parvint à la laver, l'habiller, à ce qu'elle mangeât et sortît de cette chambre où elle faisait Fort Chabrol, et ne quitta Vania que lorsqu'elle fut sur la voie de la guérison. J'applaudis à ce preste exploit de thaumaturge, conjecturai que, si ça ne marchait pas pour elle, le théâtre... mais ça marcherait, le théâtre, pour la raison qu'à part des miracles, elle ne savait absolument rien faire d'autre que jouer, que cela donc lui était imposé. Ainsi de N., de l'artiste adoré ou haï pour donner à voir l'intérieur du monde, et qui sait de quelle façon comminatoire Dieu a confié ce boulot de gueux à sa créature. Et elle était de cette race, c'était même, qu'elle le voulût ou non, une sang-bleu du truc, ma Natalia qui jouerait Antigone, Électre, Agnès, Elvire (l'Elvire de ce Dom Juan-là, soupirait N. — si éclatante et androgyne dans son costume noir de jeune valet — ressemble à une bouteille de gaz, j'ai les boules à la voir gluer comme ça ce Dom Juan qui, lui, ressemble à ce qu'il est, un chanteur de variété — ils sont à la masse, tous ces metteurs en scène!), Célimène, Lady Macbeth et autres monstres, tout, vraiment tout lui serait permis, et sa beauté pouvant, par son excès propre, prendre un caractère tératologique, des rôles à la Bette Davis, au cinéma, plus tard... Stop dreaming. Ce soir on ira acheter du saumon fumé pour fêter la résurrection de Vania. Elle adore ça, la petite N., elle sera contente, la première fois elle a trouvé cette chose si chère mais d'un rose si engageant, un peu salée tout de même, et la seconde, papilles éduquées à la va-vite, et sous prétexte de ne pas peiner Julia qui en avait racheté, elle en avait avalé trois énormes tranches sous les yeux charmés de ladite, qui souriait et prétextait d'une anorexie passagère pour qu'elle finisse le plat. Ça la changeait des surgelés de poulet pané (menu nanterrois type, auquel succédèrent les Free Time parisiens, dépê-chés avec un bel appétit d'adolescente, avant qu'à la cafétéria du théâtre, puis rue L., elle ne décidât d'un ramadan que seul, ou quasiment, le saumon savait rompre), c'était digne de sa bouche (le plus voluptueux dessert de dieux fructivores), meilleur pour sa santé (qu'elle désirait si opiniâtrement couper en deux) — c'était fondant et délicat, ce saumon, flûtait-elle, c'était fort en même temps, comme goût, on croyait manger la mer, il fallait s'habituer à ce goût de mer, et aussi à celui de la vodka qui va si bien avec, Dieu ce que ça chauffe ce truc, on dirait qu'on va cracher des flammes après.

Et plus heureuses que nous dans la mansuétude sereine du vieil appartement, savourant la mer du Nord, la Caspienne et la Baltique incendiées de Zubrówka, en face d'une télé rétive qu'il fallait prier, tarabuster, cogner, marteler à coups de poing, pendant un bon quart d'heure pour qu'elle cessât de bombiller sardoniquement et nous offrît l'image et le son des deux seules premières chaînes, avant que, sur le plumard cacophonique de mamita H., nous fassions mieux que de cracher des flammes — plus heureuses que nous, alors, relevait de l'impossible. Se laver les dents de concert, sur le coup de trois heures du matin, était aussi du suprême : elle adorait voir l'auteur de treize bouquins, enceinte du quatorzième, postillonner en rose dans le lavabo, j'adorais les grimaces de sourde-muette qu'elle faisait pour se démaquiller, et j'avais une pensée compatissante pour les amants sublimes de *Belle du Seigneur,* qui, prenant tant de soin à ne jamais se laisser voir au brouillon, s'épargnaient gargarismes, mouchages et bruits viscéraux afin de préserver par ce cérémonial d'une vigilance désespérée le triste prestige de leur amour malade. Le nôtre me semblait se porter infiniment mieux, on peut se tromper et c'était le cas, nous étions dans le leurre immense de tout immense amour, ainsi adorant nos borborygmes, moi, les tendinites de ma petite gym-naste, elle les crises de tétanie de l'écrivain, nous soignant l'une l'autre avec une religiosité qui valait bien, au chapitre de la *mania,* celle que mettaient Solal et son Ariane à ne pas le faire.

Ainsi recluses en fanatique idolâtrie dans notre crypte crade de la rue L., communiant, grâce à la grippe, de baisers au parfum de Balsamorhinol, orange amère de cette enfance à nous pour un temps restituée, dans le domaine ébloui d'où nous aurions détrôné tout roi menaçant le vétilleux déroulement de nos messes psalmodiées dans le sang, parfois, ces messes où, éternelles, attentives, soumises à l'ardeur d'une folle et lente hypnose, on ne faisait rien d'autre, chaque nuit, que de conjurer le temps et la mort et l'oubli. Elle avait encore attrapé une écharde en marchant pieds nus sur le parquet empoussiéré de la salle de bains, laichenlevécharde, et elle laissait et je la délivrais de mes dents d'une épine translucide — juste celle d'une églantine, Natalia. Dors maintenant. Elle bâillait férocement, et je me disais que le type bon chic qui lui intimerait de mettre la main devant sa bouche à ce moment-là ne serait qu'un crétin, pour ne pas goûter la précieuse déclinaison de roses, rouges corallins et grenats de sa petite gueule de chat, dont je connaissais si bien les plus menus et profonds reliefs à cause des baisers spéléo, dors bien, mon amour.

*

Qui dira, sauf moi (je vous laisse à votre sort, malheureux amants pour lesquels elle me quittera un jour), tout ce qu'elle était et ce que la mue des dix-huit ans la faisait devenir, cet ange braque et colère au sourire bousculé (deux grandes dents de devant à la bombure excessive, des canines petites et un peu rejetées en arrière — elle avait porté le plus barbare des appareils dentaires jusqu'à la nubilité, afin de redresser ses pauvres nacres), cette Heidi rustique et lactée et costaude (la musculation, l'acrobatie, sans lesquelles elle n'aurait pu folâtrer dans la bulle) sous une fragilité trompeuse qui tenait surtout à la brièveté de sa taille ; cette fille des esprits, qu'elle appelait des « présences », et qui se reflétaient parfois dans ses yeux, au gré des marées oniriques qui les

berçaient; qui la dira sauf moi, cette fille dangereusement
inachevée, aux bras trop courts et aux idées arrêtées
comme une machine en plein champ, cette ébauche
exquise qui le resterait à tous égards, cette Natalia N. qui,
loin d'être sur la terre, campait sur la lune d'où elle vous
parlait de sa voix rauque et brumeuse, qui ne faisait pas
son lit, qui venait me border dans le mien avec le soin
qu'aucun amant n'aurait mis à le faire, qui n'éteignait
jamais la lumière d'une pièce en la quittant, ce qui
procédait, certes, de son indolence visionnaire, et me
coûtait aussi d'accablantes notes d'électricité, qui,
oubliant ses tonitruants réveils de Nanterre et les leçons
auxquels ils étaient censés servir, se gardait de vider un
cendrier, débranchait dès potron-minet la prise du frigo
pour utiliser à sa place le lecteur de cassettes préposé à
Mozart et jamais ne le rebranchait au détriment des
yaourts et autres denrées périssables — qui, pas plus que
de contrôler la médiumnité dont j'ai parlé, ne maîtrisait
son influence grandissante sur les hommes et les femmes,
ni celle que ces derniers tentaient d'avoir sur elle. Elle
était transperçable à toute pensée décochée vers elle,
comme d'aucuns, dans la salle d'un théâtre, l'avaient été
des flèches invisibles qu'elle tirait avec tant d'adresse,
transparente à tout faisceau lumineux dirigé sur elle —
non contente d' « accrocher » la lumière, elle la prenait
en elle, la laissait lui monter jusqu'à la racine des cheveux —, perméable et poreuse, sensible à tout bon ou
mauvais sort, celle qui entendrait encore, l'hiver suivant,
chanter des milliers d'oiseaux dans la cour — après tout,
la terre se réchauffait, les oiseaux tenaient peut-être un
concile pour savoir où, dorénavant, orienter leur migra-
tion, et il était possible qu'ils vinssent s'en entretenir à
Natalia en pépiant sous ses fenêtres. Elle était née en
sachant que le hasard n'existait pas, au moins une chose
que je n'avais pas à lui apprendre. En cette fin de siècle
férue d'occultisme bâtard, ce que je refusais, c'était
qu'elle devînt, comme tant d'autres petites rêveuses de
son âge, une enfant abusée par quelque druidesse,

marabout guinéen, maître zen ou autre malfrat expert en
singeries lucratives, je refusais que, perdue dans cette
burlesque brocante à l'ésotérisme, elle ne fût plus un jour
qu'un obscur objet bien fatal et sa pire ennemie — une
fillette leurrée par le diable dont elle figurait à l'évidence
la tentation suprême. En effet ma languide et impatiente
N., dans son squatt sur la lune, était, comme nombre
d'autres jeunes folles, trop exigeante envers la vie pour
que celle-ci ne la déçût pas vite et profondément, la
plongeant dans un de ces abîmes de désespoir qu'aujour-
d'hui tant de ces bateleurs assurent guérir à force de
clowneries luciférines d'une ahurissante bêtise — mais
aussi d'une étrangeté propre à étourdir les poétiques
pauvrettes : Emma Bovary a vingt ans, elle rêve davantage d'un coup de pouce du supranormal que du baiser
de l'amant, et ces sommaires bouffonneries la grisent
mieux que le vin — et la voici entre les mains tavelées
d'un faune sénescent et grugeur véritable, qui s'empresse
admirativement de qualifier la jeune andouille de *sujet psy*
(et là elle ne se formalise pas, elle est ravie), l'avertit de
l'urgence d'une opération cérémonielle destinée à faire
remonter ses énergies (complètement à fond de cale, mon
enfant) en guignant (Ô Éloïm et Jehovah ! Ô Grand
Adonaï ! Soyez favorable par votre puissance et faites-moi
réussir mon examen du Conservatoire, amen ! respirer
ensuite la fumée de l'encens et y passer la paume des
mains) ce qu'il y a de joli sous la jupette du sujet psy, qui,
ébloui, n'ayant plus un fil de sec, d'une main irrésolue
mais plus pour longtemps, retrousse sa jupe et de l'autre
cherche son porte-monnaie. Non, pas de ça pour N. qui,
seule dans la ville, aurait été la proie désignée d'un des
susdits bonimenteurs (« le sorcier est dans l'immeuble »), sous l'emprise duquel sa raison n'aurait pas fait
long feu et, elle tout entière, les frais de la farce. Par
ailleurs, je me jurais, moi, de veiller à ce qu'elle n'usât
pas de travers des talents pythiques qu'effarée, elle se
découvrait. J'étais là, sapristi, me disais-je en grande
fierté maternante, pour qu'elle ne dévie pas comme ses

dents avaient opiniâtrement voulu le faire avant sa
puberté, j'étais là pour redresser ses fameuses idées FIXES
et souvent tordues comme les arbres de la rue B. sous la
tempête. Le pressentiment que j'eus, la découvrant, de devoir
tenir ce rôle d'une ingratitude exemplaire, se mua en
certitude quand, me couchant et me levant avec elle, je
m'aperçus qu'elle avait autant d'instinct et de vivacité à
discerner les cohérences diffuses, louvoyantes (*diagonales*,
écrivait Caillois) qui font la trame d'un destin, que de
réceptivité passive et fruste à toutes les influences
auxquelles le monde voulait la soumettre. Avec ça, je
n'avais pas fini d'en voir — mais qu'est-ce qu'il demande
d'autre, un écrivain ?

*

Le lendemain de la visite de Satchel, elle battit ses
records de sublime : j'appris à mon réveil que, primo, elle
avait failli, le matin même, se faire coincer contre un mur
et broyer bras et jambes par un camion qui reculait
impromptu en montant sur le trottoir sans que le
chauffard l'ait aperçue dans son rétroviseur — à moins
que ce ne fût un assassin comme ceux qui lui parlaient de
ses yeux ; que, secundo, elle avait manqué choir sous la
rame d'un métro à cause d'un simple moment d'inatten-
tion — « je parlais, sur le bord du quai, à un mec du
cours, je venais de répéter une scène d'*Othello* avec lui,
j'étais en train de lui dire qu'on bosserait plus jamais
ensemble parce qu'il était à chier » — et je la voyais, dans
une exaltation rageuse, cracher ses crapauds à la gueule
de l'Othello honni, faire un petit pas de deux (la valse de
l'Éternel Mari), sautiller d'un pied sur l'autre comme sur
une marelle, fredonner insolemment la Chanson du
saule, rejeter en arrière sa longue mèche frontale d'un
preste mouvement chevalin, et s'écraser sur les rails avec
toute sa jeunesse et tout ce qu'elle avait à en faire ; ça ou
le camion, c'était, à quelques heures d'intervalle, la façon

la plus sale d'écraser une rose blanche, la rose d'argent du Rosenkavalier si elle avait eu les cheveux platine de sa sœur Lisa, et on sait que les siens étaient de l'or fauve des bijoux anciens de la Grèce — c'était en un éclair le massacre de toute cette grâce immaculée finissant en innommable, c'était serrer le poing et briser à jamais cette statuette si attentivement modelée par un démiurge dingue de Botticelli. Or le camion avait stoppé à un centimètre d'elle, ce que la rescapée attribuait à la protection de ses « présences », et si elle n'était pas passée sous le métro, c'était parce qu'un inconnu l'avait vivement tirée en arrière — un ange, Heurtebise ou tout autre archonte céleste, t'ayant reconnue pour l'un des siens, comme ça se passe dans *les Ailes du désir*, le beau film de Wenders, lui dis-je en oubliant une seconde qu'elle ne savait rien d'Heurtebise ni de Wim Wenders, elle n'avait pas même vu *Paris, Texas*.

Et voici le sublime : elle avait pensé, à l'instant où elle craignait cette mort broyeuse qui s'y était reprise à deux fois : « *Julia va rester seule, et, mon Dieu, qu'est-ce qu'elle va faire ?* »

« Il s'en est fallu de peu pour que tu te retrouves seule », me dit-elle, légèrement, ce jour-là, devant le fromage blanc aux fraises de nos medianoches ; cette phrase me parut d'une ambiguïté vacharde, au premier abord, sidérante d'altruisme au second, le comble de l'angélisme (nous y revoici) quand elle me répéta le « *... seule et qu'est-ce qu'elle va faire ?* » qui lui avait traversé l'esprit, ça et rien d'autre, lors de la reculade du camion.

Quelqu'un qui vous sort un truc pareil, vous tuez si on touche à un cheveu de sa tête, bon, je n'avais pas, de suite, à affronter les conséquences pénales d'un meurtre, mais à emmener au bord de la mer cette fillette qui était bel et bien mienne pour le temps qu'il lui plairait, pour toujours à en croire une Natalia qui, un autre jour, m'avait dit d'un ton endolori et miellé : « ... Je crois... maintenant je crois bien que tu es la seule personne que je peux rendre heureuse. Les autres, même s'ils m'ont

aimée, je n'ai pas pu. J'étais sûre que jamais je ne serais
capable de rendre quelqu'un heureux, j'étais sûre de ça,
est-ce que je... » L'hypothèse qu'elle se fût trompée avait
fini dans mes bras par un baiser mouillé de larmes et de
quelques morves — un rhume, ce jour-là, lui nacrait les
yeux d'un rose perlé auquel je trouvais autant de charme
qu'à sa terrible incertitude à propos du bonheur qu'à
présent elle me donnait. Or elle était assez folle et géniale,
Natalia N., pour rendre heureuses dix personnes comme
moi — et non comme d'autres qui ne savaient la voir, tels
Kurt, le grand chien noir du tableau, et la plupart des
gens.

Je ne pus partir pour Nice avec Natalia, retenue à Paris par des répétitions imprévues du *Dom Juan,* mais avec l'homme, qui s'empressa, mes valises larguées dans le hall de l'hôtel, de courir voir ses clients, disséminés un peu partout sur la Côte d'Azur. Elle dut donc voyager seule, et pendant une entière journée de séparation, j'eus peur des camions, des rames de métro, des avions, des voitures, j'eus peur jusqu'au moment où, dans le jardin de l'hôtel Windsor, un Chérubin frileux et sauvage, une petite nymphe en jeans s'abattit aux pieds du fauteuil proche de l'entrée sur lequel, interdisant à quiconque de l'occuper, froissant sans les lire les pages de divers journaux et torpillant mes clopes à la chaîne, je l'attendais — et leva sur moi ses yeux en barques de la lune. Après que nous fûmes revenues, l'une et l'autre, de ces successions de chances inouïes : son avion avait décollé puis atterri sans dommage, le taxi roulé puis trouvé l'hôtel Windsor, et avant de voir à quoi ressemblait, au sixième étage, notre chambre, je l'emmenai visiter le jardin, ce jardin secret, enclos dans la ville, où rôdaient toujours deux chats aux yeux d'or, où la flaque turquoise d'une piscinette miroitait gentiment près du mur du fond, où de grands arbres (c'était tout ce qu'il y avait de grand, au Windsor) balançaient leurs ombres pointillistes sur une accueillante pelouse, des tables et des chaises qui semblaient disposées là pour l'écriture ou la lecture (j'ignorais que N. avait apporté le premier volume de la *Recherche,* pour voir « si elle y arriverait »), et de grosses dames anglaises qui rougissaient et transpiraient dans la discrétion et leurs peignoirs de bain à fleurs.

Dans nul palace au monde je n'avais ressenti l'impression de luxe et de bonheur limpide que devait me donner ce séjour au Windsor, peut-être parce que je n'ai jamais réellement aimé les palaces, sûrement parce qu'elle était là, somnolait, puis demi-éveillée étirait ses bras ronds, révélant sa blonde toison axillaire et bombant ses seins plus que florentins sous le coton de son débardeur dans la lumière tendre et safranée du soleil qui baignait ce jardin — le lendemain de notre arrivée, arpentant les rues de Nice, nous nous aperçûmes qu'il n'était nulle part aussi tendre et safrané que dans le jardin du Windsor. J'avais également vu ce qu'il y a de mieux sur la planète en matière de jardins, y compris ceux de Shalimar, or celui, minuscule, du Windsor éclipsa illico le souvenir des roses sous les neiges du Cachemire et celui des fastueux ombrages du palais marocain où j'avais coutume de séjourner avec l'homme, pour ne laisser place qu'à l'inoubliable : cette piscine exiguë au dessin divagant, ce plongeoir d'où elle faisait d'impeccables sauts de l'ange, ces fleurs sucrées et ces tamariniers chuchotants et cette paix où se déclinaient toutes les nuances de l'or, et nos livres effeuillés sur les tables et nos nuits étouffantes, bruyantes et si belles dans la chambre sur rue.

Le premier soir, un 30 août, après quelques verres de vin de pays, elle fit la roue du *Songe,* à en perdre haleine, sur l'herbe du jardin bleu où erraient les chats veloutés de notre Wonderland. Et ce fut la première nuit où nous pûmes nous endormir main dans la main, *la ci darem la mano* — et l'aube ne les trouva pas disjointes, et pas une nuit nous ne nous endormîmes autrement que main dans la main, avec une sensation de sécurité fondamentale. On a eu raison, Natalia, de ne rater aucune de ces nuits de main dans la main, parce qu'elles nous étaient comptées, ces journées, ces soirées, ces nuits arcadiennes dans l'adorable, l'indevinable jardin muré et dans la chambre la plus brûlante, la plus cacophonique de Nice.

A neuf heures, nous dînions sous les arbres, en buvant un bandol un peu rêche, dans une nuit presque transparente, et une chatte blanche et spectrale, qui ressemblait de façon troublante à cette Carmen qui avait été la première passion de Natalia, venait nous faire sa cour d'hétaïre de haut vol, chipait un morceau de viande dans nos assiettes, puis filait vers les profondeurs marines du jardin. Natalia buvait deux verres de ce vin frais et coupant comme le bardolino italien — moi, trois —, allait pirouetter sur la pelouse — je la regardais — puis me contait les histoires de son enfance — je l'écoutais —, ces histoires douces-amères qu'une fille aussi peu prolixe n'aurait sans doute jamais dites sans ma main sur la sienne et les deux verres de vin. Il y avait toujours quelqu'un qui jouait du piano, au premier étage.

Plus tard nous faisions l'amour dans une chambre torride, qui n'était rien d'autre qu'une chambre de bonne ; et il fallut cette mansarde sur rue d'où montaient les pétarades, la nauséeuse odeur d'essence et les klaxons exaspérés d'une ville méditerranéenne, la nuit, pour que je m'aperçoive combien facilement Natalia me contaminait de son sommeil de pierre ; sans ce phénomène, que je ne devais observer qu'à ses côtés (c'était comme pour les histoires qu'elle n'aurait jamais dites qu'à moi) j'aurais gardé l'œil ouvert jusqu'à l'aube, pour, le lendemain de mon arrivée, fuir les glapissements de cet enfer moite. Il FAUT que tu dormes, disait-elle, maternelle, et j'obéissais, à cause de sa main dans la mienne, c'était également comme pour les histoires. Et c'était si neuf, si bon, que je pensais plus fort que jamais ceci, je pensais que le jour où il nous serait impossible d'encoquiller, avec cette ferveur, nos mains, ses petites mains rondes, molles et sans ongles, mes mains anguleuses, tendineuses et griffues, ses mains douces et mes mains dures, ce jour-là, il se pourrait qu'elle continue, moi pas.

Dans ce jardin, dans cette chambre, Satchel avait disparu, Satchel n'avait jamais existé, Satchel n'aurait pu pénétrer même sous l'apparence d'un chat, ce n'était qu'elle que j'aimais à en mourir et elle le savait, qui avait tant pleuré à cause de Satchel et du mal qu'il me faisait, qui riait si fort dans les bleus insondables du jardin sous la lune.

De jour, le jardin était autre, à croire un changement de décor, et ses grands arbres, soudain amicaux et sans mystère, jetaient sur la pelouse, les dames anglaises et l'allée de gravillons, les tavelures de ce soleil tiède qui disait déjà septembre. Et dans le jardin diurne, c'était bien la première fois que quelqu'un de si proche — passionnellement et physiquement, car seuls quelques brins d'herbe nous séparaient —, étendu sur une serviette éponge, lisait un de mes livres. Elle avait remis la *Recherche* à plus tard, parce que ce Proust se levait de bonne heure et que ça lui semblait suspect, si le seul auteur qu'elle connaissait faisait le contraire, et parce qu'elle trouvait ses phrases trop emberlificotées pour une lecture de vacances. Le livre élu n'était en rien une lecture de vacances (aucun éditeur n'a jusqu'alors été assez fou pour me publier avec les best-sellers de l'été) mais quelque chose d'écrit par son amour, elle lisait un des livres de son amour, et c'était intimidant pour moi comme pour elle. Sous les yeux, elle avait ce que l'auteur faisait du monde, l'auteur et son monde, le monde selon l'auteur, salut Garp. Et ce qu'elle voyait, si elle levait les yeux, c'était une mince jeune femme en maillot vert qui fumait trop de cigarettes comme beaucoup de gens, astiquait ses bras brunis et brillants d'huile solaire comme tout le monde, cabossait sur son crâne, d'un petit coup de poing, sa casquette ou son chapeau de paille comme quelques adolescentes toujours britanniques le

faisaient de leur bob, s'ébrouait sous le soleil, revenait de
ses baignades avec une peau granulée par la fraîcheur du
vent, toujours rien de littéraire à signaler, et buvait du thé
à cinq heures comme toute la clientèle du Windsor sans
exception. Ce jeu de miroir biseauté entre l'auteur, ses
personnages et la jeune femme du jardin produisait, à la
lectrice, une drôle d'impression qu'elle me confia : ça lui
donnait le vertige qu'il y ait eu un peu de mon sang mêlé
à celui de tant d'autres (nous sommes des vampires,
Natalia !) dans les veines d'une Rossetta, d'une Violette,
d'une Emma, d'une Isabelle, d'un Greco fantomatique
(une des *dramatis personae* d'un ouvrage évoquant Tolède),
c'était approcher le jeu de double effrayant qui est
d'écrire, dont néanmoins elle n'avait pas peur — j'en
connais trop qui, à cause de cette peur, ont envers tout
écrivain côtoyé des troubles comportementaux allant de
la servilité à une inexplorable aversion — car elle jouait,
car entrer dans la peau de Desdémone ou d'un des
atroces diablotins du *Roi Lear* lui était chose possible,
naturelle, pourvu qu'elle reprît possession d'elle-même
hors de scène, après ce démembrement et cette explosion
magnifique des contours. Elle comprenait ça très bien, la
petite géniale qui avait mille ans, sans que ça se voie, de
temps en temps.

Elle avait débarqué avec, dans son sac de cabine, un
maillot, une des serviettes de bain usées de la rue L., un
jean, le troué que je désespérais de lui voir jeter un jour,
son tee-shirt à l'effigie de Marilyn, son débardeur godail-
lant et ses ineffables sandalettes naguère blanches dont
seul le petit nœud, lacé sur les orteils, malgré la teinte
noirâtre qu'il avait pris, évoquait la grâce qu'elles avaient
dû avoir sur son pied menu. Elle se retrouva donc, et pas
pour la première fois, habillée par moi desdits pieds à la
tête ; elle porta mes shorts qui lui devinrent des bermu-
das, et mes jupes courtes qui lui cachèrent le genou.
Quel que fût mon désir de la contenter, de la voir
arborer mes fringues avec ou sans ourlet, me donnait

toujours le même sentiment dérangeant, le désir qu'elle
ne s'assimilât pas trop à moi, si l'on se perd vite à ce jeu-
là. J'aurais voulu lui offrir tout l'or de la terre, déta-
cher pour elle, de mes ongles, celui des mosaïques de
Ravenne, c'était entendu, mais pas forcément qu'elle
portât ce tee-shirt *made in* Houston, Texas, qui m'évoquait un voyage et un jeune homme que j'avais aimé, au
temps où j'aimais sobrement, voire hygiéniquement, où
j'aimais pour le plaisir et ignorais ce qu'était de le faire à
en mourir.

Or — revenons au bord de la piscine — le débardeur et
le tee-shirt à l'effigie de Marilyn avaient fait, *de visu*, long
feu, et, dans le rôle de la marraine-fée, je ne voulais pas
que ma Cinderella portât des haillons. D'autre part,
Natalia prenait encore des centimètres, et, sans doute par
refus des mains de son père, ni ses seins ni son torse ni ses
hanches n'avaient acquis leur modelé définitif; quant à
ces vêtements d'été si succincts qu'on ne peut tricher avec
eux comme avec des chemises d'homme, elle ne possédait
donc, dans son indigente garde-robe nanterroise, plus
rien qui correspondît aux formes mutantes d'une naïade
de dix-huit ans. Et qu'opposer à une môme qui vous dit :
j'ai pris deux centimètres de tour de poitrine, depuis
l'année dernière, j'ai moins de graisse là (à la taille, le
baby-fat avait effectivement disparu), je suis venue avec
mes vieux trucs, je n'ai rien pu racheter qui aille, qui te
rende fière de moi. Que dire à quelqu'un qui écrit, sur un
cahier d'écolier, assez près de vous pour que vous sentiez
le parfum vanillé et la brûlure de ses cheveux, d'une
écriture bouclée, tremblée et traînante, qui comme elle
adolesçait : « *Tu es là, à côté de moi, au soleil allongée, demi-*
nue, tu me dis que tu veux dormir et j'ai envie de te faire mille
caresses pour que ton sommeil soit plus doux. Je veillerai sur toi
avec l'œil amoureux que tu connais et l'autre, celui du chien de
garde, pour tous ces baveux à langue pendante qui te regardent
(rimait richement N.), je vois tes hanches et j'ai envie de les
entourer de mes bras, de t'accompagner dans tes rêves comme cette
nuit, plante tes ongles dans ma main si tu as mal, dis-toi que je suis

là, à côté de toi, pour toi, uniquement pour ça, c'est pour ça que je suis née. »

Mon Agnès, qui s'était mise à boire jusqu'à trois verres de vin au dîner, en macula un short-bermuda blanc, plusieurs de mes polos, et troua ce qui lui était une jupe longue de l'extrémité grésillante d'une Gauloise, sous l'œil résigné, sous l'œil enjoué, de la marraine-fée — d'une jeune femme qui ne se souvenait plus guère de ces années de métamorphose qu'elle aussi avait pourtant vécues, au temps où les bêtes parlaient, dans ce temps où vivait Natalia et où Natalia la ramenait par la main, pour ces choses-là, on dit merci.

*

Toute la nuit on s'est promenées dans les rues chaudes de Nice, j'ai embrassé ses lèvres, je lui ai chanté mon tendre, mon merveilleux amour, et que le monde entier aille se faire foutre, y compris ces gens qui se retournaient. Avant les baisers, on avait croisé un de ces exhibitionnistes que N. rameutait sans manquer, puis dans une rue piétonne et plus que chaude, un louf qui serrait un trousseau de clés crantées pour viser ce qu'il y avait sous la jupe des filles et ça avait été la mienne, de jupe, il n'avait fait que m'érafler le haut de la cuisse, ensuite, ça devait être mon soir de chance, un camé avait esquissé du coude le geste de me frapper, si elle avait eu des ongles elle l'aurait énucléé et on se serait fait tabasser à mort par ses compères, c'est tout ce qu'on aurait récolté, ç'aurait été malin, mais elle était comme ça, un genre de Saint-Just, un vrai danger public, et c'était comme ça que je l'aimais, parce qu'elle ne faisait aucune concession à la vie, c'était l'histoire de David et Goliath son truc, seulement de nos jours le monde entier s'appelle Goliath et comme nous sommes sous le signe de l'inversion c'est Goliath qui gagne. Elle ne voulait pas le savoir, elle avait ce grand front bombé des chevrettes et des gens qui ne veulent rien savoir, et ces regards de terroriste à vous foutre par terre, les regards de ceux qui sautent avec la bombe. C'était comme ça que je l'aimais, mais pour la garder en vie et qu'elle ne se fasse pas avoir au premier coin de rue comme celles, si chaudes, de Nice, par de plus forts et de moins courageux qu'elle, 1,57 m et moins de 42 kilos, j'avais du pain sur la planche, Seigneur.

3 septembre et dernier jour dans le jardin de Nice.

Quand Natalia se sentait impuissante, et il y avait de quoi parce que c'était l'ultime après-midi dans ce jardin au sortir duquel se dresseraient embûches et barrages, où on s'écorcherait aux aspérités de la vie citadine (et en plus mon amour, on n'a pas un rond...), elle s'enfermait dans cette impuissance, lèvres loquetées, œil pétrifié, à croire qu'elle ne sortirait jamais de derrière ce mur élevé entre elle et ce dehors intransformable, donc hostile.

J'avais pleuré jusqu'au matin parce qu'on rentrait à Paris, et qu'à Paris elle ne serait pas là pendant ces heures où je devais écrire mon bouquin, et qu'écrire dans la solitude je ne peux pas, je ne pourrai jamais, mes personnages refusent d'entrer, ils foutent le camp, terrifiés eux aussi de solitude. Je l'avais dit à Satchel, qui m'avait serrée fort, qui, lui, y pouvait très curieusement quelque chose, si j'ignorais toujours comment il s'y prenait. Natalia, *hic et nunc,* s'en sentait délivrée, et Dieu sait combien ça devait lui être reposant, puisqu'elle n'avait jamais cessé de le voir rôder sous la forme d'une de ses « présences » dans l'appartement — et cette présence-là se manifestait à elle beaucoup plus physiquement, plus indubitablement que les autres, elle se mettait à fixer le coin d'une pièce, un miroir, il est là, elle disait d'une voix mate, il est là, encore, et j'estimais inutile de la contredire pour la rassurer, puisque c'était vrai. La nette conscience qu'avait Natalia des phénomènes singuliers

suscités par Satchel se teintait du flegme résigné dont on
considère un état de fait, quand, à moi, ils restaient des
énigmes à résoudre quitte à n'en pas dormir jusqu'à la fin
de mes jours (décidément les juifs veulent toujours tout
comprendre, soupirait la Yougo — tu perds ton temps, et
lui sait très bien ce qu'il fait, il vient, c'est tout). Ayant
édicté sa sentence, N. s'arrachait un peu de peau autour
de la racine d'un ongle, repoussait son assiette, opposait à
Satchel et à moi-même une muette fureur placide,
pendant que, plantée à mon carrefour thébain où la
sphinge avait des yeux noirs, je me demandais, en
raisonneuse impénitente et, bien sûr, en vain, COMMENT
Satchel pouvait aussi aisément être à mes côtés — ce que
je ne réfutais pas une seconde — et au même moment,
entrer en scène et y jouer Ulysse dans cette guerre de
Troie qui n'aura pas lieu, par exemple. Le don d'ubi-
quité, la télépathie existaient, qui me laissaient dans un
trouble subjugué, qui ne souffraient pas, aux yeux de N.,
la moindre remise en cause Bon, fous le camp, Satchel,
on est à Nice.

Je venais de dire ma peur de la solitude à N. qui n'y
pouvait rien, et que ça changeait en granit. Et c'en était
fini de l'été et des tables à écrire dans un jardin près de la
mer. Et moi qui aimais tant l'automne dans la ville, où
tout recommence à bouger, à briller, à être ludique,
aléatoire, où il fait plus frais, où on repart pour un tour,
cet automne qui est le vrai commencement de l'année
pour les enfants qui vont à l'école et que nous serons
toujours — moi, Julia M., je savais bien qu'à moins d'un
miracle, je n'allais pas l'aimer tant que ça, à cause de
l'appartement où je rentrerai du soleil, c'est toujours de là
que je rentre, pour la première fois sans la trouver, elle,
mamita, dans son fauteuil, à cause d'un appartement
bourré de vide jusqu'à la gueule, un appartement que
n'importe qui aurait fui, *a fortiori* les protagonistes de
cette histoire, la vraie, et ceux d'autres histoires à venir,
ceux de ma pièce par exemple avec leurs dentelles, leurs

robes de bal, leurs sandales ou leurs pieds nus — ceux-là allaient décarrer à la vitesse du son, c'était tout vu.

Elle lisait sur la serviette éponge, cette fois à des années-lumière de moi, genre Proxima Centauri. A la limite, je préférais ça à ce qu'elle fût là, à me fixer de ses yeux morts, vitrifiés de cette impuissance qui, autant que le feraient ses crises de parano dont elle me réservait le meilleur pour plus tard, nous mettait toutes deux en danger.

L'homme n'appelait pas. Encore un veinard celui-là avec ses équipes de travail, déjeuners d'affaires, séminaires en province et Cie. Au fond, davantage que pour gagner de l'argent, même s'ils ne se l'avouent pas, les gens exercent un métier de ce genre pour ne pas être seuls. Veulent un truc bien réchauffant où on se tire dans les pattes tant que ça peut, aucune importance, pourvu qu'ils soient en tribu, et pas seul devant une feuille de papier ce qui est pourtant une des uniques choses à faire de sensé, une chose où on vous juge son homme, une chose sans laquelle on se fout les pieds dans une fondrière parce que plus rien n'est défini. Et cette chose, ne me dites pas, Seigneur, qu'elle allait me mourir dans les mains alors que je la sentais vivre et grandir comme une plante, me mourir dans les mains à cause de la solitude qui a l'aridité d'un désert de sel. Elle le savait, elle lisait à l'autre bout du jardin pour s'abstraire de la porteuse de solitude, n'importe qui en aurait fait autant, les porteurs de solitude sont des pestiférés. On en avait pour jusqu'au soir de pas un mot et de solitude anticipée, des fois que ce soit mieux que je m'habitue tout de suite, et moi j'avais envie de crier foutre Dieu est-ce qu'il n'y aura personne, seulement pour être là, un peu là, pour jouer très mal le rôle de ma petite morte, mais pour le jouer quand même, j'aurais donné des milliards pour ça et comme je ne les avais pas, j'aurais juste été si gentille.

Il fallait que j'écrive ce bouquin, bon sang, et il y avait encore ça pour m'interdire de le faire, à croire qu'il était tabou. Elle ne me parlait plus du tout, je n'aurais pas dû craquer la nuit précédente, c'est moi qui tenais tout ce bonheur, le nôtre, entre mes mains et je ne voulais pas qu'elle voie que celles-ci se vidaient de leur contenu, ces mains dont tout tombait avec un drôle de bruit — et ce bonheur-là risquait d'en faire de même, et je savais bien qu'il serait aussi impossible à N. qu'à moi-même de survivre à sa chute. J'aurais tant aimé quelques mots de tendresse, dans ce jardin, le dernier après-midi de cet été-là, mais je savais que l'impuissance la renversait comme une vague noire, qu'elle avait toujours eu l'impression qu'elle ne pouvait pas changer un iota des choses de la vie, et de penser ça n'est pas forcément immature, ce que c'est, c'est que c'est faux. On peut. Mais à dix-huit ans, on ne vous fourgue pas que des solutions dans la tête. A trente-sept non plus, d'ailleurs, quand on a eu la prétention maximale d'être écrivain.

Seigneur, je pensais en la regardant, à peine dorée de soleil et d'une grâce si violente, simulant une plongée en apnée dans la lecture de je ne sais quel magazine inepte ce jour-là le dernier, Seigneur, j'ai soudain pensé, quand je serai rue L. où c'est chez nous maintenant, que personne ne sorte, je Vous en prie, sauf elle bien sûr, ce sera à moi de lui ouvrir la porte pour qu'elle aille jouer, qu'elle fasse ce pour quoi elle a été mise au monde, et qu'elle me laisse dans la maison enfantômée, que j'aie au moins ça comme compagnie, des fantômes, et je n'évoquais en rien celui de Satchel à ce moment-là — oui que personne ne sorte, sauf elle.

J'ai dû m'enfiler une vodka pour faire les valises, sinon je n'y serais jamais arrivée.

A Paris il y avait Paule, qui savait que j'écrivais ce livre, le livre de la mort de mamita, que j'écrirai sur elle, qui subodorait qu'après cette mort j'écrirai des choses graves.

Que ces choses aillent au loin, là où tous les points de l'horizon convergent, pour trouver leur unicité, qu'elles soient décantées, réduites à leur noyau, et entendues comme si on prenait un porte-voix par des gens à qui, en les consignant, on a toujours le désir d'être utile — enfin, moi ; que le truc de la création soit tout autant d'amplifier pour réduire à l'essence que d'amaigrir les faits comme on excave la pierre jusqu'à ce qu'en sorte la statue visible à tous, que ce soit sacré et tuant, ce travail, qu'il s'agisse d'être bien davantage qu'un photographe talentueux, jetant son papier dans le révélateur pour qu'apparaisse l'image sous la lumière rouge, quoique cette apparition de l'image, graduellement parfaite, si ça se passe bien, soit une des grandes joies de celui qui écrit et voit surgir, il ne sait comment ni d'où, la forme qu'il veut immortelle puisqu'on écrit toujours contre la disparition des choses — de cela, Paule ne voulait rien entendre. Je n'avais aucun souvenir d'avoir dépeint une théorie de mères abominables dans mes livres, mais c'était son idée, la seule. Et à propos de ce livre-là, du livre, elle avait particulièrement peur, donc elle devenait menaçante. Elle s'inquiétait de ce que je dirais d'elle, s'arrêtait sur ce dit, or qu'elle devînt, si j'y arrivais, une Paule *for ever* était bien de l'honneur, or cette hypothèse, elle la prenait comme un déshonneur, le prologue à une honte sociale que je n'aurais jamais voulue pour elle. Elle serait morte plutôt que de TENTER de comprendre ce que je TENTAIS de faire (la vie est une ébauche, un reflet d'éternité, Paule, ainsi de l'écriture et de l'art qui PARFOIS donnent un sentiment d'achèvement, quand, sans le faire exprès, l'écriture ne se fait pas exprès, on a approché le plus possible l'irrécusable, Paule *dear* — mais l'écriture et l'art bégayent et boitent toujours, car toute tentative, forcément outrecuidante, d'entraver le boulot de la mort qui est de tout recouvrir sous l'oubli est vouée à un échec retentissant. Et c'est un échec retentissant, le succès de l'artiste, OK, Paule ? Et s'il en allait autrement, si on pouvait négocier avec la mort, il n'y aurait pas de condition humaine, OK, Paule ? Au mieux, rapproche-toi, Paule, au mieux, en écrivant, peut-on dresser des formes précises, dans une lumière ÉTRANGÈRE qui en fait saillir ce qui aurait échappé à l'œil, sans cette LUMIÈRE-LÀ. Vraiment au mieux, Paule. Et cette LUMIÈRE-LÀ, les jours où elle vous cogne l'œil, vous pouvez les bénir et vous mettre au travail sans perdre une seconde, raconter comment vous avez pissé le matin, comme Miller le conseillait à un de ses adeptes qui ne savait pas par où commencer, eh bien si vous êtes dans un des jours où frappe cette LUMIÈRE, ce sera un geyser immortel, ce pissat, un torrent de safran alcalin, et ça à jamais, s'agit seulement d'attendre la lumière en question, Paule, et c'est pas toujours facile parce qu'entre le pissat fabuleux dont je te parlais et la merde qu'il fait, un écrivain, en attente de cette lumière, il y a évidemment des distances galactiques, mon Dieu Paule je crois bien que tu t'es endormie sur le divan, la bouche un peu ouverte, parce que tu vieillis, Paule. C'est mieux, remarque, de te parler quand tu dors, je pense que tu piges plus vite, c'est une impression forte que j'ai. Eh bien vois-tu, un truc, je suis sûre que l'éclatement des bourgeons en mars, si je chiale en voyant ça surtout le soir sur un ciel rose-rouge avec Natalia main dans la main, ou avec Natalia dans ma

main, ce serait plutôt ça, elle est petite, Natalia, c'est en
pensant à tous ceux qui ne voient plus rien du mois de
mars, qui ont foutu le camp, et là m'empoigne ce mystère,
ce mystère qui me tord le cœur de joie — parce qu'en
même temps je sens qu'ils les voient mieux que nous, ces
bourgeons et toute la souffrance qu'ils ont à naître, et ce
sentiment d'approcher le mystère à le toucher du doigt,
ce délire de joie physique que j'ai à ce moment-là, il se
peut que je ne l'aie jamais eu sans l'écriture. Sur ce, elle
ouvre un œil rougi et se défroisse et se repoudre pour aller
au bridge et je lui souhaite un grand chelem, c'est
toujours comme ça.

*

J'ai dit à Paule que ce livre, je ne voulais pas qu'elle le
lise. Je craignais, moi, que ça lui fasse du mal et dans le
livre présent, encore je n'y allais pas trop fort. Dans celui
d'après, il me faudrait bien dire plus haut la vérité. La
mienne. Elle vaut ce qu'elle vaut, mais c'est la mienne.
Elle avait la sienne, elle n'en faisait rien, cette pauvre
vérité tordue restait là, à la sécuriser sans doute, il n'y
avait enfin que cette vérité de Paule, que sa subjectivité
— elle n'était plus qu'une subjectivité affolée, éperdue
l'emplissant toute — qui pouvait l'aider à survivre. La
mienne n'aurait pas dû exister. Mes yeux n'avaient pas le
droit de voir, mes oreilles d'entendre, le don d'écrire
aucun droit d'être, s'il implique qu'on couche sur le
papier ce qu'on capte de l'inconscient des gens — et
écrire sur l'inconscient de Paule relevait du sacrilège,
voire d'un crime conventionnellement poursuivi par la
vengeance.
    C'était évidemment révoltant, c'était vouloir que je me
nie moi-même, que j'aie peur à mon tour, que je craigne
ses représailles, après qu'elle eut cherché dans mes pages,
avec une ardeur suicidaire et un égocentrisme sans
bornes autant que dévoyé, la pauvre, tout ce qui pouvait
lui correspondre. Moi, si j'avais eu une fille ou un fils

écrivain, non seulement je me serais faite changeuse de ruban d'Underwood ou autre bécane, mais j'aurais été bien heureuse de lui inspirer quelque chose, de sublime ou d'excrémentiel, ça m'aurait été égal du moment que de moi, insignifiante personne, serait sorti du signifiant, de l'inévitable — de ce moment merveilleux, je me serais faite pâte à modeler et tant que ce gosse l'aurait voulu. Je l'aurais engueulé à tort, pour qu'il raconte l'engueulade, des fois qu'il manque d'inspiration.

Mais demandez à un aveugle de voir la couleur du ciel. Ce fameux truc de la création, avec ses clairs-obscurs, ses pannes, ses clairières tellement aveuglantes qu'on n'y voit plus rien, ces instants où tout fout le camp, sous vos yeux, comme un imprévisible essor d'oiseau ou le retrait sournois de la mer, ses élévations risibles (c'est pour mieux retomber dans le schwarz mon enfant), ces visions qui foudroient pour toujours une silhouette dans cette lumière tragique et mate et quasi divine dont j'ai parlé, et champagne si ça arrive, ces plaidoiries ou ces réquisitoires d'enfer où il s'agit de gagner, la tête du client c'est la vôtre, cette chose qui va du petit prurit rageur au vrai grand supplice, soudain si douce quand elle arrive, soudain si forte quand elle a lieu, tout ce bagne ensorcelé pour parvenir au plus simple et donc au plus mystérieux, comme la naissance et la mort le sont, pour parvenir au cœur de la vie comme au cœur dangereux d'une maison hantée, Paule n'en voulait rien savoir — et à sa décharge je savais bien, moi, qu'elle n'était pas la seule, mais comme c'était ma mère, j'aurais tellement voulu qu'elle le fût.

Je la sentais si fragile parfois, si demandeuse d'amour et l'exigeant sans s'en rendre compte — elle ne s'était jamais rendu de comptes de sa vie —, si terrifiée qu'une vérité autre que la sienne eût un éclat qui éclipsât cette dernière et donc de se retrouver dépossédée de son unique bien, la certitude forcenée, hystérique que seule sa vision du monde était la bonne, et, à propos du journal que je

tenais, si alarmée, que je craignais, non tant des représailles, mais que cet esprit faussé, désaccordé comme un
piano duquel les doigts les plus lisztiens n'auraient rien
su tirer de convenable — j'avais peur que cet esprit-là,
devant mon texte, ne s'y retrouvât plus, se trompât,
s'égarât comme certaines âmes des morts dans la perfidie
des limbes, et prît le large de la folie. C'était sur le bon
chemin quand elle me disait avoir supporté ma haine
toute son existence (quelle haine, ma pauvre Paule? elle
était, malgré les apparences, un personnage en sfumato,
flou, dispersé, qui ne se rassemblait d'un coup sec que
dans certaines circonstances et c'était de celui-là, de ce
personnage rassemblé, que je voulais parler, non du
premier qui n'aurait su m'inspirer qu'une palette de
sentiments fluctuants allant de la tendresse qu'on peut
avoir pour une jeune sœur née sous une mauvaise étoile à
l'envie de l'aider pour qu'elle se sentît mieux). J'aimais
boire, manger, fumer, parler, séduire, baiser, vivre la
nuit, aimer, être aimée, toutes les choses belles devant
lesquelles j'ai toujours l'air du Ravi de la crèche,
j'aimais, par-dessus tout, comprendre ce qu'on fout là et
pourquoi on y fait tant de crimes et tant de merveilles,
j'aimais être mon propre champ d'expérience, ce qui n'est
pas si exceptionnel que ça, j'aimais la vie désespérément,
j'avais parfois l'impression de la perdre et je me serais
tuée à la retrouver par l'écriture ce qui équivaut à mourir
en scène, et j'aurais tant voulu qu'il en fût de même pour
elle. J'aurais tant voulu une mère géniale — qu'elle soit
insupportable, alors, qu'elle veuille me réduire au silence
de peur que je fasse de l'ombre à sa propre génialité,
qu'elle vole, qu'elle se came, qu'elle me pique mes
amants, qu'elle me mente, qu'elle soit la crème des garces
— mais bon sang qu'elle aussi passe son temps à essayer
de comprendre jusqu'à s'en griller les neurones, et je lui
aurais tout passé, j'aurais eu de l'admiration pour la mère
géniale, la mère méchante. On aurait lutté force contre
force, au moins, l'adversaire aurait été de taille ce qui est
toujours une consolation. Mais Paule n'avait pas été cette

mère-là, ni une autre, une mère tripale pleine de folliculine, grondante d'amour abusif pour son gosse et le protégeant d'un rempart de feu complètement asphyxiant, sans doute, mais l'intention de protéger aurait été là et cela aussi aurait été admirable. Paule n'était pas une mère du tout, très peu une femme, je cherchais souvent ce qu'elle était, où elle était, je n'arrivais pas à la trouver vraiment, je ne trouvais qu'un chagrin confus, inguérissable et morne, une fébrile requête d'amour et non un don d'amour, une pauvre fébrile requête qui par moments me broyait le cœur car elle était formulée dans un langage où je n'entendais que d'inintelligibles plaintes. J'allais en tâtonnant pour lui mettre la main dessus, je ne trouvais pas cette femme qui ne voulait rien connaître par peur de souffrir, cette femme blessée — et j'aurais bien voulu localiser cette blessure, qui s'était infectée au fur des années peu bénies de son existence, toucher du doigt cette blessure pour tenter de la guérir. Mais elle s'esquivait, elle ne voulait pas être touchée, elle errait, spectrale, dans des landes désolées et brumeuses et marécageuses où je perdais pied, et je pouvais crier son nom, elle ne répondait pas. Au début j'ai voulu crier maman, j'y ai renoncé ensuite parce qu'elle n'aurait pas su que c'était elle que j'appelais.

Elle se dressait donc contre moi pour que je ne tente pas de l'embrocher avec l'épée qu'on m'a donnée, les mots, elle me refusait, tacitement ou non, ça dépendait, d'écrire ces carnets. Pour parvenir à ses fins, elle n'était plus que stratagèmes : elle tentait, sinueusement, bruyamment, chinoisement, de m'approcher quand je travaillais, en vain, il n'y a qu'un chat qui le puisse, elle cuisait des pommes pour faire de la compote et il s'agissait de la manger sous peine de, elle me proposait des thés quand j'étais en train de surveiller le juste halètement d'une phrase, une tragédie que cinq heures et les thés, non merci, Paule, j'aurais donné n'importe quoi pour passer ma vie à boire des thés avec toi et ne rien faire d'autre, mais de quoi aurais-je bouffé par ailleurs,

j'aurais donné n'importe quoi pour ne jamais t'opposer
ces petits « non » qui te navraient, pour te donner ce que
tu voulais — mais tu n'avais pas les mots pour me dire ce
que tu voulais. Tu étais si petite et rétrécie et friable, tu
avais le cœur si gâché, ma pauvre Paule. Je n'ai jamais su
de quoi tu étais faite, si tu étais humaine, si tu pissais
comme tout le monde, si tu réfléchissais comme ça arrive
à tout le monde. J'aurais voulu te donner de la grandeur,
de l'envergure, de la solidité, j'aurais voulu aussi appuyer
ma tête contre ton épaule de temps en temps, mais si je le
faisais, l'épaule se dérobait et tu t'effondrais en larmes
parce que les malheurs des autres, tu ne pouvais les
assumer à cause des tiens qui étaient les plus grands du
monde à t'en croire — je n'ai jamais pu appuyer quoi que
ce soit de moi contre quoi que ce soit de toi qui tînt le
coup, à cause des risques d'effondrement, ni pleurer
contre toi : j'avais trop conscience que, sans que tu
cherches à en savoir la cause, mes larmes t'auraient
détruite, je ne savais pas pourquoi, j'aurais bien voulu
savoir ça aussi, j'ai fini par renoncer à savoir ça aussi.

Pardon, Paule *dear*, si je t'ai offensée un jour de ta vie
un seul, vois-tu, j'avais juste besoin d'une force de mère
adulte à côté de moi, or davantage que moi par l'écriture
qui donne tout et reprend toujours ses gages, qui
infirmise pour les choses matérielles, c'est une sorte de
paiement, tu trébuchais, si terriblement handicapée, sur
cette terre sans que je puisse te soutenir, rien de moi ne
t'aidant jamais. Et j'avais trop besoin de ces forces que
l'écriture me prenait pour ne pas vite renoncer à les
chercher chez toi qui ne voulais pas que j'écrive, toi chez
qui il y avait quelque chose de cassé, de foutu — ces
forces, il me fallait les trouver ailleurs, en urgence. Tu
n'avais pas à t'étonner, alors, que je ne te regarde plus
beaucoup, j'avais renoncé à ça aussi, il fallait que j'aie les
yeux dans cet ailleurs où ça vivait dru et dense, c'était
une question de survie, et je ne pouvais rester assise en
face de toi, pauvrette que je chérissais sans que jamais tu
ne le croies, à prendre le thé *ad mortem* et à te regarder toi,

ce qui n'aurait rien changé, ni été utile à personne, mais dangereux à moi-même. Voilà, Paule, et je vais tout de même faire semblant, pour le thé, juste une gorgée maintenant.

Ça peut aussi se passer autrement, à cinq heures — et ça s'est passé autrement par un après-midi pluvieux de l'été 87.

Natalia entre et dit : Tiens, moi aussi je prendrais bien quelque chose de chaud. Paule s'empresse de lui servir du thé, N. s'assoit et s'avale coup sur coup deux grandes tasses brûlantes de ce Ceylan à la cannelle, au goût sombre, profond et corsé dont on raffole, elle demande à la cantonade s'il n'y a pas un peu de miel, ma mère la cantonade disparaîtrait bien sous terre parce que non, pas de miel, et que c'est elle qui, depuis l'emménagement de N., se charge du miel et des pastilles Euphon, panacées indispensables à la voix (ce mezzo éraillé par les cigarettes) d'une jeune comédienne, et seul tribut à l'art que Paule ait jamais rendu. Dommage, elle fait, la jeune comédienne, qui tend la main vers l'assiette de biscuits au gingembre accompagnant toujours le thé, s'adjuge une petite galette ronde, la casse en deux, m'en propose une moitié ; salut, ça va, au fait ? elle demande à Paule avec son éternel décalage horaire de distraction et rien à foutre de la réponse, elle croque le biscuit au gingembre dont le sable doux et poivré lui fond sur la langue, la fumée ne vous dérange pas ? elle demande à Paule, et c'est pas une question, c'est que je suis en train de fumer une kretek indonésienne et qu'elle en veut, c'est comme le biscuit, pour qu'on aie les mêmes plaisirs en même temps et que Paule en soit témoin, ça la met en joie, ma petite Némésis yougo, et ça lui fait un plaisir de plus dont elle ne se priverait pour rien au monde. Je lui allume une cigarette au clou de girofle dont le bout brasille et crépite si fort qu'on croirait une coulée de lave vermeille grignotant un pan du Gunung Agung lors d'une éruption, elle savoure, elle avale toute la fumée comme si c'était du sperme et qu'elle aime ça or il n'y a que ma cyprine qu'elle aime par-dessus tout, on tire sur nos cigarettes de concert, on a dans la bouche le goût d'opium sucré et d'antiseptique des kretek, tiens, essaie, je lui ai dit un jour à propos des kretek, tu verras, on dirait qu'on vous brûle dans la gorge les résines les plus parfumées du ciel quand on fume ce truc-là, elle a essayé, elle a dit que c'était ça exactement. Paule la regarde s'envoyer en l'air avec le clope, on la dirait cette femme sur le grand huit de la Foire du trône, elle laverait bien les jeans de N. de ses mains manucurées, du bout de ses faux ongles américains, et avec des cailloux pour qu'ils soient délavés comme elle aime, N. Elle en est folle, de la môme, et la môme ne supporte pas qu'elle le soit, c'est pire pour elle que les regards déshabilleurs des mecs, parce que, ce qu'il en est de Paule, elle le sait sans que j'aie eu besoin de lui faire un dessin.

Pardon, du gingerbread, vous en vouliez? fait ma snobinette anglomane avec un maximum de délicatesse et de décalage horaire, parce qu'elle vient de ratisser les trois biscuits de reste, sur la soucoupe. Non merci, dit Paule de son contralto outre-tombal, je vois bien (ici elle nasonne tellement qu'on croirait la bande son usée d'un film d'épouvante hors d'âge) que tu suis l'exemple de Julia (elle lorgne le thé et le paquet de kretek). Tu abuses des excitants, ma petite fille. Le thé en est un, surtout ce Ceylan, après cinq heures du soir, une tasse mais pas deux, et fumer comme ça, surtout ces cigarettes qui empestent et qui doivent être très fortes, ma petite fille...

— Votre petite fille, c'est quelqu'un d'autre, fait Natalia, et elle hausse une épaule, du coup la brassière stretch qui lui bandelette le torse remonte d'un cran, on voit son joli nombril rose, Paule a l'œil rivé dessus comme si c'était

celui d'un cyclone, la plus ravissante spirale du pire, bref
de l'inéluctable et du fatal et là elle est dans le vrai, Paule,
elle fixe cette menue fleur écarquillée de nombril comme
si c'était, aussi, un coquillage d'une telle rareté qu'il vaut
un million de dollars, et là si elle voit ça à la place du
nombril de N., elle sent les choses à peu près comme moi
qui, quand je pose ma tête sur son ventre pâle, à l'endroit
de l'ombilic, entends la mer, une mer lointaine qui
charrie des étoiles, nos étoiles.

N. rajuste la bretelle du soutien-gorge qui a glissé sur
sa clavicule, elle la rajuste en flanquant cette fois une
dégelée de vert à la gueule de Paule *dear*, de Paule *dear* qui
pense sûrement au beurre, au gingembre, à la cannelle,
au clou de girofle que la môme a sur la langue, à toute
cette combustion savoureuse à l'intérieur limpide et frais
de la bouche de la môme, et le baiser aux cinq parfums,
parce qu'il faut compter celui de sa salive qui sent
violemment la menthe à cause d'autres cigarettes que les
kretek, celles qu'on fume habituellement, et de son
dentifrice qui, de ses lèvres à sa glotte, tient ses promesses
d'haleine parfaite du matin au soir même si vous avez
croqué dix gousses d'ail entre-temps comme aucune
publicité ne le fera jamais, sur elle ça marche tellement ce
truc qu'on dirait qu'une brise himalayenne souffle doucement derrière la barrière bleutée de ses dents et que, la
pub, j'ai l'impression qu'il lui suffit de la regarder à la
télé, rien qu'un instant, pour qu'elle cesse de mentir en ce
qui la concerne exclusivement, je disais donc le baiser aux
cinq parfums il est pour moi sous peu, et Paule le sait, qui
en meurt sur place. En général, la bouche de Natalia,
c'est à la fois un glaçon fondant de la Kanchenjunga et le
plus délicieux athanor de l'enfer, à cause de ce qu'elle
mange et ce qu'elle boit, ceci par chance pour moi qui
préfère cette incandescence aromatique aux effets si
salubres de son dentifrice : les papilles de ma N. n'ont
plus rien d'adolescent, insensibles qu'elles sont désormais
aux charmes, irrésistibles à ses pairs, et, l'hiver précédent, à elle-même encore, des Nutella ou autres écœu-

rants produits de pointe de la junkfood. Les papilles de N.
sont ce qu'elle a aujourd'hui de plus puriste et de plus
civilisé : elles savent apprécier le corps et le bouquet d'un
léoville-lascaze ou d'un pichon longueville dont bientôt
elle me dira l'année les yeux fermés, aussi bien que la
senteur marine, dont on a parlé, du saumon fumé, et il ne
faut pas lui demander de confondre l'écossais, le danois et
le norvégien, que la piqûre froide et crissante du corni-
chon alliée à l'onctuosité du Parme, l'amertume téné-
breuse et rude du chocolat à 75 % de cacao, l'incendie
crémé d'un curry de Madras à la juste teinte cendreuse (il
arrive dans un instant) et la puissance longue en bouche
du brie le plus putrescent. Je n'avais eu aucun mal à lui
apprendre rudiments puis arcanes du savoir savoureux,
et ça, c'était à cause de cette sensualité qu'elle foutait
partout, à bon ou à mauvais escient. Ce jour d'été dans la
salle à écrire, j'ai senti qu'elle allait lui en foutre
jusqu'aux yeux, à ma mère, jusqu'à ce qu'ils pleurent, ses
yeux, et j'ai trouvé que c'était à bon escient.

Paule repose sa tasse de thé dans laquelle c'est son
désir pour N. qu'elle voit, pas besoin de lire dans les
feuilles du Ceylan pour le deviner. N. s'étire en soupirant
d'aise, les bras en l'air, et je me demande jusqu'où la
brassière va remonter et jusqu'où elle va me sadiser Paule
et tout le judéo-christianisme avec, N. dit que Paule a
raison, finalement, que trop de thé ça peut l'empêcher de
dormir, mais qu'elle a encore une de ces soifs, elle saute
sur ses pieds, virevolte, s'éclipse, quand ma mère est là,
N. réussit toujours ses sorties sans se prendre les meubles
ou le tapis, de peur que Paule ne rapplique à la vitesse de
la lumière avec le contenu de l'armoire à pharmacie, et ne
tente de prévenir mon geste en lui mettant des Tricostérils un peu partout, revoilà N. l'air charmé, dans une
main la bouteille de tequila Sauza qu'on a taxé la veille
rue G., dans l'autre, paume ouverte, une poignée de sel,
mais qu'est-ce que, couine Paule pendant que moi je
pense : aux six parfums le baiser, et au vitriol à 90°, c'est-à-
dire à cette merveille de jus de mescal, qu'on adore

parce que ça nous dégringole jusque sous le plexus, je tends ma paume à N., elle y saupoudre du sel, elle va chercher deux petits verres à liqueur dans la cave en cristal de mamita, un des trucs sur lesquels la famille n'a pas encore fait main basse, ils ont dû oublier, elle nous sert la tequila, vous n'en voulez pas je suppose, elle flûte à Paule qui nous observe pendant qu'on avale ce brûlot cul-sec après avoir léché le sel dans nos mains, cette fois on croirait qu'il ne reste plus à ma mère, pour s'exprimer, que la langue des signes, N. porte un toast à sa santé laquelle commence de visu à en prendre un sale coup et je pressens que ce jour-là c'est pas fini, ce doit être un jour de rétribution générale, N. s'envoie une seconde tequila en battant des cils qu'on croirait faux, en vison comme ce que Paule a sur le dos. N. vire ses tennis, met ses pieds sur la table, croise ses jambes râblées de jeune gymnaste, dont on discerne parfaitement le tracé graphique et délicatement musculeux sous ses caleçons serrés, bleu électrique, elle n'a que ça sur elle avec la brassière bleu plus pâle et son soutien-gorge est rose et Paule donnerait dix ans de sa vie pour connaître la couleur de son slip, N. rit dans un soudain silence où on entendrait voler une mouche, en réalité c'est le grésillement de nos kretek qu'on entend, elle dit que ce soir sur la 2, il y a *les Noces de Figaro*, de Mozart, précise-t-elle à l'intention de Paule, courtoisement, sur le ton d'un mieux vaut prévenir que guérir, et moi je vois se pointer le Cherubino du diable qu'elle est, à croire que le rôle, Wolfgang l'a écrit juste pour elle. Heureusement que c'est sur la 2, poursuit Cherubino, y'a plus que cette chaîne qui marche et encore à condition qu'on bastonne la télé, et si on a le son c'est un jour de bol, et le jour où vous nous en achèterez une autre ce sera pas un jour de bol, moi je trouve, ce sera un jour normal vu les économies que vous avez, seule-ment ce jour-là je pense qu'on le verra jamais (Elle souffle par les naseaux, qui se dilatent, sa petite rave de nez gonfle, j'adore son nez trop gros comme Kurt les grands pieds de Luce, et aussi ses oreilles décollées qu'elle

planque sous ses cheveux, lisez Bataille Paule *dear,* point
d'érotisme sans la brèche du défaut, ce que je sais c'est
qu'après Troyat et Mauriac, elle n'a plus ouvert un livre
de sa vie, et le pire c'est que même si moi je n'avais pas
écrit, ça n'aurait rien changé.)
— Bon, fait N. Le BON éclate entre ses lèvres comme
un bubble-gum et je me dis qu'elle a décidé, en ce jour de
rétribution, de ne laisser sortir Paule que les pieds
devant, rien que pour qu'elle ne claque plus jamais la
porte, aussi. PARAÎT QUE VOUS DEMANDEZ À JULIA CE
QU'ON FAIT DE NOS SOIRÉES, de préférence quand elle n'a
pas le temps de vous répondre PARCE QU'ELLE BOSSE,
trompette la môme, en pleine ébriété gouailleuse. Donc je
le fais à sa place, maintenant, exceptionnellement. Eh
bien ce soir, *mum',* je vais lui mitonner un petit poulet au
curry, à Julia, on raffole des épices, nous, et puis Julia ça
lui rappelle l'Inde d'où tant pis pour vous tant mieux
pour moi elle a fini par revenir. Ce curry on va se le
manger en écoutant le *Voi che sapete,* ça va être géant.
On ne vous prie pas de rester, parce qu'on sait que vous
préférez la purée Mousline et les variétés, l'opéra, c'est
comme le *Songe,* ça doit pas trop vous brancher. Bof,
chacun fait ce qu'il lui plaît, elle fredonne avec sa
vulgarité fantasmagorique, et ma mère se foutrait bien à
genoux pour qu'elle continue à lui parler même si c'est
pour l'insulter, à la minute qu'il est elle tremble comme
de la *crystal gelly,* Paule, elle pique un fard, même sous sa
peinture ça se voit, et c'est vraiment comme si un justicier
suprême lui avait interdit de faire autre chose que filmer
des yeux chaque mouvement de N. jusqu'à pouvoir se les
passer en vidéo le restant de ses jours. Elle ne tremble
même plus, elle fond, tandis que N. d'un coup cesse de se
trémousser et de l'allumer, N. est en pierre, en marbre
pentélique, dans sa gangue de cariatide, Paule s'affaisse
et coule de plus en plus, c'est du vacherin bien fait, y'a
qu'à enfoncer le couteau et c'est ce qu'elle va faire,
Natalia.
— Tiens, c'est quoi, j'avais pas vu, elle s'exclame,

avisant ce que moi non plus, un paquet enrubanné, à côté du plateau à thé.

— C'est pour toi, dit Paule d'une voix si étouffée qu'on dirait que c'est elle qui vient de s'envoyer le paquet de kretek, plus de la paille de fer. N. darde ses doigts sans ongles vers le présent, déchiquette l'emballage, découvre un bol marqué Natalia, à peu près aussi grand et rond que les yeux qu'on fait, elle et moi. Merci, dit N. d'une voix soyeuse, et elle se penche en travers de la table pour embrasser Paule sur la joue, le petit brasero de sa bouche crame la peau de ma mère — mais c'était vraiment pas la peine, elle ajoute avec l'air de le penser si fort que Paule se lève, endosse son vison. N. se lève juste après, s'approche d'elle, ôte avec soin ses lunettes noires, Paule tétanisée cligne ses petits yeux gris ferrugineux, N. considère tendrement la pauvre trompette de son nez refait, elle dit que ça se voit, l'opération, et puis avec vos faux cils ce qui se voit c'est la colle, elle lui en ôte un qui se détache avec un petit bruit obscène et reste englué à l'index de N. qui a un sourire bizarre de Lucifer le Porteur de lumière si on avait tardé à le descendre au gril à l'heure sonnée de sa chute. Paule a peur, sous des litres de Guerlain, Vol de nuit, c'est la peur.

— A bientôt, j'espère, fait N., mais soyez gentille de ne plus claquer la porte d'entrée, elle va sortir de ses gonds cette porte et on se demande à quoi ça vous avance.

Paule ne partira pas les pieds devant mais tout juste, et à cet instant j'ai cru, on ne sait jamais, que le rideau allait tomber, point du tout, ce qui tombe après un mouvement rapide comme l'éclair et faux comme beaucoup de vérités, c'est le bol, avec le bruit de la Tour foudroyée, seizième lame, et non la meilleure, du Tarot de Marseille.

Hon, souffle N., j'ai toujours été destroy, *mum'*, vous savez ça. Je veux dire, maladroite, sourit-elle avec la condescendance brutale et gaie d'une ado parlant à un de ces béotiens, une grande personne. Et puis un briquet, même si le clope c'est pas votre religion, ça m'aurait fait bien plus plaisir. Ben salut, et elle dédie à Paule son sourire le plus clown blanc, et juste derrière elle je vois de mes yeux grandir l'ombre de mon père, aussi clairement qu'Hamlet a vu le spectre du sien sur les murailles d'Elseneur.

Le bruit de la porte quand Paule l'a fermée, ça a été à peine un crissement de taffetas froissé par la main gracile d'une duchesse chlorotique. Je n'attendais tout de même pas qu'elle réponde salut à la petite, et je n'attendais plus rien que la mort, quand on s'est roulé une pelle dans l'odeur flavescente du curry, la fameuse pelle aux six parfums, pendant que Paule partait dans sa petite nuit en prose, les épaules serrées, exactement comme après le *Songe*. On s'est embrassées encore plus fort après le dîner, et là la bouche de ma Yougo c'était le meilleur chutney que j'aie jamais goûté, le plus embaumé des souks orientaux où je sois jamais entrée, un dessert ardent et fondant au garam masala, et ma mère on pensait toutes les deux qu'on avait peu de chances de la revoir avant l'Ère du Verseau, cette chance-là, on aurait donné beaucoup pour l'avoir, seulement il y a des choses qu'on ne peut acheter en ce monde, ainsi, du reste, de cette soirée qu'on vivait, nous ni pour le thé ni pour rien d'autre on n'avait fait semblant. Plaisir d'amour ne dure, je me disais pendant que la comtesse chantait encore *Porgi Amor* à mes oreilles, pendant que sous les paupières mi-closes de Cherubino ne luisait plus qu'une serpette argentée aussi belle et brillante que celle de la lune du *Songe*, brillante comme si elle pleurait et peut-être qu'elle pleurait, et ses pupilles de magesse avaient foutu le camp, escamotées dans son arrière-monde à elle, sombrées dans un des fleuves de ce paradis qui, moi, me tombait des doigts et mouillait d'une petite pluie d'or non plus sa culotte de la couleur de laquelle Paule aurait donné dix ans de sa vie pour être au courant, mais personne, ni Dieu ni Diable, n'aurait su que foutre de dix ans d'une vie pareille, la petite pluie d'or c'étaient les draps qu'elle mouillait et demain on les porterait au pressing parce que le vœu de Natalia, que ma mère les lave avec ses larmes ainsi que mes robes, ne se réaliserait jamais, ce qui n'avait pas plus d'importance que Paule ni de ce qu'elle aurait voulu faire de sa vie, et d'une façon générale, au moment de la pluie d'or, je trouvais toujours que rien d'autre que ça n'avait d'importance.

Il faisait trop humide à F... pour qu'il achevât le grand plâtre de Van Gogh. A sa récente exposition de V... (quoi, un patelin paumé où les notables, n'ayant jamais rien vu, s'étaient extasiés!), son succès ne lui avait arraché que des sourires manqués. « Quelle ironie dans les efforts et la gentillesse de la municipalité de V..., qui a préparé l'exposition de quarante de mes tableaux!» avait-il écrit à Julia — d'outre-tombe, il écrirait encore à Julia, sa trop belle écouteuse —, « beaucoup de deux mètres de haut, deux de trois mètres soixante-quinze de large. Ici, à une portée de flèche d'Alésia, je ne peux m'empêcher d'entendre la phrase de César : " Je préfère être le premier dans mon village que le dernier à Rome. " Et me voici d'un coup, Julia, le premier dans le village. Mais qui viendra à V...? »

Et il n'y eut que les gens de la municipalité pour ce faire, en effet.

Au chapitre du succès, si on venait de lui acheter la *Salomé*, c'était qu'il s'agissait d'un nu très reconnaissable de Julia M., et non à cause de la qualité du tableau. Il avait entrepris un portrait en pied de Natalia que celle-ci ne verrait jamais, puisque, pas plus qu'à F... qu'à V..., aucune n'était venue ni ne viendrait des filles de sa vie et de sa mort. Le portrait mesurait deux mètres de haut et les proportions en étaient tronquées, sans que ce fût le moins du monde délibéré, et sans qu'il le vît; ce qu'il voyait, c'était la transparence de cette peinture : il n'y avait presque plus rien sur la toile, ce qui arrive aux grands, ce qui arriva génialement à Vélasquez sur la fin, oui, c'était transparent, ça laissait juste passer le frisson d'un demi-jour, c'était comme peint avec de l'eau de source et des ailes de libellules — c'était transparent, aussi, comme lui aux yeux de ces filles. Le jour était enfin venu où il ne restait que de pâles élytres d'insecte sur une toile limpide, où tout se fondait dans une lumière plus claire que l'opale, le jour était venu où la toile semblait presque blanche, la silhouette de la jeune fille, une apparition diaphane, jugeait-il, élégiaque et seul, saisi d'austère enthousiasme devant toute cette transparence du fatal qui était là, devant lui. Et le jour approchait où la Comédie fermerait pour toujours, et le jour se levait, de se taire et de s'éloigner. Une chose l'attristait : qu'à la Chartreuse de Champmol, l'œuvre de Klaus Sluter, la *Fontaine de Moïse* et ses quatre monumentales statues de prophètes, fût à l'abandon, au fond du parc d'un asile d'aliénés, qu'on laissât ainsi se dégrader un chef-d'œuvre alors qu'on nettoyait les abribus de la région chaque matin. Le sort de la Chartreuse de Champmol le révoltait — et il s'inquiétait de ce sentiment, car si la révolte le portait trop irrésistiblement du côté des vivants, il ne rejoindrait pas l'autre, il continuerait à pourfendre ses moulins ou s'en retournerait au désert comme ce Don Quichotte — et cet Alceste donc! — qui lui étaient des frères de sang. Voulant s'éloigner pour une retraite définitive, et ayant catégoriquement renoncé à attendre le 22 mars 88 pour ce faire, il bénissait les moments où, loin d'être révolté, il se trouvait accablé devant une seconde chose qui n'était pas la dégradation de la Chartreuse : si la Comédie rouvrait, son superbe, son vénérable rideau d'un grenat assombri et éteint par la poussière du temps serait remplacé par un torchon orangé, flamboyant et jurant avec le rubis violine des sièges, un torchon dont il avait vu la maquette, un torchon commis par le fils d'un ministre qui avait aggravé son cas en faisant couler un filet vert vif sur le côté droit du torchon, les fils de

ministre ignorent-ils donc que le vert est la couleur
honnie des comédiens — non, pas plus que ce fils de
ministre ne savait peindre, et le torchon avait coûté à
l'État qui ne pourrait les octroyer au théâtre, quelques
petits millions, quand il s'agissait de remplir en urgence
les caisses de la Comédie, vidées par les exactions de ses
successifs et mégalomanes administrateurs, outre les
grèves dues à un syndicat d'ivrognes, c'était bien le
moment qu'un torchon coûtât si cher.

« Voilà ce que ce rideau va donner », avait-il écrit à
Julia, sûr d'être entendu car rien n'exaspérait Julia
comme la peinture contemporaine. Tout d'abord, celle-ci
avait été, à Kurt et à son art, un simple et cuisant
outrage, une farce injurieuse — des quolibets jetés à la
face de vos toiles que cette chierie dite contemporaine !
pestait Julia au regard de qui, tout comme pour Kurt, la
peinture s'était arrêtée à Gauguin, après Gauguin, on
avait eu droit à un massacre à la tronçonneuse, à des
pissats de couleurs émétiques, à une hideur disloquée,
hostile et inutile, à des trucs poubelliformes et aussi
intéressants qu'un fond de casserole cramé, au contenu
même d'innombrables décharges publiques et ça valait
cher et il s'agissait d'une latence de l'objet et du signe pas
moins, et elle préférait ne rien dire des boîtes de
Campbell Soup. Quand Julia pestait comme ça, il ne
pensait même plus qu'il avait envie d'elle, il l'adorait à
genoux, et pendant qu'il l'adorait à genoux, des tonnes de
vieux moteurs, des kilomètres de linoléum, atteignaient
des cotes aberrantes et devenaient en conséquence, non
plus un affront personnel, mais l'incontestable déni de sa
vie et de son œuvre.

« Du rouge pavot tombant froidement des cintres
comme de grandes bâches plastifiées qui couvrent des
échafaudages de chantiers, vous voyez le travail. Et moi,
Julia, que je ne voie pas, lors de l'inauguration de ce truc,
comme vous l'écririez, huit cents personnes applaudir
pour rien — rien. Il n'y a plus de rideau. *Plaudite amici
finita la Comoedia.* »

Voilà donc à quoi ça servait d'être le fils d'un ministre .
on vous commandait le nouveau rideau du plus beau
théâtre du monde dans l'espoir que, si une mort lente
n'avait pas raison de ce théâtre et de sa troupe, cette
chose, ce truc, oui Julia, le torchon eût l'honneur de se
lever sur *la Tempête* de Shakespeare par exemple. A ce
qu'on disait, cette grandiose serpillière écarlate avait été
refusée par les comédiens et imposée par l'administra-
tion. Ils applaudiraient quand même le jour hypothétique
de l'inauguration, les comédiens, parce qu'ils étaient des
comédiens, quitte à en dire pis que pendre ensuite,
toujours parce qu'ils étaient des comédiens. Même sans
Satchel S., il aurait fini par haïr les comédiens. Oh que le
théâtre ne rouvre jamais, pria-t-il, et que j'aie la pêche de
me tuer vite, pour, en cas de reprise des spectacles et, au
cas improbable et du dernier fâcheux, où je ne me tue pas
si vite que ça parce qu'une jeune fille m'aura souri dans
la rue, ne pas être affronté CHAQUE SOIR à ce qui
m'apparaîtra comme une gigantesque muleta devant
laquelle je serai le toro, une muleta immobile mais Dieu
sait qu'elle est rouge, la plus grande muleta du monde,
oui, moi, affronté à cet essuie-meubles, non, à cet essuie-
mains, à cette lessive étendue qui séchera jusqu'à la fin
du théâtre, à ce truc, Julia, à ce truc inerte et lugubre
malgré son vermillon tropical, à ce truc qui me bafouera
quotidiennement de la même question silencieuse et
insultante : qui crois-tu être pour continuer à peindre des
jeunes filles, des enfants, des prophètes, des saints, des
Terres promises, des Enfers et des Paradis, quand
personne ne veut de ta peinture, quand c'est de cette
autre peinture qu'on veut ?
Il y avait deux autres affronts personnels qu'il devrait
subir et remâcher au cas où tout rentrât dans l'ordre et lui
dans ses fonctions, par un petit tour du malheur bien
vachard qui aurait de beaux yeux, un nez retroussé et
dix-sept ans — ou rien de tout ça, si, seulement, la Ville
de Paris s'intéressait à sa statue de Van Gogh. Le premier

affront était le refus, par les successifs administrateurs, d'un *Hommage à Molière* de quinze mètres de haut, qui aurait été du meilleur effet au foyer, derrière le buste de Voltaire ; un hommage figuratif jusqu'à la provocation, puisqu'on pouvait y compter une cinquantaine de membres, morts ou vifs, de la troupe, éminemment reconnaissables et en costumes de scène, Molière trônant à l'empyrée. L'ABSTRACTION EST UNE IMPOSTURE, il l'avait assez gueulé et c'était comme s'il l'avait fait devant l'emblématique décor de sa vie : une montagne qui ne renvoyait pas d'écho, jamais. Le second affront personnel à cause duquel il se tuerait si tout allait bien, voilà déjà belle lurette — quelques années — qu'il se cognait dessus en sortant du théâtre : il s'agissait des colonnes de ce sculpteur tout aussi contemporain que le peintre du rideau, érigées dans le jardin jouxtant la Comédie, des colonnes, pas même, des troncs mutilés, des boutoirs phalliques, des pierres levées pour un culte dont on avait oublié le dieu, ce qui restait explicable dans la mesure où nous vivons dans un monde sans Dieu, pensait-il quand il voulait à tout prix trouver un sens à l'inanité des maudites colonnes ; mais quand il n'était plus que persécuté par ces colonnes, il les traitait de pissoirs à chiens, ce qui était *ipso facto* devenu leur fonction, et souhaitait que tous les cabots de Paris y compris ceux du théâtre, des jeunes premiers aux pères nobles, allassent lever, les uns la patte, les autres faire leur petite miction debout, contre ces éminences idiotes. Si ce futur rideau et ces présentes colonnes devaient le narguer chaque soir de leur laideur vaniteuse, mieux valait de suite se taire et s'éloigner, et, ah oui, certes, il y avait ces trois filles pour lui donner un coup de main, ces trois filles qui elles aussi, comme le rideau comme les colonnes, disaient non, et qui crois-tu être pour nous désirer et oser nous peindre encore ? Ces trois filles qui se moquaient de lui autant que cette toile et ces pierres levées, ces trois filles en revanche aussi exquises que duplices et d'une beauté qui, au lieu de lui consoler les yeux, les lui blessait, car ils avaient en face d'eux non la vanité du laid mais l'orgueil de la grâce.

*

En effet, sans les Parques, sans la mort aux trente doigts soyeux, aux cent cils recourbés, aux six lèvres fraîches, il ne pouvait vivre — ce qui est à l'évidence résumer la condition de l'artiste —, il se tuerait donc, il se tuerait na, il se tuerait bel et bien avant la date anniversaire de la mort de Verrochio — ce qui le navrait bien un peu, car il ne croyait pas retrouver qui que ce fût après, il se moquait haut et fort des jobards contentés à la perspective d'une conviviale éternité, à eux le crétinisme, à lui encore, à lui toujours, à lui donc la solitude : il considérait la mort comme le sommeil, ce sommeil au cours duquel, dans toute son existence nocturne, il n'avait rien retenu du rêve, et il s'en vantait, il disait qu'il ne rêvait pas. Dommage pour vous, il y a dans cette tête-là quelque chose de fermé, une lumière qui ne passe pas, disait doucement Julia quand il se targuait de ce sommeil désert, et un haussement d'épaules traduisait l'apitoiement agacé de Julia, quand il lui rétorquait qu'il avait bien assez rêvé des jeunes filles, le jour, pour ne plus avoir de rêve en stock, la nuit.

Il se tuerait donc avant la date par lui élue, qui était dans un petit peu moins d'un an, car il redoutait, à attendre jusque-là, que ce soit comme avec une femme qui s'est trop fait désirer, qu'il ne puisse plus, qu'il soit trop découragé de la vie, trop épuisé par elle, pour avoir encore l'énergie d'y mettre un terme. Et cela lui semblait plus horrible que tout, ç'aurait été comme de survivre en chaise roulante, handicapé, à la merci des autres, et cela il ne le pouvait plus. Ces autres, ah ! Il se tuerait tout à l'heure. Il se tuerait à cause de celle qui lui préférait Obéron, le Maître de philosophie, Cinna, Sévère, Clitandre, pas mal de Dorante, Amphitryon, le Cardinal d'Espagne, celle qui, même dans le rôle du Capitaine

Fracasse, aurait trouvé sublime cette ombre protéiforme.
Ce comédien. Il se tuerait par la faute de celle qui, à
cause d'un comédien, avait les yeux trop frappés d'illusion pour le voir, lui, sans quoi elle l'aurait aimé
complètement, simplement, avec cette profondeur et ce
soin qu'elle mettait à tout ce qu'elle faisait, et il ne serait
plus jamais rentré seul dans la nuit par les rues mouillées
de Montmartre, elle aurait été là, il lui aurait tenu le bras
très fort à cause des rues montueuses et de leurs pavés
glissants sur lesquels elle trébuchait depuis cet accident
qui l'avait privée d'un peu de son équilibre — et cet
équilibre, à d'autres égards, ce n'était pas l'histrion qui
pourrait le lui restaurer. Elle disait : Il me prend tout, il
file avec ma force comme on arrache un sac au vol,
comme on arrache une promesse, des larmes, la peau,
aussi, et je vis pour le temps qu'il reste, le temps où il me
donne quelque chose de lui. Elle disait ceci d'une voix
aussi blanche et transparente que ses toiles à lui, la voix
même du dépouillement, celle d'une anachorète de
l'amour qui ne peut rien contre sa foi.

Il s'avisa que cette voix-là, il ne l'avait entendue de
longtemps ; c'était donc qu'il était revenu à elle, qu'elle
était heureuse avec, à cause du comédien, que, dans cette
mesure, elle le laissait plus que jamais seul dans les rues
mouillées de Montmartre la nuit, et voici, il venait encore
de se tromper. Lui restait donc à cajoler un regret : ne
plus avoir le temps ni l'occasion de foutre un pain dans la
gueule de Satchel S., un lâche qui se targuait de ne jamais
se battre, ce n'était pas dans son éthique de gauche, ah,
voyez-le, l'homme de gauche, le socialo-pacifiste se
plaisant à torturer une jeune femme déjà saignée à blanc
par un amour qui ne sait faire que ça, le mal — l'amour,
le pire des demi-dieux, qu'avait joué cette autre.

Il se tuerait à cause de cette autre, qui clamait si
souvent qu'elle n'avait rien à foutre de rien, qui appelait
un soutien-gorge soutif, un cendrier cendar, parlait
comme la loubarde de Nanterre qu'elle serait toujours
dès qu'elle dépouillerait le costume d'Agnès ou d'Her-

mione, cette autre qui lui avait refusé un verre d'eau
fraîche et, l'hiver précédent, de lui jouer un seul air de
clarinette. Il se tuerait à cause de la troisième qui avait
ouvert ses genoux osseux pour mieux les refermer dans un
menu fracas hostile, qui baissait son petit front taurin et
ses yeux pâles sur ses grands pieds dès qu'il la fixait, lui,
espérant toujours quelque chose d'elle, or seul l'espoir
tue, ce n'aurait pas été Julia qui l'aurait contredit.
Mouchez-moi cette chandelle là-bas, qui est un mirage,
laissez-moi dans ce noir qui est ma vérité, à laquelle mes
yeux s'accommoderont mieux. Jusqu'alors, ce vœu
n'avait pas été exaucé. La flamme du mirage brûlait
devant les prunelles nictitantes, leurrées, de Julia M., et
devant ses propres yeux, victimes d'un mirage qui avait,
celui-là, non l'indéniable prestance du comédien, mais
l'apparence d'une longue flamme cendreuse et joliment
exténuée, les cheveux moussus, d'un châtain tendre, la
lèvre supérieure un peu relevée sur les dents, et de si
grands pieds — toutes vétilles semblablement envoû-
tantes. Contre les cheveux moussus, la lèvre supérieure
trop courte et les grands pieds de Luce, il était aussi
impuissant que Julia devant la croyance que lui avait
suscitée le comédien. Sublime, sur scène, le comédien,
mais à chier dans son rôle de vivant, pensa-t-il, s'amusant
de cet argot que tout le monde parlait sauf lui, crispant et
décrispant sa main raidie par la sculpture, rongée par le
plâtre, couverte d'une carapace fendillée et dure comme
un dos de caïman, cette main où, aux phalanges, le sang
avait séché depuis la veille, cette main aux ongles usés
par le frottement au fond des bassines, et noircis et
retournés et brisés — il y avait un peu de ce sang, en guise
de signature, dans la statue de Van Gogh qui ne
pencherait jamais son front vers la plaine de la Crau,
dans les plis du vêtement duquel le mistral ne soufflerait
jamais, puisqu'elle ne serait point érigée là où il aurait
fallu qu'elle le fût pour le contenter, lui, et contenter les
mânes de l'autre maudit.

Il chargea et prit son pistolet. Il emporta son lecteur de cassettes. Il eut envie de voir la statue inachevée qui était dans la grange. Il s'avisa qu'il avait gardé son vêtement de travail hier constellé d'éclaboussures blanches, couvert de croûtes immaculées et solidifiées, la harde de pantalon crayeux aux cuisses et aux fesses sur laquelle il s'était essuyé les mains pendant le travail, il avait des écailles blanches jusque sur ses souliers. Dans la grange aussi, tout était blanc, d'un blanc mat de neige ferme. Il sourit à tout ce blanc, à cette dureté minérale et pure, à Van Gogh, il lui dit salut Vincent, il sourit, sourit à cent cinquante kilos de plâtre par sacs de quarante, à de vieilles cuvettes, à des pots, des casseroles, un balai, une brosse, une masse, un marteau, des clous, une pince, une tenaille, il sourit à ce sentiment qu'il avait eu en commençant l'œuvre, de retrouver l'âme de Cellini préparant le *Persée* de la galerie des Lanciers à Florence, il sourit à ses mains qui, poignée par poignée, dans les dix minutes précédant la prise du plâtre, avaient modelé quelque chose de Vincent Van Gogh, de l'esprit de Vincent Van Gogh, étoffé le futur torse, raccroché l'ébauche d'une clavicule à un triangle de fer montant dans la tête pour qu'elle le soutînt, sachant que rien ne pourrait être changé une fois le plâtre durci. Il sourit parce qu'hier encore, le temps avait cessé d'être, quand en quelques heures, dans un va-et-vient de noria, il avait sorti de terre ce qui déjà vivait, il sourit à ce rêve qui tenait debout sur un socle de bois brut — une palette, lestée de grosses pierres, de gravats et de sable, qui avait servi au débarquement des livraisons d'un supermarché. Il sourit à ce rêve, né de tiges d'acier récupérées du circuit de réfrigération d'une centrale nucléaire, de planches, de chiffons, de fils de fer dont on clôture les pâturages, et rien de tout cela n'était de l'art contemporain, il parvint à rire, il mit la *Messe en ut* de Mozart qu'il avait offerte à chacune des trois, il s'étendit sur le sol, d'où il voyait la statue et un pan de ciel.

Seul et enfant perdu, au terme d'une chasse aveugle dans de somptueuses forêts où il n'avait entendu que le crissement de dentelle des fougères et des branchages foulés par les petits sabots de ces animaux magiques, de ces filles aux yeux de faon qui s'enfuyaient d'une même foulée impondérable, il serra le pistolet dans sa lourde main brûlée comme par le gel, ferma les yeux, à l'instant où Salomé, où la jeune femme, où Julia M., sortait du tableau, mettait à terre son pied nu cerclé d'un anneau d'or, et il la vit s'approcher, brune et nue et parée, lui donner avec son inexpiable tendresse un sourire apostat, s'asseoir sur ses minces jarrets dans les draperies rouges sur lesquelles elle avait posé avec la fillette, il sut que bientôt tout redeviendrait calme et qu'il cesserait de souffrir par elles, il eut une confuse petite pensée avant de tirer à la tempe : tu ne signeras plus ces feuilles de présence goguenardes dans un théâtre en grève, le théâtre est fermé à jamais et la fillette n'y marchera plus sur les mains dans la bulle où elle avait incarné le plus chatoyant, le plus bestial, le plus charmant Éros qu'eût rêvé Shakespeare. On ferme, se dit-il avant que les draperies rouges ne glissent sur le corps de Salomé qui, quand il appuya sur la détente, dut sentir quelque chose de froid passer près d'elle et se couvrit, avant que sur la scène à jamais vide du plus beau théâtre d'Occident ne retombe le rubis noir d'autres draperies peintes, qui étaient celles de l'ancien rideau, le front de Vincent Van Gogh vers lui se penchait en même temps qu'une nuit sans souillure, il eut le sourire le moins manqué de sa vie, il entra dans la forêt du *Songe*.

Des larmes énormes tombaient sur mes bras comme la pluie d'orage de ce soir-là, et c'était la deuxième fois que je pleurais à cause d'elle. Peut-être parce que toute la journée elle avait été dans son ailleurs — plus sûrement, à cause d'une mèche de cheveux. Elle a de si beaux cheveux, et j'avais démêlé religieusement, de peur qu'elle en perdît un, toute une petite embrouille de boucles d'or, j'y avais mis un temps fou. Pas de merci. Elle avait ses nerfs, elle m'a dit en se retournant comme un serpent qui va frapper : je n'ai jamais senti que tu m'aimes, vraiment, non, tu as seulement besoin de moi, de temps en temps, quand tu es trop seule. Je lui ai dit que la dureté, qui est comme un coin d'acier qu'on enfonce dans le plexus, et surtout venant d'elle, je ne pouvais pas, c'était pire que la solitude, et qu'elle parte, qu'elle parte, si. Si elle ne supportait pas une fille qui ne fait qu'écrire, qui boit et prend des cames, si elle s'ennuyait trop dans un appartement où l'autre écrivait et ne l'emmenait pas se balader. Si elle ne supportait pas d'être un peu avec moi, qu'elle parte, je comprenais ça — quand l'été finissant est si lourd et si opaque, il n'y a pas beaucoup d'air à prendre dehors, mais qu'elle essaye de le faire. On avait encore annoncé des orages, elle ne les supportait pas, il fallait vraiment qu'elle parte, je l'ai pensé très fort.

Les gouttes sur mes bras, je les regardais, elles éclataient sur ma peau, on aurait pu laver une robe longue avec et ce n'étaient pas les larmes de Paule, pourtant. Elle était plus que pâle, Natalia. Je lui ai dit que si elle ne partait pas, elle ferait mieux d'aller se coucher. Le lit de mamita venait d'être réparé, dans lequel elle avait tout aussi bien dormi au temps des creux et des bosses. Elle ne bougeait pas. Je l'ai prise par la main, sa petite main si vite moite, je l'ai emmenée dans la chambre, elle est restée assise sur le bord du lit comme une poupée cassée. Elle a levé des yeux dans lesquels il y avait l'horreur absolue d'avoir fait du mal, elle m'a demandé pardon, elle m'a dit qu'elle était comme ça, flippée, que toute la journée elle avait eu l'impression de n'être rien, d'être inutile, de ne jamais pouvoir faire autre chose que de la figuration, à la ville comme à la scène. Elle m'a dit qu'il ne fallait jamais la laisser partir, jamais. Je l'écoutais à peine. Les larmes n'arrêtaient pas de couler, c'était comme d'habitude, ça venait du fond des âges, ça venait de mon sang même si ça coulait clair. C'est elle que j'ai bordée dans le lit de mamita, dès que j'ai eu fini de pleurer.

Plus tard, j'ai été la regarder dormir, couchée en chien de fusil, sa grosse bouche ouverte et ses boucles blondes sur les yeux, on voyait sa culotte rose sous le tee-shirt déchiré qu'elle appelait chemise de nuit, elle dormait comme ce qu'elle était, une enfant trouvée, l'enfant que j'avais trouvée moi dans la bulle du *Songe,* elle était comme un bourgeon poisseux d'enfance, le printemps dormait là et respirait régulièrement, c'était sûr qu'elle grandissait encore, ses cils faisaient de l'ombre sur ses joues, elle aurait pu tuer dix personnes plus moi dans la journée, elle dormait d'un sommeil à la profondeur si pure qu'il l'absolvait de tout, c'était pour elle que je vivais sans aucun mérite puisqu'elle était toute ma vie, puisqu'elle était la vie même, telle quelle, la vie jeune toujours, oublieuse, erratique, généreuse, estropiée, idiote, sacrée, fourbe, torturante, céleste, inique, mysté-rieuse, abjecte, miraculée, terrifiante, endolorie, confiante et brûlante et meurtrière et sublime, on peut continuer comme ça longtemps ou fermer sa gueule à propos de la vie, la chose est inqualifiable, le mieux à faire est d'en tomber folle au premier regard, c'est tout ce qui ne souffre pas d'argumentation. Je regardais la vie dormir, la vie et son souffle doux qui tue dans un éclat de rire ou un baiser comme celui qu'elle avait reçu, mamita. Elle vivait et dormait, le soleil se levait, cette fois avec la suavité graduelle de la caresse d'un amant et non les aveuglantes, les soudaines réfractions d'incendie du matin des miroirs, le premier où on avait senti l'été, le solcil cuivrait jusqu'au fauve ses cheveux, falling angel, ma petite vivante, ma souffrance et ma grâce, la fillette qu'on m'avait envoyée du balcon des anges et du fond de la forêt du *Songe*, par une nuit d'hiver. Elle dormait et rêvait, au matin elle me dirait que c'était d'un bal masqué où on devait franchir une grande salle pour parvenir à une chambre où mamita H. nous attendait pour nous dire un secret, un secret que le soleil avait volé en lui piquant les yeux à son réveil.

Voilà, mamita H., ma chérie petite redevenue enfant à cause des années, une autre enfant a pris ta place, abattue sur ton lit par un sommeil sans artifices, celui qui se fout bien des cames et vient sans se faire prier. Je crois que tu es contente si tu vois ça, ma chérie petite, elle ressemble vraiment à un ange du balcon de là-haut, tu voulais une fille blonde aux yeux clairs, elle est là — comme je l'ai dit à Satchel d'une voix mate, elle est là, comme je le dirai à qui veut l'entendre, elle est là, parce qu'il est impossible qu'elle soit ailleurs, elle est là de par une sentence de l'arrière-monde, de celui sur lequel, à force de vivre à hauts risques, j'ai des aperçus.

Alors si d'aucuns se disent la youpine se farçit sa Yougo à l'aise dans l'appartement de la rue L., elles foutent rien que ça et de s'acheter des fromages blancs aux fraises, ça m'est égal, et tous ceux qui n'ont pas connu cette nuit du 29 juin, cette nuit où quelqu'un mourut de façon si belle, qui méritait que la veillent les empereurs et les papes du premier au dernier, rien que

pour voir comment on va dans la mort par sens de
l'honneur, qu'ils le disent comme ça ou en termes plus
choisis, ça m'est surégal.

*

Je l'ai laissée dormir dans le lit de ma petite morte, la
jeune et vivante dont le sommeil est une déclaration
d'innocence, avec qui demain je boirai trop de café et
fumerai trop de cigarettes, chez nous, dans l'appartement
des femmes, sans qui je verrai Satchel en ce demain qui
est aujourd'hui si déjà l'aube roule sur la ville sa vague
lente et flavescente, parce qu'en ce jour de fin d'été,
Satchel, il viendra, il sera un peu en avance, il me dira
que je suis géniale et il n'y a que de lui que je le croie, il
me prendra les mains, il viendra.

*

On ne retrouva le corps du peintre que le lendemain de
ce jour.

*Cet ouvrage a été composé
par l'Imprimerie BUSSIÈRE
et imprimé sur presse CAMERON
dans les ateliers de la S.E.P.C.
à Saint-Amand-Montrond (Cher)
en septembre 1991*

Nº d'édition : 33703. Nº d'impression : 2199.
Dépôt légal : août 1991.

Imprimé en France